MW00356596

Las rebeldes

Las rebeldes

Mónica Lavín

Grijalbo

Esta obra se realizó con apoyo del Fondo Nacional para la Cultura y las Artes, a través del Sistema Nacional de Creadores de Arte.

Las rebeldes

Primera edición: octubre, 2011
Primera edición en tapa dura: octubre, 2011

D. R. © 2011, Mónica Lavín
c/o Guillermo Schavelzon & Asoc., Agencia Literaria
www.schavelzon.com

D. R. © 2011, derechos de edición para América Latina
y Estados Unidos en lengua castellana
Random House Mondadori, S. A. de C. V.
Av. Homero núm. 544, col. Chapultepec Morales,
Delegación Miguel Hidalgo, 11570, México, D. F.

www.rhmx.com.mx

Comentarios sobre la edición y el contenido de este libro a:
megustaleer@rhmx.com.mx

Queda rigurosamente prohibida, sin autorización escrita de los titulares del *copyright*, bajo las sanciones establecidas por las leyes, la reproducción total o parcial de esta obra por cualquier medio o procedimiento, comprendidos la reprografía, el tratamiento informático, así como la distribución de ejemplares de la misma mediante alquiler o préstamo públicos.

ISBN 978-607-310-623-8
ISBN 978-607-310-706-8 (Tapa dura)

Impreso en México / *Printed in Mexico*

Adela con su belleza insolente, la teniente coronel María de Jesús ocultando sus senos rosados, Aracelito preparando la hipodérmica, Aurelia consolando con una canción, Lily entablillando una pierna, Jovita vendando una cabeza, Trini mandando un telegrama, Antonia comprando los uniformes, Leonor organizando la brigada. La banda tocando, el cabrito en el fuego, Eustasio apuntando con la cámara. "Dejen sus tareas. Reúnanse aquí todas. Jenny, tú también." Yo, sonrojada. "Enfermeras, muestren la banda en su brazo. Sonrían. Ésta es la memoria de la Cruz Blanca Constitucionalista." Yo no aparezco en ninguna de las fotos que Leonor Villegas de Magnón guardó. El que se mueve no sale en la foto. La foto que tomó Eustasio Montoya. Y yo salí huyendo.

El encargo

1

La culpa es de Richard Balm. Primero, porque cuando nos casamos, en 1915, arrastró mis ilusiones de joven veinteañera a los rigores invernales de Saint Paul y me llevó a la ribera del Misisipi en lugar del río Bravo, que antes mentábamos Grande; luego porque se le ocurrió ganarme la partida y morirse antes. Soy Jenny Page y nací en Laredo en 1896. Cuando me casé con Richard, trece años mayor que yo, amigo de mi primo Mike, papá respiró aliviado pues, de haberme quedado en Laredo, seguramente me habría casado con alguien de sangre mexicana. Papá vivía de ellos, de esas fortunas de ganaderos y comerciantes que abrían sus cuentas en el banco que él administraba. Y aunque mamá era una Zavala, hija de mexicana, le parecían de otro mundo con esas grandes comidas que hacían en los jardines de la casa y esa manera de andar puente abajo, puente arriba, como si no hubiera un río y dos países. "Son la misma cosa", decía mi tía Lily, que era amiga de mexicanos. Pero mi papá se obstinaba en su inglés, donde no cabía más que un ocasional "Buenas tardes", y en el banco se hacía ayudar por Alberto Narro, que hablaba los dos idiomas y le traducía. Si los clientes de papá eran mexicanos en su mayoría, nadie entendía que celara su pedigrí de imperio.

—Nosotros también fuimos imperio, *mister* Page —le decía Alberto cuando iba a casa a comer.

En esas idas a comer y con ese humor y esa soltura que le ganaban amigos, a papá le fue pareciendo incómodo tenerlo tan cerca de su hija Jenny. Más tarde supo sacar provecho de esa incomodidad y allí empezó el problema.

—Jenny la preguntona. ¿Viera usted? Quiere ser periodista. Escribir en el *Laredo News*.

Y Alberto, animoso:

—Qué bueno, una mujer inquieta. No están los tiempos para encerrarse en casa.

Mi padre, viudo, con una esposa que se decía francesa y con una sola hija, se aterró. Quería alejarme de Alberto pero no por eso iba a permitir que me fuera de enfermera con la tía Lily a la Revolución. Fue en el verano de 1914, en la casa de Mike, en Saint Paul, cuando conocí a Richard. Limonada tras limonada diluí el polvo que dejaban el tren y los caballos, el hedor de las heridas, el mal aliento de los enfermos, la manera en que extendían la mano suplicando alivio o acariciando una pierna, la voz de aquel herido. Limonadas tras limonada me fui fijando en ese chico de pelo oscuro, que aunque era mucho mayor se portaba como un niño, orgulloso de nadar en las frías aguas de Pigs Eye Lake. No me casé con él por complacer a papá, pero tenía cansancio de metralla y sangre, y desilusión. Cuando se acabó el verano, Mike me confesó en una carta que había dejado a Richard preguntando todo el tiempo cuándo volvía la prima mexicana.

En Laredo yo era gringa, como me decían los guardias cuando cruzaba al otro lado para visitar a mi abuela; en Saint Paul yo era mexicana. No lo había pensado. Tardé en reconocerlo. Ser de la frontera texana, de esa villa partida en dos por un río, era una condición distinta. Otilia preparaba machaca lo mismo que pastel de carne. Había dulce de membrillo igual que *angel cake*. La música country era lo mismo en español que en inglés. Y las fiestas del casino en Nuevo Laredo eran tan adornadas como las que hacíamos en el Royal Theater. Me casé con Richard un año después, y al siguiente año papá y Veronique festejaron su propia boda, que había ocurrido en ceremonia legal pero sin banquete algunos años antes. Se me quitó el apuro de su soledad. Acostumbraban visitarme en *Thanksgiving* o en Navidad. Yo no había vuelto a Laredo.

Desde que papá murió, Veronique se replegó a una de las habitaciones, el cuarto de costura. No volvió a la planta alta y no quiso salir a la calle. Dejó de ir los martes al club de música y literatura de Eva Austin, donde se sentía cómoda y menos provinciana, aunque nunca revelaba de qué parte de Francia era. Papá imaginaba un pueblo donde, en vez de beber cerveza como nosotros, bebían vino.

Soy Jenny Page, viuda de Richard Balm, y tengo cincuenta y nueve años. He vuelto a Laredo porque no tengo hijos ni padres y dejé pendiente una vida. No es que me arrepienta de la vida al lado de Richard. Una buena vida. El mismo camino que papá como gerente de cuentas en el banco. Reuniones sociales. Pesca en el lago. Confort. Una señora para ayudar en la cocina: la negra Bessie. Y sin escritos en un cajón. No quise que me pasara como a Emily Dickinson, que una vez muerta se encontraron miles de sus versos encerrados y solitarios. Versos que conmovieron a los lectores y no al reverendo por quien fueron escritos. Amores sin correspondencia. Yo quise ser periodista, como podrían confirmarlo Alberto Narro o la tía Lily, Lillian Long, que sabía mucho de la Revolución mexicana porque allí estuvo. Yo quise ser periodista, como lo podría contar Eustasio Montoya, porque yo, aunque un breve tiempo antes del verano en que apareció Richard, también estuve del otro lado. Con los carrancistas, con Jovita Idar, con la tía Lily y su amiga mexicana Leonor Villegas.

Hace cuarenta años dejé esta casa. Ojos que no ven, me alejé de ese pasado que me parecía el de otra. Me había negado a reconocer la magnitud de los pendientes. Y aunque hacía ya casi quince años de mi viudez, la vida en Saint Paul me retuvo con el cargo que me dio la familia Balm en su empresa de transportes, con los mimos que me hacían, entre sobrinos y amistades. No tenía pensado volver. El río era una herida que me dolía, pero Veronique había muerto empequeñecida como una pasa y yo cumplía con lo que ella me había pedido cuando enterramos a papá: sepultarla en el panteón católico. Era donde ella quería estar, aunque no fuese con papá, en el presbiteriano.

—Ahora sí te lo puedo decir, Jenny. Yo necesito descansar con mis creencias. No me lo tomes a mal, pero no quiero pudrirme en territorio ajeno. Ya sé que hay un espacio para mí. Jenny, promete que así será.

Creí que, después del funeral de mi madrastra, no ocurriría nada más allá de arreglar la casa, disponer de las pertenencias de los difuntos y vender la propiedad. Cuánto muerto en estos quince años. Primero Richard, luego papá y ahora Veronique. Sin contar que Leonor Villegas, como ahora me entero, murió este mismo 1955 en la ciudad de México. Y no es que sea bueno agradecer la muerte de los otros, pero debo decir que Richard me puso en este camino, porque con su ida me dio una razón para volver a Laredo, que mi madrastra acabó de rematar y que, por añadidura, Leonor Villegas vino a engrandecer, aunque yo aún no entiendo el mandato.

—Otilia —la llamé—, ven a limpiar el escritorio de papá.

—Soy Hilaria —me dijo la joven.

Es verdad. Hilaria es la nieta de Otilia y en esta casa ya no vive Jenny, que a los diecisiete años se fue con su tía Lily al otro lado y tomó el tren para llegar a El Paso y luego a Chihuahua, donde estaban los heridos de la batalla en Torreón, los rebeldes que nadie atendía y que la tercera brigada de la Cruz Blanca Constitucionalista auxiliaría con lo poco que a las muchachas les había enseñado el tío George Long y la propia señora Magnón, a quien prefería llamar Leonor.

—Pon aquí lo que está en esa caja —le dije a Hilaria, que colocó el paquete encima de la mesa de caoba de papá y pasó el trapo para que la superficie brillante y magenta luciera su buena madera.

—¿Le enciendo la luz? —preguntó.

No era necesario. Jalé la cadenita de la lámpara de cristal verdoso, herencia de la oficina de papá, y extraje los legajos de papel de la caja.

Había leído la carta de Leonor Villegas, que acompañaba aquella caja que venía de la ciudad de México. Fui por ella a la oficina de correos, porque encontré un aviso debajo de la puerta. El señor Moreno, que no se acordaba de mí porque era un empleado joven, pero sí de mi papá y de Veronique, dijo que la conservaron porque no tenía remitente, que confiaron en que un día la señora Veronique se pondría mejor y pasearía sus vestidos de raso olivo y sus sombreros de plumas y velos, que seguía usando a pesar de que los años cincuenta habían desterrado aquella moda, y que le podrían dar la caja porque la dirección era la misma, aunque no supieran quién era una tal Jenny Page. Para los laredenses yo había dejado de ser Page al convertirme en Balm, pero ahora, gracias al recordatorio que me hacía el envío de Leonor, volvía al Page, curiosamente relacionado con la vocación perdida, con mi afán de periodista percudido y sepultado. La vida me daba una oportunidad no reclamada. La vida me devolvía los asombros que la distancia y luego la viudez habían escamoteado.

—Un té, Hilaria —dije, exaltada como una chicuela—. Un té para Jenny Page —precisé mientras las canas retomaban su color paja.

Entre el legajo de papeles estaba un manuscrito que llevaba por título *La rebelde* y que Leonor Villegas de Magnón, como aparecía en la hoja inicial, había escrito contando los días de la Cruz Blanca. Y luego estaban las cartas, y las fotos, y las notas de compras y de hoteles, y esa insistencia generosa y tenaz de Leonor:

Escriba esta historia. Recuerdo que usted era una joven con la idea de ser periodista. Se acercaba al fotógrafo Eustasio Montoya para encontrar las palabras que acompañaran sus fotos. *Recuerdo también que era torpe para aplicar inyecciones y que alguna vez lloró con la muerte de un hombre en su regazo. Yo quise unirme a la llamarada. Con lo que podía hacer, con lo que era necesario. No me bastaba mi vida, Jenny Page. Si este paquete la encuentra con salud y ánimo, es necesario que alguien escriba la historia que no ha sido contada ni publicada ni es visible porque no es la de las batallas ganadas, perdidas, de las traiciones y el poder que va cambiando de dueño. Escríbala por mí, Jenny. Escriba.*

Aquella petición me desconcertaba. Supo de mí, como lo pude constatar con la visita de Lily hace muchos años. Pero sin duda mi comportamiento no merecía que ella me distinguiera con este encargo. ¿O acaso era una penitencia? Nadie de la brigada querría saber de mí, ni yo misma. ¿Por qué entonces me hacía Leonor este encargo? Me extrañaba que me considerara cuando debió de notar cómo me molestaba que, por encima de todo, estaba la grandeza de la institución, su deseo de estar con los generales, de cenar a lo grande mientras nos repartíamos el guisado y las tortillas. Porque ella quería letras de oro, ¿acaso esperaba que yo les sacara brillo ahora? ¿Era un acto desesperado, una generosa petición o un acto más de vanidad que me pareció intolerable? La abeja reina. ¿Quería que la comprendiera? ¿O que me comprendiera, tal vez?

Lo tenía que averiguar, aunque me doliera entrar en mi propio pellejo y sus emociones. Tal vez la única manera de hacerlo era escribiendo. No necesariamente lo que Leonor hubiera querido, no la épica de la Cruz Blanca Constitucionalista, pero por algún lado había que empezar.

La estatura de Madero

2

Leonor se miró en el espejo. Colocó las horquillas de manera que el pelo se sostuviera en su sitio, a pesar del sombrero, a pesar de la turba que seguramente acompañaría el acto. Por lo menos así lo quería pensar. Muchos esperaban ya a Madero, como un aire de renovación necesaria. No era cualquier cosa, aunque Adolfo no pensara lo mismo ni la acompañara en su júbilo. Había quedado claro esa mañana, mientras bebían el café del desayuno, que él atendería los compromisos de la oficina y que no habría poder humano que lo hiciera salir a la calle. Leonor bien sabía que no era sólo por su disciplina laboral, y también tenía claro que los asuntos de aduana no tenían hora ni fecha y que en el polvorín en que se había convertido el país los últimos dos años, uno tenía que estar en guardia, listo para saber qué tan pronto Estados Unidos sería socio o enemigo. Pero nada de eso, había supuesto Leonor, importaba demasiado en un día como ése. Adolfo se había ido ya de la casa, por más que ella pidió a Hermelinda que saliera del comedor, para hablarle con mayor franqueza, compartirle lo que la emocionaba que Francisco I. Madero fuera a dar un discurso frente a su casa y lo conveniente que era caminar unos pasos desde Colón hasta el Paseo de la Reforma y escuchar su firmeza democrática. Había estado de gira defendiendo la postura de los antirreeleccionistas, pero era la primera vez que hablaría públicamente en México; ella no sólo tenía interés en escucharlo de viva voz, aunque ya lo había hecho en las tertulias del café Colón, sino de manifestarle su adhesión. No era la única. Irían, entre otros, su vecino y amigo Juan Sánchez Azcona y, desde luego, don Everardo Arenas y su esposa.

—Va a ser nuestro nuevo presidente, Adolfo —dijo Leonor, tajante.

—Vamos a ver —respondió Adolfo, nada convencido de lo conveniente de este cambio—. Y si llega, a ver cuánto dura.

—Pues Porfirio nos ha durado un buen rato.

—Orden y progreso, mi querida Leonor, no voluntades a capricho. ¿Tú crees que el pueblo sabe lo que le conviene?

—A todos nos conviene Francisco. Lo conocemos, Adolfo, es gente de buena familia y de nobles ideales.

—¿Crees acaso que la gente del general Díaz no es de buena estirpe? —dijo Adolfo y, disculpándose, se retiró de la mesa para regresar al trabajo.

Leonor pidió a Hermelinda que le sirviera más café y se quedó un rato digiriendo la respuesta de Adolfo. Se le olvidaba que ésa era una conversación imposible con su marido, que los nueve años en la ciudad de México no habían hecho más que separarlos políticamente, porque, antes de salir de Laredo, Leonor no tenía una conciencia clara de sus ideas. Adolfo era hijo del general Antonio Magnón y muy amigo de Bernardo Reyes, el ministro de Guerra; tal vez por eso le interesaba que la estabilidad vivida permaneciera. Iría sola, pensó Leonor, ajustándose el sombrero. Después de todo, para qué quería la compañía de un hombre que no compartiría la alegría de escuchar a Madero, de que México estrenara democracia, como debía ser. Un hombre educado en Europa, que no tenía necesidad de hacerse rico porque ya lo era, que no tenía que dárselas de europeo porque era un mexicano de mucho mundo. Y que, además, como ella, era del norte del país. Ese norte tan lejos de la capital. Su padre, Joaquín, lo había conocido. Los unían asuntos de propiedades, de ganado en Coahuila, de exportaciones a Estados Unidos. Cómo le hubiera gustado en ese momento la compañía de su padre.

Ladeó el sombrero para despejar la vista, estiró la pluma verdosa que estaba un poco caída y buscó los guantes en el armario. Se miró de cuerpo entero en la luna: el encaje del cuello un poco atosigante para ese día caluroso, el talle reducido y los zapatos altos elevándola del suelo. El sombrero ayudaba. Madero también era un hombre bajo de estatura. Eso la consolaba. De todos sus hermanos, ella era la más pequeña y la más rabiosa, parafraseó a su padre. Todo para compensar su menuda figura, bromeaban ellos.

Tomó la sombrilla del perchero y tocó la campana para que Hermelinda fuera a su encuentro.

—Encárguese de los niños. No quiero despedirme de ellos para no alborotarlos. Debo salir ya. No me esperen a comer. Atiendes al señor.

Pero antes de poner un pie fuera de la puerta del vestíbulo, se volvió a Hermelinda:

—¿Sí sabes que hoy va a dar un discurso nuestro futuro presidente?

La mirada indiferente de Hermelinda alertó a Leonor, quien insistió:

—No es cualquier cosa, después de treinta años del mismo.

—¿Y no será lo mismo, señora? —contestó, escéptica, el ama de llaves.

Sin ánimo de perder el tiempo, puso un pie en la calle. Claro que no iría sola, pensó Leonor. Tocaría a la puerta de Juan Sánchez Azcona para que la acompañara. Estaba segura de que él iría. Lamentaría mucho que tanto acomodo del sombrero y el pelo la hubiese retrasado y que el vecino ya hubiese salido. De haber sabido que Adolfo no iría con ella, lo habría planeado antes y estaría, sin duda, siendo escoltada por alguno de los amigos comunes que estaban del lado de Madero. No todos lo estaban. En aquellas cenas a las que asistía con los compañeros de trabajo de su marido, Leonor resultaba una presencia incómoda cada vez que profesaba su entusiasmo por la causa maderista. Everardo Arenas era un consorte ideal para este momento, después de las pláticas en la casa de los Mont en Tehuacán. Debía a Arenas su involucramiento con la causa de Francisco I. Madero cuando fue a aquel lugar de bienestar con su padre y su madrastra y los niños, como lo hacían año tras año. Everardo Arenas contó que había conocido a Madero en San Pedro de las Colonias, uno de los lugares a donde llevaba mercancía, ropa particularmente, para algunas familias. Arenas trabajaba en El Palacio de Hierro. A Leonor le pareció curioso que un almacén tan elegante tuviera que ver con el germen de la lucha. Arenas se dedicó a repartir el libro de Madero, *La sucesión presidencial en 1910*, junto con las mercancías. Aprovechó ese trote por el país para dispersar la semilla que a él no sólo lo entusiasmaba por las conversaciones con Francisco I. Madero, que cada vez que aparecía lo invitaba a comer a su casa de Parras, y por el entusiasmo de doña Sara, que se alegraba de recibir las medias de seda francesas, los botines neoyorquinos y los encajes belgas, sino por convicción propia. Entre nogales y aguacatales, la conversación con Francisco era más que iluminadora. Aquí don Everardo se reía, porque sabía de la fascinación de Francisco por el espiritismo. "Un iluminado sensato y convincente", decía siempre Everardo.

En aquellas conversaciones en la veranda de los Mont, cerca de los olores azufrosos del agua de la región, Everardo parecía recordar el bienestar de las tierras parreñas y se atrevía, frente al general Reyes, a elogiar la postura antirreeleccionista. Leonor escuchó hablar de los hermanos Flores Magón, que radicaban en San Antonio y que su padre conocía; en esas estancias de verano Leonor notó que las aguas de su país ya no estaban quietas. A lo mejor, de seguir viviendo en Laredo, no le hubiera sido tan evidente. Pero en la capital las noticias andaban a su aire con mayor velocidad. No había miles de kilómetros entre rancheros; había un Paseo de la Reforma, una colonia Cuauhtémoc, una colonia Juárez, la Doctores y la Santa María.

Tocó la aldaba de la casa de Sánchez Azcona, pero nadie apareció por un rato. Ese día el sol batiente se unía al gozo. Volvió a dar a la manita de metal que pendía de la puerta laqueada. Si nadie salía en unos minutos echaría a andar. Cuando llegó al Paseo de la Reforma, observó a algunos grupos de personas que avanzaban cruzando hacia la calle de Berlín. Al frente iba el coche de Madero, al que seguían. Algunos desplegaban mantas con SUFRAGIO EFECTIVO. NO REELECCIÓN. La idea de formar parte de un deseo social la exaltó. Desplegó su sombrilla y despotricó contra Adolfo. ¿Qué pensaba Adolfo manteniéndose al margen de la historia? ¿No entendía que éste no era un día cualquiera? ¿Qué esperaba ella de la hija del coronel Antonio Magnón? ¿Cómo no iba a estar con Díaz si su padre había sido amigo y leal de don Porfirio? Alguien tocó su hombro y la sacó de sus cavilaciones.

—¿Va a ir sola? —preguntó Everardo Arenas

—No me iba a perder por nada del mundo el discurso de Madero, don Everardo. Qué gusto verlo. ¿Y su mujer?

—La verdad, le aburren los discursos. Si me permite, la acompaño —dijo Arenas mientras le daba el brazo a Leonor para que se tomara de él.

Enguantada en el bar

3

Haber regresado a Laredo no era sólo un viaje al sur del país; era un viaje al sur de mi vida. Desde niña pensaba que crecer era alargarse hacia el norte. Probablemente era ese globo terráqueo que papá tenía en su despacho y al que yo daba vueltas cuando entraba allí, para consultarle algo, para esperarlo y cenar juntos en el centro de Laredo o pasarnos al otro lado a comer cabrito. Claro que eso fue en los primeros meses después de la muerte de mamá, porque al cabo del tiempo quiso pintar su raya y abandonar los placeres que encontrábamos en México. Con el globo en las manos, colocaba mi dedo en el Río Grande y, visto desde allí, el Polo Norte estaba hacia arriba. Vivir en Saint Paul me había llevado al borde del lago Michigan, y eso correspondía a mis años de juventud y madurez. Volver al sur me devolvía a la Jenny recién salida de la *high school*. Aquí, en la casa solitaria de papá, estaba cerca de las tardes en que jugábamos pimpón en el patio trasero, cuando venían algunos amigos suyos y asábamos carne o hacíamos hamburguesas. El río con su agua traicionera, que se llevaba a quienes querían venir de este lado sin papeles, era para mí la puerta al júbilo. Era ir con mamá, con mi sombrero y mis guantes blancos para asistir a la primera comunión de alguna prima lejana que vivía en Nuevo Laredo, y era reírnos y comer y que mi madre y las tías recordaran a la abuela Francisca y al tío Domingo. Mamá era mucho más platicadora en esas reuniones. Para mí, el puente era el paso para que los chiquillos me llamaran "gringa" y me pidieran chicles. Y que yo los sacara de mi bolsita pequeña como de señora, con boquilla que cerraba con un clic que me daba importancia. Del otro lado yo era importante porque era distinta. Tenía un papá que sólo hablaba inglés y yo hablaba un español champurrado.

No sólo las calles y las casas que siguen de pie en Laredo en este 1955 me devuelven a los años de familia, cuando papá y yo cenábamos en silencio, con la radio puesta para que la música nos confortara de la ausencia de la voz de mamá, sino al encargo de Leonor Villegas. Había leído el manuscrito en el que relataba los pormenores de la Cruz Blanca y quería hacerle justicia a su hazaña, a su valentía y a su arrojo; quería hacer a un lado ese velo de resentimiento de nuestras discusiones. No sabía si Leonor había contado la verdad. Lo había leído desconfiada de que revelara las partes que nosotras vivíamos en aquella Cruz Blanca suya. "Es de todos los que aquí estamos", insistía. Sus memorias también lo subrayaban. Su empeño por que alguien escribiera sobre ello también. Pero la Cruz Blanca era su hechura y su gloria. Ésa que también había sido insoportable para algunas.

Hoy no tengo ánimo de escritura. He descubierto que la escritura hurga en la memoria como un barrenador, y si no encuentra, inventa, y luego no permite saber qué fue verdad y da por bueno lo que no ocurrió pero pudo haber ocurrido. Así es tal vez todo: cuando contamos nuestros sueños o un episodio de infancia. O algo que nos contaron nuestros padres. Cuando había soñado y lo recordaba, le relataba a Richard los pormenores de aquel absurdo: "Era un tren barco, sí, como los vagones, pero no iba en rieles, sino que flotaba en la corriente del río. Debe de haber sido el Río Grande porque yo veía a los rebeldes de un lado con sus trajes caqui y sus sombreros, y del otro, a papá y a Alberto Narro y a los empleados del banco, con sus camisas claras y sus pantalones oscuros, con corbatas y sombreros de fieltro. De los dos lados me gritaban. Me llamaban. Uno, del lado mexicano, me enseñaba una sandía cortada por la mitad; la levantaba en alto como si ése fuera un mandato para que el tren no se siguiera de largo. Del lado americano, Alberto llevaba un globo rosa y lo ondeaba como una bandera. Pero se le escapaba y yo lo miraba cielo arriba y lo perdía de vista porque el tren barco seguía y no veía a nadie".

—Suena muy lógico —había dicho Richard, quien se sentía bien con lo que ocurría ordenadamente—: tu parte mexicana, que viene de tu madre, y la parte americana.

—Yo creo que lo ordené para contártelo —pensé ante tal claridad.

—¿Por qué piensas eso?

—Si no, no lo entendería —me defendí, al tiempo que me daba cuenta de que le ocultaba que yo había dado la espalda a esa fila de empleados de banco y miraba al de la sandía y comenzaba a desabotonarme la blusa cuando me desperté.

Memoria e invención. Esta tarde nubosa estoy desazonada y con ganas de caminar. Me hace bien caminar. Una no puede tener casi sesenta años y darse el lujo de la inmovilidad. No como la tía Herminia Zavala, hermana de mi abuelo, que decidió no moverse de la silla del comedor desde que el novio con el que se iba a casar le dijo que no era suficientemente bueno para ella. Y luego allí, mientras digería la noticia, le llegaron a decir que su futuro marido se acababa de robar a la niña Miranda, que los vieron irse rumbo al sur a todo trote. Herminia siguió digiriendo las noticias, la primera consecuencia de la segunda, y reprobó el engaño con esa huelga de la voluntad. La bañaban sentada, le daban de comer, la vestían. La mató la infección de las llagas que le provocó el tule de la silla. Cuando la levantaron, carne y asiento era una sola cosa sanguinolenta y fétida. Cada vez que me vence el desgano, la tía Herminia me viene a la mente. Y camino por donde sea, en la habitación, en la banqueta, en el parque.

Tomo el bolso y la mascada y salgo de casa. Mi antigua *high school* es ahora un hotel a la vera del río. Tal vez el mejor de Laredo. Me siento en el bar. A mi manera tengo que digerir las evidencias del paso del tiempo. Como que el salón de actos esté ocupado por una barra y muchas mesas con sillas y sillones. Una tiene que detenerse y pensar que un poco más de cuarenta años atrás recibía en ese lugar el diploma de graduación vestida con toga y birrete. Honores y despedidas. Tristezas y desaliento porque nadie sabía bien a bien qué seguía. Las mujeres pensábamos en el marido que obligadamente debíamos tener. Ellos, en los trabajos que podían garantizar mantener esposa e hijos. Unos volverían al campo. Muchos eran hijos de ganaderos y agricultores. Otros heredarían el comercio de sus padres, la talabartería, el *saloon,* la sastrería o la panadería. Los menos irían a alguna universidad de la Unión para estudiar ingeniería o medicina. Los privilegiados por el dinero y el talento. Yo esperaba ingresar a una escuela de letras donde aprendiera a escribir. Quería ser periodista. Pero mi padre tenía otros planes. Yo era la hija de un banquero.

Pido un vodka tónic. Una mujer puede entrar a un bar de un hotel en estos tiempos y ser bien recibida. Parecer una exótica tal vez. Me quito los guantes y los pongo a un lado. Habiendo vivido tantos años en Saint Paul, no puedo desembarazarme de la costumbre de salir con las manos enguantadas. Como que el vestido podía ser sencillo y los zapatos también, pero el collar y los guantes daban la elegancia, la ceremonia. Sin ellos yo estaba desnuda. Y Richard se daba vuelo regalándome los de verano, muy livianos y amarillos o blancos, los de otoño, en vino o café, los de piel para manejar, aunque yo nunca aprendí, y los de satín o cabretilla para la noche. Guantes que llenaron el baúl mundo que papá guardó, el que no me llevé cuando salí con la brigada de la Cruz Blanca. Allí, alineados en las repisas móviles que mandé hacer, están los modelos y tamaños que fui acumulando. Es cierto que en Laredo veo a pocas mujeres usándolos y con razón. En época de calor son insoportables. Pero no me desprendo de ellos. Los guantes son la complicidad con Richard, la manera en que tomaba mi mano porque no lo sabía hacer con palabras dulces. Y los guantes protegen la herramienta que menos he usado y que ahora exploto hasta el dolor de las yemas tropezándose en la máquina de escribir.

Fue uno de esos chicos privilegiados, pues se iría a estudiar a Austin, quien me invitó al baile de graduación. Nuestros padres eran amigos y creí que lo hacía por esa cortés obligación. Porque sabía que Jenny Page, tímida y descolorida, a pesar de sus senos grandes —porque eso sí llamaba la atención en mí—, no había pescado novio. Siempre leyendo, jugando al ajedrez con su padre, diciendo refranes en español —si no repetía los que aprendí de mi madre se me iban a olvidar—. Pero no, Oliver Casel había sido atento conmigo más allá de sus buenos modales. Había pasado por mí en el auto de su padre, me había dado una flor y había mostrado sus dotes para el vals y los bailes siguientes. También me había susurrado al oído una despedida entrañable, después de besarme en la entrada de casa: "Jenny Page, deberías venir conmigo a Austin. Bailas muy bien".

Oliver Casel se fue al día siguiente con sus padres a viajar un verano en Europa, y cuando regresó no pasó a despedirse antes de ir a Austin. Tal vez se arrepentía de sus palabras o las había olvidado. Pero yo no entraría en el síndrome Herminia. Escribí poemas sin parar durante esos seis meses, hasta que 1913 se convirtió en 1914 y acepté que él no se comunicaría más. Tal vez estar tan atenta a la ilusión y su naufragio me distrajo de los acontecimientos que Leonor relata con detalle en las memorias que me legó. Cómo su casa de Laredo se había convertido en un hospital de sangre improvisado para atender a los heridos de la batalla de Nuevo Laredo que llegaban en el esquife de Pancho, quien había servido en casa de sus padres y ahora transportaba gente a través del río. Ese Año Nuevo viajamos a Mineápolis para pasarla con la familia Page, y al volver no había más tronidos de balas y cañones. Tan sólo, ahora me parecía recordar, en las esquinas que rodeaban la casa de Leonor había soldados americanos. Me produjo extrañeza, pero no más que el silencio de Oliver. Increíble cómo dos oraciones podían sembrar un mundo y acarrear el desconsuelo. Con Oliver había descubierto mi gusto por el baile y el deseo de la piel.

Pido almendras ahumadas para acompañar ese vodka. A la vera de ese salón modificado que ya no acoge adolescentes, sino parejas u hombres solos que vienen de negocios, el desconsuelo también me invade. No por Oliver, ni por mi padre, ni por Richard. Por un soldado con mirada color zapote. Un soldado del lado equivocado. Si Leonor Villegas no lo menciona en su recuento, si las fotos que tomó Eustasio Montoya donde aparecía yo también no están entre las que envía la difunta, ése es el motivo. Un corazón equivocado. Si Lily Long hubiera dado testimonio escrito, Jenny Page figuraría entre las veinticinco enfermeras de la tercera brigada de la Cruz Blanca Constitucionalista. Pero no hay indicio de mí en las fotos que guardó Leonor.

La vecina incómoda

4

Salía del café Colón cuando se cruzó con Rosita. Parecía que la había estado esperando. Por el tenor de la conversación en aquel paseo, así era. Leonor tenía claro que desde su casa se podía ver quién entraba y salía del café. Ella misma lo hacía en ocasiones. Sobre todo si la ocasión era como aquélla en que se había atrevido a entrar porque allí estaba Pancho Madero. El pretexto era perfecto: buscaba a su marido, que a menudo jugaba billar en el café. No lo encontraría porque ese día Adolfo no había ido, pero con ese afán, si su amigo Arenas cumplía, le presentaría al sufragista.

—Qué sorpresa, doña Rosita.

—¿Le parece si damos un paseo? —dijo, echando a andar por la calle, sin esperar la respuesta de Leonor.

Leonor no tuvo más remedio que seguirla, a pesar de que tenía ganas de saborear la conversación y la cercanía con los Madero. Le gustaba la mirada decidida y afable de ese hombre, sus educadísimas maneras, una especie de sabiduría serena. Doña Sara era callada y respetuosa. Cordial, pero dejaba el espacio para que su marido brillara. El sol pegaba en el parasol que doña Rosita abrió para atajarlo y tener más cerca a Leonor para esa conversación que se desplegaba incómoda.

—¿Cómo está su marido?

—De maravilla. Creí que estaba en el billar. Como va a menudo —dio Leonor por respuesta no pedida. Sospechaba por dónde vendría el reclamo de la casera. Ellos rentaban el ala norte del palacete de Rosita—. ¿Y el suyo?

—Mire, Leonor, no tiene caso que me ande con rodeos —espetó al llegar a la esquina—. No nos gustaría que Carmen y Porfirio adviertan que mis inquilinos tienen amistad con Madero.

Leonor tuvo el deseo de pararse en seco, mirarla a los ojos bajo la espesura de esas cejas violentas y aclararle que a ella nadie le decía con quién tener tratos. Claramente había marcado la distancia con el alborotador nombrándolo por su apellido, a diferencia del presidente Díaz.

Ante el silencio de Leonor, Rosita prosiguió:

—Vienen alguna veces a cenar a nuestra casa. No es que yo quiera interferir con las ideas de los otros, pero la verdad, Leonor, ¿qué no vive bien bajo el mandato porfirista? ¿Qué no su familia ha tenido una vida tranquila y holgada en sus tierras del norte?

Leonor pensó que esa mujer debía haber trabajado como espía. Sabía intimidar. Demostraba que conocía quiénes eran los demás. Dieron la vuelta en la esquina rodeando la manzana.

—¿Por qué cree usted que con Madero la vida no sería tranquila?

—Leonor, basta ver cómo lo apoya la chusma. Les va a dar poder a los que no tienen educación. ¿Sabe qué es eso? La ley de los salvajes.

—Rosita —le dijo, intentando salir de la sombra claustrofóbica del parasol—, ¿por qué no cierra eso? Un poco de sol no nos hace mal —Rosita era gruesa y respiraba con dificultad, como si lo poco andado ya la hubiera sofocado. Leonor no pensaba dejarla tranquila tan fácilmente. No se desharía de ella así como así—. Parece olvidar que el propio Porfirio era un salvaje que se casó con la doncella, digamos, porque Carmelita era la del roce social, la de las tierras en la ciudad.

—Pues ha hecho muy bien su tarea —se defendió Rosita agitando el abanico frente a su cara.

—Habrá hecho bien al principio, pero ahora ya le gustó la silla. Y Madero no viene a poner salvajes en el poder. Quiere que estrenemos voz y voto. Si piensa que el gobierno de Madero será dar el poder a los pobres, está muy equivocada.

—La dichosa democracia —espetó Rosita—. Juanito Sánchez Azcona la mienta todo el tiempo.

—No está solo, Rosita —contestó Leonor, que sabía que su vecino había apoyado la formación del Partido Democrático con Bernardo Reyes, a quien le tenía estima como vicepresidente desde el balneario de Tehuacán, donde coincidían las familias.

Rosita se sintió atribulada por los argumentos de Leonor. Dio zancadas más fuertes y ruidosas para allanar lo escabroso.

—¿Y le cayó bien?

Leonor se sorprendió ante la pregunta; luego comprendió:

—Es inteligente y sereno… Y es del norte —agregó, risueña.

Siguieron la marcha, aliviadas con el último giro de la conversación. Rosita dijo que los niños Magnón eran muy educados y hermosos, que cuando se los topaba en el paseo con la nana, los dos mayores la saludaban ceremoniosos.

—Qué pasen por unos polvorones, Leonor. Gertrudis, la cocinera, los prepara todos los jueves.

Habían dado la vuelta y estaban de nuevo en la esquina del café. Debían cruzar la acera para entrar a la casa. Pero había un revuelo de personas y tres automóviles en la entrada. Las dos mujeres se detuvieron. Salía Madero con su mujer y una comitiva. El hombre miró hacia los dos lados y descubrió a Leonor con aquella mujer. Se levantó el bombín y Leonor inclinó la cabeza en señal de saludo. Los vieron subirse y emprender la marcha. Los que no eran parte de la comitiva permanecieron un momento en la acera, charlando. Pero Rosita y Leonor no se movían. Una no sabía cómo reaccionar ante la evidencia de aquel saludo; la otra estaba emocionada por el gesto.

—La ha reconocido —dijo Rosita Carrillo, al tiempo que echaban a andar rumbo a la casa. Leonor ya no contestó. Antes de desviarse cada una para su entrada, Rosita agregó—: Procure que no me dé cuenta yo.

Leonor entró a casa y llamó desde el pasillo a Adolfo. Le quería contar que había conocido a Madero. Que sus palabras tenían aplomo. Que el "sufragio efectivo, no reelección" era una consigna para que el país no se pudriera bajo el poder de uno solo. Ni a Napoleón le había funcionado, por más ejército a su servicio y despliegue de estratega que tuviera. Adolfo lo admiraba. No en vano le corría sangre militar en las venas. Entró a la recámara con el sombrero aún puesto. Se vio frente a la luna y lo desprendió con cuidado. Acarició aquella pluma de pavo real que adornaba el ala. Era ligera y brillante. La maravillaba la insolencia del color. Se tiró en cama y sostuvo aquel sombrero frente a sus ojos. Se dejó perder en el azul estridente y el verde profundo. Qué maravilla de la naturaleza. No sabía por qué, pero en aquella visión, en aquella pluma desprendida del animal, había algo de anticipación que su ánimo no podía descifrar. Le encantaba estar en la ciudad de México en ese momento, cuando el aire estaba cargado de nubes hinchadas de agua. No había duda de que llovería. Las cosas ya no se podían quedar como si nada. Y Leonor tampoco.

Un pañuelo

5

¿Cuánto le tomó a Leonor Villegas ordenar estas fotos, recortes, telegramas, notas con cuentas de hoteles, compras de sombreros, vendas, crónicas, apuntes que han llegado a mí? ¿Cuántos dobleces en estas cartas salvadas del tiempo? Primero extraje el manuscrito. Lo hice a un lado pues requería de mi lectura cuidadosa, y yo tenía ansias de toparme con algo inesperado, como si Leonor me hubiera reservado alguna prueba de la existencia de Ramiro Sosa. También pensé que me toparía con alguna carta a su marido, Adolfo Magnón, siempre en la capital; alguna nota de sus hijos o un dibujo infantil. Pero lo más personal era aquella foto de Leonor y tía Lily en un día de campo con Carranza y con Luis Cabrera y Gustavo Espinoza Mireles, como aparece escrito al reverso.

No necesitaba este trabajo de archivista, de historiadora. Yo, que ni siquiera me había ocupado de mis propios álbumes de fotos más que en los primeros años de boda, lo único que había ordenado con el mismo escrúpulo que Leonor era mi baúl mundo de guantes. Los largos, los cortos, los de cabretilla, tela, terciopelo, seda. Rojos, negros, esmeralda, blancos. Con encaje o botones de concha. Vacié de golpe el contenido de aquella caja, esperando que saliera un trozo de corazón, algo más que papel amarillo y cartas con membretes. No quería ver una crónica más de las hazañas de la Cruz Blanca o de cómo había juntado fondos la Liga Feminista con el recital del coro. Papel, cartón, polvo y, de pronto, un pañuelo. Me lo llevé a la nariz para aspirar un aroma que, de tenerlo, ya se habría evaporado. Lo extendí intrigada y encontré entre sus pliegues aquel papel menudo doblado como un ala de paloma. Reconocí las iniciales en el bordado. Confirmé lo que siempre había supuesto. El lado vulnerable de Leonor Villegas.

Jenny, periodista

6

La tía Lily estaba al tanto de mis deseos de ser periodista y por eso mencionó el tema en la cena, en casa.

—Tal vez puedas aprender el oficio con Jovita Idar; escribe en el periódico que fundó su familia y que se imprime en la calle de Matamoros —me dijo.

Papá salió al quite de inmediato: cómo se le ocurría a Lily mandarme a un periódico mexicano.

—Perdón —arguyó Lily—. Es de Laredo. No es mexicano.

—Los dueños son mexicanos.

—Nacieron aquí —insistió Lily—. ¿Acaso no recuerdas que Texas era México? Tú y los *rangers* parecen haberlo olvidado, Steve. Si mi prima Betty viviera, te jalaría las orejas.

Papá hundió la mirada en el puré bañado de *gravy*. Yo conocía ese gesto esquivo que delataba lo incómodo que se sentía. Tía Lily había dado en dos flancos esta vez: mi mamá y sus convicciones. Beatriz Zavala, mi madre, era hija de mexicana y yo representaba esa nueva generación que debía abrazar mi ser americano, diferente de los mexicanos del otro lado del Río Grande, como lo llamábamos, y diferente de los indios perseguidos, aniquilados. *American*, como Steve Page, nacido en Winnesburg, Ohio, que conoció a Beatriz Zavala en un viaje de entrenamiento laboral pues abrirían una sucursal bancaria en la frontera. Y que gustó de sus maneras cálidas, familiares, escandalosas y abiertas de resolver sus timideces de hombre aislado, de hombre blanco protestante, que desquició su sentido práctico del tiempo y lo hizo volver para casarse en la iglesia de San Agustín con un banquete de chivo enchilado, cerveza y bandas que tocaban polka y valses y tonadas nostálgicas de río y *cowboys*. Y Steve entendió que para vivir en Laredo necesitaba a Betty, hasta que Betty murió. Sin ella volvió a ser tímido y aislado, y a concederle un gran valor al uso eficiente del tiempo y a evitar fiestas, excesos y bullicios. Yo parecía ser un medio camino entre los dos que mi padre no entendía cómo manejar.

—Me refiero a que tendrá que escribir en español —se defendió mi padre.

—¿Y está mal? Jenny habla los dos idiomas.

Mi padre se acabó el puré de dos tenedorazos y Otilia apareció a tiempo para recoger los platos y ofrecer el dulce de calabaza que había hecho. El favorito de mi mamá. Debo a la calabaza en tacha que mi padre se ablandara y dijera que sí, que estaría bien que conociera a esa señora Jovita y que probara suerte en el periódico, siempre y cuando escribiera de asuntos de la ciudad y no de lo que pasaba en el otro lado. Y dijo, cuando daba un sorbo como un aullido lastimero a la última cucharada del jugo de piloncillo, que no estaría mal que probara también en el *Laredo Times*.

Resaltaban los ojos azules y el pelo rubio de la tía Lily en su defensa de lo mexicano. Tal vez los estudios de enfermería y el trabajo de su marido como doctor en la zona la habían hecho más sensible a la combinación de culturas que se daba en la frontera. Porque eso de ser prima de mamá era un invento. Lily y ella eran amigas del colegio en San Antonio y Lily se había encariñado con la familia de mamá. Pasaba veranos y navidades en casa, se volvió familia y, como tal, era el vínculo más poderoso que papá tenía con mi madre. Papá nunca había aprendido español. Yo no resentía esos dos mundos que cohabitaban porque en la Laredo High School, al lado del río, lo mismo mis compañeros eran morenos que rubios y se llamaban Sánchez que Davis. La restricción que nos igualaba es que las clases sólo eran en inglés. Un tajante recordatorio de que el español era sólo idioma doméstico, no el que se usaría para aprehender el mundo, para trabajar, para salir de casa.

Papá tenía razón en que no dominaba el español escrito, pensé mientras caminaba hacia la calle de Matamoros y Flores. Tal vez, si hubiera vivido mamá, lo habría practicado más en casa, me habría dado algún libro que leer. Pero los ejercicios de la escuela siempre habían sido en inglés. Ni siquiera sabía si mi ortografía era buena. Hablarlo no era lo mismo que escribirlo. Y yo quería ser periodista. Pude haber tomado el tranvía, pero el clima de otoño era bueno y caminar me daba la oportunidad de pensar y de pasar por el hotel Internacional. Siempre me llamaba la atención con su flujo de visitantes, la mayoría hombres que venían a hacer negocios a esa zona de frontera. ¿Qué le iba a proponer a la señorita Idar? ¿Sobre qué quería escribir? ¿La iglesia de San Agustín, la más antigua de Laredo? ¿Las crecidas del río y las historias que cuenta la gente? Me daba cuenta de que pensaba en la memoria de sus edificios y sus calles. ¿Y si escribo la historia del puente? Lo tenemos a la vista y no sabemos bien a bien quién lo hizo. Recordar cómo cruzábamos antes por lancha. ¿Cómo explicar el día aquél en que se rompió y se hizo un camino de flotadores de hule? No voy a tener las palabras suficientes. Conforme crucé la calle de Covent, amainé el paso. Faltaba poco para llegar a las oficinas de *La Crónica*. Tía Lily me había dado una nota de presentación que llevaba arrugada en las manos. Yo podría explicar a Jovita Idar mis deseos, pero ¿podría encontrar un título poderoso en español para que los lectores decidieran leerme? "La cabeza es todo en un artículo, es la posibilidad de la condena o de sobrevivir", decía el profesor Hoover. Crucé Flores y me fijé en los locales que se alineaban uno tras otro. Allí estaba el 1016 de Matamoros. No podría escribir en español, no para un periódico. Debía volver, explicarle a tía Lily mi temor, mi limitación y hacer lo que decía papá: tocar puertas en el *Laredo Times*. Aunque no conociera a nadie, el inglés sí lo dominaba. Pero ya era tarde. Una mujer con el pelo oscuro, anudado, cejas insistentes y piel morena me miraba inquisidora.

—Debes ser Jenny Page —dijo con aplomo mientras abría las puertas de la imprenta y yo decía buenas tardes a los hombres que, con sus mandiles, trabajaban frente a unas prensas. Me llevó a una esquina donde nos sentamos a una mesa.

Le extendí la nota de tía Lily, pero me explicó que la había visto esa mañana en la reunión de la Liga Femenil y que ya sabía de qué se trataba. Que el semanario me daría un espacio. Y que ya veríamos cómo funcionaba.

—¿Sobre qué piensas escribir?

Tenía que pensar rápido:

—El español y la necesidad de que las escuelas lo enseñen a la par que el inglés.

Jovita me miró con interés. Desconocía entonces que ésa era una de sus luchas.

—Me parece bien, Jenny Page. Llamará la atención que lo firme una autora que no tenga nombre mexicano.

—Mi madre sí lo tenía. Era Zavala.

—¿Te piensas saltar el nombre de tu padre?

Jovita tenía razón al preguntar. Como estaban las cosas en casa, no era conveniente.

Dos semanas después salió publicado mi primer artículo en *La Crónica*. De alguna manera hacía un recuento de mi dificultad para escribir en español: "Quiero escribir en un periódico de Laredo y no tengo las palabras. ¿Quién me robó las palabras?" Así empezaba. Jovita escogió el título:

—"¿Quién me robó las palabras?" Ése es —dijo, emocionada—. Te espero la siguiente semana.

Papá se escandalizó cuando pedí sacar algo de mis ahorros del banco. Necesitaba una máquina de escribir. Dos días después, al terminar la cena, me llevó a su biblioteca. Sobre el escritorio estaba una Underwood, negro brillante, con teclas redondas y las letras plateadas resaltando. Lo abracé emocionada. Yo no podría haber comprado una nueva con mis ahorros. No le dije lo que alcancé a observar: la letra eñe no aparecía en el teclado.

Lo necesario

7

En agosto de 1910 Leonor anticipó que su padre estaba a punto de morir. No en vano se regresó con Leonor, Joaquín y Adolfo a Nuevo Laredo para acompañar a Joaquín Villegas y que todos se despidieran. Cuando Adolfo y ella hablaron, Leonor lamentó las dos circunstancias: que su padre hubiese enfermado de gravedad y que tuviese que dejar la ciudad de México por tiempo indefinido. La verdad es que en la capital ocurrían grandes cosas. Por lo menos así lo sentía ella mientras cenaba con los Sánchez Azcona o paseaba con los Arenas o platicaba con Jacinto Treviño, que pretendía a la hija del general Lauro Carrillo. Leonor podía desayunar en el hotel Francis, en la contraesquina de casa, y sentir que la vida del país desfilaba en avenida Reforma; la avenida tenía ese corte señorial que la hacía una gran capital y el rumoreo la hacía interesante. Mucho mejor lugar que cuando, recién casada, se instalaron en el hotel Cosmos y más tarde en Bucareli, en medio de la agitada vida de los diarios. Irse del hervidero de noticias no había sido del agrado de Leonor al principio, que sólo por el bien de los niños aceptó los argumentos de Adolfo. Que si los voceadores empezaban muy temprano, que había habido una trifulca entre ellos, que eso era un panal a la hora en que todos merecían el sueño. Alguna vez compartió esa emoción de vivir muy cerca de donde salían las noticias que repartían los voceadores con su amiga Soledad de Luchichi, hija de Juárez. Con ella y su marido tenía conversaciones deliciosas sobre historia, a la par que paseaban en carreta por la avenida que llevaba el nombre de su padre. Leonor bromeaba con su amiga. Era como si en su natal Nuevo Laredo ella paseara por la avenida Villegas, que no existía. Soledad podía contar delicias de su padre y aventurar ciertas incomodidades que el oaxaqueño perpetuado en el poder ahora le producía.

—No le gustaría nada a tu padre lo que está sucediendo —decía Luchichi, el historiador y marido de Soledad.

La verdad es que Leonor le debía a la ciudad y al balneario de los Mont en Tehuacán ese interés por el destino del país. Tres meses de estar en aquel lugar sosegado, donde los baños termales y las pláticas bajo los aleros del ex convento o en el jardín a la hora del almuerzo sembraban inquietudes que apasionaban a Leonor. El general Bernardo Reyes, ministro de Guerra de Díaz, escribía un libro con el interés de mejorar la vida de los soldados. La conversación la tenía hipnotizada de manera muy distinta a la que lo hubieran hecho alguna vez las clases de historia o geografía con las ursulinas en Nueva York. Aunque, se decía a sí misma, ya desde entonces le interesaban las biografías de los grandes hombres. Napoleón entre ellos. Le sorprendía cómo podían venir de muy abajo y, a base de carácter, inteligencia y astucia, podían llegar muy lejos. A formar un imperio. Por eso, cuando Adolfo los acompañó en la partida de la ciudad, sintió un hueco enorme en el cuerpo, en el andén de la estación Buenavista. Por fortuna la protegía el sombrero de raso verde y aquel velo negro que disimulaba su pesar. También las manos de los niños, atadas a las de ella y a las de Adolfo mientras esperaban el aviso para abordar. Qué pena que, en lugar de recibir ella a su padre y a Eloísa, la madrastra, en ese mismo andén, como todos los años en que vinieron para ir a Tehuacán, ella estuviera yendo a su encuentro. Admiraba a su padre, entre los hombres que había conocido, por su capacidad de crecer tierras y fortuna y tener el respeto de sus trabajadores en Tamaulipas. Otro más de los hombres que lograban lo que se proponían y mucho más: había venido de su natal Carandía, en Santander, con el deseo de un porvenir y lo había conseguido. Tesón, perseverancia, buena suerte también, porque mientras que Valeriana murió joven y dejó a los Villegas en orfandad, don Joaquín había tenido una vida larga y con buena salud. Criaba ganado; exportaba garbanzo y lana; mandaba dinero al pueblo, en España, como un indiano de cepa. Se casó nuevamente con Eloísa y siguió amasando fortuna y serenidad. Sí, Leonor lo admiraba y no concebía otra forma para querer que no emanara de la altura a la que pueden llegar ciertos temperamentos. Volvía a su Nuevo Laredo natal con el ánimo en desasosiego. "¿Por cuánto tiempo, Adolfo?", había preguntado la noche en que tomaron la decisión después de recibir el telegrama de Eloísa. "Joaquín grave, aconsejo vengan." No era una

MÁS DE
30 000
EJEMPLARES VENDIDOS

MÓNICA LAVÍN

Yo, la peor

FIEL COPIA

Grijalbo novela histórica

Grijalbo
De venta en librerías y tiendas de prestigio
www.rhmx.com.mx

"¿QUIÉN HA DECIDIDO QUE NO PENSAR ES PROPIO DE LA MUJER DEL ALTÍSIMO?"

sutil petición la de su madrastra; era un grito de urgencia. Leonor lo sabía, a pesar de no haber convivido tanto con ella por los años de internado en Nueva York, pero aquellos veranos en Tehuacán, año tras año, le habían permitido las conversaciones suficientes para saber que Eloísa, aunque fría y práctica, también tenía un alma dulce y frágil. Por algo era pianista. Llevaba a su natal Nueva Orleans en la sangre y por eso la vida junto al río no le era difícil, pero el rancho era algo que no soportaba. Bastaba verla tomada del brazo de su padre, escuchándolo, dándole la palabra. Admirándolo también. Mientras Leonor abrazaba a Adolfo ante el llamado para abordar el vagón que les correspondía, pensaba que, entre todos los dolores y las carencias, los de Eloísa serían los peores. Al fin ella era la que se quedaba sin compañero. Muchos kilómetros separarían a los Magnón, pensó Leonor soltándose del abrazo de Adolfo.

—¿Cuánto tiempo estaré allá, Adolfo? —volvió a preguntar, ya subida en la escalerilla, con los niños escabulléndose por el pasillo.

—El necesario.

Ya los niños asomaban por las ventanillas y Leonor no tuvo más remedio que seguirlos, entrar en el compartimento y mirar a su marido. Impecable con su levita y su sombrero, tan apuesto como hacía diez años, cuando lo conoció, y sin embargo ya lejano. Adolfo no comprendía los dos dolores que se estrellaban en el cuerpo menudo de Leonor. O, si lo comprendía, no acertaba a consolarlos. Mientras los niños gritaban: "Adiós, papá", ella, silenciosa, meneó la mano. Le reprochaba haberle dado por respuesta lo necesario. ¿Lo necesario para que muriera su padre y ella se ocupara, con sus hermanos y viuda, de deshacer propiedades, colocar herencias, tirar la ropa, las fotos, los detalles de una vida? Tendrían que toparse con la vida que les perteneció antes de Eloísa, cuando su madre vivía y hacía flores de tela. Saldría la infancia en el rancho de San Francisco, las salidas a caballo, los hijos naciendo en Corpus, en Cuatro Ciénegas, en Nuevo Laredo. Un padre cuidando sus muchas tierras de las agresiones de los kikapúes. Una madre en travesía bajo el calor del desierto, bajo la tiranía del paisaje, hecha de delicada materia, más parecida a las flores que amasaba y pintaba. Una madre asustada con tanta tierra, con hijos nacidos en Texas y en México de padre español, que aconsejaba que estuvieran siempre unidos y al que Leonor apenas recordaba de sus años niños. Leonor sabía, mientras el tren abandonaba los linderos de la ciudad, que iba a cumplir los designios de su madre. Que los hermanos, menos Lorenzo, enterrado en España —a Dios gracias que su madre no había sufrido esa muerte—, estarían juntos en la muerte de su padre: Leopoldo vendría de Laredo, Lina de España, y acompañarían a Joaquín Villegas para asegurarle que entre todos cuidarían de todos, que la fortuna con tanto trabajo amasada sería bien mirada, que Eloísa no sería descuidada, que el nombre Villegas se llevaría por todo lo alto en el comercio que ya habían fundado Leopoldo y el tío Quintín en Laredo. El paisaje se había impuesto, aunque algún caserío todavía lo interrumpía. Leonor se sentó y la mayor también lo hizo. Los dos pequeños iban adelante.

—Tengo hambre —interrumpió Joaquín.

—¿Cuánto falta para que cenemos, mamá? —lo secundó Adolfo.

—Lo necesario —se atrevió Leonor.

Y su mirada se perdió, inquieta por la agonía que la aguardaba y por desprenderse de esos diez años vividos en la ciudad. Le parecía inesperada esa revelación del peso de los lugares. Si al fin y al cabo ella no había nacido allí. Pero allí estaban las conversaciones de las que se había alimentado. ¿O le pesaba desprenderse de Adolfo? Era como si se hubiera tirado a nadar en un mar sin orillas. Ni padre ni marido. A ver cómo salía adelante.

Por mis pistolas

8

Aquella mujer menuda y briosa decía que la justicia estaba del lado de Carranza, que vengaba la muerte de Madero. Confieso que a mí no me importaba la venganza del usurpador, no entendía bien a bien quién era el presidente de México y por qué era preciso quitarlo a sangre y pólvora. Después no hubo más remedio que me importara cada vez que lavaba un cuerpo herido, cada vez que veía salir un muerto, cada vez que veía a los hombres mal dormidos que iban apelmazados en los vagones del tren, cada vez que comprendía su hambre cuando yo también la empecé a sentir, cada vez que tenía que aflojarme la ropa porque el calor era insoportable y yo no llevaba fusil. Pero no fue ésa la razón por la que me uní a la Cruz Blanca. La culpa la tuvo Alberto Narro, que fue a hablar con mi padre antes que conmigo. Una noche Veronique entró a mi habitación y dijo que mi padre decía que me arreglara especialmente, pues teníamos invitado a cenar. Curiosa, fui a preguntarle a Otilia quién venía. Mi nana me miraba risueña mientras preparaba aquel guisado de pollo y almendra.

—Mejor ya no andes pensando de más y ayúdame a hacer el *mousse* de chocolate. Te conviene.

Bien que sabía quién venía, porque me hizo esmerarme con la receta de Veronique.

—¿Y por qué no lo prepara la señora francesa? —le dije después de batir afanosamente varias claras.

—Porque nunca estamos en la cocina al mismo tiempo.

Lo había olvidado por un momento, y Veronique también, porque no resistió entrar a ver cómo iba aquel *soufflé* de chocolate.

—Ni que viniera el papa —me burlé.

Conocía bien las devociones católicas de mi madrastra.

—Como si así fuera.

Otilia la miró, fulminante, y Veronique dejó el territorio de mi nana.

Cuando llegó Alberto Narro con ese saco que le quedaba un poco sobrado, con aquel buqué de violetas en la mano y con un nerviosismo que le desconocía, entendí por qué Otilia había dicho: "Te conviene". Alberto Narro era un mexicano educado en Europa, de una familia que había perdido su fortuna pero que conservaba los rasgos de su buena crianza. Era culto y agradable, pero no sé por qué pensó que podía pedir mi mano sin siquiera haberse acercado a mí en plan amoroso. Tal vez temía a papá, quien era su jefe en el banco.

—Supongo que debes imaginar el porqué de esta reunión —dijo papá durante el *mousse,* que Alberto había alabado.

Cuando ofreció coñac y sólo Alberto lo secundó, quise hacerlos sufrir:

—Tal vez a Alberto le han ofrecido un mejor puesto en otra ciudad y lo estamos despidiendo.

Alberto y mi padre intercambiaron miradas condescendientes:

—Yo no podría prescindir de sus servicios en el banco, Jenny.

Levanté el vaso de limonada y dije:

—Pues salud por los servicios de Alberto.

Alberto se puso colorado. Mi padre lo veía como instándolo a hablar. Pero él tan sólo balbuceaba. Veronique se quería reír y me daba patadas debajo de la mesa.

—Este muchacho, este excelente funcionario, este joven a quien hemos dado siempre la bienvenida en casa, quiere estrechar su relación con esta familia.

Entonces, en un gesto ridículo que no le conocía, Alberto se puso de pie y me miró a los ojos:

—Jenny, he venido a pedirle tu mano a tu padre.

Lo miré perpleja mientras él buscaba la aprobación de mi padre. Nervioso, extrajo un estuche de la bolsa del saco sobrado y me lo dio con torpeza a través de la mesa. Yo no extendí la mano para recibirlo. El silencio heló la imagen de él con el brazo extendido y papá mirándome, insistente:

—Jenny, por favor.

Pero yo no moví los brazos un ápice ni quité la vista del rostro de Alberto. Lo desprecié.

—Ésas no son maneras en una chica educada —reclamó papá.

Alberto por fin bajó el brazo rendido y clavó la vista abatida en la orilla de la mesa.

—Jenny Page, pide una disculpa —ordenó mi padre.

Veronique intervino:

—Por favor, querido.

—Tú no intervengas —le dijo a ella—. Es demasiado joven para comprender lo que le conviene.

Sentía que las lágrimas saldrían de mis ojos de un momento a otro. En lugar de doblarme, miré a mi padre con firmeza.

—Estoy esperando, Jenny. Y el señor Narro también.

Me puse de pie bruscamente, alcé el plato con el resto del *mousse* y lo arrojé a un lado de la mesa.

—Pues pueden seguir esperando el resto de sus vidas.

Me puse de pie y no atendí los toquidos de mi padre en la puerta esa noche. Al día siguiente, Alberto envió flores y se disculpó por la forma de adelantarse a mis deseos. Me suplicaba que le permitiera cortejarme. Como no respondí porque bien sabía lo que quería, esperó afuera de la casa durante toda la semana después del trabajo. De seis a diez él aguardaba en la veranda a que yo apareciera y le diera una respuesta. Por fin, temiendo su presencia todo el sábado en mi casa, sin que yo pudiera salir de mi habitación, me aparecí sin haberme esmerado en el arreglo. Quería disuadirlo a toda costa:

—Está bien. Mañana nos vemos en el café del Hamilton. A las seis —lo tranquilicé.

Por la mañana crucé a Nuevo Laredo y le pedí a mi primo Enrique que me acompañara a un asunto muy importante. Le prometí llevarlo a la tienda de los zapatos ingleses y regalarle unos. Él pensaba que a su novia no le iba a gustar.

—Dile que es un favor para tu prima.

—Que no te vea, prima, o se encela.

Enrique era guapo, ésa era una de las razones principales por la que lo había escogido, y muy pagado de sí mismo. Y era hijo de una parienta de mamá, así que Alberto no lo conocía. Y me gustaba un poco. Si no, no podría haberlo besado allí en la banca del café adonde llegamos minutos antes de que Alberto entrara, me mirara a lo lejos y comprendiera que ésa era mi manera de hacerlo entender. Enrique me advirtió que un tipo pálido venía caminando hacia nosotros.

Me volteé de golpe:

—Alberto, te quiero presentar a mi novio, Enrique. Enrique, éste es Alberto.

Los dos se desconcertaron.

—Lo siento, no lo sabía —dijo, demudado.

—Debiste haberme preguntado mi parecer antes que a papá.

Mientras Alberto salía abatido, Enrique buscaba mi talle y acercaba su boca a la mía:

—No sé qué te traes, prima, pero el beso nadie me lo quita —y me plantó uno por su cuenta.

Al día siguiente papá me dijo que me iría con las tías a Reno. Se volvió loco a la hora de la cena, en que no aparecí. Seguramente pensó en ese novio mexicano con el que me había visto Alberto, quien le había ido a contar por puro despecho. Pero yo me había ido a refugiar con la tía Lily. No iba a soportar que nadie decidiera el rumbo de mi vida.

El 20 de agosto

9

Cuando llegaron a la estación de Laredo, Leopoldo estaba esperándolos. Leonor pensó que su hermano era ese hombre faro en el que podía apoyarse. Que esa soledad a la que se había sentido arrojada durante el trayecto de tren, en esa noche bamboleante que no le permitió mucho reposo, podía ser curada por Leopoldo. Tantos años alejados, que había olvidado la serenidad alegre de su hermano menor, ese temple para estar. Sensato y quieto. A Leopoldo no le gustaba el movimiento; a Leonor la fascinaban las distancias. Cuando viajaron todos a Europa por más de un año, Leopoldo andaba tristeando, deseoso de estar junto al Bravo y no al Sena. Leonor se burlaba de él.

—Están guapísimos los críos —dijo después de abrazarlos y de ayudar a la mayorcita, Leonor, a bajar las escalerillas como si fuera una señorita.

—Permíteme, sobrina —dijo y le dio el brazo. Y a su hermana le insinuó por lo bajo—: Has llegado a tiempo.

Don Joaquín la esperaba en su cama, donde, apoyado en almohadones, tomaba el té que le había preparado Eloísa. Leonor bromeó:

—En lugar de ir a Tehuacán a pasarla bien, me haces venir acá, papá. Vengo para llevarte conmigo.

Joaquín Villegas sonrió por respuesta y algo dijo que obligó a Leonor a acercarse, porque el hilillo de su voz era muy débil:

—No son buenos tiempos, hija. Cuídate. No nos traiciones.

Leonor se retiró buscando la mirada de su padre. Quería una respuesta. Pero Joaquín no aclararía más. Cansado, cerró los ojos y apretó la mano de su hija.

Eloísa intervino:

—No le gusta que andes escribiendo en periódicos sobre Madero.

43

Leonor meneó la cabeza y se acercó al oído de su padre:

—Tú me enseñaste a decir lo que pensaba.

Joaquín sonrió, resignado, mientras Eloísa le acercaba a Leonor los ejemplares de *La Crónica* que habían guardado. A Leonor le dio gusto, aunque aquello ofendiera a su padre. Jovita Idar había publicado sus pensamientos en el periódico que fundó Nicasio Idar. Peor no debía disgustar a don Joaquín en ese momento.

—La paz nos ha dado dinero, hija —se atrevió con ese hilillo de voz.

Pero Leonor no resistió:

—¿Y recuerdas, papá, por qué me llamabas *la Rebelde?* Te has cansado de repetir cómo entraron a nuestra casa y, al oír mi llanto de bebé, creyeron que era un rebelde escondido. Y que tú me mostraste, irritado, porque atentaban contra un inocente: "Ésta es *la Rebelde*", los avergonzaste. Se fueron sin hacernos nada.

Don Joaquín ya dormitaba. Eloísa explicó por lo bajo cómo las fuerzas lo abandonaban día tras día. Se veía cansada. Eloísa apagó el quinqué y cubrió bien a su marido. Acomodó la almohada y le dio un beso en la frente. La escena conmovió a Leonor, que reconoció en la palidez de su padre la proximidad de la muerte.

Pasaron tan sólo unos días de aquel mes. El 20 de agosto Joaquín Villegas murió rodeado de sus hijos, nietos, esposa y sirvientes. Leonor le escribió a Adolfo dando la noticia. Sabía que no podía regresar de inmediato, pues faltaban los deberes después de la muerte.

Desde la veranda de la casa donde acariciaba la cabeza del pequeño Joaquín, sentado en su regazo, mientras sentía el dolor de la ausencia irremediable de los queridos y miraba a lo lejos ese paisaje sin montañas, no podía presagiar que habría un 20 de agosto luminoso en su vida, donde causa y propósito se fundirían en un acto.

La noticia

10

Leonor sintió el frío inesperado de noviembre asentarse en la mitad del otoño. Sin montañas que protegieran la llanura, el viento arrasaba, inclemente. Debió haberse puesto la capa de lana antes de salir. La traza de las calles encañonaba el viento que venía del río. Lo sintió al echar a andar por Farragut. Podría volver sobre sus pasos, pero no tenía ánimo. Quería compartir con alguien la carta de su marido. Su cuñada Inés le preguntó por las razones del júbilo antes de que Leonor saliera de casa, y ella estuvo tentada a explayarse.

—Recibir palabras de Adolfo te alegra, ¿verdad?

—Claro —contestó Leonor ocultando la verdad.

No era una carta como las que acostumbraba su marido, narrando la vida cotidiana, las vicisitudes de la ciudad y su trabajo o las últimas noticias de los vecinos y el compromiso de la hija de Lauro Carrillo con Jacinto Treviño. Tampoco la partida de billar con el general Felipe Ángeles, al que Leonor había conocido en una cena y cuya afabilidad había sorprendido viniendo de un director del Colegio Militar. Adolfo no era hombre celoso. Leonor suponía que no reconocía que el brillo en los ojos de Leonor era una mezcla de admiración y arrobo por aquel militar que poseía una astucia serena. Sí, así de elemental, pensó Leonor aquella noche. Una extraña combinación de la fuerza de carácter y de la sensibilidad en la mirada. No era mujer que se quebrara en amores y menos siendo casada, así que, en cuanto sintió ese avispar en México, dio carpetazo a la emoción y sólo pensó en que tal vez algún día se volverían a encontrar. Aunque Ángeles había sido hombre de Díaz.

—¿Usted sí se llama así de especial? —se había atrevido Leonor en aquella cena en casa de los Carrillo.

Felipe Ángeles se rió:

—¿Y usted se puso ese apellido tan fuerte para una mujer de talla tan pequeña?

A Leonor aquello le pareció una coquetería.

—Está a la altura de su nombre —la defendió Adolfo con humor.

—De eso no tengo duda —afirmó el general Ángeles.

No, esta vez la carta que llevaba en la bolsa de raso decía más. Clemente Idar sería un buen interlocutor, o Melquíades García, el cónsul. ¿O si se cruzaba a México para ver cómo recibían la noticia del otro lado? El chiflón que la alcanzó en la calle Salinas la hizo repensar la idea de volver por la capa. Su cuñada Inés no comprendería las razones de su júbilo. Tenía miedo de los desórdenes. Ni siquiera había participado en las tertulias culturales de la Liga Femenil Mexicana ni en las actividades altruistas de Unión, Progreso y Caridad. No es que Leopoldo fuera a contravenirla y menos si era con su hermana Leonor, por la que sentía enorme debilidad. Era por pura timidez y miedo a estar en borlotes, en situaciones que los fueran a expulsar de Estados Unidos, donde ella vivía gozosa. A Inés le gustaba esa casa con seis recámaras, el porche, el almacén. No extrañaba nada de su tierra; al contrario. Leopoldo era un hombre trabajador, ambicioso, protector. No tenía por qué subvertir el orden de nada. Ya sus abuelos habían padecido el ataque de los apaches y su madre recordaba los gritos cuando entraban en Guerrero y todos temían su ferocidad. Ya les había costado la paz en su parcela. Ahora no quería más desmanes. Y Leonor siempre andaba queriendo inventar cosas. Organizaba colectas, tertulias; había hecho ese kínder para que los niños aprendieran español. Cuando Leonor le dijo a Inés que podía ser maestra en el kínder, ella se replegó; aludió al tiempo que debía dedicar al cuidado de los niños, la casa. Le gustaba atender a Leopoldo, añadió para protegerse; que, en cambio, Leonor tenía a Adolfo lejos y sus hijos estaban cuidados por las nanas. No, era imposible contarle a Inés la razón de su alegría.

Cómo le hubiera gustado tomar el tren para la ciudad y celebrar la toma de poder de Madero. Qué lejos estaba la capital. Mandaría un telegrama a los Sánchez Azcona felicitando el hecho, porque desde que Juanito había desaparecido un día, cuando todavía ella estaba en la capital, claramente sospechó que se iba con Madero, que darían la batalla y no aceptarían los resultados de una elección fraudulenta. Se apretó los brazos protegiéndose del aire y decidió detenerse en Los Dos Laredos. Compraría una chaqueta para la temporada. Firmaría y luego pasaría a liquidar, pues no llevaba con ella más que la carta y los guantes. Entró empujada por el aire frío. El vendedor se alegró de ver a su clienta y presumió la ropa recién llegada de Londres: las faldas de violé y las blusas de seda, las tafetas y el raso Liberty, la chinela Irving Drew y, cuando atendía su petición de que le mostrara pronto alguna prenda de abrigo, que volvería otro día para ver con calma, se le ocurrió preguntarle si sabía lo que acababa de pasar en México.

—¿Una inundación? —preguntó, alarmado—. ¿Una revuelta? No es novedad. A últimos tiempos hay mucho descontento por allá.

—¿Por allá? —preguntó Leonor—. Está a menos de un kilómetro.

—Señora Magnón —dijo con petulancia el comerciante—, aquí tenemos más cerca las capitales europeas que la capital de México.

Leonor se levantó indignada. No atendió las súplicas del vendedor, que la perseguía con un abrigo francés de felpa verde olivo, ni le importó el frío que la había llevado a la tienda. Echó a andar furiosa hacia el consulado de México. Allí estarían enterados y celebrando. Luego remataría con los Idar, que seguramente escribían en ese momento sobre el acto de la toma de Madero. Los telegramas debían de estar llegando uno tras otro. Su marido hizo el recuento. Pero no era lo mismo: debería haber estado allí.

Un mareo la tomó de improviso. Se tomó del barandal de una de las casas de los Hill. Tanta excitación, tanta distancia y el cambio de clima la estaban poniendo mal. Reponiéndose, se dijo que debía estar a la altura de su nombre y, como Villegas, retomó el paso hacia el consulado. Cuando llegó estaba pálida y el cónsul se alarmó. La pasó a su despacho y le ofreció una copa de brandy. Leonor, desplomada sobre el sillón, lo aceptó y cerró los ojos. Podía ver la entrada que le refirió Adolfo con tanta exactitud, la caballada aquélla por la avenida Reforma. Las banderas blancas ondeando ante las caras de Pino Suárez y Madero. La gente arremolinada. El Partido Constitucional Progresista había ganado las elecciones y esta vez no había poder humano que las alterara. El país entero estaba cambiando en ese acto civilizado de la democracia. "La alegría era blanca como el sol", había dicho Adolfo, que, aunque era hijo de militar, abominaba estrategias y batallas y se había inclinado por el litigio de los números y las cartas. Pesos, empaques, autorizaciones, importaciones y exportaciones. El triunfo de Madero prometía mejorar sus ingresos. Se había tardado en aceptarlo, pero ahora lo tenía muy claro.

Leonor, si vieras el galope, los vivas y los tambores que ocultaban el cimbrar de la tierra. Tembló y no me di cuenta. Un temblor opacó al otro. Lo supe después, por la noche. No podía imaginar en qué momento habían removido los escombros. Las noticias aprovecharon para certeramente argüir que Madero había movido la tierra, que su paso pesaba, que era un elegido. Ya ves cómo nos gusta saber que no estamos solos en eso del destino. Otros, nunca faltan, dijeron que era un augurio. O que Díaz, desde París, hacía su última pataleta. Tembló, Leonor, porque las cosas ya no serían iguales, como quedó claro cuando el 2 de noviembre el conteo de los votos lo confirmó ganador: casi veinte mil. Seguramente, cuando recibas esta carta, la toma del poder habrá ocurrido. No tengas duda. Todo va viento en popa, menos mi corazón, que naufraga sin ti.

Tuyo,
Adolfo

Leonor se recuperaba con el calor del licor en el cuerpo, pero ya el cónsul le diagnosticaba fiebre y pedía a su chofer que la devolviera a casa.

—Vine a celebrar —protestó Leonor—. Y no me iré hasta que usted y yo brindemos por el nuevo presidente de México.

Melquíades no se atrevió a insistir. No en ese momento, que merecía elevar la copa.

Indiscreción

11

Tengo para mí que Leonor expurgó el cúmulo de papeles atesorados durante la Revolución, que tiró lo que llevaba a otro plano ajeno al de su dirigencia y que no advirtió la indiscreción del pañuelo. Se deben de haber ido las incomodidades del general Pablo González, harto de que Leonor insistiera en que el doctor De la Fuente debía ser removido de su cargo pues estorbaba a los buenos afanes de las enfermeras. Un telegrama prófugo revelaba ese tono de hartazgo. En aquella caja embalada y cuidadosamente retacada, con aquel pedazo de vida en documentos, Leonor había dejado fuera una parte. Yo lo podía afirmar, pues las había escuchado en la bodega del hospital de sangre de Chihuahua. Cuando entraron y empezaron a hablar tía Lily y Leonor, me quedé quieta entre los anaqueles con frascos de formol, las vendas cuidadosamente enrolladas, los algodones, jeringas de cristal, cajas metálicas, termómetros. Tía Lily se acercó a la estufa para esterilizar jeringas. Era un trabajo que siempre supervisaba, temiendo que nosotras no lo hiciéramos con el rigor necesario.

—Ya decía yo que había razones para no celarme —protestó Leonor.

—Mejor para ti, Leonor. Así puedes hacer tu trabajo.

—Mientras, él se refocila con otra.

—Son habladurías.

—Son escándalos, querida Lily, lo que menos necesito.

—¿Qué esperabas de un hombre tanto tiempo lejos de ti?

—Que me respetara… y que no embarazara a la joven Barrera.

—¿Preferías a una madurita?

—Una menos porfirista.

Tía Lily metía el instrumental en la olla hirviente. El burbujeo escondía mi respiración apocada. Si me descubrieran, Leonor sentiría vergüenza. Mucha.

—No hay que dejarse llevar por rumores.

—Si el río suena... —apuntó Leonor.

—¿Y has considerado disolver tu matrimonio?

Se hizo un silencio pesado. Pensé que no podría mantener el brazo arriba, pero temía que al bajarlo rozara los anaqueles y las botellas vibraran.

—He considerado retirarle la palabra. No volveré a cruzar frase alguna con él.

—De todos modos no lo has hecho ya hace algunos meses —tía Lily trató de calmarla.

Moví el brazo que punzaba desde la axila y las dos voltearon, sorprendidas, hacia el rincón donde me encontraba. Como no me esperaban, no me vieron. Lily cerró la ventana pensando que el aire había provocado esos tintineos.

—No intentes culparme de sus devaneos.

—Yo haría menos ruido y disfrutaría la charla con los hombres que siempre nos acompañan.

—Pero a ti George no te ha fallado.

—Es protestante.

Las escuché reír. Me sorprendieron. Leonor pareció herida sólo en su orgullo.

—Yo sé que hay más de un general con quien no te disgusta estar.

Me disgustó la liviandad de las mujeres. Les veía las nucas y por un momento, como si fueran mi madre, las pensé acariciadas por los hombres con los que paseaban y cenaban. Imaginé que uno de ellos se inclinaba para besar la nuca pálida de Lily, que otro alzaba el rostro de Leonor buscando sus labios delgados. Bajé el brazo y sucedió lo inevitable. Voltearon al rincón y me vieron.

—No escuché nada, se los juro —dije y salí corriendo.

Solapas luidas

12

Emelinda Jiménez leyendo sus poemas frente al atril; la espalda del maestro Ponciano Hernández con las manos en alto; al fondo, el coro; Daisy Gatsby después de dirigir unas palabras sobre la beneficencia, entregando diplomas a los bailes ganadores; Leonor dando la bienvenida; Jovita Idar y sus palabras sobre las mujeres texanas y la importancia de conservar el español. El paquete con las fotos que Leonor encargaba al fotógrafo llegaba sin dilación. Siempre se sentaba en el escritorio de Leopoldo, que era generoso, hacía a un lado los libros de la contabilidad y seleccionaba las que irían para la prensa, fuera *La Crónica* o *El Progreso,* y las que irían al archivo personal. En algunos casos encargaba copias. Entonces citaba en su casa a aquel hombre menudo, de ojos amarillo pálido, cuyo tono se extendía al moreno verdoso de la piel. Lo había visto en las reuniones de aduaneros en el hotel Internacional, donde a veces acompañaba a su hermano y a su tío. Así había pedido sus servicios para los eventos de Unión, Progreso y Caridad. Y le había gustado no sólo su discreción para deslizarse entre los comensales, acercarse a los ejecutantes, escoger el ángulo preciso, sino que entregara a tiempo aquel trabajo impecable. De él sólo sabía que vivía en la calle Grant, en el modesto barrio cerca de la estación, y que tenía ascendencia mexicana. Lo que tenía claro era lo profesional de su trabajo. A algunas de las asistentes las incomodaba la solapa brillosa de su saco, que parecía haber heredado de algún pariente, pues le quedaba suelto. Pero Leonor no sería quien le señalara aquello, aunque su arreglo había impedido que sus servicios fueran considerados en algunas bodas o banquetes. Leonor respetaba el trabajo puntual. Incluso le agradaban las pocas palabras que tenía que cruzar con él para que la entendiera y la dejara satisfecha con el material. Jovita se había entusiasmado con la foto donde aparecían las dos. Ahora que Leonor colaboraba también en *La Crónica,* quería que apareciera publicada. Por eso Leonor mandó al chico que ayudaba en el almacén a entregar un sobre al señor Eustasio Montoya, donde había colocado la foto y una nota pidiendo el duplicado de ese retrato y algunos otros, y el costo de los mismos.

Dos días después llegó el paquete con las fotos solicitadas. Jovita ya reclamaba la suya, pero Leonor, por si hubiese sucedido algo a la placa del fotógrafo, guardó la original. Sin revisar el contenido del sobre, pidió de nuevo al chico que entregara en el periódico la foto donde aparecían las dos. La ensobretó después de anotar en el respaldo: "Ave Negra y la firmante. Leonor".

—¿Y esas fotos en mi escritorio? —preguntó Leopoldo antes de que se sentaran todos a la mesa.

—Las encargué a Montoya —contestó sin dar importancia.

—¿Qué estás tramando?

—¿Las viste? —preguntó Leonor sin entender.

—Como estaban sobre la mesa, pensé que querías que las mirara.

Ya los niños se sentaban haciendo escándalo con las sillas, e Inés, la cuñada de Leonor, los llamaba al silencio.

—No sé qué piensas hacer con ellas, pero ya sabes qué opino. Voy por la alcaldía de la ciudad y quiero que me apoyes.

Mientras Leonor tomaba el platón del guisado y se servía, dijo, perpleja:

—No veo por qué la reunión de señoras leyendo o cantando puede causarte agravio alguno.

La cara severa de su hermano la alertó. No era lo correcto levantarse intempestivamente de la mesa pero, aprovechando que su cuñada ponía en orden a Leopoldito y a sus tres hijos, se disculpó:

—Ahora vuelvo.

No hubo tiempo de preguntar nada, porque Leonor ya había abandonado el comedor. Carmen se le cruzó en el camino, pero ella no se detuvo.

—Se va a enfriar su cena, señora.

Encendió la lámpara del escritorio y abrió el sobre. En lugar de aquella foto con Jovita y de las otras de la reunión, vio a Madero con el rostro sereno y un sombrero entre la polvareda. Lo acompañaban otros hombres a caballo. Nadie posaba ni advertía que la cámara registraba la ansiedad, la prisa, el vértigo, la adrenalina, el efecto del ruido de los disparos en esos hombres armados, lo embriagante del olor de la pólvora, la sangre que se agolpaba en las pezuñas de los caballos.

Civiles escondidos detrás de una tranca, niños corriendo al lado de una madre enrebozada. Un cuerpo descoyuntado sobre la calle terrosa, un sombrero y nada alrededor. Los barrotes de una celda y un hombre con la ceja sangrante apoyado en ellos.

Eustasio Montoya se había equivocado. Leonor dio vuelta a las fotos firmadas "E. Montoya", buscando algún indicio del momento registrado. Donde Madero aparecía al frente de los jinetes leyó: "Madero en la toma de Ciudad Juárez". Y detrás de aquélla en que un hombre grueso, con bigotes y mirada vivaz, acompañaba a Madero: "Francisco Villa".

Esta vez no mandó ningún mensaje al fotógrafo. Entró al comedor con el sombrero en la mano, lista para salir, cuando ya se servía la compota de peras que su hijo Joaquín nunca quería comer. Nada más la vio, el niño pidió su ayuda:

—¿Verdad que a ti tampoco te gusta, mamá?

Leonor miró el rostro de su cuñada, perpleja ante su inminente partida y la pregunta del niño.

—Pero hago un esfuerzo por comerla. Tu tía lo ha preparado con mucho cariño.

—Pues no la quiero —siguió protestando.

—Acompáñame, criatura, y a la vuelta los dos comeremos un plato de compota. ¿De acuerdo? —miró a Inés intentando no molestarla.

Joaquín ya corría a ella. Los otros chiquillos también querían unirse al paseo nocturno.

—Sólo Joaquín irá con su madre —intervino Leopoldo, que sabía que el contenido del sobre había sorprendido a Leonor.

Los dos salieron a la calle y, sin esperar a que alguien los condujera, Leonor echó a andar en dirección al tranvía. Mientras Joaquín, alborotado por la aventura inesperada, reía sentado en el vagón, Leonor sentía la excitación de haber encontrado agua después de cavar, como sucedía con su padre en el campo. Al contrario de lo que Leopoldo suponía, no sólo iría a reclamar las fotos correctas: quería saber quién era Eustasio Montoya y por qué había estado en aquella batalla. ¿Era cierto que fueron Villa y Orozco quienes incitaron a la toma y los saqueos? ¿Y que luego Madero aprovechó la victoria para lanzar los acuerdos de Ciudad Juárez? Quería que le contara más allá de las fotos, cómo había sido ese momento de gloria.

Embebida en la posibilidad de mirar de cerca lo que las conversaciones en el balneario de Tehuacán insinuaban, apenas escuchó al pequeño preguntar alborotado, mientras se apeaban en la calle Grant:

—¿Vamos a hacer esto todas las noches, mamá?

Gente como uno

13

Leonor aún no conocía a Venustiano Carranza. Ya le simpatizaba que fuera de Cuatro Ciénegas, porque allí había nacido su hermano Leopoldo. Su madre Valeriana siempre bromeaba con ese nacer de hijos por todos lados, a la vera de los negocios y viajes de su marido, Joaquín Villegas. Para colmo, dos hijos en Estados Unidos y dos en México. Por eso no era raro para Leonor haber nacido en Nuevo Laredo y vivir en Laredo. Ser mexicana y vivir del lado americano. Tener amigas como Eva Austin o como Jovita Idar. Se acercó al escritorio donde trabajaba su hermano. Hacía, como acostumbraba, las cuentas del almacén Villegas y no le gustaba que lo interrumpieran, pero apreciaba a Leonor como a ninguno de la familia. Durante algunos meses compartieron el segundo piso del almacén, donde había espacio para las dos familias. Cuando sintió su presencia cercana, no pudo desatenderla, por más que debiera anotar los pagos a proveedores para el día siguiente. Ése era su departamento. El tío Quintín trataba a los clientes y entrenaba a los empleados. Era quien daba la cara al público la mayor parte de las veces. El temperamento sosegado de Leopoldo lo hacía un buen administrador.

—Te tengo que contar —lo interrumpió Leonor y, como bien sabía ella, no le pudo decir que no.

—¿Ahora mismo? —Leopoldo hizo la plumilla a un lado—. ¿No podemos esperar a la merienda?

—Las noticias se enfrían, y no se emocionarán los chicos ni Inés. Bien sabes que a tu mujer no le gusta saber de complicaciones en México.

—Tiene sus razones —la defendió Leopoldo.

Ya Leonor se acercaba una silla al lado del escritorio que había sido de don Joaquín.

—Me gusta el escritorio de papá —confirmó Leonor, pasando una mano por el encino lustroso.

Era un buen sitio para que hablaran los hermanos. Allí lo hacían cuando Eloísa, la madrastra, mandaba una carta para los dos; cuando era preciso arreglar asuntos de la herencia, decidir inversiones, vigilar la cuenta de Leonor y la de Adolfo.

—Vengo de la imprenta. El semanario dará la noticia del Plan de Guadalupe, que acaban de firmar con Venustiano Carranza varios generales y amigos suyos, todos reunidos en esa vieja hacienda. No sólo no reconocen a Huerta, sino que vengarán la muerte de Madero.

—¿Tiene caso la venganza? —preguntó Leopoldo para entender la excitación de su hermana.

—No me digas que te parece bien que hayan traicionado al presidente Madero, que lo hayan tomado preso y luego fingido que huía para matarlo. Tú lo conociste, Leopoldo. Gente como uno. No merecía la muerte.

Leonor llevaba meses desazonada con la noticia de esa muerte artera, así como había celebrado el triunfo de Madero y brindado con el cónsul. Cuando Adolfo avisó en telegrama del asesinato de Madero y Pino Suárez después de encerrarlos en La Ciudadela, su entusiasmo se fue a pique. Pensaba que, desde la lejanía de la ciudad de México, la gloria y la caída hacían sentir que aquello ocurría en otro país. Ni las mañanas entregadas a la dirección del kínder que había fundado para que los niños tuvieran clases en español y en inglés, ni las tardes cerca de sus hijos, ni los textos que escribía para *La Crónica*, ni las tertulias con el club de los martes de música y literatura de Eva, ni las reuniones para juntar fondos y apoyar proyectos humanitarios en Laredo la animaban. Cuando supo muertos a Madero y a Pino Suárez, cuando vio las fotografías, el recuerdo del café Colón y el saludo afable de Francisco I. Madero se le instalaron como si los hubiera tomado prestados de la vida de otra. Pensaba en Juan Sánchez Azcona y le daban ganas de buscarlo, de escribirse con él, de unirse de alguna manera a la indignación general. Uno y otro gobernador habían ido doblando las manitas y aceptando al nuevo presidente, como si fuera un legítimo mandato popular y no una usurpación a mansalva.

—Por fin hay alguien que le va a poner el alto a ese traidor. Me da gusto, hermano.

Leopoldo la miró preocupado, el semblante sonrosado, la rapidez con que contaba lo escuchado y leído entre los linotipos de los Idar.

—No te vayas a meter en líos, hermana. A papá no le gustaba. A mí tampoco.

—¿Estar contenta de que se hayan puesto en acción contra la muerte de Madero es meterse en líos? —preguntó, ingenua.

—Me da la impresión de que te hubiera gustado estar en la hacienda de Guadalupe y ser uno más de los firmantes.

Leonor no le respondió. Leopoldo la conocía bien. No había quién la atara. Si de montar a caballo se trataba, ella no se achicopalaba; si de nadar en la presa, ella se lanzaba; si de ir a la sierra para llevar un recado, tampoco.

—Papá conoció a Carranza —afirmó.

—Gente como uno —repitió Leopoldo—, pero no pienses lo mismo de los que te rodean. Yo tengo negocios con los Idar pero tú has depositado tu confianza.

—¿A qué te refieres? —saltó Leonor—. Son americanos, hijos de Nicasio Idar, mexicano comprometido con los mexicanos de este lado, fundador de periódicos, amante de la justicia. Son como tu hijo, nacido americano, de padres mexicanos. ¿O te refieres a que no son gente de dinero, que no viajaron por Europa como nosotros durante diez años?

Leopoldo se avergonzó por lo que había dicho. Miró su reloj, nervioso, como si la hora de la merienda pudiera salvarlo de la torpeza.

—Me refiero a que están llenos de ideas y que las publican, y que algunos no los quieren por acá.

—Pues tú les rentas el local de Matamoros. Son tus inquilinos.

—No me malentiendas. Ellos no se hubieran sentado a la mesa con papá y Carranza sí.

—Yo creo que papá hubiera escuchado a Clemente expresarse con esa inteligencia lúcida sobre el país y sus contradicciones.

—Hablas como si fueras uno de ellos.

Leonor se puso de pie, contrariada. Su hermano echaba por la borda la alegría con la que había llegado a casa.

—¿Y no eres tú uno de ellos? ¿Por qué pusiste tu dinero en *El Progreso*? ¿Fue el cónsul Melquíades quien te convenció, o Emeterio Flores? ¿O fue tu corazón? ¿Tu parte mexicana, el español con el que nos comunicamos tú y yo y la mayor parte de los que vienen a comprar al almacén? —se tragó los pensamientos y dijo, lacónica—: Tenías razón. Hablamos en la merienda, y de otras cosas —puntualizó y echó a andar hacia el fondo, donde estaban las escaleras del segundo piso.

Escuchó a los niños en el cuarto de juegos pero evitó que la descubrieran. Necesitaba ordenar esa algarabía. Leopoldo tenía razón. Le hubiera gustado estar en la vieja hacienda, discutir con Lucio Blanco o Francisco J. Múgica o Jacinto Treviño, a quien le estrecharía la mano gustosa de haberse conocido antes en casa del general Lauro Carrillo y decirle a Venustiano que estaba con él, que la usurpación de la presidencia era reprobable y que no se podía pasar por alto, que igual que ellos lo reconocían como cabeza de aquel grupo, como el que orquestaría, bajo un mismo plan, el descontento que cuajaba en el norte del país: se solidarizaba con el coahuilense. Colgó el sombrero en la percha de la entrada de la recámara y se desató los botines. De tanto estrujarlo mientras hablaba con su hermano, había aplastado las flores. Mira que decir que los Idar no eran gente como uno. Leopoldo quería decir ricos, ricos y viajados, y con una educación en colegios de Nueva York. Pero Leopoldo desconocía que eran ilustrados y comprometidos. No había escuchado hablar a Clemente con esa agudeza y elegancia, la misma que utilizaba cuando escribía en el periódico. Desde el padre, Nemesio Idar, todos tenían el don de la palabra en español y eso les daba un lugar importantísimo entre los mexicanos de Laredo, pues constantemente hablaban por los mexicanos. Y, que la perdonara su hermano, hacía apenas sesenta y cinco años lo eran todos.

Quizá debió decirle a Leopoldo lo más importante, esa sensación que le había dejado la muerte de Madero. Que todo duraba tan poco. Un presidente quince meses. Su madre que había muerto cuando ella tenía dos años. Sus estudios con las ursulinas, tres años. Su estancia en la ciudad de México era la estación más prolongada, y ya le parecía lejana, como la voz de Adolfo, como las noches con su marido, como las veladas de música y teatro. Un México se le extinguía como su propia euforia matrimonial y un aleteo le renovaba la emoción por un México que ella deseaba. Le parecía que Carranza se unía a los que se manifestaron aquel 22 de febrero de 1913 con el asesinato de Madero. Que Venustiano, con su enorme porte —decían que era muy alto—, tomaba el mástil de la bandera mexicana que ella agitaba indignada por las calles de Laredo y entre los dos limpiaban esa artera muerte, despejaban de agravios el aire, para que un México decidiera por sí mismo su destino. Pocas veces el alma podía ser testigo de esperanzas y grandezas. Gente como uno, se dijo a sí misma, mientras se quitaba el collar sentada en el taburete frente al espejo. Era una amatista que había sido de su madre. Lo guardó con el resto de las joyas. Allí estaba el collar de azabache y brillantes. Se lo había dado Adolfo en el quinto aniversario de matrimonio. Gente como uno. Utilizaría ese collar para que los Idar compraran esa nueva máquina. De nada servía guardado en el cajón. De nada servía sin Adolfo a su lado. Escuchó la voz de la pequeña Leonor, que había descubierto la luz en la habitación de su madre:

—Mamá —llamó y empujó la puerta.

Dejó que la pequeña se montara en su regazo. La abrazó como si con ello detuviera algo que se le escapaba, como si su forzada soltería encontrara consuelo en la hija de ambos.

La hizo mirarse en el espejo para que, juntos, sus rostros cotejaran semejanzas.

—Tienes las cejas de la abuela Valeriana.

Y Leonorcita recorrió con un dedo las cejas de su madre y luego las suyas.

—¿A dónde te llevarán esas cejas?

—Contigo —le dijo la pequeña, certera.

—¿Y cuando seas grande? —insistió Leonor.

—Contigo —repitió la niña.

Cruzar el río

14

Cruzar el puente internacional no es tan fácil como antes. Quién diría que, cuando se celebraba el onomástico de George Washington, no se pedían papeles y unos y otros andábamos por las calles alborotados. Veíamos el desfile de caballos, escuchábamos a las bandas de este lado y del otro del río, se bebía agua de jamaica o de limón de los vitroleros en la plaza. Se jugaba lotería, había cohetes y otros fuegos artificiales por la noche. Era una fiesta americana, pero la celebrábamos a la mexicana. Nadie preguntaba quién era de dónde. Se respiraba México en las calles de Laredo y a mí me gustaba ir a la fiesta. Todos los de la *high school* participábamos organizando puestos de kermés, que si tacos de machacado o de frijol con chorizo.

No sé manejar y cruzo a pie. Además, ya no tengo edad de aprender. A Balm se le olvidó ese detalle, y en Saint Paul no era del todo necesario. De alguna manera él o el chofer o la cocinera Bessie me solucionaban la vida y yo tenía una casa muy arreglada y tiempo para leer. Cruzo a pie. Llevo una sombrilla para el sol. Si Richard o mi padre vivieran, me preguntarían qué necesidad tengo de ir a Nuevo Laredo. Dirían que es peligroso. Siempre han tenido esa idea.

*

Felipe Ángeles cruza la línea. Le han advertido que no es lo más conveniente, pues el presidente Carranza le tiene gatos. Siempre se los tuvo. Leonor Villegas piensa que ella tiene la culpa de alguna manera. O Adolfo. Seguramente Adolfo le deseó la muerte. Ocultó los celos provocados por la manera en que Leonor se conducía en la cena en el Plaza de Nueva York. Sonrojos, brillos, persistencia de la mirada que le conocía de otro tiempo y que no había vuelto a ver. Su mujer, que rebasaba los cuarenta en aquel 1919, parecía una chiquilla.

—Tiene que volver a México.

Y Felipe se quedó pensando que tenía razón aquel mexicano atildado y rico. No más traducciones ni papeleos. En su oído retumbaba el golpe de los cañones. El olor fosfórico suspendido en el aire después del disparo. La sincronía desde los cerros donde aquellos falos metálicos se confundían con la hojarasca para estallar y sorprender, como furibundas eyaculaciones para acabar con vidas y no para sembrarlas. No era un asesino. Era un estratega. Carranza le debía varias, le debía la mirada directa, una disculpa por haberlo excluido de sus batallas y un gracias, mi general Ángeles, porque Venustiano no era ningún militar de carrera como él. Porque la alianza con el Centauro, ese gordo niño, bravucón y echado para adelante, tan intuitivo como temerario, había ido inclinando la guerra hacia los rebeldes. Pero aquel ranchero rico, aquel hombre de cabildeos y astucias, que no de sapiencia guerrera, lo había ninguneado. Que si por haber sido funcionario con Díaz. Mentira, no quería perder brillo ni dañar su imagen de viejo sabio y sensato, construida con paciencia y muchas fotografías. Así que cruzó por Laredo hacia Nuevo Laredo. Pensó en visitar antes a los Magnón. Tomarles la palabra y compartirles: "Voy a regresar. ¿Qué? ¿No ganamos? ¿No éramos todos los del bando contrario?"

★

Era peligroso cruzar el puente en esos días de la Revolución, pues en cuanto había aviso de que se acercaban los rebeldes, las familias buscaban a sus parientes en Laredo y llegaban cargando sus cosas. Pensaban en forajidos que les quitarían todo, y a la mera hora fueron los federales quienes, resentidos por perder la batalla, prendieron fuego a la ciudad. Por eso no voy a buscar la memoria que se llevaron las llamas. No hay actas de nacimiento, de matrimonio ni de defunción. Hay edificios borrados, pero está la estación de tren con sus bancas curvas de madera y la promesa de otros parajes en el andén. Me gusta caminar. Y necesito la estación para cumplir el mandato de Leonor, para sentir a México.

Sí, Richard, fue muy grato dormir junto a tu cuerpo grande y lampiño tantos años, pero reconozco que me da cierto placer tener tiempo para mí, y silencio. Eso no quiere decir que no te extrañe. Yo no sé si eras celoso, pero parecía que Jenny Page era tu niña y no tu esposa. Si hubiéramos tenido hijos, seguro que se hubieran acomodado las cosas de otra manera. Ellos nos necesitarían como padres y tú no hubieras asumido ese papel. "¿Qué escribes?", me preguntaste un día en que, después de la cena, me fui al escritorio de la biblioteca y anoté en una libreta. "Unos versos", te dije. Los querías ver y yo no quería. Te encelaste. Pensaste que eran confesiones de amor, alguien nuevo o un recuerdo imborrable, que es peor. Me acordé de ese cuento de Joyce donde el marido no resiste que su mujer se entristezca por el recuerdo de un chico que la amó, sobre todo porque ese chico murió después de que, enfermo, fue a despedirse de ella bajo la lluvia helada. Intuías que mi vida tenía ese tipo de recuerdos. Tanto callarme los meses en que estuve en la Revolución que ya te parecía extraño. Tomaba la pluma, temerosa de que lo que escribiera fuera la historia de Ramiro Sosa. Garabateaba dos o tres líneas. ¿Quién quiere recordar para no hacer nada por aliviar la nostalgia? ¿A quién le conviene revivir la sangre y la piel ennegrecida, el olor de las heridas brillantes de pus, el color pardusco de los muertos, los orines del miedo de los hombres? ¿Quién quiere recordar lo que parece la historia de otra Jenny? La de antes del confort, la que se doblegó con la vida suave y sin carencias. La que prefirió no limpiar un culo más de soldado inválido, la que no quiso respirar la fetidez de la gangrena ni escuchar obscenidades ni condolerse mientras escribía las cartas para los familiares. Esa Jenny está muy dentro de la piel de esta Jenny que se dirige a la estación para sentarse en las bancas y sentir su cuerpo protegido por la madera curva.

Yo no escribía sobre el soldado cuando Richard exigió que le mostrara la libreta. Escribía sobre la tristeza. "Muéstramela", dijo celoso. Cuando la leyó, se inquietó. Creía que nuestra vida garantizaba la felicidad permanente. Ni siquiera me había preguntado por qué dejaba encendida la luz de la mesilla por la noche. Desde mi primera protesta había accedido, y nunca más había hecho alusión al alivio que me producía que la habitación nunca estuviera totalmente oscura. Respetaba ese miedo y las formas de aliviarlo o no quería saber la razón; no quería comprobar mi fragilidad, sólo cobijarla. Tal vez él mismo temió sentir tristeza. Nunca se sentaba en la pérgola a solas, que era donde a mí me llegaba, con pedacería del Río Grande y tronidos de los máuseres. No me atrevía a nombrarla. Ahora que caminaba sobre el puente y entre la malla de metal miraba el río, ese pasado volvía fresco, como si hubiera sido congelado para derretirse en otro momento y latiguear mi corazón; devolverme las razones por las que no tuve objeción en irme de Laredo, muy lejos de la frontera; en dejar a Leonor y a la tía Lily con sus deberes y sus hazañas. Necesitaba poner desierto de por medio, montañas y llegar a la ribera de un lago, distinto y distante de ese río amenazante que tan pronto era promesa como destino de muerte. Necesitaba abandonar el español con sus jotas sonoras y sus erres imposibles y volver a la suavidad del inglés. Mi lengua paterna. Ahora que cruzaba de vuelta descubría en otros rostros la mirada oscuramente alegre de mi madre, su ingenuidad maliciosa. Escuchaba al guardia de migración, su torpe inglés que me permitía pedirle que me hablara en español, asegurarle que yo lo entendía. Y si se me había percudido quería ponerlo al sol de nuevo. Perderme en su virilidad sonora. Era más poderoso para mis oídos y acompañaba mejor la temperatura de mis emociones.

★

Leonor pasa el puente en el Packard de su hermano. Va a llevar flores a la tumba de su madre, Valeriana. Ahora va tres veces al año: en su cumpleaños, en el de su madre y en la fecha de su muerte. Quiere reponer aquellos años en que anduvo curando enfermos, acompañando generales, siguiendo la luz del presidente asesinado, y la olvidó. Ahora la luz proviene de los muertos. De aquel que antes de morir la insultó, cuando descubrió aquella cadena con una gota de esmeralda que pendía del cuello:

—Ustedes los ricos se mueren en blandito.

Y la luz provenía de Felipe: traicionado, arrestado y juzgado por una corte criminal en Chihuahua. Fusilado.

Leonor se resiste a creer que lo mandaron matar. Una venganza postergada. No se lo podría perdonar a Carranza.

★

A nadie le tengo que explicar que vengo a escribir la historia de Leonor Villegas y que las vías y la estación me hacen sentir a ese México que un día sí y otro no quedaba descoyuntado, los trenes varados, las vías levantadas. Fue en la estación de Laredo y no del lado mexicano donde esperé con las otras chicas a que partiera el tren que nos llevaba a El Paso. Era abril y el calor todavía no era feroz. No sabía lo que me esperaba. Tampoco sabía que el corazón se puede enganchar en las espinas de las cactáceas y quedarse allí, agujerado. La estación de tren de Nuevo Laredo es nueva. Vengo aquí para escribir sin la pluma, para sentarme en la banca y recordar mi figura esbelta, el mandil que llevábamos en el equipaje, la cofia y la banda azul que nos distinguía como Cruz Blanca. La llevábamos puesta en el brazo izquierdo, por encima del codo, sobre nuestros vestidos de viaje. Vengo a la estación mexicana para recordar las estaciones de Ciudad Juárez, de Chihuahua, de Torreón, de Saltillo. Nuestras caras expectantes, jubilosas. Cualquiera diría que la primera vez que salió la tercera brigada de la Cruz Blanca, íbamos a un festejo y no a la guerra. Las más jóvenes éramos las más inconscientes, porque las hermanas Blackaller de Monterrey y Rosaura Flores de Saltillo, más adustas en sus maneras, parecían saber más del asunto. Ganaran o perdieran los nuestros en la batalla que se libraría en Torreón, nosotras tendríamos el mismo trabajo, la misma función. Así no los hizo saber Rosaura:

—Puede que, si ganamos, haya menos heridos, pero habrá. Prepárense, muchachas.

Lo dijo mientras algunas cantaban en las bancas de la estación, acodadas en los bultos de equipaje. Parecía que quería matar nuestro revuelo de jóvenes ilusas. Lo logró porque, después de que encaramos lo que vendría, nos quedamos calladas. Yo pensé en papá, sentado en la cama de mi habitación, con el corazón deshecho cuando descubriera, esa noche en que yo no había vuelto, que su Jenny había tomado rumbo para estar en una guerra del otro lado, del lado salvaje, como él decía, que ella también poseía. Lo deduciría pronto y se consolaría diciendo a los demás que me había ido a escribir sobre la guerra. Tal vez primero buscara a ese tal Enrique de cuya existencia no tenía idea, pero se daría cuenta de que no era allí donde estaba su Jenny.

★

Fue en Laredo donde lo engañaron. Lo traicionaron los suyos: que vamos a vengar a Carranza, que nosotros te pasamos por el río, Lucio. ¿No lo fuiste a recibir en la Convención de Aguascalientes cuando renunció y les dejó el poder para que vieran qué hacían con la papa caliente? Por más veleidoso que fuera Lucio Blanco, quería a Carranza. Le había dolido su muerte artera, allí, bajo la lluvia y en el descobijo del sueño. ¿Cómo chingados no vengaría a los sátrapas que lo ultimaron?

—Ándenle pues —dijo tras unos tragos y mucha labia.

Y los tres se subieron al bote y uno que distrae a Lucio mientras le coloca las esposas y luego le pone la otra a Martínez. Y amenaza con un arma a Blanco, que se tira al río llevándose al otro, los dos atragantándose de agua. El disparo de Ortega da en Martínez, que ahoga a Lucio con su peso.

Los encontraron corriente abajo varios días después, los cuerpos hinchados, los rostros masticados por los peces.

★

Lily y Leonor, sentadas en una mesa, revisaban papeles; todo lo que era necesario para que pudiésemos llegar a donde nos esperaban, como había indicado el general Pablo González a Leonor. Así nos lo dijo la señora Magnón cuando nos reunió esa mañana en su casa de Flores:

—Necesito veinticinco muchachas.

Había más en aquella reunión y las más jóvenes fueron dispensadas. Yo me salvé porque la tía Lily me tenía bajo su cargo. Arguyó que, además, yo escribiría para *La Crónica*.

—Tienen que saber que existimos —insistió a Leonor cuando la miró, perpleja por llevar a una chica americana que quería participar en la revuelta mexicana.

No sabía que al sentarme en las bancas gastadas vendría esa avalancha de voces y rostros. Si Leonor ya había disparado el desfile de instantes con sus memorias escritas y las fotos atesoradas, la estación con su ajetreo y el tren que esperaba afuera para partir a la ciudad de México me acelera el pulso, me devuelve el ruido antiguo de las máquinas.

Recuerdo la mano de Richard, saliendo del puño blanco de la camisa como la punta de un rifle que exigía ver las palabras que había plasmado en una libreta íntima. La verdadera historia, las razones de la tristeza que Richard quería descubrir en el papel, llegan ahora como un arroyuelo incipiente. Un presagio tan sólo del hielo que ha empezado a fundirse.

La señorita Página

15

—Empaca lo necesario —me indicó tía Lily después de la junta con Leonor—. No tengo tiempo de hablar con tu padre. Confío en que sabrás hacerlo.

Tomé tres vestidos, dos pares de zapatos, una falda, una blusa, el vestido verde de satín y una capa, porque sabía que el mes de abril seguía siendo fresco por las noches y que andaríamos en el campo.

—Ya te daremos el mandil que te pondrás encima. No vamos a un viaje de placer. Por Dios, criatura, fíjate qué llevas —me había insistido la tía Lily, consternada—. Los heridos de guerra no son un espectáculo agradable.

Yo quería seguir al lado de la única rubia de ojos azules del grupo que se alistaba para entrar en el vagón, pero Leonor se acercó y la llamó para consultarle alguna cosa, como secretaria que era de esta brigada, y yo me quedé sola en el andén sin saber a dónde dirigirme. Me parecía tan extraño, apenas ayer estar dormida en mi cama, rodeada por el papel tapiz con flores de lavanda, cubierta por una colcha del mismo tono, y ahora estar lista para ir al campo de guerra. Por un momento dudé. Sólo Otilia supo que me iba. Papá no había vuelto del trabajo y Veronique dormía la siesta. ¿Y cuando volviera mi padre esa noche? Nunca lo había abandonado. Tampoco nunca se había impuesto en las decisiones de mi vida como con Alberto.

Había escuchado lo que se contaba sobre Leonor Villegas: cómo atendió a los heridos de Nuevo Laredo en Año Nuevo en la sala de su casa, convertida en hospital, pero no me creía que esa mañana del 3 de abril de 1913 yo estuviera a punto de formar parte de esas historias que se contaban, del estruendo de las carabinas, del polvo que levantaban los caballos, de los rieles que llevaban vagones con soldados para batirse con los enemigos. Guerra entre mexicanos. Tía Lily me lo había dicho aquella noche que me refugié en su casa:

—Salimos mañana por la mañana para El Paso. Dile a tu padre.

Y aunque esa guerra no era mi guerra, yo se la había declarado a la casa donde los otros decidían por mí. "¿Cuál es mi guerra?", pensé por distraer la mirada atónita de mi padre cuando encontrara mi cama vacía. Ninguna guerra es de las mujeres. Jovita Idar me sorprendió sumida en mis cavilaciones y mi anticipación al viaje. La acompañaba un caballero que cargaba un maletín enorme. Pensé que él estaba muy despistado, hasta que Jovita me aclaró que yo debía ir en el vagón de prensa con Eustasio Montoya, el fotógrafo de la Cruz Blanca. Jovita era firme y segura, no había duda. Sabía lo que hacía. No tuve tiempo de pensar más. Los seguí y nos subimos al vagón, donde había dos escritorios, una mesa con una máquina de telégrafos y dos sillones.

—Jenny quiere ser periodista —me presentó con Eustasio Montoya.

Menudo, de piel acanelada y un pelo marrón quemado por el sol, asintió despojándose del sombrero.

—Todo periodista necesita un fotógrafo que acompañe sus palabras. Tal vez le interesen mis servicios —sonrió y extendió una tarjeta con su nombre.

No supe si era broma o en serio. Busqué por la ventanilla a la tía Lily en el andén. No estaba ya allí y el tren silbaba señalando su próxima partida. Me parecía que entraba a un mundo para el que no estaba hecha.

—No traje mi Underwood —dije, mirando a Jovita con pudor.

—Podemos compartir mi máquina —señaló la que estaba en el escritorio.

Mi corazón era una rana a punto de saltar del pecho. Con los primeros jalones me senté en el sillón aterciopelado. Mientras Jovita apuntaba cosas en un cuaderno, Eustasio Montoya se sentó a mi lado. Miré su semblante apacible, sus manos pequeñas y nudosas. No era fuerte ni grande como alguno de los generales que apareció en el andén antes de nuestra partida, ni el propio cónsul Melquíades García, que nos despidió. Exhalaba una dulce tranquilidad.

—¿Se toman fotos de los heridos? —no pude evitar la curiosidad.

—No es mi especialidad —sonrió.

—¿Pero usted es un fotógrafo? —insistí.

—El fotógrafo de la Cruz Blanca —levantó la vista Jovita—. Deja memoria de nuestra actividad: quiénes somos, cómo trabajamos, cómo nos movemos de un sitio a otro, con qué generales tratamos. Sin memoria no hay nada.

Jovita había robado todas las palabras a Eustasio.

—Las periodistas son las dueñas de las palabras, como puedes ver —se defendió él.

Eustasio era un hombre callado y eso me hacía sentir bien, porque no era huraño, sino más bien privado. Y a mí no me gustaba la alharaca. Era un poco ermitaña. Me hubiera sentido rara en el otro vagón, con el enjambre de muchachas. En la escuela tenía problemas con las porras en los juegos de beisbol o con las fiestas. Me sentía rara perteneciendo a algo que no fuera mi familia, muy menuda, por cierto: mi padre y yo. Padecía una timidez bochornosa, pero la podía liberar con el señor Montoya, que me pidió que lo llamara Eustasio o se vería obligado a llamarme Page, o la versión en español: "Página". Nos reímos, y aunque yo lo llamé Eustasio a partir de ese momento, a él le gustó aquello de Página. Se disculpó arguyendo que el español era una lengua que estaba perdiendo porque su madre era la única que lo hablaba allá, en San Antonio, donde él había nacido, y que en Laredo estaba muy a gusto porque tanta gente lo hablaba, aunque muchos lo revolvían. Así que yo fui Página para acercarle la lámpara de magnesio cuando el tren paraba y colocaba a todas en las ventanillas y a otras de pie sobre la tierra, al borde de los durmientes. Fue bueno haber entrado a la brigada por el lado de la prensa, pues, cobijada por Eustasio, cuando el tren hizo una larga parada, aprovechamos para apearnos. Me dio instrucciones: cargar la lámpara y colocarla al lado de su cámara. El fulgor me encandiló cuando tomó la foto de la brigada.

—Foto de la tercera brigada rumbo a El Paso. Anota, Página, anota.

No fue hasta que la tía Lily hizo señas para que yo también saliera en la foto cuando las chicas supieron que no era la ayudante del fotógrafo, sino una enfermera más, como ellas.

Me gustó estar en aquel vagón donde viajaban las palabras. Los signos que vomitaba el telégrafo y que el telegrafista Melesio deducía y escribía. En el trayecto aprendí que el telegrama era indispensable, sobre todo en una guerra.

—No es guerra —me corregía Jovita—. Es una revuelta.

Yo pensé que era lo mismo: se mataban unos a otros. Pero Jovita decía que eran otras las razones. Se buscaba un cambio, no imponer un poder ni devorar a otro país. Ser mejores, y a veces las armas eran necesarias, más que la sensatez y el diálogo.

—Mira cómo le fue a Madero —remataba.

En la escuela no nos habían enseñado nada de esa historia reciente de México, aunque la leíamos en el periódico sin saber qué tan especial era ese momento. De cualquier manera, lo intuíamos. Leonor sabía hablar muy bonito, y antes de llegar a El Paso entró al vagón de prensa para comentar lo que nos esperaba. Agradeció a Eustasio que se hubiera presentado ante tan vertiginoso llamado, que la honraba con su disposición y la importancia de su trabajo fotográfico. A Jovita, y de paso a mí, nos contó cómo, cuando estaba pendiente del siguiente ataque contra Nuevo Laredo, que se esperaba de un momento a otro, pues la plaza no había sido ganada, recibió un telegrama del mismísimo general Pablo González pidiendo elementos para atender a los heridos de la batalla de Torreón, a la siguiente mañana. Se apretó el pecho en señal de que aquello era una muestra del reconocimiento que el Ejército Constitucionalista hacía de la Cruz Blanca Constitucionalista.

Jovita la escuchaba, al tiempo que metía una hoja de papel en la máquina y empezaba a escribir. Me puse de pie, deseosa de ver cómo el relato se transformaba en nota del semanario: "Leonor Villegas recibe telegrama de don Pablo González". Cuando Leonor acabó su relato y me vio fisgoneando tras la máquina de Jovita, me dijo:

—Aprenderás mucho, Jenny. Jovita es aguda y veloz, diestra con el español.

Jovita extrajo la hoja y tachó el título.: "Madruga la tercera brigada de la Cruz Blanca". Poniéndose de pie y reacomodando el espeso pelo con una horquilla que había resbalado, me cedió el lugar:

—Te toca la versión en inglés.

Mientras buscaba el título más adecuado para aquel estreno, pensé por un momento en mi padre. Estaría orgulloso de haberme regalado la Underwood; tal vez luego comprendiera por qué me había ido de aquella manera. No podría haber pedido permiso.

Describí aquella espera en el andén y la manera en que el movimiento del tren anticipaba las emociones por venir. Pondría el título al final. Necesitaba ver más para proseguir y nombrar. Eustasio se acercó a donde yo batallaba con la página y me sonrió:

—Lo bueno es que las fotografías no llevan título. Hablan por sí solas.

La carta de Venustiano

16

CORRESPONDENCIA PARTICULAR
DEL PRIMER JEFE
DEL EJERCITO CONSTITÚCIONALISTA

Ciudad Juarez, Chih. 7 de Abril de 1914.

Señor General Pablo González,

MATAMOROS, Tam.

Muy estimado correligionario y amigo:

La estimable señora Leonor Villegas de Magnon, Presidenta de la Cruz Blanca de Laredo, Texas, me entregó su atentá fecha 2 de los actuales, en la que se sirve Ud. comunicarme los importantes servicios que la precitada asociación ha prestado a nuestra causa, y los cuales ya me eran bien conocidos.

Mañana salen los miembros de la Cruz Blanca para Chihuahua, con objeto de atender los heridos que alli se encuentran, procedentes de los últimos combates habidos en Torreon. Ya recomendé al señor General Chao dispense sus consideraciones a tan simpática y altruista institución, por ser acreedoras a ellas.

Saludo a usted con el afecto de siempre, y quedo como su amigo y correligionario afectísimo seguro servidor.

GKM/JNG

71

La puntería de Lily Long

17

Cuando Leonor llegó a vivir a Laredo con sus tres pequeños, se asentó primero en la planta alta de los almacenes Villegas. Pero éstos pronto se convertirían en oficinas y despachos, por juzgarlo más apropiado su hermano, y ella ocuparía la casa dos calles más abajo, en Victoria y Salinas. Una gran casa cuyo salón principal estaba destinado a las reuniones de su hermano, que tenía intenciones de ser alcalde de Laredo. En la parte trasera del predio conocido como la huerta Quiroz estaba la imprenta de los Idar. Aunque Jovita era diez años menor que Leonor, ésta se sentía arrebatada por su defensa del español, por su conocimiento en las técnicas de impresión y por su voluntad de defender la educación bilingüe en Laredo. Ave Negra, como firmaba, escribía en el semanario *La Crónica* sobre éste y otros temas. Por ello, Jovita era una compañera ideal para el kínder que fundó Leonor y que, era verdad, a últimas fechas desatendía, porque su interés estaba en los movimientos del recién formado Ejército Constitucionalista. Y por más que quería encontrar momentos para hablar con Leopoldo sobre los logros de la División del Noreste en Matamoros, no lo lograba. La cabeza de Leopoldo estaba en su vocación de encabezar Laredo y no en la manera en que los revoltosos dirimían sus diferencias. "Mal momento para hacer campaña", pensó Leonor aquella tarde, mientras pedía a Conchita y a Teresa que tuvieran preparado el té y los emparedados para atender la reunión de su hermano. Ella haría lo que últimamente la distraía, montar a caballo en el rancho de los Orfila, donde tenían un caballo de la familia que sus amigos amablemente cuidaban. El chofer de su hermano la llevó al otro lado del río, al rancho en las afueras de Nuevo Laredo. Cuando llegó Leonor, apenas se detuvo para saludar a la señora Orfila, que platicaba con una amiga en el corredor. Leonor no estaba para socializar. Montar al Nerja la hacía estar cerca de su infancia, de su padre, de su vida ranchera antes de que la mandaran con las ursulinas y luego de viaje. Si algo tenía la vida en la frontera que la gratificara, después de una década en la ciudad de México, eran el campo y los momentos a solas con el caballo.

—Le presento a mi amiga Lily Long —dijo la anfitriona—. Se pueden acompañar en los caballos.

Leonor ya no podía escabullirse. La sonrisa de la rubia era franca bajo ese sombrero atado a la quijada con una cinta celeste. Leonor advirtió que en el resto de su ajuar resaltaban detalles en celeste: los botones de la chaqueta beige, el anillo, las cintas de las botas. No podía imaginar que alguien ataviado así gozara el polvo salvaje que se levantaba con el galope de los caballos.

Lo único que animaba a Leonor era que la mujer no era una jovencita. Debía de tener más de treinta y cinco, como ella. Vería qué era montar con una mujer que mal hablaba el español, pero que sonreía como si mordiera la vida. Leonor había encontrado a poca gente así. Su padre era uno de ellos. Curioso que a Lily, como los caballos, también la llevaran a Joaquín Villegas.

El caballerango les ensilló los caballos y las dos mujeres salieron al camino que bordeaba el Río Grande. Leonor conocía ese camino y se lo quería mostrar a su compañera de trote. Lily se mantenía detrás hasta que dejaron los carrizos y tomaron una vereda que se internaba en los huizaches. Entonces tomó la delantera y fue avisando a Leonor del ramaje que les iba saliendo al paso. Lily conocía una poza a la que quería llegar, como prometió a Leonor, que comenzaba a desesperarse con el calor. Unos metros antes de llegar, Lily saltó unos troncos en el camino, elevando al alazán con mucho estilo. No era ninguna improvisada, como lo pudo comprobar Leonor cuando desmontaron y se tiraron un momento a refrescarse: Lily era enfermera, pianista y había querido ser competidora de salto a caballo. Su marido era doctor. Leonor le contó que era educadora, que le gustaba escribir en el periódico y que tenía tres hijos de un marido que vivía en la capital de México y del que hacía meses no sabía nada. La revuelta comprometía la comunicación. Escucharon un siseo y Lily ordenó a Leonor quedarse quieta. A la derecha de Leonor, muy cerca de su pierna, una cascabel serpenteaba. Leonor, paralizada, obedeció, vio a Lily sacar la pistola de la bolsa de la chaqueta y, temblorosa, cerró los ojos cuando apuntó al reptil. El disparo y el silencio posterior le confirmaron que el tiro había sido certero. Que su pierna estaba intacta. Lily Long le había salvado la vida y era una buena jinete. En el recorrido de vuelta Leonor supo que la simpatía de la norteamericana estaba con los rebeldes y que había ganado una amiga. Volvieron juntas a Laredo en el auto del futuro alcalde Villegas y pactaron su próxima cita. Leonor quería escucharla tocar el piano. La siguiente velada musical de la Liga Feminista estaría amenizada por la amazona rubia.

Cuando Leonor entró a casa, la junta de su hermano había terminado. Leopoldo reposaba en uno de los sillones al lado de la ventana. No había encendido las luces de la lámpara ahora que la tarde caía. Tazas y platos sucios debían ser recogidos. Todavía se respiraba en el ambiente la tensión de los congregados.

—¿Pasa algo? —preguntó Leonor, visiblemente sonrosada por la mañana ecuestre.

—Vienen hacia Nuevo Laredo —dijo, preocupado.

—Ya era hora de que tomaran la plaza —respiró Leonor.

—No es el mejor momento.

Leonor se sentó a su lado en la penumbra del salón. Nuevo Laredo era clave para el cobro de impuestos, para el paso de armas con las que se abastecían los federales, y era su lugar. Su hermano no pudo ver su sonrisa:

—Tal vez sí, futuro alcalde, tal vez es una oportunidad para ganar las elecciones.

Esa noche durmió con un sosiego desconocido. Eran dos los motivos: la revuelta había llegado a casa y había inaugurado una amistad.

Sangre en el regazo

18

La cabeza del herido en mi regazo. La camisa hecha jirones a la altura del codo, el codo sin codo, la sangre detenida por la otra manga de la camisa que la tía Lily había apretado en lo que quedaba del brazo.

—Un torniquete, Jenny. Hay que detener la hemorragia.

No era esto lo que esperaba. Pensé en otro tipo de heridas, descalabrados, raspaduras, boquetes cuya herida habría que limpiar y poner vendas, suturas. Pensé que mi trabajo sería llevar la comida a los heridos, tomarles la temperatura, darles los medicamentos. Escucharlos, platicar con ellos y darles consuelo. Pero el cabello pegado a la frente por el pavor, la mirada perdida, la invalidez sobre mi delantal blanco, ahora lleno de polvo y sangre, no era lo que imaginaba. Se lo dije a Aracelito.

—Pues qué creías, gringuita. Esto es una guerra —me contestó con la soberbia que le daba esa gran mata de pelo oscuro atado a la nuca, esa largueza morena que la distinguía del resto de las enfermeras, además del aprecio y la confianza que le tenía Leonor—. ¿Qué te imaginabas cuando te trepaste al vagón para ir a El Paso? ¿Un hospital aséptico?

Era verdad, había imaginado que atenderíamos a los que llegaran al hospital, cualquiera que fuera. No que saldríamos a recibir a los heridos de las batallas, encamillarlos, desvestirlos. No le hubiera contado a Aracelito en mi mal español si no fuera porque, a la hora de la cena en Chihuahua, vio que no probaba bocado y le pareció raro.

—¿No te gusta la machaca?

—No después de ver la carne desgarrada de un brazo.

Comíamos en el comedor del hospital, una mesa larga blanca y dos bancas. Leonor y la tía Lily seguramente cenaban con los generales. Yo me hacía tonta con una tortilla y frijoles. Después del torniquete y de que pasamos al herido a la cama entre el doctor Long, mi tía Lily y yo, tuve que obedecer.

—Quítale la camisa. Límpialo con agua oxigenada.

Me dejaron sola con el hombre, que apenas podía abrir los ojos, y siguieron inspeccionando a los heridos. Había que despegar la camisa del brazo cercenado. Intenté jalar la tela, pero estaba adherida a la piel.

—Con agua —ordenó el herido con la boca enmarcada por saliva blanca y seca.

Mojé un algodón y se lo puse sobre los labios. Me acerqué a la palangana de agua hervida y vertí un poco sobre el brazo. Temía que se ablandara el torniquete, que la sangre saliera expulsada y veloz, y que el hombre se muriera allí, frente a mis ojos. Di un tirón a la tela y se despegó. Corté la camisa por los hombros con unas tijeras y la zafé. Por más que quería apartar la vista del pedazo de hueso, de los músculos desgarrados y las venas colgando como hilos, despegar la tela me acercó a ese pedazo mutilado.

—No se asuste —me consoló el hombre.

Tenía los ojos muy negros y la cara marcada por pequeños agujeros como si hubiera tenido viruela o acné en la adolescencia.

—Soy el teniente Jeremías Valdés, de Durango... —y luego agregó, delirante—: Soy el teniente Jeremías Valdés, de Durango, ahora el manco de la batalla de Torreón. Dígame, ¿perdimos? Porque, si no, mi brazo valió para pura madre. Disculpe, señorita, discúlpeme de verdad.

Me asustaba su voz. Era una voz desquiciada. Cascada por la ira y la fatiga. Tenía fiebre. Mis tíos tardaban.

—No hable, no le conviene.

—¿Y si me muero quién va a saber mi nombre, señorita?

Comprendí sus razones.

—Los pantalones también, Jenny —dijo la tía Lily, que empujaba una mesa con muchos utensilios.

Miré al teniente Jeremías a los ojos como pidiéndole disculpas, pero ya el tío George se acercaba con una estopa empapada en cloroformo y le pedía que contara del uno al diez. Cuando yo bajaba el cierre del pantalón caqui, temerosa de la desnudez de un hombre, el herido pronunció con dificultad el seis y cayó dormido. La tía Lily esperaba ansiosa con una bata limpia en las manos, así que me di prisa sin mirar demasiado el sexo lacio del herido entre los pelos hirsutos. Era como si el sueño del herido me quitara el temor y como si la vigilancia de la tía Lily me obligara a demostrar que yo podía ser enfermera.

—Para una enfermera, un cuerpo es algo que necesita ayuda. No es un cuerpo de hombre; es un cuerpo que necesita los cuidados y la delicadeza para no morir.

Me atreví a preguntarle si moriría el teniente. No me dio respuesta y me salí para que el tío sellara ese muñón y la vida no se le fuera toda por aquel tajo indecente. Busqué el escusado más próximo y me empiné sobre la taza. Devolví bilis, ácidos, el desayuno. Me eché agua a la cara y fui a los pabellones, donde seguramente necesitaban de mí. Sólo después, cuando le conté a Araceli, con la fatiga encima por aquel día extremo, por la visión de tantos vendados, rasgados, mutilados, a los que di de comer, tapé, puse el termómetro, di agua, comprendí que Aracelito tenía razón. ¿Qué hacía allí? Esa guerra no se libraba en mi país. Era la guerra de los mexicanos. Y los muertos y los héroes no cambiarían mi historia, mi vida. Por lo menos eso creía, y pensé que me gustaría estar sentada en la veranda de casa, tomando limonada y platicando con Otilia de la fiesta de papá, porque era abril y ya pronto sería su cumpleaños.

—¿Y tú a qué viniste, Aracelito? ¿Acaso tu padre o tu hermano están en esta guerra?

No me contestó. Sin querer le había dado su merecido con esa pregunta. No tenía padre ni hermano, vivía con sus abuelos y el campo y los caballos habían sido lo suyo hasta que conoció a Leonor, como después me platicaría, cuando dejó de burlarse de mis pecas y mi pelo color zacate, y lo roja que se me ponía la nariz bajo el sol del desierto. La verdad es que quería salir del comedor y buscar a la tía Lily, saber del teniente. Me disculpé y volví al cuarto donde había limpiado y desvestido al herido. No escuché ruido y abrí la puerta. Me acerqué despacio, intentando saber si respiraba o no. En la penumbra, me incliné hacia él para escuchar su respiración. Permanecí de pie, aliviada, contemplando su semblante que, narcotizado, se veía plácido. Las ojeras grisáceas reflejaban un cansancio que contrastaba con la boca y la quijada sin tensión, el entrecejo liso. No parecía ser el mismo que había visto convulso sobre mis piernas. Pensé que debía de tener alguna novia o esposa. Tendría treinta y tantos años. A lo mejor bailaba bien, pero ahora no podría ni disparar ni montar ni rodear el cuerpo de su novia con los dos brazos. Y ella, quienquiera que fuera, no lo podía saber. Tal vez debía avisarle yo a alguien. Mañana, cuando despertara.

—¿Enfermera? —Me sobresalté. No imaginaba cómo me había reconocido, pues hablaba sin abrir los ojos—: Gracias.

El Elefante Negro

19

Cuando Leonor recibió el telegrama de Pablo González para formar la tercera brigada, se apresuró a localizar a Eustasio Montoya. Esperaba que no tuviera impedimento para aventurarse con la Cruz Blanca en el viaje al que se lanzaban en dos días. No había tiempo de localizarlo personalmente, pues entre Lily, Jovita y ella estaban convocando a las chicas que irían en la brigada. Había que preparar uniformes y dejar instrucciones para que sus hijos fueran debidamente atendidos. Era justo que pasara también un pedazo del día en exclusiva con ellos. Sabía cuándo partía, pero no tenía idea del regreso. Mandó a uno de los mozos del almacén, que regresó sin haberle podido entregar el mensaje. No estaba. Se había asomado una muchacha e insinuado que estaba en El Elefante Negro.

—Pero yo, señora Leonor, la verdad no me atreví a andar interrumpiendo en la cantina. La joven apenas y asomó por un lado de la cortina, como si me tuviera miedo.

Leonor no quiso quedarse cruzada de brazos. Insistió en que lo buscara allí. No era lugar para mujeres. Y el mozo se fue a regañadientes, porque qué iba a hacer si estaba bebido el señor ése, le dijo a Leonor.

—Es cuestión de darle el mensaje.

—Y si está borracho y lo tira.

Leonor estaba a punto de decir que iría pero no había tiempo para ello, ya la llamaba Jovita desde el comedor para hacer la lista de avituallamiento para la expedición. El mozo regresó a la media hora. Sí estaba el señor Montoya. Se lo señaló un camarero. Pero no estaba solo. Un hombre frente a él, fornido y con la cara colorada, manoteaba sobre la mesa. Parecía interrumpir una discusión.

—Tuve miedo de que me golpeara, señora Leonor. Dio un golpe en la mesa y tiró las cervezas cuando pregunté quién era el señor

Montoya. El grandote me dijo que yo debía saber dónde estaba su vieja; intentó ponerse de pie y lanzarme un golpe. Pero el señor Montoya le dijo que se calmara y los camareros vinieron y me querían sacar a mí porque creían que había venido a alborotar. "Traigo un recado de la señora Villegas para el señor Eustasio", dije, con un nudo en la garganta. La verdad quería salir corriendo. El señor bajito lo recibió y me acompañó hacia la puerta. Que luego venía para acá, que lo disculpara.

Leonor lo había escuchado mientras Jovita hacía algunas llamadas a los doctores para que recomendaran chicas enfermeras o para que se anotaran como posibles comparsas una vez que estuvieran en el hospital de sangre.

—Siéntate, muchacho —le pidió una limonada a Carmen y le dijo que se calmara.

—Mi padre se ponía igual de colorado que ese señor.

Leonor comprendió y se sintió mal de haberlo mandado.

—Mi madre me mandaba por él a la cantina.

—Bebe la limonada, no volverá a suceder. Te agradezco.

El mozo terminó la limonada y recobró el color. Leonor le dijo que se fuera a descansar, pero al salir se había topado con Eustasio Montoya y, alarmado, lo acompañó al comedor. El fotógrafo entró, intentando atajar la sangre que le salía de la ceja abierta.

—Por dios, Eustasio.

Leonor lo sentó y limpió la sangre, y luego colocó unas vendoletas.

—Parece que nos quiere entrenar.

—Disculpe, Leonor, pero tuve un altercado con mi cuñado. Siento que el chico lo haya padecido.

El muchacho se había quedado pasmado con la escena.

—Ya se iba a descansar.

Peor, el chico no se movía, y ya Jovita intervenía:

—Que te vayas a tu casa, muchas gracias.

—No me quiero encontrar al grandote.

—Descuida —intervino Eustasio—, se quedó dormido sobre la mesa. Ya les dije a los muchachos que lo depositen en el hotel de junto cuando puedan. O que lo dejen allí.

Pero el chico seguía aferrado a ese comedor:

—Mejor me voy cuando usted salga.

—Leyó mi nota. ¿Qué dice, Eustasio? Salimos pasado mañana.

—Por eso vine así. No podía dilatar mi respuesta.

Jovita y Leonor se quedaron expectantes. El chico se desplomó en la silla sin que hubiera poder humano que lo moviera de allí.

—Sólo hay un problemita.

—No nos puede fallar, Eustasio —dijo Leonor—. Me gusta mucho su trabajo.

Leonor se sentó para escucharlo.

—Quisiera pedirle que incluya a Aurelia en la brigada.

—¿Eso es todo? —dijo Jovita—. Es la de la voz, Leonor. La cantarina.

—Qué mejor que tener un gorrión con nosotros. ¿Eso significa que sí va?

—Nada me gustaría más —respiró Eustasio.

—¿Aurelia es su mujer?

—Es la mujer del hombre de la cantina. Se ha refugiado conmigo. Es mi prima y creció con nosotros. Otra Montoya.

Leonor lo miró sin comprender muy bien.

—No sabe que está conmigo y es mejor que no lo sepa. Es violento y ella ya lo ha padecido.

—Mientras no aparezca en el camino —dijo Leonor—. Ya bastante tendremos con el trabajo de salvamento.

Eustasio se levantó para despedirse. Se detuvo de la silla, mareado.

—¿Cree poder llegar a su casa?

—Yo lo acompaño —se apuntó el mozo—. No vivo lejos de allí.

—Eustasio —Leonor tocó el hombro del fotógrafo—, me complace mucho que sea el fotógrafo de la Cruz Blanca.

Baile en el casino

20

"México es un país de salvajes", decía mi padre. Pero los ojos que yo miraba en el hospital o en el tren eran ojos inquietos y avispados, dolientes o retadores. Ojos donde se repetía el retumbar de la pólvora volando vías, el tronido de las carabinas, el polvo de las trincheras. Ojos de monte, que sabían caminar bajo el calor, y sabían detectar al enemigo por el polvo, por el ruido, por los telegramas que iban y venían. ¿Leonor, perdonarás que me haya borrado sin volver a comunicarme contigo? ¿Perdonarás que le haya dado tanto peso a tus exigencias y a tu deseo de brillar? A veces me sentaba en la pérgola de casa en Saint Paul, entre las peonías que exhalaban primavera aferradas a los postes de aquel lugar, y me atormentaba ese bienestar tan acorde al apellido de mi marido, Balm, bálsamo, tan lejos de la zozobra cuando atendíamos a los heridos o cuando les cerrábamos los ojos y tú, Leonor, señalabas a las que iríamos en el comité de consolación para avisar a los familiares. Yo siempre apretaba los dedos fuerte; no quería que me tocara ir. Temía ver el dolor de los demás. Sabía que sería mucho más fuerte que el del gesto de muerte en los caídos. Lily Long me lo advertía: "No le cuentes a tu padre de las muertes". ¿Y qué se pensaba Eustasio retratando aquel dolor que volvía a ver ahora en las fotos? El gesto de los deudos. Algo parecido a la confusión. Al azoro de no volver a ver más al hijo. ¿Todo para la memoria de la Cruz Blanca? Leonor y Aracelito posando ante la cámara, aquellos viejos demudados, un hijo para llorarle.

No pensaba contarle nada de aquello a mi padre, porque no tenía intenciones de comunicarme. Su Jenny en una guerra que ni era de ella, sólo por ese pedacito de sangre Zavala que le corría en las venas, sólo porque su vida tuviera una excitación que no le proveía la quietud laredense. Ni siquiera tenía claras las razones: había tomado la ola. La obligación de responder a Alberto Narro era un pretexto. También estaba segura de que no se quedaría tranquilo sin saber de mí, y desde luego, no se quedó con los brazos cruzados. Apenas habíamos llegado a Ciudad Juárez cuando el cónsul mandó un mensajero para que yo me reportara con él. De tonta iba a ir. Si me buscaba el cónsul de Estados Unidos en aquella ciudad sólo podía querer decir que mi padre había mandado por mí. ¿Creía que yo iba a regresar a que decidiera mi destino?, ¿a que él, con cualquier muchacho que le pareciera buen partido para su hijita, arreglara el resto de mis días?, ¿que iba a decidir con quién dormiría para darle nietos?

—Enseguida voy —le dije al mensajero que había ido a la estación donde nos reuníamos para tomar el tren a Chihuahua más tarde.

Era como si mi padre supiera que metiéndome tierra adentro, en México, le empezaría a quedar muy lejos. Sucedió que ese día no partía el tren y localizaron un lugar para que pasáramos la noche. Algo se rumoraba sobre las armas que tenían que llevar a Chihuahua y que no habían llegado. Lily me buscó e insistió en que fuera con el cónsul. Se veía que ella también había recibido la visita del mensajero. Le di largas mientras Aracelito y yo nos acomodábamos en la habitación con otras dos chicas.

—Nada más dejo mis cosas, tía.

—Entiende que es mucha responsabilidad para mí tenerte en México. Supongo que no habrá sido fácil conseguir su permiso.

—No —le mentí—. Mamá no se hubiera opuesto —la reté, sabiendo qué tan amiga había sido de mamá.

—Sólo déjalo tranquilo. Dile que estás conmigo.

—Eso no lo va a tranquilizar —sonreí.

Cuando la tía salía del cuarto, algunos de los rebeldes disimularon que estaban esperando ver a las enfermeras. Nos reímos en cuanto vimos que bajaban la vista ante la mirada regañona de la tía. Eso de compartir el cuarto con varias muchachas me parecía muy divertido, como tener hermanas. Desconocía lo que era compartir el sueño, las bromas. Después de cerrar la puerta, espiamos desde la ventana, vimos que la tía se acercó y les dijo algo y ellos se alejaron camino abajo, hacia el edificio de la aduana. Nos sentamos en las camas, desilusionadas.

—Te acompaño con el cónsul, Jenny Page —dijo Araceli.

Un toquido en la puerta interrumpió mi decisión.

—Ya vienen por ti —se burló una de las chicas cuyo nombre aún no sabía.

Mi corazón retumbó mientras me acercaba, remolona, a la puerta. Cuando abrí, dispuesta a encontrarme otra vez con el mensajero, vi a dos de los rebeldes que venían a buscarnos. Nos dijeron que esa noche había baile en el casino. Y que venían a invitarnos. Nos alborotamos. Era tan fácil hacerlo, pues aún no habíamos visto heridos. Estábamos nuevas y deseosas de alegría. Pero Aracelito, que andaba muy enamorada de Guillermo, se acercó a la puerta y dijo que de ninguna manera, que mañana nos íbamos a Chihuahua.

—Es una lástima que no se luzcan estas chicas tan hermosas —nos coquetearon.

—Pierden su tiempo —cerró la puerta Aracelito en sus narices.

Al rato fingí que iba al consulado y pedí a Estela, una de las chicas, que me acompañara. En realidad quería ver a los muchachos, decirles que, si nos esperaban cerca de la ventana, a la medianoche iríamos con ellos a la fiesta. La última vez que había bailado fue con Oliver y pensaba sacarme la espinita. Estela se sorprendió cuando nos salieron al paso.

—No he bailado desde mi fiesta de la *high school*. ¿Tú?

—Yo voy a muchas jacarandas —se defendió. En México era diferente la disposición para la fiesta.

Los chicos nos vieron cruzar frente a ellos y uno jaló del brazo a Estela.

—No se van a arrepentir —dijeron y nos llevaron al casino.

Cuando regresamos, con los pies reventados y la alegría retumbándonos en el cuerpo, procuramos abrir con sigilo. Traíamos el cuerpo cansado de bailar la polka y el vals y los muchachos, muy acomedidos, nos acompañaron a la puerta. Nada más llegar, el cuarto estaba atrancado y no podíamos entrar. Hacer ruido significaría el escándalo con los cuartos contiguos. La verdad yo no quería un regaño de la tía Lily y menos la posibilidad de que dijera que me devolviera, que yo no era más Cruz Blanca. Si se iba a tratar de bailar con federales, de tenerlos cerquita en sus uniformes caquis, con sus bigotes espesos y sus sonrisas frescas, yo no me quería perder el paseo. Nos llevaron al edificio de la aduana, buscando darnos acomodo en algún lugar antes de que amaneciera. Lograron abrir una puerta que cedió y, aunque Estela y yo nos mirábamos de reojo un poco asustadas, pensando qué podía pasar ahora que nos llevaban a un lugar encerrado, los chicos sólo dijeron que debíamos salir al amanecer, antes de que empezaran a trabajar por allí, y que fingiríamos haber salido temprano del cuarto y no que no habíamos llegado. Y que si nos encontrábamos de nuevo hiciéramos como que no había habido más que la invitación fallida al baile.

La bodega estaba oscura, pero había muchos sacos de yute vacíos cerca de la entrada con los que podíamos fabricar un colchón. Nada más recostó el cuerpo, Estela se quedó profundamente dormida. Yo no estaba tranquila. Los pies me dolían del zarandeo. Había sido bueno que alguien más que Oliver Case me dijera que era fácil hacerme bailar. Que dejaba el meneo del cuerpo a voluntad del hombre. Y me recosté pensando en qué simple podía ser la felicidad. Aún no sabía de los rigores de la guerra, de las heridas del alma. Fue entonces que escuché un quejido sordo. Me incorporé sobre las esteras donde Estela ni se movía. Busqué, ansiosa, el origen de aquel sonido doliente. Intenté descifrar las formas en la penumbra. Al fondo parecía haber alguien recostado en un catre. Me puse de pie y caminé hacia él muy despacio, temerosa. Un hombre yacía tapado hasta la cintura con el tórax envuelto en vendas, el rostro apenas visible. Me acerqué más porque murmuraba algo y fue cuando le vi la fatiga y las ojeras en los ojos entrecerrados. Incliné el rostro hacia los labios que se movían.

—Agua, por favor.

Le toqué la frente. Ardía.

No lo dudé entonces. Moví a Estela y le dije que había un herido al que urgía atender, que fuera por agua y que así nadie nos reprocharía la ausencia: cumplíamos con nuestro deber.

Lo supe al día siguiente, a bordo del tren. Era del bando enemigo. Fue el único que capturaron cuando, en la aduana, un grupo de federales pagaba un cargamento de armas. El único herido que se quedó atrás. Dos murieron y dos huyeron. Pero Ramiro Sosa fue detenido.

El estreno

21

Leonor parecía haberse adelantado a los acontecimientos en los que habría de participar cuando fundó la agrupación de mujeres Unión, Progreso y Caridad e involucró en ella a un grupo diverso de mujeres interesadas en el bien social y cultural de Laredo. Esperaba que la furia revanchista le diera la oportunidad de participar en contra de la usurpación y el martirio del presidente electo. No sólo en discusiones y conversaciones airadas que sostenían en la imprenta de los Idar, con el propio Clemente, Santiago Paz y Emeterio Flores, no sólo a través de sus escritos en el semanario y en el reciente diario *El Progreso,* fundado por Santiago y donde su propio hermano era socio mayoritario junto con Melquíades García, sino en la acción. Esta asociación civil podía deslizarse a realizar actos caritativos, y curar heridos era uno de ellos. Nadie podía quejarse de que aquel grupo de damas bienintencionadas, que vivían en Laredo, estuvieran interviniendo en asuntos de otra nación cuando cruzaron al otro lado del río durante el fragor del ataque de Jesús Carranza y su tropa contra los federales de la plaza, comandados por Villarreal. Leonor Villegas había escuchado el tiroteo aquel 17 de marzo de 1913 y había pedido a Juana, la sirvienta, que buscara a Jovita Idar para saber qué ocurría.

Juana se quejó de la temprana hora en que su patrona la hacía vestirse y salir a la calle. Pero cuando regresó, bajo la tenue luz del amanecer, sin noticia alguna porque la señorita Jovita estaba del otro lado, Leonor ya estaba vestida y encargaba a la chica que llevara a los tres pequeños a casa de su hermano Leopoldo. Ella no se quedaría allí, cruzada de brazos. Un coche descargaba a un grupo de personas con bultos que venían a refugiarse a Laredo. Informaron a Leonor que desde hacía algunos días la policía montada había alertado a la población. Los rebeldes estaban cerca.

—Tan cerca, que se ocultaban en la trinchera cerca del panteón —dijo una de las jóvenes, sofocada.

—Hay muchos heridos entre los atacantes —dijo otra—, por suerte.

Leonor la escuchó, indignada.

—Están defendiendo el honor del presidente Madero asesinado, el honor de todos.

No eran momentos para oratoria. Joaquín se había despertado con el alboroto y, aunque Juana lo atajaba, corría a las faldas de su madre:

—¿Qué pasa, mamá?

—Voy a cuidar heridos, hijito. Duerme. Jugarás con tus primos después de la escuela.

Leonor echó a andar hacia el puente cuando se topó con Jovita, que pasaba en el coche de los Villarreal rumbo a la imprenta.

—Leonor —le gritó—. ¿A dónde vas?

—Con los míos.

Jovita la convenció para que aminorara el paso y subiera al auto. Ella debía escribir la nota, aquel fallido ataque de los rebeldes dirigidos por el hermano de Venustiano, aquella defensa lograda de los federales, que tenían cañones y una mejor posición desde el cerro. Los rebeldes, en cambio, estaban atrincherados en la línea del ferrocarril, muy cerca de la propia trinchera que ocupaban los federales. Y el que sabía esto era el general Villarreal, que podía divisar desde lo alto.

—Hay más de veinte heridos.

—Deja la nota, Jovita, urge que prestemos nuestros servicios. Ya escribirás desde el hospital.

Jovita se sorprendió de que Leonor estuviese tan cierta de que contarían con un hospital para atender a los heridos. Pero así fue. La seguridad de Leonor Villegas lograba lo indecible. Las dos amigas pararon en algunas casas para pedir la ayuda de algunas de las mujeres de la agrupación. Jovita pasó por su hermana Elvira y, animadas por la posibilidad de ayudar, cruzaron el puente rumbo al centro de la ciudad, donde todavía se escuchaban algunos disparos dispersos. En una toalla blanca habían alcanzado a pintar una cruz. La extendieron al costado del coche y se abrieron paso hasta el hospital, donde Leonor tomó el mando, pidiendo a los camilleros que fueran por los abatidos. Elvira lo hizo también por voluntad propia, y en algunas horas los doctores americanos que conocía Leonor fueron avisados para que pasaran a México a prestar sus servicios. El Hospital Civil de Nuevo Laredo fue el primer sanatorio de la Cruz Blanca que nacía en aquel marzo de 1913, y ese grupo de heridos, el primero que agradeció los servicios de Leonor Villegas de Magnón y el grupo de chicas que esperó a que se aliviaran los más graves para entretener a los guardias y que los heridos escaparan por el río. Pancho, el esquifero leal a la familia Villegas, recibió de voz de uno de los rebeldes la instrucción de que los condujera río abajo, donde Lucio Blanco podría protegerlos y asimilarlos a los Libres del Norte en Matamoros.

Leonor no se había movido del hospital con el resto del grupo y ocupaban algunas de las habitaciones del lugar. Allí, Jovita husmeaba, corroboraba y anotaba lo sucedido. Algunos decían que la derrota se debía a la mala táctica del general Pablo González, a quien Carranza tenía en mucha estima. Era un primo lejano de Carranza por el lado Garza y primo hermano de Antonio Villarreal. Ambos habían nacido en Lampazos. Como los demás firmantes del Plan de Guadalupe, gozaba de su confianza. Los heridos permitían a Jovita escribir un verdadero parte de guerra, con testimonios de primera mano, impresiones y sinceridades a las que de otro modo no hubiera tenido acceso. Las heridas fragilizaban. La posibilidad de ser un prisionero de guerra aún más. Y la muy probable sentencia del fusilamiento daba a esos hombres, bajo el cuidado de la Cruz Blanca, confidentes y honestos, necesidad de futuro. Jovita no ignoraba que su condición de heridos la favorecía; su no inmediata recuperación, también. Escribiría, en distintos momentos, lo que conviniera para que los derrotados salvaran el pellejo. Empezaría por enviar la nota a *El Progreso*, con los doctores que volvían a Laredo todas las noches. Comunicaría los detalles de la batalla y luego entraría en honduras humanas, las que más le interesaban, y que eran la razón para fundar periódicos como lo había hecho su padre. Leonor se lo reforzaba:

—Tienes suerte de escribir en el semanario de la familia, que admite la opinión de mujeres. No creo que te hicieran caso en la capital.

Uno de los rebeldes se llamaba Antonio, era muy joven, un pariente del general Pablo González, y contaba con vehemencia cómo los federales habían acribillado a una mujer que apareció al frente de los carrancistas ondeando una bandera. Alguien explicó que era parienta del jefe Garza Rivas. El caso es que ver esa muerte inútil había exaltado a los rebeldes a atacar con furia, pero los federales que salían de las trincheras opuestas los doblaban en número, en armas.

—Sí, somos un ejército improvisado, como ustedes, enfermeras hechas al vapor. Pero lo han hecho mejor que nosotros. Nos faltó estrategia, número, malicia. Ellos sólo tuvieron dos bajas; nosotros, alrededor de veinte. ¿Y de qué nos valió? —platicaba mientras Jovita anotaba y Araceli, una de las enfermeras leales a Leonor, limpiaba la herida en el brazo del joven, con una gasa bañada de agua oxigenada.

—No somos tan improvisadas, soldado. A nosotras nos han dado cursos de primeros auxilios, como si nuestra presidenta ya supiera de qué se trataba lo que nos esperaba —dijo Aracelito ante la mirada del herido, que se deleitaba en su hermosura.

—A nosotros nos acaban de instruir. Mucho caminar y saber disparar. Somos ganaderos, comerciantes, gente de a caballo, cazadores, pero no matones. No tenemos ninguna preparación militar —la miró con ojos desorbitados.

—Ya la tendrán.

—¿Y contaremos con sus atenciones?

Jovita carraspeó para recordarle al herido que allí estaba ella, que venía por el recuento. Ella agregaría lo que el combatiente no le podría contar: cómo el comandante Brewer, en Laredo, mandó despejar el puente que estaba lleno de curiosos ante el tiroteo aquella mañana, y desde el fuerte de McIntosh advirtió que el presidente exigía que operaran sin que el territorio americano quedara bajo el fuego. La advertencia del comandante llegaba tarde. Las hostilidades habían comenzado a las seis de la mañana y las balas perdidas habían cobrado dos vidas en Laredo.

—¿Cómo vamos a saber de batallas, si antes de reconocer a Carranza como el Primer Jefe sólo habíamos atacado la hacienda de Anhelo, donde los federales nos sorprendieron. Todo porque a los capitanes Treviño, Múgica y Breceda, con todo respeto, les dio por irse a bañar en las aguas de azufre, y a los que estábamos en Anhelo no nos avisaron a tiempo del telegrama en que Pancho Coss advertía del avance de los federales. Llegaron derechito a Paredón y Aubert nos tomó desprevenidos. Él mismo se asombró de no encontrar un manojo de rebeldes, sino al cuartel general. Y salimos huyendo. Nuestra intentona de revancha no nos valió de nada. A ellos no les hizo mella alguna y tuvimos que salir corriendo de nuevo.

Araceli se rió, pero cuando pasó por segunda vez la gasa sobre aquella rajadura, palideció. El hueso del joven se veía al fondo del tajo. Jovita distrajo al muchacho mientras la enfermera salía a toda prisa en busca de algún médico. Ella también apenas se había estrenado curando. No imaginaba qué haría el día que uno de esos hombres se le muriera. Se persignó de pensarlo. El doctor Wilcott la sorprendió:

—Pareciera que vio al diablo, señorita.

—Al contrario. Ayúdeme, doctor.

Tela de dónde cortar

22

Eva y Trinidad Flores Blanco habían insistido en acompañar a Leonor a recoger los uniformes de las enfermeras. En la calle de Grant, la señora Segura y dos chicas se apuraban a terminar el pedido para la Cruz Blanca. Confeccionaban los trajes de la banda escolar para los desfiles, los disfraces para los festejos infantiles, los bailables de fin de año, pero no tenían experiencia en vestir enfermeras. Leonor les había llevado una foto del mandil con el que las chicas y ellas mismas cubrirían su ropa y, sobre todo, aquella banda azul en cuyo centro estaban atravesadas dos tiras de fieltro blanco para la insignia. Violeta Segura las hizo pasar a la mesa del comedor y ofreció refrescos o infusiones mientras esperaban el pedido. Estaban un tanto retrasadas, explicó. Una de las chicas había estado enferma. Como era trabajo nuevo, se iban con tiento cortando y armando las piezas. Violeta estaba apenada, pero Leonor simplemente le pidió ver cómo iba avanzando el trabajo. Y sin esperar respuesta se dirigió al cuarto desde donde se escuchaba el ruido de la máquina de coser. Eva la siguió. Trinidad se quedó esperando el agua fresca. Leonor verificó el ancho de la banda, el terminado de los delantales y alentó a las costureras. Una de ellas era la hija de Violeta. Preguntó de qué se trataba. Su madre trató de enmendar la ignorancia de su hija frente a Leonor:

—La muchacha debería saber. Todos sabemos aquí, en Laredo, que la Cruz Blanca ayudó a los heridos de Nuevo Laredo en el ataque de marzo.

—No te preocupes… ¿Cómo te llamas?

—Estela. Y no es que no sepa, señora —dijo, deteniendo el paso del peto del delantal bajo la máquina—. Es que me gustaría ser una de las enfermeras.

La madre volvió a proteger el atrevimiento de la muchacha.

—Ay, Estela, de veras…

—¿Por qué no, Estela? Las muchachas que se han unido lo hacen porque quieren, porque apoyan a los constitucionalistas y están dispuestas a salir de sus casas, dejar la comodidad y ayudar a dar alivio. Eso es lo que podemos hacer las mujeres en esta guerra.

—Pues ya estamos ayudando —repeló la chica que cosía en la otra máquina.

—Tú no te metas —contestó Estela.

—Estas hermanas —defendió Violeta—. Mire, señora Magnón, le propongo que se tome su refresco, se vaya a su casa y en la tarde le mando a una de mis hijas con los uniformes.

—Yo y mi hermana también tenemos nuestras diferencias —agregó Eva bromeando, que hasta entonces no advirtió que Trinidad no las había seguido.

Desde el comedor les llegó la voz de Trinidad, que no se pudo esperar para gritar la noticia:

—Lucio ya tomó Matamoros.

Leonor y Eva se acercaron, queriendo comprobar cómo es que poseía semejante noticia.

—¿Es una corazonada? —le preguntó Eva.

Las tres costureras, madre e hijas, también se habían acercado. Y miraban intrigadas a Trinidad por el revuelo que estaba causando.

—¿De cuándo acá me dejo llevar por corazonadas? —agitaba en las manos un telegrama. Me lo entregó Céfiro esta mañana, que lo mandaba Clemente Idar. Y no sé dónde tuve la cabeza, porque salíamos ya con Leonor hacia acá cuando lo eché en el bolso y lo olvidé.

Estela, con sus ojos achinados e inquisitivos, preguntó:

—¿Y quién es Lucio?

—Nuestro primo —explicó Eva—. El general Lucio Blanco. Por él andamos acá. Muy buena el agua de tuna —le dijo a la señora Segura mientras alzaba el vaso—. Por Lucio.

La señora Violeta sacó otros vasos del trastero, los colocó en la mesa y sirvió deprisa.

—Por el general —coreó Leonor.

Estela, animada, se unió al festejo:

—Por el señor que es su primo.

Las chicas se rieron. Pero la hermana no dijo nada, ni tomó el agua ni se unió a lo que las tenía contentas, y miró a Estela, severa. La señora Violeta quiso resolver la incomodidad:

—Mejor siguen cosiendo.

—A mi papá no le va a gustar —dijo la hermana antes de salir de la habitación con pasos fastidiados.

Eva y Leonor se miraron, pero Trinidad dijo que bastaba de brindis y que le tomaban la palabra a Violeta y esperarían los uniformes en otro lado.

—Me urge ir con Clemente Idar —dijo Trinidad—. Ya debe de tener la noticia completa. De buena ayuda le voy a ser si no leo los telegramas a tiempo.

Por más que la señora Violeta insistió a Estela que se abocara a la costura, como su hermana, la chica salió cuando ya echaban a andar las tres mujeres calle arriba. Las alcanzó apresurada y le dijo a Leonor que no se olvidara de llamarla cuando necesitara enfermeras.

—A mí no me gusta coser, verá.

—Descuida —la tranquilizó Leonor—, no me olvidaré.

—Sólo hágalo sin que se note, señora…

En lugar de seguir andando y que la chica hablara mientras les seguía el paso, Leonor se detuvo.

—Es que mi papá es federal, ¿ve?

El federal

23

Uno pasa el algodón húmedo con agua oxigenada por aquellas heridas purulentas y, al llevarse las secreciones, al dejar esas heridas rosadas y limpias, uno imagina el alivio. En ese bálsamo en que una, sin querer, se está convirtiendo. A veces pienso que no fue casual que el hombre con que me casé llevara por apellido Balm: bálsamo. La palabra es suave. Si se divide, la primera parte refiere a una embarcación ligera, y el resto, al que la timonea: una balsa y un amo. Amo es el que cura. Yo, mientras pasaba el algodón por el vientre herido del soldado, era su ama. Nunca había sentido lo extraordinario de dar alivio. Aquel hombre moreno y sosegado, de respiración lenta y dificultosa, estaba en mis manos. Su fiebre cedía con las compresas de agua helada. Una bala le había rozado el vientre, y un cuchillo le había punzado un costado. Podía morir. Era demasiado joven y no hablaba.

Fue cuando tomamos el tren para Chihuahua cuando Leonor entró al vagón de prensa:

—Jenny, te voy a pedir un favor delicado. Trae papel y lápiz.

Bajé con ella y, mientras nos dirigíamos al último vagón, me dijo que uno de los prisioneros heridos había pedido que lo ayudaran a escribir una carta para su familia y que la Cruz Blanca también prestaba ese auxilio, que si no me importaba hacerlo. Seguí a Leonor en su paso brioso. Se detuvo cuando estábamos a punto de llegar al vagón.

—Me dijo Lily que te buscaba el cónsul. ¿Puedo saber la razón?

—Mi padre quería saber cómo me encontraba —le mentí.

—Tienes suerte de tener un padre pendiente de ti —dijo cuando ya subíamos las escaleras del vagón. El hombre que custodiaba se hizo a un lado para que pasáramos.

—La señorita viene a atender al herido.

El vagón estaba oscuro, la misma penumbra de la aduana donde había divisado al herido al fondo, a aquel sediento que atendimos

Estela y yo. Cuando llegamos al lado del que quería dictar la carta, lo reconocí. Era el mismo. Me sorprendió saber que era un federal y que iba como prisionero al hospital de Chihuahua.

—Deberías traer el uniforme —me reprendió Leonor cuando estaba a punto de dejarme a solas con él.

Tal vez percibió en el intento de sonrisa del herido un guiño de intimidad. Aunque fingí no haberlo visto hasta que Leonor salió, la complicidad parecía flotar en el encierro de aquel vagón.

—Aquí te dejo, muchacha. Cualquier cosa, uno de los nuestros va al cuidado. Aunque cuál peligro —lo miro compasiva por un instante—. La Cruz Blanca no es como la Cruz Roja. Atiende a los heridos sean del bando que sean.

Cuando Leonor se fue, tuve la extraña sensación de que había pronunciado esas palabras como si estuviera dando un discurso, como si quisiera que yo la citara en el artículo que escribía. Había ya escrito un primer texto sobre la manera en que se había formado la brigada de enfermeras y como Leonor y Lily comandaban. Con la respiración atropellada del hombre yaciente en ese vagón, la guerra que me había parecido lejana se hacía evidente. El tren nos conducía poco a poco a la pesadilla de los cuerpos desgarrados. Ramiro Sosa era el preámbulo. No sabía si me reconocía de la noche anterior en la bodega. Nos habíamos dicho nuestros nombres después de que, con compresas de agua y un poco de láudano que consiguió Estela, con más nociones de primeros auxilios, logramos bajarle la fiebre y aplacar el dolor. Lo primero que hice fue acercarle un algodón mojado a los labios. Me miró a los ojos e intentó pronunciar mi nombre. Lo ayudé:

—Soy Jenny. ¿Recuerdas que te cuidé el otro día?

Mientras me miraba con una extraña intensidad, como si agradeciera mi compañía, asintió con la cabeza.

—¿Cómo estás, soldado?

Le vi con susto aquellas vendas que parecían contener un abdomen herido.

—No sé qué tanto daño hizo el cuchillo —dijo con dificultad.

Allí supe que era un hombre que cumplía órdenes, tenía el grado de capitán del Colegio Militar y su misión había sido recibir, con una comisión de federales, el cargamento de armas de Estados Unidos. Él llevaba la paga. De aquel dinero no había quedado nada. Las armas eran ahora de los rebeldes.

—Aquí nadie quiere a Huerta, que mató a Madero —lo previne, ingenua.

—Y tú, que hablas español tan raro, ¿cómo sabes tanto?

—Madero era de estas tierras —le expliqué, como si yo estuviera muy enterada. La verdad es que lo que sabía era por la tía Lily y por Jovita, y por lo que salía en los periódicos de San Antonio y Laredo—. De Parras —le dije—. Está muy cerca de aquí. Dicen que es un vergel, y de ese vergel salió Madero, y el señor Carranza ahora sólo pelea en su nombre.

—¿Y conoce usted al tal Carranza? —me preguntó.

—Aún no. Dicen que es muy alto y tiene barbas largas. Es el más viejo de todos. Y usa lentes redondos de vidrios azules. Y que es sereno y se hace obedecer por las buenas.

—No pensará que me alegra que hayan interceptado nuestro cargamento y que yo esté herido. ¿Y qué hace usted aquí?

Me pareció joven y frágil. Tenía veintitrés años, como supe luego.

—Yo recibo instrucciones de mi general Leonor Villegas —sonreí.

—¿Y qué necesidad tiene de estar viendo heridos?

Conversamos con torpeza antes de que me sentara a su lado para escribir la carta. Mientras hablaba, pude mirarle ese rostro mestizo de ojos muy oscuros.

—¿Sabe escribir en español?

—Dicte —eludí.

—Es para mi madre —dijo—. Ponga: "Querida madre".

—No se canse. Hable poco —le dije, oyendo el silbido del aire que entraba a su cuerpo.

—Mi madre no tiene noticias mías. Es mujer sola. ¿Usted escribe o por qué la mandaron conmigo, Jenny?

—Quiero ser periodista. Por eso seguramente me mandó.

Le acerqué el algodón, pero señaló la cantimplora sobre la mesa. Le alcé el cuello y él bebió con dificultad. Hizo una mueca de dolor. Lo acomodé con suavidad. Mi mano se quedó pasmada con el peso de su cuello.

—Necesitaba el agua.

Miraba su cuello tibio, donde mi mano había estado, y me sentía intimidada:

—¿Duele mucho? Espero no haberlo lastimado.

—Si pusiera de nuevo su mano bajo mi nuca, lo agradecería. Tengo el cuello cansado.

Sin intentar levantarlo, puse mi mano entre el cobertor enrollado que servía de almohada y su cuello. El movimiento me hizo acercarme a su rostro. Sólo bailando había estado tan cerca de un hombre.

—¿De qué va a escribir?

—Voy a escribir de lo que hace la Cruz Blanca en la contienda.

—¿Qué lado de la contienda, Jenny?

—De la contienda —insistí.

—Pero hay dos lados.

"Del de los rebeldes, Ramiro, del otro", pensé sin responderle nada. "Del que le hizo esa herida terrible, esa herida de la que no sabe si saldrá bien librado." Pero hay que tener un lado para ver las cosas. ¿Por qué tengo que empezar así, junto a un hombre del bando contrario que lucha por la vida y que acompañaré kilómetros a traqueteo de tren?

—¿Por qué no empezamos con la carta?

—No quiere responderme.

—No se canse con preguntas sobre mí.

—Estoy sucio, enfermera. Siento haberle pedido que me aliviara la rigidez del cuello con su mano suave.

—¿Le parece si tomo el dictado y luego lo limpio?

—De ninguna manera, le pediré al que nos vigila que lo haga.

—Soy Cruz Blanca. Si no sé curar, por lo menos tengo que saber lavar a los hombres heridos.

Puse la mano que había estado debajo de su cuello discretamente cerca de mi rostro, haciendo como que retiraba el cabello que se había deslizado sobre mi frente. Quería olerlo. Porque así de cerca no me desagradaba. Todo lo contrario.

—Soy bueno para la caballería, Jenny, no sé estar así, inmóvil. El general Ángeles nos enseñó el honor. Y ahora está con ustedes. Si yo no entiendo a quién tengo que creerle, ¿usted cree que mi madre lo haga? ¿Qué piensa su madre, Jenny?

—Está hablando mucho, Ramiro, y no hemos empezado la carta. Mi madre murió. Mi padre no sabe que estoy aquí.

Se quedó muy callado.

—Lo siento —musitó.

—Pero está mal que su padre no sepa nada. ¿Escapó? ¿Está enamorada de alguien?

—¿Acaso cree que ésa es la única razón por la que las mujeres toman decisiones? —me defendí.

Otra vez el silencio corroyó la negrura del tren. Me senté en la banca, al lado de la cama. Tomé el bloc de notas y me dispuse a escucharlo. El tren subía la montaña. La camilla se deslizó hacia atrás. Comprendí que esa brusquedad no debía ser buena para su herida. Me dio miedo que muriera de pronto, allí, y que no hubiera a quién avisarle. ¿Y si eso pasaba? ¿Qué haría yo con él? Le gritaría al guardia que nos acompañaba que me dejara salir. No iba a resistir horas respirando la muerte de Ramiro. La carta a medio hacer, atrapada. Pareciera que el vigilante presintiera mi temor ante las curvas del ascenso, pues se levantó del asiento que ocupaba en la parte delantera.

—¿Todo bien, señorita? Cuando tenga hambre, me dice. Aquí llevo un poco de carne seca y manzanas.

—¿Y para el herido?

—¿Come? —me respondió, irónico.

Ramiro parecía haber caído dormido, porque tenía los ojos cerrados, pero en cuanto sintió que yo me acomodaba, sin abrir los ojos empezó:

Mamá. Te escribo desde el tren que va a Chihuahua; me llevan al hospital, así que no tienes de qué preocuparte. Fui herido cumpliendo las órdenes del general Huerta…

—Más despacio, por favor.

—No vaya a poner usurpador, Jenny.

—No es artículo.

Tenía humor el joven. Casi me parecía que jugueteaba con su calidad de enemigo.

—La verdad es que sé mejor inglés que español y me cuesta escribir las palabras correctamente —confesé.

—Mi mamá no entiende inglés. Enviudó joven. Me dijo que mi padre era español, comerciante. Que siempre quiso un hijo en el ejército, donde tenía garantizado el honor, el uniforme y la paga…

Ha sido difícil estar lejos de ti, madre, no saber si mi hermana te atiende o si sigue con sus groseras maneras de tratarte. Resintiendo la vida que no ha podido tener, los pretendientes que no la han cortejado. Espero que pueda compensarte con mi cariño a la vuelta. Por ahora me apresuro a que esta misiva llegue a tus manos. Una señorita muy linda escribe esto mientras yo le dicto. La herida en el vientre no me deja incorporarme, pero ella, que es enfermera, se encargará de que los doctores me curen.

Solté la pluma y lo miré mientras él me clavaba los ojos, insistente.

No sé si ande buscando a un novio que se le fugó, pero aquél es un tonto, porque ella tiene la mirada de un ave sagaz, una nariz afilada, la piel rosada, labios tenues. No sabe lo hermosa que es, porque si lo supiera no estaría en esta guerra que le puede agrietar la sonrisa.

Apreté su mano. Le coloqué la pluma sin dejar de mirarlo a la cara, sorprendida por sus palabras, y le dije que debía firmar. Mientras garabateaba un Ramiro Sosa que su madre seguramente reconocería, dejé mi mano sobre la suya.

—Si me muero, ha sido placentero tener un ángel junto a mí.

Sentí la mirada dulce de ese hombre vulnerable. Había determinación en aquellos ojos café oscuro, como leños de fogata. Entonces incliné el rostro no para oír las palabras que musitó en la bodega, no para medir su temperatura, sino para besar sus labios.

Cuando el tren se detuvo, Leonor fue a buscarme. Pensaba liberarme de aquel encargo. Ramiro dormía.

—Aún no terminamos —inventé—. Ha estado muy fatigado. Necesitamos más agua.

—No olvides pedir el domicilio de su familia, para enviar noticias de él. No sabemos lo que le ocurrirá.

Pensé que Leonor se refería a su estado de salud.

—Es un prisionero, Jenny. Nosotros sólo podemos ver por su salud.

Cuando el tren volvió a arrancar, y mientras Ramiro dormitaba, humedecí un paño y lo pasé por sus brazos, los hombros desnudos, las axilas, el cuello. Tenía los brazos fuertes y el cuello era ancho. Le descubrí un lunar en las clavículas. Nunca me había detenido en la piel ajena de esa manera. Las tetillas eran oscuras y se achisparon con el paño. Levanté la sábana por los pies y tomé una de sus piernas velludas. La recorrí hasta donde mi pudor lo permitió. Aunque como enfermera debía ser capaz de limpiar su sexo y sus nalgas, no tuve el temple, porque Ramiro ya no era sólo un herido. Lo tapé con la sábana y me entretuve en esos pies de talón calludo, de dedos largos y algo curvos.

Limpié el arco pronunciado y acaricié el empeine. No había advertido que el hombre que vigilaba estaba a mi lado. Me miró a los ojos como si hubiera descubierto mi deseo. Se quedó quieto, muy cerca de mi cuerpo. Me dio miedo. Desde su convalecencia, Ramiro musitó:

—¿Jenny?

El hombre me volvió a mirar, atrevido, antes de alejarse.

—Aquí estoy.

La virgencita del río

24

María de Jesús montó en el caballo que don Juan Orfila, por instrucciones de Leonor Villegas, le facilitó. Panchito, el esquifero que había trabajado con don Joaquín Villegas en Nuevo Laredo, la acompañó. Se aseguró de que la muchacha tuviera las provisiones que la señora Amada Orfila había dispuesto para el trayecto de la muchacha en el jubón adosado al caballo. María de Jesús se amarró a la espalda las dos trenzas anaranjadas que podían molestar su galope y verificó que la navaja siguiera en su zapato. Panchito se persignó cuando la vio arrancar.

—Cuídese mucho —le alcanzó a decir.

Era extraño cómo esos días de cuidarla en la choza junto al río, de prepararle un caldo de pollo y darle cabrito asado y un poco de frijoles, mientras la chamaca se curaba del frío que cogió en el río, del hambre y de la herida de la mano, lo habían hecho sentir útil, como cuando vivía Julia, como cuando vivía el propio patrón, don Joaquín. Su rutina de cruzar pasajeros de uno al otro lado del río en aquel esquife no pasaba de ser un trabajo necesario para los demás, pero no lo hacía sentir que sólo él podía con ello. Ahora, desde la balacera en Nuevo Laredo, recuperaba esa sensación de ser útil a los demás. Como cuando la señora Valeriana se puso mala y él tenía que traer los medicamentos de la ciudad para el rancho de San Francisco. Como cuando hacía dulces con su Julia para venderlos, o como cuando Inés, la señora del joven Leopoldo, se estaba aliviando y él le trajo a la partera de Guerrero. Ahora que Leonor le había pedido que se llevara a los rebeldes río abajo y los pusiera a resguardo seguro, el júbilo lo había invadido. No más reumas ni tristezas. Llevaba cinco días en que era el Pancho de a caballo, de desierto, de cacería con el patrón, de arrumacos con la Julia, de cuando quería hacerle hijos. Gracias a todo ello, Pancho mudaba de piel. Por eso miró afligido la estampa de la muchacha perderse entre la retama que bordeaba el río.

La chamaca llevaba una misión —cuándo se había visto a tanta mujer inmiscuida en las balaceras— y la propia Leonor se la había asignado después de escuchar a María de Jesús. Así se llamaba la pelirroja que se le apareció en la cueva donde dejó a los rebeldes; sintió que la Virgen se apersonaba de pura buena acción que hacía Pancho poniendo a salvo a los heridos que escaparon del hospital. "Llévalos, Pancho, ponlos a salvo. Ya las muchachas les dieron auxilio y vigilaron para que saltaran la barda, distrajeron con sus sonrisas y sus caras frescas a los guardias." Ay, que la señora Leonor, metiéndose en tanto sofoco. Ni sus hermanos. Pero ahora que la virgencita se había trepado al caballo, reestablecida, y con esos telegramas que tenía que entregar en Matamoros al general Pablo González, se quedaba descalabrado. Como si su parte se hubiera terminado. Leonor le había pedido a María de Jesús que entregara aquellos papeles. Tendría que tardarse un día por lo menos para despistar, quedarse a dormir en uno de los recovecos que él conocía y acercarse a Laredo a la mañana siguiente para que, cuando lo vieran en el lado mexicano, creyeran que había ido —como siempre— por lo que los almacenes Villegas le mandaban: velas, carne seca, mantas. Ah, qué Panchito, dirían los federales, y él les convidaría de la carne para que estuvieran a bien con él. Como habían estado siempre, porque con sus años encima, lo respetaban. Además ¿quién le temía a un remero, que sólo traía gente de un lado a otro? Por eso no le dispararon cuando rescató a María de Jesús luego que supo que no era una aparición del cielo sino una muchacha rubia, muy blanca, y herida. Por eso bajaron las armas con las que habían agujerado la lancha de ella. Es Pancho, el esquifero. Y lo dejaron en paz con su bulto mojado para que llegara a la choza, donde avisó a Leonor.

Pancho alzó la vista de nuevo. No quedaba rastro de María de Jesús. La muchacha bonita e intrépida. Con ese nombre y esa piel nacarada cómo no iba a confundirla con una Virgen. Pero era amiga de un telegrafista, contó a los dos días, cuando recuperó fuerzas y se puso las ropas que Leonor trajo a la siguiente mañana. Y luego que supo que el general Jerónimo Villarreal solicitaba refuerzos para defenderse del ataque de Jesús Carranza, como sucedió en Nuevo Laredo, pues quiso venir a avisar. Y entretuvo el telegrama con ese amigo porque allá en Monterrey les simpatizaban los constitucionalistas. No era la única. Las profesoras Blackaller. A Pancho le sorprendió que fueran maestras y gente con una educación las que andaban en el alboroto. Su difunta Julia y él siempre habían dicho que cuando tuvieran hijos les darían educación. Y que si tenían una niña querían que fuera maestra. Pero no se pudo. La única vez que Julia estuvo embarazada perdió al chamaco o chamaca a medio camino. Y como se puso tan débil, ya no convino buscarle más. Hay mujeres que no están hechas para eso. Por eso, ahora que Pancho volvía al punto donde había amarrado el esquife, sentía como si una hija se le hubiera ido. Estaba sorprendido de lo rápido que se podía cultivar un apego. Temía por ella. Pero ella no tenía temor alguno. Nada más estuvo mejorada, con sus ropas nuevas y habiendo contado a Leonor sus asuntos, aceptó ir a alcanzar a la gente del mentado Lucio Blanco para que tuviera conciencia del peligro, de que venían más soldados. Aunque ella no tenía conciencia.

Allí estaba el esquife amarrado. Se trepó en él y se dejó arrastrar por el río. Escuchó un disparo y su corazón se agitó: que no fuera a la muchacha de pelo de llamarada. Que no fuera a ella. Se fue remando con sus temores a cuestas, pensando que al día siguiente o dos días después lo buscaría Leonor y que tal vez tuviera noticias de aquella muchacha.

Un aria en el ático

25

Nada más llegamos a Chihuahua y nos acomodamos en el hotel, la tía Lily tocó a la puerta con vehemencia. Me pidió que saliera para que las otras chicas no nos escucharan. Caminamos por el pasillo con velocidad, como si las palabras que venía a decirme le fueran a explotar por la boca antes de tiempo, como ocurrió. No había puesto pie en la calle cuando me vio, enrojecida por la ira, y exigió una explicación, abanicando un telegrama frente a mi cara.

—¿Me quieres decir qué significa esto, Jenny Page?

No era difícil imaginar que se trataba de mi padre. El sol nos dio en pleno rostro, pero seguimos andando calle abajo, sin protegernos.

—Que se acaba de enterar tu padre que estás acá conmigo. Que te ha buscado por todos lados. Que no recibiste al cónsul en Ciudad Juárez. Que vuelvas de inmediato.

Caminé cabizbaja. Había hecho mal en engañarla respecto al cónsul, pero no me arrepentía.

—Me responsabiliza a mí de lo que te pueda pasar.

—Eso sí que no, tía Lily. Ya no soy una niña.

—Demuéstralo encarando la situación.

Nuestros pasos nos llevaron hasta la esquina, donde un grupo de rebeldes nos observó, curioso. La tía Lily parecía apaciguarse después del desahogo.

Y sin venir a cuento, como si necesitara de pronto hablar de ella cuando tenía mi edad, me confesó:

—Yo me escapé de casa cuando me supe embarazada. Tenía tu edad.

Hice cuentas: mi primo no tenía la edad de aquel embarazo, veinte años antes.

—Sí, fue antes de George, y el chico era el vecino y nos juntábamos a beber en el ático de su casa. Le gustaba la ópera y la ponía en un gramófono que subía para que todos creyeran que estaba solo. Me enamoré de él entre arias.

Miré su rostro, que transaba con la felicidad de esos días. Sus ojos azules se volvieron más celestes. El sol nos daba en la cara, pues no habíamos tenido la precaución de coger los sombreros. Seguimos andando calle abajo.

—Quererlo como lo quería me dio fuerza para decir en casa que estaba embarazada. Pero el encanto no duró más. Me encerraron y vigilaron para que no lo viera más. No les gustaba que fuera hijo de irlandeses católicos. No les gustaba que su hija hubiera tenido relaciones con él y que se enterara el vecindario. Discutían a dónde me mandarían para que yo tuviera al bebé y lo entregara a un hospicio. Ni siquiera me dejaban avisarle a Liam de mi condición. Pero una noche en que llegó a mi ventana aquella aria que oíamos una y otra vez, y que parecía el aullido de un animal solitario, me salí por la ventana de ese segundo piso, caminé por el alero y, desde el techo del porche, brinqué hasta el jardín. Escuché el tronido: me había roto algo pero no me importó. Corrí a la puerta de Liam, que nunca estaba cerrada, y entré a su casa. Sus padres me vieron intrigados. Les dije buenas noches y seguí sin más explicación hasta el ático, arrastrando la pierna lastimada. Liam me abrazó. Atrancamos el ático y nos quedamos allí esa noche, sin responder a los llamados de sus padres ni de mis padres. A la mañana siguiente un hilillo de sangre corría por mis piernas y mi tobillo era un balón de basquetbol. Perdí al bebé, me entablillaron el pie y anduve con muletas tres meses, pero gané el respeto de mi padre. El respeto por el amor que Liam y yo nos teníamos. Solito se disolvió cuando entré a estudiar enfermería y él al seminario. El recuerdo de esa noche, abrazados entre arias, nunca se ha disuelto —miré a tía Lily, que respiraba agitada, los ojos humedecidos—: cuando se es joven, a veces es difícil que los otros respeten nuestras decisiones.

Una chica con mandil de la Cruz Blanca corría hacia nosotros:

—Que la señora Leonor la necesita.

Dimos la vuelta para dirigirnos hacia el hospital, pero la tía Lily no aceleró el paso.

—Le escribiré a papá. No le hablaré de los heridos ni los muertos. Le diré que estoy aprendiendo a escribir, que ya mandé mi artículo.

—Ya lo sabe. Por eso nos encontró. Tu crónica sobre la Cruz Blanca salió publicada en el *Laredo Times*.

No lo podía creer. El júbilo opacó la culpa de haber mentido. Ahora me sobraban razones para querer seguir, pero no podía contárselas a la tía Lily. Escribir la carta de un herido había trastornado mis sentimientos.

—Se publicó con la foto de Eustasio Montoya. Ya nos lo mandarán. Salimos todas con la bandera —dijo Lily, orgullosa.

—Ahorita mismo le escribo a papá —la abracé, impulsiva.

—Yo haré lo mismo. Necesitamos que se quede tranquilo.

El bando del corazón

26

Llegué con Eustasio al vagón de prensa, estacionado en Chihuahua, a contarle que había sido publicado el artículo: mi primer texto sobre la Cruz Blanca que atendería a los heridos de la batalla de Torreón, quiénes éramos, cómo es que la dirigía ese trío particular, formado por una mexicana de una familia notable de Nuevo Laredo y Laredo, una enfermera estadounidense, esposa de doctor, y una periodista laredense de origen mexicano.

—Con tu foto, Eustasio —recalqué, emocionada.

Pareciera que aquel arranque de mi trabajo como periodista le removiera a él el suyo. Me pareció curioso que el mismo día tía Lily me confesara algo de su juventud, y ahora Eustasio me hablara de los fotógrafos que admiraba. Yo creo que Eustasio se olvidaba de que yo era una muchacha buscando su camino, pero destanteada al fin, porque me hablaba como si yo fuera un amigo, un fotógrafo más, un compinche. Eustasio me contó la razón por la que se había acercado a Leonor Villegas para ser parte de la brigada.

—Hay que celebrarlo, Página. Consigue dos pocillos de café —me pidió, pero ya Jovita entraba con ellos.

—Ya supe, Jenny. Una vez que te publican, ya no le puedes parar. Además estás consiguiendo que sepan de nosotros los que no leen los periódicos en español.

Nos acercó el café en aquellos peltres color crema y dijo que se iba con Leonor. Como tesorera, había mucho que hacer: conseguir medicamentos y vendajes. Todo urgía. Todo costaba. Se quejó y salió de prisa. Eustasio y yo chocamos los pocillos como si brindáramos.

—Yo también fui tan joven como tú cuando comencé. Había oído hablar del general Francisco Murguía antes de que tuviera grado. Su fama de fotógrafo era bien conocida en Coahuila y en el sur de Texas . El Fotógrafo de Sabinas, le decían. Aprendió el oficio en San

Antonio, donde creció porque a su padre lo perseguían los porfiristas después de que el abuelo se levantó contra la primera reelección de Porfirio Díaz. Dicen que Pancho Murguía vivió queriendo regresar a México y que cuando lo hizo, despuntando el siglo, se le requirió en cada bautizo, boda, festejo de los ranchos. A diferencia de otros, él llevaba el equipo necesario desde su estudio para retratar a la pareja, al recién nacido en el patio, en el alero de las haciendas, junto a los pozos de los solares. Murguía era un trotamundos. Esto lo supe porque en San Antonio yo también aprendí el oficio, en el estudio del señor Miller, que me decía: "Debería hacerle como el de Sabinas, que no se quedaba en las cuatro paredes de su estudio, en el traspatio de la casa, que no se ajustaba al sillón y el florero y las telas de fondo preparadas para la ocasión, sino que iba a donde lo llamaban". Decía que aquel muchacho le había dado al clavo, que hasta esposa sacó de una de sus expediciones, la hija de un minero. Yo tenía ganas de ver cómo resolvía Pancho el traslado, la luz, el revelado, el cuidado de las cámaras. Cuando llegué a Laredo, señorita Página, eso quería. Retratar en los ranchos de éste y de aquel lado, pero antes salió la oportunidad con la señora Leonor. Que quién quería irse con ella. Fueron los señores Idar quienes me presentaron con ella, pues ya había trabajado para ilustrar sus impresiones. A mí me llegó así de pura sorpresa, antes de que pensara cómo le iba a hacer para transportarme de rancho en rancho haciendo retratos. Como a ti, seguro te cayó esta oportunidad: a la medida de tus dudas o de tus deseos. Así caen las cosas a veces. Así me fui a San Antonio, a visitar a un tío que estaba enfermo, y allí me quedé de aprendiz y luego me fui acercando a mi sueño. Fíjate nada más, criatura, que ahora don Pancho ya es general. Cuando andaba de trotamundos, repartió la propaganda antirreeleccionista. ¿Sí sabes qué es eso? De cuando el señor Madero empezó a alborotar para que Díaz ya no fuera presidente otra vez. Allí lo apresaron pero lo liberó el general Pablo González, ¿lo conoces? Es jefe de esta zona. Él y Villa atienden el norte. Con tan mala suerte para Pancho, que sus virtudes como jinete lo llevaron a ser capitán del segundo regimiento de carabineros de Coahuila. Te debo de andar hablando en chino, ¿verdad? De todo esto me enteró el señor Antonio Villarreal en San Antonio, cuando estaban todos con los Flores Magón, y luego, en Laredo, los Idar publicaban las crónicas y yo le seguía la pista a lo que ocurría mientras me mandaban retratar la velada de la Liga Femenil Mexicana o la reunión del

Partido Liberal Mexicano. Así supe que el mentado fotógrafo había ido a parar a la ciudad de México y le había tocado el cuatrito con que dieron el cuartelazo. Fueron los carabineros de Coahuila a quienes mandó Huerta a atacar La Ciudadela. A él y a Urquizo les tocó condenar a muerte a quien habían apoyado y respaldado. Usados, no sólo dispararon contra La Ciudadela, sino que Murguía estuvo preso en la cárcel de la ciudad de México.

Eustasio creía que me aburría. Se detuvo, bebió el café frío y me pidió perdón por contarme toda aquella historia, pero es que él admiraba al hombre por el que andaba ahora estos caminos. Y, la verdad, yo estaba encantada entendiendo qué pasaba en México tan cerca de mi ánimo, pero tan difícil de entender. Sabía que habían matado a Madero y que esta revuelta en la que Leonor y todas las muchachas estábamos metidas era por esa muerte. Pero no entendía muy bien de generales y traiciones. Lo que quería, sobre todo ahora que conocía a Ramiro, era comprender si había un lado equivocado. Y quién de los dos estaba equivocado.

Era verdad lo que decía Eustasio: la vida me había arrastrado a este momento. Yo no me había propuesto estar en lo que quedaba después de que unos y otros usaban sus armas, sus piernas, sus caballos, sus ideas. Un reguero de sangre, uniformes, botas y un territorio ganado para uno de los bandos.

—¿Y qué pasó con el capitán Murguía?

—Mayor, Jenny, ya lo habían hecho mayor y no sé cómo, pero escapó y se vino para el norte, donde inmediatamente buscó a su amigo Pablo González y anda acá combatiendo.

—Y si te lo encuentras, ¿qué le vas a preguntar? ¿De la Decena o de la fotografía?

—Cambió la cámara por el caballo y el fusil, Jenny, pero si nos sentáramos en una fogata después de una jornada de trabajo, le preguntaría si en algo se parecen el disparo de la cámara y el del máuser. Si los rostros que quedan en la gelatina y los rostros de los que caen vencidos tienen algo en común. Me queda claro que es un hombre que conoce la sierra. Mientras estábamos en Ciudad Juárez llegaron los telegramas avisando que Murguía había sido replegado a Sierra Mojada por Felipe Rico, que lo derrotó en Cuatro Ciénegas. Lo lamentamos, pero hace unas horas avisaron que Emilio Salinas, cuñado de Venustiano Carranza, le había llevado el parque necesario para que Murguía volara vías y les cayera en Monclova por sorpresa, y luego a un tal Guajardo lo venciera en Allende y lo replegara a Piedras Negras. Y si celebramos esta noche, Jenny, ya sabes la razón. Además de tú… nuestro artículo, Piedras Negras y el norte de Coahuila son nuestros.

Vencidos y vencedores. Nada más que a mí me había tocado conocer heridos de los dos lados. Por lo menos uno. Porque no podíamos dejar de atender a quienes lo necesitaban. No importaba con quién peleara. No mientras intentabas que la vida se salvara, lavabas heridas, ponías vendas, dabas de beber agua, intentabas alimentar, distraer las cuitas. Después tu lealtad volvía al bando correcto. No al bando del corazón.

Insomnio

27

Leonor no puede dormir. Se ha movido ansiosa de un lado a otro de la cama. Ha acomodado la almohada para abombarla. En el hotel Palacio, por mejor cuarto que les hayan dado, nunca es como en casa. Siente que hace calor. Se levanta y abre la ventana y la noche se vacía fría en la recámara. La cierra de golpe. Se mira en el espejo, sonrosada y con el pelo descompuesto. Se ríe de sospechar que alguien la mirara así. Descubre sus pezones erguidos bajo el camisón de algodón deshilado. Entiende. Lo había olvidado. Se olvida de sí misma muchas veces. De la Leonor más privada. La que Adolfo asaltó a besos en la nuca aquella noche en el barco. Ella se había asustado durante el baile al sentir el sexo tieso de él muy de cerca. No es que el hombre tuviera atrevimientos, sino que se protegía de la vista de los padres de Leonor. No quería que descubrieran que la chaparrita lo había excitado, como después se lo confesó a Leonor cuando pasaron sus primeras noches de bodas.

Leonor pasa la mano por los pezones frente al espejo. No resiste mirarlos plenos y levanta el faldón. Recuerda la boca untosa de su marido sobre ellos. Sonríe traviesa. Las intimidades del matrimonio le parecen tan lejanas. Otras habían estrenado su cuerpo con el menos indicado, pero ella no. Con las ursulinas una chica se enredó con el jardinero, un tipo muy atractivo que cortaba el pasto con el torso descubierto. Los encontraron encimados en la covacha de los enseres de jardín. Si no hubiera sido a la hora de la misa del domingo, a lo mejor nadie se entera, pero la chica cantaba en el coro. Corrieron al jardinero y a la chica la expulsaron. Durante muchos meses las internas jugaban a imaginar cómo habían estado ensartados cuando los descubrió una de las madres. Hicieron rezar mucho a todas por el pecado ajeno y para alejarles las humedades de su pubis curioso. Recreaban la escena encimándose una con otra y eso excitaba a las que miraban a las dos que parecían no querer despegar sus calores. Ya nadie durmió en paz después de aquello. Algunas noches se desprendían sonidos salvajes de alguna de las internas. Adolfo había hecho que los secretos ursulinos brotaran para ser encarnados por Leonor, que asistía fascinada a su parte secreta. Lo agradecía. ¿Por qué creyó que podía vivir sin convocar a esa otra replegada en un rincón que poco visitaba? No podía dormir porque pensaba en las manos de Adolfo y ya no las recordaba claramente, porque quería las manos de un hombre en su cuerpo, de un hombre que no pudiera vivir sin su carne, como ella, que padecía ahora la distancia de su marido y celaba el placer que les podría dar a otras, mientras que ella no se atrevía ni a atenderse sola. Si el deseo pesara en él como en ella por él, ya habría visto la manera de reunirse, de que los cuerpos se visitaran. Que se pudra, pensó. Quiso salir por los pasillos y tocar la puerta de alguno. Los había gentiles y muy hombres, cultos y misteriosos, rudos pero prudentes, atrevidos y cálidos. Saldría y fingiría sentirse mal ante cualquier puerta. Que la hiciera suya el que abriera. Tanto ocuparse en la contienda, tanto trabajo de sol a sol, no había ahuyentado el reclamo de su cuerpo. Apretó el pubis, reteniendo los estertores que ocurrían por su cuenta, como si fuera otra. Agotada, se tiró sobre la almohada. Amanecería como la presidenta de la Cruz Blanca de nuevo.

Aracelito enamorada

28

Allá, en Chihuahua, Leonor platicaba de Panchito y de cómo había rescatado a María de Jesús y cómo había trabajado afanosamente aquel enero de 1914 en esas idas y venidas por el río, salvando heridos, llevándolos a Laredo para que los alojaran en la casa de Leonor, entonces convertida en hospital. Nada de eso me había tocado pero podía imaginar el orgullo y la dignidad del esquifero. Aracelito me contó en la segunda noche que dormimos en Ciudad Juárez cómo había muerto Panchito. Vestido de soldado, me dijo.

—Le quitó el traje a un muerto y se lo puso. No le bastaba con andar de lanchero.

Pareciera que Aracelito, como llamaba Leonor a esa joven que le era tan leal y que, como supe después, había estado con ella desde que fueron a Nuevo Laredo con la primera brigada, presintiera el futuro. Porque después de la merienda, cuando compartíamos habitación, Aracelito no resistió contarme:

—¿Te has enamorado alguna vez?

La pregunta me desarmó. Salvo el chico de *high school,* nadie me había llamado la atención. Aunque Alberto Narro, el asistente de papá, me pretendía y actuaba muy solícito cuando cenaba en casa, la verdad no había sentido que mi corazón se desbocara y menos después de que omitiera mi parecer.

—Hace mucho, de un chico que ya no veo. No tiene importancia.

—Enamorarse sí tiene importancia —subrayó—. No lo sabía hasta que ocurrió lo de Guillermo.

La observé a través del espejo en que se miraba. Se había soltado el pelo y se cepillaba. Dejé a un lado mi libro de poemas y la escuché.

—Era del otro bando. Se lo conté a Leonor mientras esperábamos en la choza de Panchito, pero me había seguido al hospital de Nuevo Laredo y entrado por los pasillos donde nos movíamos las enfermeras atendiendo a los rebeldes cuando se me puso a la espalda y me dijo que no fuera a pensar mal de él, que estaba con nosotros, que en cuanto pudiera se cambiaba de lado. Yo me asusté mucho, porque pensé que quería que le diera información. No le creí, y cuando volteé a mirarlo lo increpé. A mí qué me estaba cuenteando. Pero, si vieras, gringa, cómo se me quedaron sus ojos como ascuas.

Me incorporé en la cama para escucharla.

—¿Y qué pasó?

—No acabábamos de festejar el Año Nuevo cuando empezaron los balazos al otro lado del río. Yo sabía que ésa era una señal para dos cosas: nuestros servicios como Cruz Blanca y saber si Guillermo se había cambiado del lado del general Pablo González, como me había insinuado. Desde aquel marzo en que lo conocí hasta ese enero de 1914, mis noches se habían vuelto pesadillas. No podía enamorarme de un federal, no si estaba con los constitucionalistas. Todo el que estaba con Huerta avalaba el crimen, como nos explicaba Leonor. Nada más suspirar, me volvían sus ojos, dulces y atrevidos, su semblante esbelto, el cabello oscuro y brillante peinado de lado, muy bien peinado. Hace años que vivo con mis tíos en Nuevo Laredo. Mis padres me encargaron cuando era muy niña porque ellos eran gente de circo. Trapecistas. Nacieron en México. Hicieron dinero viajando. Yo nací en un tráiler, pero iban a seguir para el norte y desde entonces me quedé con mis tíos. Y ellos me metieron a trabajar al kínder de Leonor Villegas, y así me hice su amiga, su protegida. Es como mi mamá. No le podía fallar enamorándome de un contrario. Por eso, cuando se lo conté, me preguntó: "¿Le creíste?" Sí, sí le había creído. Tú sabes que hay palabras que son de verdad. No sé por qué, pero lo sabes. Como cuando mi tío Lencho leyó no sé qué en el periódico y a mis doce años, ya sabes, el cuerpo cambiando, la melancolía instalada, el deseo de saber si me parecía a mamá o a papá, por qué no venían por mí, él soltó un "No volverán" que agujeró el aire y atravesó el río. Palabras de verdad, lo supe y me asustaron. Por eso le dije a Leonor que sí, que él se iría con el general González. Así que, cuando vino el cochero por nosotros para llevarnos al río aquella noche en que armamos la segunda brigada de la Cruz Blanca, mi corazón estaba inyectado de expectación. Lo quería ver. Lo quería ver vestido de rebelde.

Aracelito estaba agitada. Necesitaba reposar. Se ató el pelo y se acercó al aguamanil para lavarse la cara. Yo esperé sin interrumpir aquel trance del recuerdo. Si a Aracelito le había ocurrido esto, bien podía comprenderme a mí, deseosa de un final feliz y sabiendo ahora qué era aquello de los ojos que se quedan atorados en la piel, que alteran el sueño. Se pasó un lienzo por la cara y se metió a la cama a mi lado.

—¿Y entonces? —la alenté, desesperada.

—Fue una batalla terrible en Nuevo Laredo. Dos días duró y nosotras íbamos por los heridos en la madrugada y, con ayuda de los rebeldes, los llevábamos a la orilla del río para que Pancho los pasara a Laredo. Después del primer viaje, yo pedí a Leonor que me dejara volver a Nuevo Laredo por más heridos, mientras ella permanecía en su casa, que había acondicionado como hospital. La sala era donde los médicos operaban; en las recámaras de la planta baja reposaban los más graves. En la cocina se preparaban los alimentos, pero yo quería estar en la acción. Confiaba en la verdad de las palabras de Guillermo. No fue hasta el cuarto viaje por el río, juntando hasta ciento cincuenta heridos, cuando lo vi junto a la choza de Pancho. Su vestimenta color caqui me aseguró que era de los nuestros y corrí a abrazarlo. Debe de haber sido el cansancio, la fatiga de los ires y venires, la certeza de que la batalla de dos días estaba perdida y haberlo esperado tanto, pues me desinflé en sus brazos. No mediaron palabras. Fue más poderoso lo que mis ojos y sus ojos miraban y sentían. Cuando pregunté por Pancho, me enseñó a un revolucionario boca abajo: un traje demasiado grande para el cuerpo enjuto y acribillado de nuestro Pancho. Fue Guillermo quien remó con los heridos a bordo, con la alegría mezclada con el dolor por la muerte del viejo. Ya presagiábamos lo que sufriría Leonor. El río me calmó y, cuando llegamos con Leonor, la llamamos para llevarla donde Pancho. Debe de haberlo sabido porque no preguntó nada y, al verlo con el uniforme caqui teñido de rojo, dolida, pidió su sepultura. El amor ocurre en los escenarios menos esperados. Mientras que un hombre moría, mi corazón repiqueteaba por la certeza de que Guillermo, mayor en el Estado Mayor del general González, era el hombre con quien quería estar. A su lado respiré y recé por Pancho con la serenidad que un amor correspondido puede dar.

Cuando terminó de contarme, Aracelito sonreía con mucha paz. Le envidié el gesto, aunque no por mucho tiempo.

Cita con Carranza

29

No es fácil tomar decisiones. Muchas veces son un acto de incons-
ciencia. Imagino así a Leonor Villegas en el hotel de El Paso junto
a Lily Long, con quien compartía la habitación. Conozco esa senda
porque yo tuve que hacer lo único que pensé posible. ¿Me arriesga-
ba? No supe qué tanto. Entonces tenía diecisiete años. Todavía no lo
sé. Parece que la difunta Leonor Villegas quiere poner a prueba mi
templanza, enfrentarme a mis propios demonios mientras rastreo y
escribo en la Underwood que me dio papá. Porque leyendo sus cosas
y escribiendo tengo permiso para imaginar lo que no vi. Lo cierto
es que estando en El Paso ese mes de abril de 1914, a la espera de las
instrucciones para atender a los heridos en el hospital de Chihuahua,
se corrió la voz de que Leonor Villegas había sido llamada por el
Primer Jefe. Federico Idar fue quien nos avisó que el cónsul José
María Músquiz y el señor Juan Burns las habían invitado a cenar esa
noche para informarles que Carranza esperaba a Leonor. Cuando
Ramiro nos contó, pensamos que había un apremio, una nueva batalla. El Primer Jefe quería hablar con ella en Ciudad Juárez, eso era
todo, pero era un imperativo. Federico sabía que Carranza quería la
lealtad de Leonor al frente de la Cruz Blanca, su compromiso con
lo que seguía y que, por lo tanto, nosotros debíamos mostrar nuestra
solidaridad con Leonor. Pasó un papel y cada uno firmamos que allí
estaríamos, a pie de lucha, con la Cruz Blanca Constitucionalista.
Ahora la veo, quitándose los botines al pie de la cama, nerviosa
después de la cena donde el cónsul insistió en que el Primer Jefe la
quería ver y ella intentó escapar de esa cita perentoria diciendo que
lo que le interesaba era saber cuanto antes dónde debían presentarse
para atender heridos. Y el abogado Welfing haciendo hincapié en
la importancia del llamado del Primer Jefe y ella comiendo aquel
roast beef con una extraña sensación de estar lejos de casa. Porque el

viaje y la formación de la tercera brigada habían sido intempestivos. Atendían al llamado del general Pablo González. Leonor estaba acostumbrada a la velocidad, pero el imperativo de Carranza parecía darle una formalidad inesperada a los deseos. Leonor mordió aquel pedazo tierno de carne y miró a Lily Long, buscando compañía en su mirada, pero su amiga charlaba con el joven Burns sobre asuntos que atendía el consulado en esos momentos de división en México y no prestaba atención a la zozobra de Leonor. Debía estar comiendo con los suyos en Laredo, debía estar sentada frente a Joaquín, Leopoldo y Leonor, corrigiendo la manera en que tomaban el tenedor, masticaban la carne con la boca abierta; diciéndoles que se sentaran erguidos, que usaran la servilleta, que colocaran la otra mano sobre la mesa, que no hablaran con el bocado en la boca; preguntándoles de la escuela, de los juegos, los amigos, charlando con su hermano Leopoldo del padre y los recuerdos borrosos de la madre y el rancho San Francisco. Pero estaba allí, en el restaurante de una ciudad fronteriza, atendiendo el llamado del dirigente de aquella revuelta, y Leonor sintió los estragos de la indigestión. Se disculpó de la mesa sin responder al cónsul y se acercó al baño para recuperar el aire. La alcanzó Lily y, al verla pálida, sentada en un taburete, la puso de pie y le aflojó el corsé como era necesario hacer en esos casos. Lily estaba desconcertada con aquella reacción.

Leonor se desplomó de nuevo sobre el asiento de raso lavanda de aquel baño mientras Lily la increpaba:

—No te entiendo, Leonor. Eres la presidenta de la Cruz Blanca Constitucionalista.

—Ése es el problema.

—¿Creíste que era un juego?

Pero Leonor no había creído nada. Simplemente no había medido las consecuencias de la espontaneidad con que habían atendido a los heridos en Nuevo Laredo con la primera brigada, ni la de haber recibido a los heridos en el hospital improvisado en que se convirtió su casa de Laredo con la segunda brigada. Y sabía que Venustiano Carranza no se andaba con pequeñeces, que si la llamaba no era para saludarla. Ya lo habría hecho con carta o telegrama. La insistencia indicaba una seriedad.

—Dejé a mis hijos, y lo que presiento es que no será por un rato. Esto apenas comienza.

Lily, que también tenía un hijo, la comprendió.

—Las guerras no duran para siempre. ¿No te da emoción conocer al Primer Jefe?

Su amiga tenía razón. Si habían hecho pequeñas escaramuzas hasta ahora, considerando la dimensión de la revuelta en el norte, no había por qué no tirarse a lo grande. Cuando regresó a la mesa, recompuesta y acompañada por Lily, aceptó la hora en que el cónsul mandaría por ellas para cruzar el puente internacional.

Estoy cierta de que esa noche ya había tomado la resolución de obedecer las indicaciones de Carranza. Se había mirado a sí misma adentrándose en territorio mexicano con ese corro de novatas entusiastas y concluido que no se podía echar para atrás. Que si había echado a andar a la Cruz Blanca y participaba de la Junta Revolucionaria en Laredo era por algo. Que cuando uno empieza a caminar en una dirección y da los pasos precisos no hay manera de desandar. Que no estaba hecha, como su cuñada, para los afanes de la casa ni para la vida social así nada más. Que era mexicana, mexicana de Laredo. Y que se sentía agraviada como muchos por la muerte de Madero. Debe de haberse pensado una mujer con una cruz sanitaria en el brazo por arma. Una guerrera a su manera. Y lo aceptó. Y recordó cómo Joaquín se tropezaba con las palabras, y Leonor era buena para dibujar y era muy cuidadosa en el acomodo de sus juguetes. Un poco como su padre, meticulosa. Leopoldo más impulsivo, como ella. Y en que no los arroparía durante un tiempo a la hora de dormir y en que tal vez se lo recriminaran. Pero había que tomar una decisión. Sobre todo cuando al día siguiente, como después nos los contaría, cuando reuniera a toda la Cruz Blanca, entró al despacho del Primer Jefe conducida por el secretario particular, un joven apuesto y muy atento, Gustavo Espinoza Mireles, con las cartas comprobatorias de su labor al frente de la Cruz Blanca y el sobre que le entregó Federico antes de salir, y vio su enorme estatura, esos dos metros que contrastaron con su tamaño menudo. El Primer Jefe, tras las gafas, la felicitó. Nos dijo cómo elogió la valentía y el apoyo de la Cruz Blanca en Laredo, ese compromiso que ahora necesitaba también en Chihuahua.

Estaba presente el médico particular de Carranza, José María Rodríguez, que había colaborado en el hospital de sangre improvisado en Laredo y que alabó frente a Carranza a la Cruz Blanca. El Primer Jefe le dijo que ya había sido asignado un hospital y residencias para el hospedaje de la Cruz Blanca en esa ciudad, porque

Leonor, como el doctor Rodríguez, era ahora parte del Estado Mayor de Carranza y tendría que rendirle informes a él directamente. Quería brigadas sanitarias en el territorio que fueran abarcando los constitucionalistas.

Mientras nos contaba emocionada, sentí un apretón en el corazón. No sabía lo que me esperaba pero sí que no sería un viaje rápido de ida y vuelta. Que pasando la frontera comenzaba nuestra labor. Estaba lejos de imaginarme que yo, como Leonor, más adelante pasaría una noche en vela pensando qué debía hacer, torturada por el corazón y el deber, por la sensatez y la traición. Yo también tuve que tomar una decisión. Entonces era muy joven, y no sabía si me equivocaba.

La foto robada

30

Tardé en localizar a Ramiro Sosa en el hospital de Chihuahua. Sabía que tenía que ser discreta en mi manera de averiguar su paradero. No insistir demasiado, no causar ningún resquemor por mi preferencia hacia él. Tuve, como las otras chicas, que seguir a la tía Lily y atender sus indicaciones para revisar curaciones, tomar temperatura, administrar medicamentos, vendar manos, pies. Primero hizo que una de nosotras se pusiera de modelo, lo que provocaba nuestra risa. Nos hizo inyectar naranjas que previamente había colocado en un canasto en aquella enfermería donde se guardaban los medicamentos del hospital de Chihuahua. Luego de que descansamos algunos minutos, sentenció:

—Ahora sí va en serio.

La seguimos por el pasillo hasta entrar en un espacio grande con varios heridos tumbados en las camas. Una por una nos probó.

A Teresa le costó quitar los vendajes de la cabeza de aquel hombre y descubrir un tajo que todas miramos porque había que hacer limpieza como la tía indicaba y volver a vendar. Estela salió corriendo con ganas de volver el estómago porque no sólo había sido la herida purulenta, el pedazo de hueso visible: era el hedor en aquella habitación. Esa mezcla de amoniaco con sudor y heces. Había que encargarse de las bacinicas para que los que no se podían mover orinaran o defecaran. La tía Lily daba muestras de un aplomo envidiable. Uno de los heridos preguntó si ella era un ángel, porque en esta tierra sólo los ángeles tenían los ojos azules. Nos pareció gracioso, pero la tía, que sólo sonrió, se dio cuenta de que la temperatura era muy elevada y nos hizo ir por hielo y compresas y hablarle a un doctor. Al fondo había un hombre cubierto. Lo mirábamos nerviosas. Era un muerto y aún nadie se lo había llevado. Yo no podía evitar pensar en Ramiro Sosa, en cómo estaría. Necesitaba localizarlo.

Estábamos cansadas y hambrientas, pero tocaba aún dar de comer a los soldados. Tía Lily nos dijo que en la parte de atrás del hospital estaban los heridos presos a los que veíamos en la tarde. Contaba los minutos en que podría ver a Ramiro. Había mandado ya su carta y se lo quería decir. Aunque eso no era lo único que quería hacer, necesitaba volver a escucharlo. Platicar con él, mirar sus ojos y asegurarme de que podría salir vivo y libre. Aunque tía Lily nos volvió a reunir frente a cada herido preso para observar cómo atendíamos, yo seguí de largo buscando la cama de Ramiro Sosa.

Estaba dormido. Un insistente zumbido de moscas le aleteaba cerca de la cara. Al tiempo que las ahuyentaba, lo contemplé, aliviada de ver que respiraba tranquilo. Le susurré al oído:

—Soy Jenny.

Sonrió sin despertar. Cuando la tía y las otras enfermeras se acercaron, le tomaba el pulso. Una puñalada en el vientre no es cualquier cosa. La tía Lily me había asegurado que se recuperaría. No porque yo le preguntara directo. Deslicé la pregunta mientras atendíamos a otro herido de bala en el hombro. Y mientras nos lavábamos las manos quise saber si aquello era más sencillo que una bala en medio del cuerpo.

—Depende —dijo Lily, como si hubiera estudiado medicina. Atender al lado del tío George había sido una buena escuela—. Hay que ver qué órganos han sido afectados.

Tía Lily comprendió. Antes de que yo me despidiera para ir a la habitación que compartía con Aracelito, dijo:

—Se salvará, Jenny —y luego, apretándome el brazo—: Pero más valiera que no. Es un prisionero.

La revelación había sido contundente. No comprendía para qué dejarían a un hombre recuperarse si luego lo iban a matar. Era un acto de impiedad. Más valía que lo arrastraran así, con el estómago hecho trizas, que lo sacudieran de esa inmovilidad obligada para que sanara y acabaran con él de una vez. Así acabarían con mis deseos.

Esa noche, cuando las chicas se preparaban para el hotel, yo dije que tenía que ir a escribir un artículo. Alguna se burló de que me creía muy importante y no sabía pasar un rato amable con ellas. No hice caso. Aracelito me defendió y salí con el corazón ansioso. Tenía que aprovechar que la directiva de la Cruz Blanca cenaba a esa hora en el comedor del hotel. Me trepé al vagón y tomé la cámara de Eustasio. A quienes vigilaban en el hospital les dije que el señor Montoya me había encargado tomar fotos de los prisioneros. Mi mandil de la Cruz Blanca les dio sosiego.

Ramiro Sosa respiraba pesadamente en aquella cama arrinconada. Un herido se burló cuando me vio con el equipo y dijo que quería posar desnudo. Otro lo reprendió: que dejara de molestar a las enfermeras. Los ignoré porque no había tiempo que perder. No es que supiera mucho, pero ayudar y observar a Eustasio me permitía arriesgarme. Ramiro me miró con azoro. Sonrió. Como pude, abrí el tripié de la cámara, pedí a uno de los vigilantes que detuviera la lámpara y disparé como había visto que lo hacía Montoya. Quité la placa con la foto y agradecí a los guardias. Pedí a uno de ellos que me ayudara a devolver aquello al vagón de prensa. Había sido capaz de cargar el equipo yo sola, pero ahora era preciso devolverlo lo más rápido posible.

Debo agradecer a aquel guardia su discreción. Porque se alejó de la puerta un momento, sospechando que me quería despedir de un condenado a muerte. Algo debe de haber adivinado de nuestras miradas. Me senté al lado del preso. Ramiro no podía moverse. Fui yo quien me incliné y le di un beso en los labios.

—Eustasio —le había dicho la mañana que partimos—, ¿puedo ayudarte cuando reveles las fotografías?

—Claro, Jenny. Tal vez aprendas el oficio y te guste más que la escritura.

Pero no hubo ese momento.

La hermana de Lucio

31

Trinidad entró a *El Progreso* resuelta. En esos meses en que las hermanas Flores Blanco habían dejado Monclova y se habían instalado en Laredo, dispuestas a participar de la Junta Revolucionaria que allí se había echado a andar, Trinidad hizo alarde de su oficio de supervisora de telégrafos, cooperando intensamente con el diario. Iba continuamente a la oficina de telégrafos cuando el chico tocaba a la puerta de la hospedería, o la buscaba en el periódico, o en casa de Leonor, donde solían estar. Allí recibía de primera mano los telegramas de su primo e informaba a Clemente Idar, deseoso de llevar la cuenta precisa de los logros que se empezaban a dar en Tamaulipas. Trinidad se deleitaba con las maneras amables de Clemente, pero sobre todo con su uso preciso del lenguaje al hablar, con la elocuencia de sus comentarios, que iban más allá del parque y los movimientos de los cuerpos y las brigadas que dirigía Pablo González. Clemente insistía en que el verdadero triunfo era llegar a la capital. Allí donde había llegado Madero y donde había sido asesinado y ahora gobernaba el traidor.

En ese momento no encontró a Clemente y se sintió desalentada. Quería saber más. Uno de los linotipistas dijo que se había ido a comer en casa de Leonor. Trinidad no lo pensó. A veces era un tanto impulsiva, si no por qué iba a estar en Laredo en lugar de Monterrey, por qué en la revuelta en lugar de haciendo compotas y cuidando chiquillos. Cuando apareció en el pórtico, donde el grupo tomaba la botana, se sintió inoportuna y se sonrojó.

—Te esperábamos, hermana —dijo Eva.

—Fui a la imprenta —contestó, mirando a Clemente Idar, que se ponía de pie para ofrecerle un lugar a su lado.

—Pues aquí estamos todos. ¿Qué nos quiere contar, Trini? —dijo él, obsequioso.

—Nada que ustedes no sepan ya. Matamoros es nuestro. Pero yo quiero saber los detalles.

Le acercaron una silla, le pasaron la jarra de limonada, pero Trini exigió una cerveza y se dispuso a escuchar. Mientras Clemente narraba los hechos, Trini había cerrado los ojos para imaginar la voz de su primo, tan seguro de sí mismo, atrevido, como si hubiera necesitado alardear por nacer en un pueblo tan pequeño como Nadadores. Le llegaba clarita, pizpireta, porque Lucio era tremendo. No respetaba parentela ni edad. Con sus modos galantes a todas y a todos conquistaba:

—Fíjese, prima, que le atinamos al mero día de la mamacita. Digamos que el de su mamá, que con todo respeto es mi tía, y ocupamos la hacienda de Colombres, muy cerca de Reynosa, durante tres semanas. Matando chivos, comiendo frijol con chorizo, descansando y bebiendo, cómo no, algo de aguardiente. Ya me conoce, prima. Nos fuimos poniendo fuertes para atacar Matamoros. Y que se nos juntan maderistas que vivían en Texas, como Pedro Antonio Santos, Fortunato Zuazua, seguro usted los ha oído mentar en los telegramas que tuvo a bien mandar en tiempos de Madero, y Luis Caballero, agricultor y comerciante que ya desde hace tiempo desconoció a Huerta y que, si usted lo viera, no quiero ni decirle, prima, la alborotada que se daba. Queríamos a Matamoros de retaguardia del Ejército del Noreste, donde ese amiguito de Venustiano, Pablo González, se quiere colgar todas las medallas, y que atacamos. Pero a las buenas de primeras nos bailaron porque, aunque entre los federales y los voluntarios de defensa social eran menos de medio millar, estaban bien armados desde las trincheras y nos causaron mucha baja. Casi un día duró la batalla del 3 de junio, pero como la tropa nuestra era numerosa con los carabineros de San Luis y de Nuevo León, y el cuerpo rural de Nafarrete y los patriotas de Tamaulipas de Caballero, y la moral bien enardecida de la tropa por tanto día aciago, les dimos por todos lados. Con todo y que los regionales de Coahuila de Cesáreo Castro atacaron primero y se hizo desorden, éramos tantos que los cansamos y se les acabó el parque y recularon por el río hacia Texas, donde se entregaron como prisioneros. Vieras, prima, cómo celebramos la entrada a Matamoros. Aplaqué a los que tenían ansia de fusilar jóvenes de la defensa social, recibí de Carranza mi nombramiento de brigadier y entre diez mil almas vitoreando y consintiéndonos con comida, bebida, baile y una que otra cinturita quebradiza (usted dispensará, pero estar entre tanto hombre hace más codiciada a la hembra) nos hemos dispuesto a esperar, a armarnos en grande. Porque aquí, mi prima chula, comenzaron los triunfos de la revuelta. Ahora sí Victoriano Huerta ya empezó a ver negro. Y que ni se le suban los humos a González Garza, porque fue Lucio Blanco, el mero primo de usted y de Evita, el que hizo que sus chicharrones tronaran y que la justicia comenzara. Ya verá usted cuánto vamos a hacer. Tanta tierra junta en un solo dueño no puede tener contento a nadie. Ya sabrá más de mi, primaza, y cuídese de los buitres que la deben de andar merodeando.

—Trini —le tocó el hombro Leonor. Parecía que la muchacha se hubiera quedado dormida.

Despertó sobresaltada. Las palabras de Clemente la habían llevado al festejo de Lucio. A nadie le había dicho nunca que, si no fuera porque era su primo, ya se le hubiera metido en la cama para ser su mujer. No le contaría jamás a su hermana. Ni a nadie. Se contentó con el orgullo. Ya lo vería pronto.

Miró el vaso, donde apenas quedaba un poco de la cerveza bebida.

—Disculpen, debe de ser el calor.

—O anda en alguna añoranza —pareció advertir Clemente.

Había dos tipos de hombres que encendían a Trinidad: los atrevidos y valientes como Lucio, o los discretos y galantes como Clemente. Pero ninguno le era accesible. Clemente estaba casado y ella sabía que no era bueno meterse en ese avispero. No era momento de ensoñaciones.

No supo qué hacer más que levantar el vaso y brindar de nuevo por el triunfo de Lucio.

Los senos del soldado

32

Cuando entré a mi habitación en el hotel Palacio y vi a aquel rebelde sentado en una de las camas, me desconcerté. Habíamos llegado a la estación y en el camino Leonor había entrado a cada vagón a entusiasmarnos, porque quizá ella misma era la que necesitaba la certeza de que valía la pena adentrarnos en México. Ciudad Juárez estaba en una meseta desértica; en cambio, la ciudad imponente de Chihuahua brotaba entre montañas, a la vera de la madera y el metal, según explicó Eustasio, que se apretaba las manos, entusiasmado por el paisaje y porque se sentía más cerca el conflicto. Leonor nos dijo que atenderíamos heridos en el hospital que ya nos había sido asignado, que no debíamos dejar de portar nuestra banda de la Cruz Blanca en ningún momento y que cualquier eventualidad que ocurriera la viéramos con ella. Mencionó el hotel donde nos hospedaríamos y lo urgente de vernos a las siete de la mañana, al día siguiente, en el *lobby*. El gobernador Manuel Chao y su comitiva nos esperaban. Jovita explicó que Chihuahua se había anexado rápidamente a Carranza y que por eso sería nuestra sede. De lo que estaba segura en aquel abril fresco, que obligó a que me envolviera en la capa que había sido de mamá al salir de la estación, es de que Leonor no había dicho que rebeldes y enfermeras compartiríamos habitación. Dije: "Disculpe" y salí con mi maletín, desconcertada. Miré el número en la puerta. Tal vez había habido un error en la recepción. Iba a cerrar y aclarar la confusión cuando el chico llamó:

—Es la habitación correcta —dijo, insolente.

Entré, acatando aquella orden, y mi desasosiego fue mayor cuando vi que llevaba la camisa desabotonada. Tal vez lo había hecho a propósito para que yo pudiera espiar sus senos menudos.

—Soy María de Jesús González —dijo, burlona.

Me quedé tiesa, a unos metros de la puerta.

—Cierra, no querrás que me desvista enfrente de todos —retó—. No me mires así, no soy un fenómeno. Soy mujer.

Se volvió a sentar en la orilla de la cama, se quitó las botas de campo y, sin pudor alguno, siguió mostrando por la apertura de la camisa aquellos senos pálidos. Tuve miedo. Levantó la cara y me descubrió:

—Parece que viste al diablo, mujer. ¿No tienes hermanas o qué? Ya deja tu cargamento y quítate la capa.

Hice lo que me dijo. Comprendí que su voz de mando la podía colocar fácilmente entre el regimiento. Deposité todo en la silla y, con timidez, me senté en la otra cama, pegué mi espalda a la pared, imitando la manera en que ella se había sentado en la otra cama, y quedamos frente a frente. Ella seguía con la camisa de militar a medio desabrochar:

—¿No te conocí en Laredo, en casa de Leonor, con las hermanas Flores?

—Lo dudo —despejé el asombro de mi garganta—. Aún no era parte de la Cruz Blanca.

—Te pareces a Lily, aunque sin cintas azules —afirmó decidida, mientras acababa de desabotonarse aquella camisa caqui y la desprendía de su torso. Era pecosa—. Con tanta peca yo también parezco gringa, como ustedes.

—Soy Jenny —le dije sin poder quitar la vista de esos senos rosados y pequeños. Disimulé mi azoro desatando los botines.

—Eso es, ponte cómoda —se puso de pie e introdujo la camisa de noche por su cabeza. Sin quitarse aún los pantalones ni las botas de soldado, caminó a su maletín y extrajo algo. Volvió hacia mí y esta vez se sentó a mi lado y me convidó de aquella anforita.

La verdad es que era muy desparpajada y a mí me tenía intrigada qué hacía vestida de hombre. Y si me había animado a andar en éstas no me iba asustar darle un trago al aguardiente. Ella bebió después de mí y se lanzó a contarme:

—Así que eres la mentada Page que Eustasio siempre anda presumiendo porque escribes para el lado gabacho. Qué se me hace que hasta le ablandas su corazoncito.

—Lo voy a intentar —le dije y acepté otro trago de la anforita.

—¿Lo del corazón? —se burló, y luego, alzando el ánfora, explicó—: Ésta me la dieron en Matamoros, cuando apenas iba a empezar mis andanzas y cambiar de vestuario. Cuando todavía usaba mis vestidos y montaba con ellos. Fueron los de Lucio, que me vieron gastada y me reanimaron así. Les venía a avisar que mandaban refuerzos de federales y que se apuraran a apoyar la toma de Nuevo Laredo. Vieras cómo se rieron de mí. Si yo me hubiera quedado en "intentar", como tú dices, no estaría aquí. Uno ya quería meterme mano, pero el general Luis Caballero, ¿lo conoces?, es así, muy bien plantado, muy caballeroso, de los ricos de Tampico, luego luego me defendió: "A esta señorita bien bragada no le tocan ni un pelo". Luego supe que él se había adherido a los carrancistas hacía un poquito, porque antes estaba con Félix Díaz. Y allí me quedé, en casa de mis tíos, esperando el momento de volver con Leonor porque yo no sirvo para amilanarme.

María de Jesús se animaba mucho contando los pormenores de su nueva vida y el aguardiente nos encendía a las dos. Yo quería saber cuándo había cambiado el vestido por el uniforme caqui.

—Aquí, en Chihuahua, el que la rifa es Villa. Pero allá, en Matamoros, Lucio Blanco y Músquiz son los efectivos. En un segundo se volvieron señores del lugar y muy queridos. Tanto, que las mujeres se les ofrecían, a escondidas de sus padres o de sus maridos. A mi prima Encarna le gustaba cómo hablaba Lucio, cómo decía las cosas tan bonito, y hablaba de beneficiar a los que no tenían y cómo se había puesto a repartir tierras de La Sauteña. Pero desoyó los avisos. Necesitaban gente para Nuevo Laredo. Llegaban telegramas de don Pablo González y yo sin saber qué hacer. Ya quería estar allá con Leonor, porque era donde iban a pasar cosas. Matamoros ya era nuestro.

Entonces se quedó mirando sus piernas empantalonadas y las botas de minero y le dio risa.

—Estoy acostumbrada a dormirme vestida para que no me descubran del todo, aunque unos sí saben, pero no conviene que se sepa. Me lo advirtió el Primer Jefe.

No sé qué ocurrió que me incorporé y le quité las botas y luego los calcetines. Olían fuerte, a sudor y encierro. La vista de sus pies pálidos me invitó a sobarlos. Las dos estábamos mareadas por la bebida, que nos relajaba dulcemente.

—Ah, qué canija, Page. Tanto galope no me da para ningún placer.

Y mientras le hacía esos arrumacos y de cuando en cuando espiaba los pechos que, ahora que llevaba el camisón, no me impresionaban igual que cuando era un hombre mujer, María de Jesús me contó que ella había ido de avanzada con Carranza por órdenes de Leonor para darle cuentas de la Cruz Blanca y cómo había salvado a los heridos de la toma de Nuevo Laredo, cruzando heridos por el río y metiéndolos en casa de los Villegas. Leonor mandaba una carta pidiendo que ella, buena para la montura, fuera nombrada con algún cargo de caballería.

A la vista de esas plantas rosadas yo chupeteaba sus dedos, porque el aguardiente me había vuelto juguetona, mientras María de Jesús se retorcía cosquilluda. No podía creer que esa chica quisiera estar en lo más duro de la Revolución, en el campo, batiéndose.

—¿Y si te hieren un día?

—A ti también te pueden herir, Jenny Page. ¿A poco crees que no matan periodistas?

Me ruboricé. Yo no era una periodista todavía. Tenía respeto por quien se dedicaba a ello. Oímos unos disparos a lo lejos.

—A lo mejor andan fusilando a alguien. Yo no tengo miedo —dijo, enérgica.

Pero yo de pronto lo tuve. Miedo de que mataran a Ramiro, a esta criatura. María de Jesús dio vuelta al ánfora. Estaba vacía. Me volví a colocar a su lado y me apoyé en su hombro, vencida por la pesadez.

—Nos la acabamos… ahora sí que no está bien. No nos vaya a pasar como a los hombres del general González, allá en Monterrey, cuando atacó la plaza con Murguía y Villarreal.

Quería que María de Jesús me contara esas historias que conocía porque había estado muy cerca. Me arrullaban. Veía lo que no podía ver. Hablaba de los generales como si fueran amigos suyos; quería preguntarle cómo era la convivencia con ellos, cómo se las arreglaba entre puros hombres. Pero mis asombros eran muchos y su deseo de ser parte de esos regimientos era lo que más me intrigaba.

Ella siguió hablando con la soltura que el licor había provocado:

—Imagínate que llegaron a Monterrey y lograron desplazar a los federales en la primera batalla, con tan mala suerte que el lugar donde se quedaron a dormir y que hicieron suyo era la fábrica de cerveza. Y digo mala suerte aunque a ellos les pareció fabuloso. Se empinaron en esos barriles y saciaron su sed, y cuando tuvieron que responder al contraataque federal, eran unos borrachos inservibles. Si has visto al general González con esos bigototes que tiene en las fotos que carga Leonor, y ese gesto adusto como que nunca le gana la risa, como a nosotras, puedes sospechar su ira. Los puso como dados, revoltosos irresponsables. Pero la tranca ya nadie se las quitaba, y de algo ha de haber servido, porque luego les salió el segundo aire, como si se crecieran a la flaqueza. Eso me pasó a mí con Carranza, cuando después de dos meses de esperar no me llamaba para darme cargo alguno. No iba a seguir esperando. Así que me apersoné en su oficina, en Ciudad Juárez.

Dijo eso envalentonada, porque el licor le había soltado la lengua, y me plantó un beso en los labios que me colocó vencida en la almohada.

Cuando desperté al día siguiente, María de Jesús no estaba en la habitación. Tampoco estaban sus cosas. De no ser por la anforita vacía que estaba sobre la cama, habría pensado que todo lo imaginé. Intenté robarle alguna gota inútilmente y la guardé en mi maletín.

Balas para el Año Nuevo

33

Las sirenas de las fábricas y las campanas de San Agustín anunciaron la entrada de 1914. Leonor debía estar con su hermano Leopoldo, Inés, sus pequeños en casa, comiendo las doce uvas como solía hacer la familia Villegas, vieja herencia del padre, pero estaba con Pancho en la cabaña de la margen del río. Clemente, Jovita y Elvira Idar, y Leocadio Fierros, también estaban allí. A ellos los movía la sed periodística, la certeza de que algo estaba por pasar, pero Leonor tenía, más que una curiosidad por la historia, un apremio. No era una bonita manera de empezar el año, pero nadie estaba pensando en bonhomías en aquellos días en que llegaban las noticias, escasas, de los avances de los rebeldes. Un ejército improvisado, generales recién nombrados que habían sido jefes de sus haciendas, o administradores de molinos como Pablo González o como Luis Caballero, o cuñados de Venustiano Carranza como Emilio Salinas, o un juez de paz como Cesáreo Castro, reclutaban hombres y los adiestraban como podían mientras en Texas compraban cartuchos y armamento que pasaban de contrabando o uniformes y botas para tener listo al personal, inexperto en su mayoría, que se fogueaba y sobre la marcha iba sacando lustre y poniendo luz sobre los más eficaces. De todos modos Clemente Idar llevaba una botella de champán que abrió al toque desaforado del campanario, seguido del tronido de cohetes a uno y otro lado de la frontera.

—¿Y si es metralla? —preguntó Leonor.

—No escogerían la noche para atacar —aclaró Clemente—. Es demasiado plano el terreno en Nuevo Laredo y los federales tienen ventaja desde el cerro.

—Por eso —insistió Leonor.

La verdad es que estaban nerviosos. No era para menos. Una línea de soldados americanos, apostada sobre la hierba, apuntaba al lado mexicano, como se los había hecho notar Pancho. Había habido advertencias del ataque y el ejército no quería que se pasaran armados los federales ni los revoltosos.

—Seguramente no quieren que se desparramen los armados para este lado —apostó Leocadio, al tiempo que extendía la mano para que Clemente vertiera el espumoso.

Por más que le insistieron a Pancho que brindara con ellos, éste se negó y se fue con los binoculares a mirar a uno y otro lado. Leonor sabía que el deseo de Pancho era el México que ella quería y por eso le había hecho una promesa atrevida: en cuanto ganaran los carrancistas, la vida sería otra. Ella así lo creía, y muchos laredenses también, aunque otros preferían la tranquilidad de las aguas quietas.

—Lo de Saucedo no son buenos augurios —agregó Clemente Idar.

El Progreso había dado cuenta de ello. Al principio había parecido una nota de broma, una inocentada, porque informaba de lo ocurrido el 28 de diciembre, cuando Andrés Saucedo, después de haber derrotado a los federales en Sabinas Hidalgo, Coahuila, no logró destruir el puente de Guadalupe, porque sus órdenes imprecisas confundieron a Múgica y a Menchaca. Creyendo que era el enemigo al que batían, se tiraron los unos a los otros.

—Una masacre, una deshonra —añadió Elvira.

Pero el asentamiento de los rebeldes en Matamoros, comandados por Lucio Blanco, había dado certeza al ejército naciente, y por ello los de González avanzaban hacia Nuevo Laredo, bastión aduanero y de abastecimiento de federales. Leonor Villegas reconoció que en aquel aire frío, entre los vítores por el Año Nuevo y la algarabía pública, el silencio, lo que no se decía, el acomodamiento de las tropas de Jesús Dávila y de Teodoro Elizondo, en los alrededores de Nuevo Laredo, precipitaba la tensión hacia lo que tarde o temprano se desataría. Leonor esperaba la victoria para hundir aquel momento vergonzoso en que, apenas muerto Madero, la llamada Junta Revolucionaria de Paz se reunió en el hotel Bobadilla, en Nuevo Laredo, para dar su apoyo a Victoriano Huerta. Reunión deleznable, donde estuvieron Pascual Orozco, Saturnino Cedillo y Andrés Garza Galán, el mismo que fusiló a cuatro carrancistas en abril de ese año y que dejó libre a aquel que escribió una carta a su madre, como él mismo lo contó, y llegó a todos el rumor de que, cuando la había leído en voz alta, conmovido, lo perdonó. "Garza Galán y su corazoncito piadoso", pensó con rabia Leonor. En cambio, Antonio Lozano, entonces cónsul mexicano en Laredo, se negó a entregar las oficinas al nuevo gobierno. Toda aquella infamia aceleró el corazón de los carrancistas que mataron al indio kikapú, que era amigo de Laredo, bueno para el arco, querido en Wisachito, donde vivían otros kikapúes antes de la desbandada que esto provocó. Pensaron que era un espía porque no lo conocían y lo colgaron frente a Los Toritos, en el camino a Colombia. Una imagen horrible que denigraba a los que ella defendía, pero era real. Las atrocidades ocurrían en ambos lados. No quiso pensar más así, se confundía. El presagio de la pólvora llenaba de imágenes la cabeza de Leonor. Sabía que los heridos y los muertos serían de ambos lados: prefería que los rebeldes fueran menos.

Había salido de casa al acabar la cena. Nuevamente había pedido a Joaquín su comprensión.

—Hoy se desata —le había insistido. Y él, que tenía noticias del avance de los rebeldes y los federales hacia Nuevo Laredo, no tuvo más remedio que aceptar—. Soy Cruz Blanca —le insistió Leonor al final.

Dejó a los chicos con las muchachas, los arropó, les aseguró que volvería después del festejo con los Idar y, enfundada en la capa de paño, cruzó la huerta que separaba la casa de las oficinas del periódico. Ya la esperaban con Leocadio y los cinco echaron a caminar por Covent hasta la ribera del Grande.

La gente festejaba con silbatos y huevos llenos de harina, corría, se abrazaban, y algunos, apeados en las bardas, agitaban banderas. Algunos, con binoculares, intentaban descifrar lo que ocurría del otro lado. Los simpatizantes de Carranza sabían que los rebeldes habían llegado comandados por Dávila y Saucedo desde Coahuila, y que una segunda columna que venía de Matamoros con Pablo González y la tercera y cuarta división de Cesáreo Castro y Teodoro Elizondo se les habían unido. Cuando pasó Clemente Idar frente a la casa de Jesús Acuña, se saludaron, inquietos. No hubo intercambio de palabras más allá de un "feliz año" seco y cortés que paralizó el corazón de Leonor.

Ya en la cabaña, protegidos del frío y con las copas llenas, Jovita lanzó el brindis:

—Porque este 1914 cambie el destino de México.

Leonor pensó que no estaban en México, y Jovita había nacido en Laredo. Había heredado las convicciones políticas de su padre y el deseo de preservar el español en este lado que había sido México y que ahora era lo que era, es decir, hijo, nieto, primo, mejor dicho, hermano de México. Y ella, Leonor, habiendo nacido en Nuevo Laredo, vivía en ese lado del río y su voluntad toda estaba con la causa de México, su país. Sí, su país. Aquél al que su padre había decidido emigrar desde Santander y donde su madre había nacido. Aquél en cuya capital vivía su marido. Sintió deseos de brindar por Adolfo, pero se cohibió frente a los Idar. Le hubiera gustado que estuviera con ellos, en la cabaña de Pancho, esperando el estallido incierto. Que comprendiera cómo a ella le importaba participar del destino de su país y qué tan lejano le parecía él, allá, entre huertistas. ¿Cómo se las estaría arreglando? Lo que no le gustaría, si lo supiera, era que ella estuviera aquella noche lejos de casa, esperando los disparos, esperando los heridos. Porque eso era lo que esperaba Leonor.

—Por la División del Noreste —brindó Fierros, que tenía una idea más clara de cómo se iba armando un grupo más compacto en la zona de Tamaulipas y Coahuila a las órdenes de Pablo González.

—Por Venustiano Carranza —alzó la copa Leonor.

—Por Madero —se unió Clemente Idar.

Y los cinco bebieron como si el río no rugiese afuera, presagiando la tragedia, como si la respiración contenida de los rebeldes atrincherados junto al ferrocarril no fuese una realidad por más que la noche la atajara.

Tris tris

34

Me fatigo hurgando entre papeles. Sé que no es bueno estar en la misma posición mucho tiempo. Me cansa escribir, armar ese rompecabezas de telegramas, notas de compra de gasas, sombreros, cuentas de hoteles y fotos con dedicatorias o sin explicación alguna. Si estuviera la teniente coronel a mi lado, me explicaría quién es quién porque ella anduvo por todos lados. Me encuentro la foto de Luis Caballero. Tenía razón María de Jesús: apuesto y afable. Pero a él no lo conocí. Mi paso fue corto y ahora Leonor me encomienda una tarea que no sé si tirar por la borda. Inventar ese mundo que hay que tejer entre sus memorias, las cartas, dedicatorias, ¿para qué? ¿A mí, finalmente, qué tanto me importa la heroicidad de un manojo de mujeres? ¿Y los artículos que escribí? ¿Por qué no los incluyó Leonor en sus memorias?

Extraño la voz de Richard llegando del banco para cenar, la mano de Richard mientras caminábamos por el jardín de casa en verano. Qué alivio es atender a otro. Es como si la obligación de encararse con una misma se diluyera. Richard me necesitaba; de joven, mi padre también; Ramiro me necesitó. ¿Ahora me necesita Leonor difunta? ¿Adela hecha canción? ¿María de Jesús maltratada por los hombres, presa y a punto de ser fusilada? Soy gente de palabra y no dejo las cosas a medias. Aun cuando quise regresarme desde Chihuahua o desde Zacatecas o Torreón, esperé la orden de volver a Laredo. Ese descanso que nos permitió Leonor. Desde antes quise salir corriendo, pero no para la frontera. Quería volver a Chihuahua. He aguantado el desconsuelo de no saber el destino de Ramiro Sosa. Por eso, sólo porque soy gente de palabra, no dejo la pluma y devuelvo los papeles a su caja y el manuscrito a su condición de desconocido. Y porque tengo tiempo y estoy sola. Busco en los cajones de esa gran mesa de corte que usaba Veronique unas tijeras para recortar los bordes de periódicos y papeles arrancados. Me complace el orden y hoy no quiero escribir más. Me doy cuenta, cuando saco aquellas tijeras delgadas que los dedos diestros de mi madrastra utilizaron, de que no puedo escapar del pasado. Tris tris, rasgo el aire. Caen las trenzas rojas de María de Jesús al piso.

—Quiero rapado como de hombre —le dice al peluquero, que la mira azorado. Luego el hombre recoge las madejas de pelo y, como si fueran pájaros heridos, las coloca en la repisa.

—Tírelas —ordena María de Jesús.

El peluquero duda. Ella las toma sin piedad y las lanza al cesto. Con aquel casquete corto escondido bajo una mascada camina por la calle aún con su vestido de mujer. Se dirige al almacén de la tropa y pide un uniforme para el hermano carrancista. Es de mi talla, miente. Somos gemelos. En la casa de huéspedes donde ha esperado día tras día noticias del Primer Jefe mientras se aburre de no ser enfermera, ni arrear el ganado de su familia, ni dar clases en la primaria, ni montar a caballo, se quita el vestido y se pone el uniforme. Se calza las botas que también ha comprado y se pone el sombrero, que da sombra a su rostro delicado. Se planta en el palacio de gobierno y convence al guardia de que trae noticias para el Primer Jefe, que él sabe de qué se trata. Es esa voz convincente que nadie cuestiona, ni Carranza, que dice que no lo reconoce, a pesar de que María de Jesús alega haber sido recibida antes por él.

—Ya hice lo que me encargó.

Y ante el desconcierto de Venustiano, agrega:

—Esperar. Como no he tenido noticias suyas, vengo a reiterarle mis servicios en la caballería. Me pongo a sus órdenes.

Se quita el sombrero y Carranza recuerda esa piel rosada y el pelo canela, y reconoce a la muchacha que le mandó Leonor Villegas meses atrás. Tal vez es María de Jesús quien se lo recuerda y con esa decisión suya lo orilla a aceptarla.

Tris tris, vuelvo a chasquear las tijeras. Parecía todo tan posible entonces. Miro las fotos de los rostros idos: cómo se fueron quedando fuera de la foto los que armaron la Revolución una vez que la ganaron, o que parecía que la habían ganado. Porque las noticias de la guerra mexicana se podían leer en *The New York Times,* que Richard también recibía. Zapata asesinado, Ángeles fusilado, Carranza asesinado, Villa asesinado, Lucio asesinado, Obregón asesinado. En mis manos, la foto del general que sí conocí: Pablo González. Muerto de causa natural hace menos de diez años. El más ninguneado, el que Villa no quiso, el que Lucio despreció, el que armó el plan para matar a Zapata a traición y seguramente a Carranza cuando el Primer Jefe desconoció su lealtad y no le ofreció la presidencia.

Desde este mirador puedo ver una historia que entonces se estaba haciendo, sin que nadie dudara de la autoridad del Primer Jefe, todavía ni el propio Villa, al que Leonor había designando presidente honorario de la Cruz Blanca en Chihuahua, igual que a González de la segunda brigada. Me agobia la historia de ese país que no es el mío pero que fue mío de una extraña manera mientras curábamos heridos, escondíamos revolucionarios, atajábamos telegramas, escribíamos, mentíamos y permitíamos que armas, comida y ropa llegaran a donde tenían que llegar. Amábamos en lo oculto.

Tris tris, acerco las tijeras de Veronique al fleco que cubre mi frente y me veo en la luna del espejo en la pared. Corto un mechón. Había pensado que ésa era una posibilidad. Aquellas semanas en Chihuahua, visitando a Ramiro cada día, observando su mejoría, llevándole la comida, escuchando su manera irónica de burlarse de mis afanes de enfermera, felicitándome porque había escrito el primer artículo y el segundo, y preguntando si contaba algo de él, si decía lo simpático que era ese soldado enemigo. Nos reíamos. Me llevaba su risa por el pasillo, por la calle, hasta el cuarto de hotel. Era mi insomnio, mi acicate.

—No quiero que te fusilen cuando te cures —le dije un día. Ramiro no me daba respuestas—. ¿Y si los engañamos, Ramiro, y los distraigo mientras tú huyes? Fingimos que vas a la letrina, te consigo la ropa para que te vistas de civil y que alguien nos facilite un caballo.

—¿En quién vas a confiar que no te delate y me busque de inmediato?

Tris tris. Deshago el colchón mientras tú te alejas. Cuando entren los guardias y yo explique que no sé dónde estás, que de pronto no volviste, tal vez porque tienes cola que te pisen, que deben ir tras de ti. Mientras corto la tela que contiene la borra donde duermes, les diré que seguramente allí están escondidos documentos que tú, el prisionero, celabas. Los que comprobaban la entrega del próximo arsenal de armamento. Te doy tiempo, me ofendo, quiero que corran los minutos, que estés cada vez más lejos en un bosque que no conoces, yendo a una población donde te encuentres a los federales.

Quiero que te salves, pero no quiero dejar de verte. No quiero decirte adiós. Les diré que no merecías que te hubiéramos atendido y dado cobijo.

Tris tris, esperaba que te alejaras con cada una de mis mentiras y rasguidos de la tela.

Hospital de sangre

35

Aracelito llegó a la casa de Leonor acompañando al primer herido, que dos muchachos llevaban en una camilla improvisada. Nada más y nada menos que el coronel Jesús Dávila Sánchez, que el propio Melquíades García había sacado en brazos del campo de batalla y acercado al puente. Los disparos habían comenzado al amanecer y no habían parado hasta el mediodía. En las tapias de las casas algunos observaban con binoculares y otros daban cuenta con altavoces de lo que allá sucedía. Clemente y Federico Idar desde Nuevo Laredo, con Aracelito y un grupo de enfermeras, organizaban la retirada de los heridos hacia el río donde Pancho y otros dos esquiferos los trasladaban a la ribera del lado americano y luego, ayudados por otros, o en camilla, según el daño, a la casa de Leonor Villegas transformada en esas primeras horas de la mañana en hospital. Tenían que hacerlo veloces y con sigilo, aprovechar la concentración de los federales en la batalla y la complicidad de otros amigos de Leonor y de los carrancistas. Ya aquel grupo de mujeres había sido advertido de que no podía curar a los revolucionarios en el hospital de Nuevo Laredo, por haber permitido la fuga de los prisioneros. No las podían acusar de cómplices, pues no era su deber celarlos y no tenían pruebas de cómo se las habían arreglado para distraer a los federales que custodiaban el hospital y dejar salir a los rebeldes. Por eso, la única posibilidad que tenía la Cruz Blanca era atenderlos en Laredo. Elvira, Lily y Leonor se quedaron con un grupo de médicos para coordinar la transformación de aquel salón en mesas para operar, camas para el reposo. El equipo médico que Leonor ya había comprado se incrementó rápidamente porque, sin miramientos, tomó de su cuenta y mandó por vendas, gasas, alcohol, cloroformo, jeringas, merthiolate, todo aquello que Lily, cuidadosamente y en acuerdo con su marido George, había considerado esencial para auxiliar a los heridos.

—Coronel, mis respetos —lo recibió Leonor mientras un doctor ya miraba el estado de Dávila Sánchez y ordenaba que lo colocaran en una de las mesas para que el doctor Long revisara la gravedad de las heridas.

Aracelito acercaba un algodón húmedo a la boca oculta por el tupido bigote y barbas del maltrecho coronel, mientras éste intentaba explicar la derrota:

—Ya sabían que veníamos.

—Ustedes han sido muy valientes —intentó aplacarlo el doctor Long.

—Lo hablamos entre nosotros, había que esperar refuerzos. Y sin artillería estábamos perdidos.

El doctor Long, sin decir palabra, mostró a su esposa la herida profunda para que lo ayudara con el lavado. Habría que operar para sacar los restos de metal de aquella herida, le explicó con calma. A Leonor no le gustaban aquellas palabras del coronel Dávila. No podía interpelar a un herido, cuando, además, por la puerta seguían llegando otros que subrayaban las bajas.

—No le conviene agitarse, coronel —dijo Leonor. Pero no hizo caso, parecía no escuchar ni mirar alrededor, indignado como estaba por esa exposición brutal de su tropa.

—Vean nada más —indicó alarmado y con la voz fatigosa ante los jóvenes que, maltrechos, eran recibidos a su lado o acomodados en los corredores de esa casa acondicionada.

—No se canse, coronel —le dijo Leonor—. Nosotros les tenemos enorme respeto por su valor.

—De nada sirve gastar el valor en vano. Es necesaria una estrategia eficaz.

Aracelito acomodaba a otro hombre en el sillón de al lado. Traía la cabeza baja, y se apretaba la rodilla. Cuando Dávila, que se incorporó de la mesa ayudado por Lily y Leonor, descubrió al herido, exclamó:

—¿Usted también, Santos Coy?

—Y Cesáreo lo mismo.

—¿El general Cesáreo Castro? —intervino Leonor.

Ya Aracelito y otra chica seguían las indicaciones del doctor Long para cortar el pantalón del teniente Santos Coy. Un chorro de sangre brotó, despiadado.

—Pronto —dijo Lily.

Entre todos subieron al general a la mesa donde Dávila había estado. Leonor aplicó un torniquete, como había sido enseñada.

—¿Alguien está atendiendo al general Castro? —preguntó sin quitar la vista de su labor.

Santos Coy frunció la cara mientras el doctor Long apretaba aún más el torniquete.

—Aún no lo puedo revisar. Araceli, que el doctor Lowry o el doctor Cook se encarguen del coronel Dávila. Siéntese, coronel.

—Oiga, yo me encargo de mí —se atrevió con dignidad.

—En este momento no, coronel. El campo de batalla es nuestro. Habrá que operarlo —sentenció Long.

Jesús Dávila soltó, iracundo:

—¿Qué le pasa a González? Se lo advertimos, Enrique, ¿o no? Elizondo, Saucedo, Castro y yo lo discutimos. Había que aplazar el ataque hasta que nos alcanzaran las divisiones de Villarreal y Murguía.

Santos Coy nada más asentía, aterido del dolor. Su palidez preocupó a Lily, que de inmediato le dio a beber un líquido endulzado. Buscó una almohada para que estuviera más cómodo y acudió al llamado de su marido, que le hacía señas para comentarle algo en privado.

—Había que esperar a que se repusieran de la derrota en Tampico, ¿pero no hubiera sido mejor a tener otra derrota?

—¿Derrota? —preguntó Leonor, que estaba bien informada—. Pero si no se han retirado.

—Creo que tienen trabajo para rato, señora. Cuando nos lanzamos al ataque en aquel terraplén recién pelado de maleza por Guardiola, fuimos blanco para los tiros. Por cierto, no le hemos agradecido. Y usted sabe nuestros nombres… y perdone la descortesía.

—Soy Leonor Villegas de Magnón.

—Ah —dijo débilmente Santos Coy—, ya nos había hablado el Primer Jefe de usted.

—Es la presidenta de la Cruz Blanca Constitucionalista y su casa es ahora hospital —intervino Lily.

—Mucho gusto —intentó ponerse de pie el coronel Dávila, pero Lily lo detuvo haciendo presión en la espalda.

—Ésta es su casa, coronel, es un honor. Me da pena que hable de derrota.

—Teniente Santos Coy, quiero salvarle la pierna —interrumpió el doctor Long—. Le vamos a dar algo para que aguante el dolor y debo coser a toda prisa.

Se hizo un silencio pesado.

—Así se detiene el ruido en la trinchera, ¿verdad, mi coronel? —distrajo el malestar Santos Coy.

—Con su permiso, Lily, sería conveniente que me dejen con dos chicas y que Leonor y el coronel se pasen a alguna habitación —actuó Long.

Leonor ayudó a Dávila a caminar hacia el comedor para dejar trabajar al doctor.

—Creo que le fue peor a Enrique —se lamentó Dávila.

—Debe de tener hambre —agregó Leonor, acomodándolo en una de las sillas, al tiempo que una de las muchachas le acercaba un tazón con consomé.

—¿Cómo agradecer sus atenciones, Leonor?

—Peleando, coronel.

Dio varias cucharadas al caldo reconfortante antes de responder:

—Así va a ser, señora. Pero está vez Nuevo Laredo lo tenemos perdido. Y es una aduana poderosa. Nos convenía recaudar los impuestos para seguir financiando la batalla.

—¿No eran más ustedes, coronel?

—El general Guardiola es un viejo lobo de mar, muy hábil militar. Bien atrincherados y con metralletas, aunque fueran menos nos llevaban ventaja, sin contar que una falsa toma de Monterrey por Elizondo y Castro, para distraerlos de nuestra avanzada a Nuevo Laredo, fue torpe e inútil. Créame, Pablo González se apresuró. Nos mandó al matadero.

—Nosotros estamos con ustedes —se solidarizó Leonor con falso optimismo.

Aquella masacre hacía pensar que la victoria contra los federales era imposible.

El consuelo

36

Leonor me eligió para acompañarla en el comité de consolación. Se trataba de ir a las casas de las familias de los hombres muertos y llevarles alivio. Me resistía. Ya me lo habían platicado las otras chicas, que llegaban desencajadas. La tía Lily entregaba un reporte de los muertos o heridos graves y de los que iban mejorando y organizaba con Leonor a las que iríamos de visita. Me había librado hasta ahora. No sólo temía al dolor de los demás, sino que me perdía de atender a Ramiro. Habían llegado rumores de un posible traslado de los prisioneros. La tía Lily había dicho que en estado delicado no permitiría que ninguno dejara el hospital.

—Yo sólo quiero escribir —me defendí.

—Muy bien, Jenny, escribirás la crónica de lo importante que es hacer estas visitas. ¿O crees que no vale la pena para un periódico?

Me desarmó. Siempre me desarmaban ella o Lily, pues todo valía la pena para ser comunicado. Cuando en el quirófano alegaba que no sabía suturar una herida, la tía Lily reviraba:

—¿No te enseñó tu madre a coser?

—No —respondía ante la torpeza de mi tía.

—Pero querrás escribir desde la experiencia de ser enfermera.

Nos acercaron en el coche a una ranchería; entre mezquites y huizaches ladraron unos perros, conforme las cuatro avanzábamos por el camino hacia la casa. Yo iba nerviosa. Pensaba en la tristeza de los que pierden a alguien, en la abuela cuando velábamos a mamá en la casa. No olvido que se abrazó al ataúd y pidió una cobija:

—Anda, Jenny, tráeme una frazada.

Corrí hasta mi cuarto y le di la de los pollitos amarillos que tenía desde niña.

—Bien, mi niña.

Y luego la extendió sobre esa madera fría. Yo pasaba las manos por la superficie pulida y oscura. No era nada parecido a tocar a mi madre.

—Tengo que tapar a mi hija, Jenny —decía la abuela—. Tengo que cuidar su sueño.

Yo no quería escuchar más a la abuela ni acariciar esa madera café, barnizada como el piano de la casa. Tenía miedo. Empecé a golpear la madera como cuando quería que mis padres abrieran la puerta de su recámara. Seguí con insistencia. Estaba segura de que, si lo intentaba con fuerza, mamá saldría, mamá diría: "Jenny, ¿qué pasa?, ¿quieres un cuento?", y me abrazaría. Pero fue la abuela quien lo hizo, hundiéndome en su pecho.

—Hueles a tortillas —le dije con ira y salí corriendo.

No volví a donde velaban a mi madre. No salí de mi cuarto en dos días.

—Que se lleven el piano, papá —le pedí años después, cuando comprendí por qué nadie en casa lo tocaba.

—Le gustaba a tu madre.

—Que se lo lleven, papá.

Y Veronique diciendo:

—Qué pena, un Steinbeck, y qué bien suena —sentada en el taburete, intentaba tocar algo.

—No —le dije, tajante. Su madera era tan parecida a la del ataúd de mamá.

Papá me miró. Veronique comprendió.

—Realmente está muy destemplado, amor, no creo que tenga remedio.

El polvo del camino nos ensuciaba los botines y se depositaba en las mejillas. Llegamos con la garganta seca. Nos ofrecieron agua fresca en unos jarros. Yo no podía hablar. ¿Y para qué iba a hacerlo si mi español sonaba mal? Nos sentaron bajo la sombra del alero en aquella casa de tablones y bardas de órganos adosados. Eran dos viejos campesinos. Los perros se acomodaron a su alrededor en la misma sombra. Leonor les dijo que su hijo había sido muy valiente, que se había sacrificado por México, y ellos asintieron como si tuvieran la seguridad de que así había sido. La señora estuvo asintiendo todo el tiempo y luego le pidió al esposo que le trajera las fotos y una a una nos las pasó y explicó que una era la de la primera comunión y otra cuando habían ido a la ciudad para su diploma de la secundaria. Y luego volteó a ver el mezquital y dijo:

—Tal vez murió por México, pero yo, la verdad, extraño su risa escandalosa y cómo me decía: "Ya llegué, amá". Ya nadie va a llegar. Aquí está siempre mi señor, a Dios gracias, pero nadie llega. Y si nos morimos, como habrá de ser, que sea juntos.

Ya Leonor no encontró palabras y Remedios salió al quite hablando de que Dios lo tenía en su gloria y de la fe para superar la pérdida. Yo nada más miraba los pies de esa señora e imaginaba cómo, cuando lo veía llegar, se levantaba y corría a recibirlo: "Ya estás aquí, m'ijo".

Y luego de un rato Leonor dijo:

—Vengan, muchachas —y nos hizo rodear a aquella pareja de viejos enjutos y dolientes, esa mujer que miraba a la cámara como si aún pudiera darle una buena noticia, el hombre que la miraba a ella, seguro de que no podía ocultar a su mujer lo ocurrido.

—Mejor hubiéramos tenido mujeres —dijo el hombre, resignado.

Sus palabras me calaron y pensé que no podría escribir una sola palabra acerca del dolor ajeno, que era una falta de respeto, pero Leonor ya pedía a Eustasio que nos tomara la foto, y él, diciendo:

—Miren para acá, un poco más al centro, Jenny, Leonor, un paso adelante, tome del hombro a la señora.

Era una desfachatez captar esa imagen del consuelo.

Cuando íbamos camino abajo, enmudecidas por el dolor ajeno y con ansias de llegar al coche e irnos lejos de allí lo más pronto posible, se me soltaron las lágrimas. Eustasio lo notó y me agarró el brazo para que nos quedáramos atrás del resto.

—Jenny, ¿qué pasa?

—No entiendo que tomes fotos en estos momentos.

Seguí andando, zafándome de la mano de Eustasio.

—Hay muchos muertos en esta guerra, Jenny.

—Cuando los muertos se van, dejan de llegar, ¿lo sabes? ¿Entiendes que nunca volverán a verlo?

Volvió a detenerme con insistencia.

—Jenny, esto no es peor que atender a los mutilados. ¿Qué te pasa?

—Y Leonor, tan colocada en la foto junto a los viejos, posando para que la foto salga en el periódico, para que la fama de la Cruz Blanca sea notada. Me da vergüenza, Eustasio.

Ya Leonor hacía señas desde el auto. Yo ni siquiera quería mirarla. Curiosamente, Eustasio no dijo nada. Siguió a mi lado, taciturno.

Parecía que se hubiera acostumbrado a esas tomas: las de las curaciones, las del campo de batalla, las del consuelo. ¿Preferiría hacer retratos? La gente posando con orgullo, pensando en que quedan para siempre: retando a la cámara.

★

En Chihuahua, Leonor se enteró de la noticia a nuestro regreso. Nicasio Idar, el padre de Jovita, Elvira, Ramiro y Clemente, había muerto. Clemente había mandado el telegrama. Varios de la Cruz Blanca y algunos de la tropa rodeaban a los hermanos en la sala de entrada del hospital cuando llegamos para dar el pésame. Leonor abrazó a cada uno de sus amigos y se sentó al lado de Jovita, su más cercana. Estaba nerviosa. Me parecía distinta a la que había visto con los viejos. Le costaba consolar a los más cercanos. Me hizo señas para que me sentara a su lado, como si necesitara un apoyo. Me costó trabajo hacerlo. Aún no me reponía del mal sabor que me había provocado posar para la foto.

—Jenny, Nicasio Idar fundó *El Radical* y *La Crónica*. Los periódicos en español de Laredo.

—A él le debemos sus hijos lo que somos —dijo Jovita de pronto.

Le dije que lo sentía. No conocía al muerto y eso hacía más fácil que salieran las palabras adecuadas.

—Escribe, Jenny, escribe la crónica de esta muerte tan lamentada. Se nos va una mirada recta, un hombre de bien, un luchador de lo mexicano en Texas, un hombre de palabras.

Yo bajaba la cabeza, incómoda. Si algo querría escribir, era sobre mi pudor por aquel consuelo entregado.

—Yo era su Ave Negra, Jenny —me dijo de pronto Jovita—. Así me llamaba. Por eso lo elegí como seudónimo.

Le bastaron unos minutos para salir del letargo del dolor y de pronto, animada, miró a Leonor y dijo, asertiva:

—Ave Negra va a escribir. Ave Negra va a dar cuenta de quién fue Nicasio Idar. Lo salvaré del olvido.

Ahora que lo recuerdo, Leonor quiso salvar el día cuando me dijo:

—Hoy no escribas, Jenny. No es fácil ser del comité de consolación.

Cantar alivia

37

Había pasado un mes desde aquellas batallas ruinosas del 1° y 2 de enero. El estreno del año había calado en los ánimos de los rebeldes heridos que atendían en el hospital de sangre repentino en que se había convertido la casa de Leonor. El coronel Jesús Dávila había sido trasladado a San Antonio, donde lo operarían. No era de gravedad. Y Santos Coy aún convalecía. Adolfo y Joaquín, hijos de Leonor, de repente irrumpían en la sala de la casa, donde se habían instalado mesas auxiliares con tableros de ajedrez o pilas de libros y revistas para la distracción de los heridos, y se acercaban a algunos para que los entretuvieran con historias de guerra. Muy cuidadoso alguno, como Edelmiro Juárez, tamaulipeco y lenguaraz, sólo contaba las victorias. Y la más sonada. La de Matamoros, porque a él le había tocado entrar con Lucio Blanco y Francisco J. Murguía entre vítores y luego participar de las bacanales que organizaban en alguna de las casas grandes, usurpadas para beneficio del ejército carrancista. Algunos hablaban de la de Ciudad Victoria que habían conseguido Francisco J. Murguía, Antonio Villarreal y Pablo González. Quienes tenían los detalles los revelaban; los chicos querían saber de máuseres y de carabinas, de blancos, de estrategias, de vías dinamitadas, de puentes volados. Teresita y Maura, las hijas de Emilio Salinas que él había traído personalmente para que se incorporaran a la Cruz Blanca, leían los diarios a los convalecientes, les llevaban cartas al correo, palabras al telegrafista, les traían noticias. La mayoría eran jóvenes que se entusiasmaban con la disposición de la muchachada. Aurelia era prima de Eustasio Montoya y desde San Antonio había venido para estar con su primo. Llegó en los días en que la casa de Leonor Villegas era hospital, así que Eustasio la llevó una mañana para presentarla.

—Mi prima no sabe de enfermería, pero quiere ayudar.

Leonor la recibió gustosa y le encomendó la habitación donde estaban los heridos más graves. Eran cuatro, que estaban en la penumbra y eran atendidos de día y de noche por el grupo de muchachas y los doctores. Necesitaba relevarlas, pues se les veía fatigadas. Encargó a Aracelito que explicara a Aurelia los cuidados.

Nada más entró siguiendo a la muchacha a esa habitación, la fetidez y el olor a cloroformo la sobresaltaron. Frunció la cara y, aunque era escasa la luz, uno de ellos advirtió:

—Nos estamos pudriendo, señorita.

—Qué dice —protestó Araceli—. Están convaleciendo.

—Pues el muchacho junto a la ventana lleva días sin hablar. ¿Sigue vivo?

Aurelia apretó el brazo de Araceli, incierta de querer hacer esto a lo que su primo la había orillado. Quería andar en el camino, dejar de cuidar a su abuela, que ya estaba muy vieja y achacosa y que, sin embargo, era la que le había hablado de México, de las tunas jugosas y moradas y, sobre todo, dejar de aguantar a Tomás: sus violencias inesperadas, sus maledicencias y sus golpes. Pero no imaginó que esto de la revuelta era estar con moribundos. Había pensado en los trenes y los caminos.

Pensó en echarse para atrás e ir a ayudar a su primo con las fotografías, pero había otras dos enfermeras en la habitación que de pronto se pusieron de pie y se acercaron al chico silencioso para tomarle la temperatura. Aurelia lo contempló. Refulgía brillante en la penumbra del cuarto. Se acercó y se quedó muy quieta junto a la cama. Era muy joven, el pelo negro brioso, los pómulos prominentes, acerados. Lo vio desvalido y sintió el impulso de tomarle la mano. Araceli le acercó el vaso de agua con que debía hacerlo beber. Le dijo que traía agua para refrescarlo. El chico no reaccionaba. Le acercó el vaso, pero el muchacho estaba muy débil.

—¿Se murió ya? —insistió la voz del fondo.

—No lo vamos a dejar —respondió Araceli, furiosa.

Se acercó la silla que estaba colocada junto a la pared para tomarle la mano al chico y acariciarla. Aurelia comenzó a tararear aquella tonada que le escuchaba a su abuela, una tonadilla romántica: "Tienes una enredadera en tu ventana… cada vez que paso y miro, se enreda mi alma…" Primero lo hizo muy bajito, pero ante el silencio que la rodeó, subió un poco el volumen. El chico apretó su mano. Aurelia le acercó el vaso y sostuvo la cabeza para que bebiera. Una mueca, que creyó una sonrisa, se dibujó en el rostro adolorido.

Aurelia pasó su primera noche al lado del chico, pero al amanecer entró Leonor y le dijo que se fuera a descansar. Que necesitaba que volviera por la tarde con la voz fresca. El canto aliviaba. Le susurró al chico que volvería y salió, contenta de saberse útil. Desconocía esa sensación. Tal vez porque con la abuela Maclovia todo se había vuelto rutina. Porque si proporcionaba alivio ya nadie se lo reconocía. Su madre refunfuñaba. Su abuela apenas y hablaba ya. Entró a casa de Eustasio, efervescente.

—Ya me contaron.

Estaba sorprendida de lo rápido que corrían los aconteceres. Pero no quiso ufanarse demasiado.

—No me acordaba de que cantabas bonito.

—Porque a ti nunca te canté —se defendió.

—Pues empieza a practicar.

Eustasio le colocó el desayuno en la mesa. Huevos y frijoles y una salsa de tomate espesa y chilosa.

—¿Qué yo te hago tomarme fotos?

—Te las voy a tomar —Eustasio se sentó en la mesa y la acompañó con un plato al tiempo que acercaba las tortillas—. Cuando andes menos hambreada.

—Mejor no, no deben saber que estoy acá.

Aurelia se apresuró con el almuerzo. Quería descansar y volver. Sentarse junto al chico, aliviarle la fiebre. Tenía el hombro vendado. Quién sabe qué tanto daño le habían hecho. "Desalmados", pensó para sí. Y quiso figurarse cómo había sido ese muchacho de pie. ¿Sería de los muy habladores? ¿Simpático? ¿Lisonjero? ¿Qué tan más alto que ella o que Eustasio? Pero no pudo imaginarlo más porque ya el sueño le hundía la cabeza en la almohada. Y una tonada se le mezclaba con otra.

Serenata

38

En unos días nos iríamos a Torreón. Había habido otra batalla. Llevaríamos un vagón de convalecientes que serían entregados a sus familias en los alrededores. Los federales heridos se quedarían. Ramiro me retuvo alegando dolor, fiebre, y me hizo sentarme en la silla de la habitación. Ese día estaba angustiado. Que si había carta de su madre, que qué había escrito recientemente, que si pronto me iría pues ya se rumoraba que la Cruz Blanca partiría.

—Convenceré a mi tía para que me deje aquí —decía mientras quitaba las vendas a Ramiro. La herida del vientre había cerrado bien y la tía Lily me había explicado cómo hacer para comprobar que estuviera limpia.

—Dijeron que ya puedo caminar.

Me acerqué a su oído:

—Te llevaré al vagón de prensa. Te vestimos de mujer para sacarte de aquí, de enfermera de la CBC.

—¿Y luego, Jenny? Me harán prisionero donde sea.

La imaginación nos abandonaba. Lo ayudé a incorporarse en el colchón.

—Tienes que caminar —le ordené, pensando en que si caminaba sería más fácil que huyera o que huyéramos. La inmovilidad estorbaba.

Hizo una mueca de dolor, como si los intestinos punzados por el cuchillo protestaran. Palideció.

—Tienes que caminar —insistí, sin poner atención a su rostro contrito. Y lo ayudé a ponerse de pie. Respiró como si jalara el aire entero de la habitación.

Le di el hombro para que se apoyara.

—Eso es, despacio. Camina —entonces soltó un grito lastimero, como si algo se acomodara de manera fatal en su cuerpo. Ciega por la impotencia, lo increpé sin detenerme—: Tienes que caminar.

Pero Ramiro no dio un paso más. Ya otras enfermeras se asomaban ante aquel gemido y se acercaban intentando ayudar.

—¿Qué haces, muchacha? —dijo uno de los doctores que se había unido a la conmoción—. Lo vas a matar —y mientras tomaba a Ramiro para devolverlo a la cama, yo salía deprisa, sin querer volver la vista atrás, sin querer saber más.

Cuando me recompuse, al día siguiente, decidí que antes de ver a Ramiro Sosa buscaría a María de Jesús, que conocía de modos para salvarse, esconderse, espiar. Me topé con Leonor, acompañada de una chica que, por lo oscuro del pelo, no era la teniente coronela, caminando por el pasillo del hospital; en cuanto Leonor me vio, me saludó con entusiasmo.

Desde la entrada del Primer Jefe, quien llegó con su comitiva en el tren un día después de nosotros, y de recibirlo con mucha algarabía cuando pasó entre los hoteles a uno y otro lado de la avenida donde nos hospedaban a la Cruz Blanca y a hombres del cuarto batallón del teniente coronel Francisco Manzo, Leonor destilaba un brillo, una certeza de que estábamos en el camino elegido, de que no importaba sacrificio alguno. Parecía que había que seguir su ejemplo, como cuando el comité de consolación o cuando comía poco para que alcanzara para todas. Pero muchas rumoraban que luego ella y la tía Lily cenaban a placer con el Primer Jefe o el secretario particular o los generales. Así era fácil. Cuando advertían que Lily y yo éramos parientes, me sentían una intrusa. Para aligerar esa sensación de extranjera, había externado mi inconformidad por retratarse con los deudos de los muertos, como si fuera una boda lo que se celebraba. Pero la verdad era que la mayor parte del tiempo Leonor destilaba su deseo de servicio, y entonces una se olvidaba de aquello que a veces era incómodo. Ella era el centro del mundo.

Leonor se detuvo y me presentó a Adela, la chica que la acompañaba. Era muy hermosa y me quedé muy asombrada porque, de todo el cuerpo de enfermeras, sólo Aracelito sobresalía con sus pómulos y su piel cetrina, además de la elegancia espigada de su figura. Pero Adelita era toda ojos y boca.

—Ya sé que te parece muy joven nuestra nueva enfermera Adelita, pero te encantará su disposición. Tanto, que aunque no debo incorporar a nadie más a nuestra brigada, estoy intentando que sea posible. Ahora ya no serás la más joven, Jenny.

La saludé, efusiva, después de que Leonor dijo que yo era periodista, o aprendiz de periodista, y que venía a curar y a escribir. Los últimos días no podía escribir, con la cabeza ocupada por mis impresiones de Ramiro Sosa o la manera en que podría seguir con él los caminos de la vida. Lo anotaba en el cuaderno: "La suavidad de su piel cuando le limpiaba el rostro, la intensa serenidad de su mirada, la manera en que me seguía con la vista y me decía en voz apenas susurrada: 'Usted se extravió'". Y lo malo es que tenía razón. Desde que mi corazón nada más esperaba el golpe del reloj para ir a ver cómo había pasado la noche el herido, perdí el camino. Ya no pude preguntar por María de Jesús, pues Leonor me indicó que me hiciera cargo de la chica, que tal vez podría dormir donde Aracelito y yo. Ella y Lily tenían compromiso de cenar con Francisco Manzo y con Abelardo Rodríguez, el jefe del Estado Mayor. Ahora que lo pienso y hurgo en las fotos que lo confirman, a esas dos mujeres, que entonces tendrían treinta y cinco años, aunque me parecían mucho mayores que yo, les había visto una disposición juvenil, una alegría irresponsable cuando salían del hospital para cambiarse y acompañar a los rebeldes, que se habían vuelto sus grandes amigos.

Esa noche sólo hubiera podido volver donde Ramiro acompañada de Adela, y confieso que temía que su belleza lo arrebatara de mi lado. Así que me arriesgué a que lo cuidara cualquiera otra de las chicas. Encontraría una manera de entretener a la muchacha, que ya me decía que estaba muerta de cansancio y que si yo también me había escapado de mi casa para meterme con los insurrectos.

—Sí —le confesé—. Aunque Lily Long es mi tía.

Adelita me vio con curiosidad. Puedo adivinar que buscaba en mi semblante pecoso y mis cejas marrones algo que me relacionara con los ojos azules de Lily.

—Medio tía —le aclaré—. No es tan cercano el parentesco.

Tuvimos que pedir un catre para acomodar a Adelita, pues no había más colchones. Hablaba sin parar y Aracelito le pedía que ya se calmara porque quería descansar. A esa hora Aracelito le escribía cartas a Guillermo. Lo intentó, pero Adela preguntaba si era un novio, que quién era. Después comprendimos la razón de su excitación. Parecía un pájaro volando en una jaula. Escuchamos los rasguidos de las cuerdas de una guitarra, pero pensamos que era algún festejo entre los generales. O que el Primer Jefe se había puesto menos solemne y organizaba alguna velada. Aracelito dejó la pluma y dijo, resignada:

—Debe de ser el general Francisco Villa. Es muy bailador.

Adelita hizo señas de que guardáramos silencio y entonces escuchamos el canto trepar hasta nuestra habitación. Aquel gallo era para Adelita. Apagamos la luz para asomarnos sin que nos vieran. Nos apretujábamos como niñas. Yo nunca había visto una serenata. Mi mamá me había platicado de la emoción que era ese despertar.

—Es Antonio, mi sargento —murmuró Adelita.

Pudimos verlo, alto, erguido. Adelita esperó dos canciones y entonces encendió y apagó la luz y luego se asomó por la ventana. Nosotras nos retiramos para no hacer mosca. Cuando cantaron la despedida y Adelita cerró la ventana, ninguna de las tres podíamos dormir.

—¿Es una declaración? —preguntó Aracelito.

—Me temo que sí —dijo Adelita, con esos hoyuelos en las mejillas, esa vivacidad casi niña, mientras colocaba las manos en la cintura de un cuerpo exagerado en sus contrastes.

Cuando nos acostamos a fuerza de tener que despertarnos en la mañana, me di cuenta que, aunque pensaba en la emoción de Adelita como en la mía por Ramiro, me sentía como cuando de niña iba a ver a mis primas y, como hacía calor, dormíamos en el corredor y platicábamos secretos o historias de miedo. Mi prima mayor fue la que entonces nos inquietó:

—¿Ustedes saben que a los hombres les crece con lo que hacen pipí? —y ante la imagen que cada una nos hacíamos de aquel pedazo del cuerpo, alargándose como manguera, añadió—: Y ya que está duro, pican a las mujeres para hacerles hijos.

Seguramente había algo en el tono como Adelita hacía sus confidencias que me llevaba a pensar en la manera como ese cuerpo de hombre que le había cantado bajo la ventana entraría en ese cuerpo de mujer locuaz y bella. Tal vez era mi manera de pensar en el deseo: en el cuerpo averiado y a la vera de mis cuidados de Ramiro, el federal. Esperaba que supiera perdonarme y también que pudiera caminar. Necesitaba un plan.

Los vivos

39

Rafael Rentería llegó a casa de Leonor, en Laredo, con varios ejemplares de *El Progreso* para, temprano por la mañana, proveer a los heridos de noticias del mundo. La noticia con que abría el diario esa mañana había causado sorpresa y consternación. Por ello, Rafael accedió al almuerzo que le ofrecía Leonor: le urgía comentarla. Se los dio a las chicas que lo recibieron en la entrada, y mientras ellas los distribuían entre los que sabían leer, que eran la mayoría, él se dirigió al comedor. Había mucho que hacer en las oficinas o en el campo militar donde estaban detenidos, si es que les permitían una entrevista con el oficial al mando, pero necesitaba repartir el peso de lo ocurrido. Lo sentía una obligación como secretario de la Cruz Blanca y, además, siempre se podía pensar mejor con el estómago satisfecho. Y desde que la casa se había vuelto hospital, era costumbre almorzar en casa de Leonor. Melquíades García también estaba en la mesa, pues en su calidad de cónsul solía visitar a los heridos y darles certeza de que estarían a salvo. Leonor tenía a la pequeña Leonor sentada a su lado. Después de los buenos días y de que le sirvieron café y pan, Rentería les contó que en la batalla de Ojinaga, bien provistos de cañón y de fusiles por el general Villa, los constitucionalistas habían abatido a los federales y muchos de ellos huyeron al lado americano. Habían sido atrapados como desertores y estaban detenidos en el fuerte McIntosh.

El cónsul Melquíades dio un sorbo al café y se chupó los labios, consternado:

—Creo que tengo mucho que hacer.

—Pero si parecen magníficas noticias. Una batalla librada a favor de los nuestros.

—No tan buenas, Leonor —dijo Rentería—. ¿Qué cree que va a ocurrir con los heridos que tiene en casa?

Leonor hizo a un lado el plato de frijoles con puerco. A sus invitados les gustaba ese platillo, que la cocinera sazonaba de maravilla con un poco de hierbabuena y chile de árbol. Le pareció que ésa no era una conversación para una niña, y menos después de que sus tres hijos se habían encariñado con algunos de los heridos.

—Leonor, hija, ¿por qué no vas a ayudar a las chicas?

—Mamá —protestó la chiquilla—, no he acabado de comer.

—Anda, pide a Aurelia que cante como ayer. A los chicos les va a gustar.

Leonor sabía que su hija comprendía que quería tener esa conversación sin ella, aunque saliera del comedor a su pesar. Cuando se hablaba de peligro, Leonor encontraba motivos que se repetían: "Leonor, ve con tus hermanos. Leonor, ¿por qué no haces un pastel en la cocina para tu tío Leopoldo? ¿Por qué no vas con tus primas al parque?" Y eso era frecuentemente. Desde que se formó la primera brigada de la Cruz Blanca, más. Había pensado si no sería bueno que los hijos estuvieran en México con el padre y lejos de la guerra. Por lo que sabía, después de lo ocurrido en La Ciudadela, en la capital no se respiraba la pólvora. Luego había pensado que tampoco era un lugar seguro con un usurpador viviendo allí. Con aquella casa vuelta un hospital, parecía que Laredo tampoco lo era.

Melquíades supuso que iba a ser requerido de inmediato por el propio Huerta, que le pediría que resolviera el asunto de los federales presos, y él no lo haría, no movería un dedo por ese presidente autoimpuesto. Lo que no sabía es qué haría cuando los norteamericanos le pidieran que entregara a los heridos, pues eran presos. Contra su costumbre en las mañanas, encendió un puro y se puso a fumarlo. El cuarto se llenó de aromas avainillados.

—No podía esconderles el diario a tus convalecientes, pero la noticia los va a alarmar —dijo Rentería.

Cuando después de un rato la chiquilla volvió al comedor con el semblante pálido, pensaron que era porque los heridos se habían alarmado ante la posibilidad de ser apresados y se lo habían hecho saber. Pero Leonor reconoció en esa mirada asustada un mal mayor. Se puso de pie deprisa y la abrazó:

—¿Qué pasa, chiquilla? ¿Te gustó cómo cantó Aurelia?

Leonorcita se abrazó a la cintura de su madre y se echó a llorar.

Leonor no preguntó más. Cuando entró Aracelito, sabía que era requerida en el salón. Indicó a su hija que se fuera a su habitación y que la alcanzaría en un minuto, que todo iba a estar bien. Las enfermeras, de pie y silenciosas; los enfermos, callados, abrieron paso para que Leonor se dirigiera a la habitación del fondo. Allí estaba Aurelia, abrazada al chico joven, que tenía la mirada fija en el techo. Leonor se acercó y, al tiempo que ponía una mano en el hombro de Aurelia, cerró los párpados del joven. El herido del fondo irritó el silencio:

—Por fin se ha muerto —sentenció—. Se quejaba mucho. Así son los jóvenes.

Nadie respondió. Leonor no supo qué decir, y el cónsul y Rentería, que la habían seguido, se quedaron quietos y conmovidos. Entonces Aurelia, sin despegar el rostro del brazo del chico, sin soltarle la mano, comenzó a tararear la tonada con que la noche anterior lo había arrullado... tan sólo la melodía, porque las palabras no salían. Y la canción trajo alivio. Y algunas de las enfermeras lloraron. Y fue Aurelia la última en desprenderse de aquel chico cuando llegaron de la funeraria con el ataúd que había mandado pedir Leonor Villegas.

—Buena señora, vaya encargando otro —dijo el mismo herido insolente cuando vio que se llevaban al difunto.

Mientras los del servicio colocaban al chico en el fondo mullido del ataúd, Leonor tuvo una idea. No era apropiado su gesto, pero miró a Melquíades y sonrió. Era el momento incorrecto, pero Leonor tenía que pensar en cómo salvar a los vivos. Y en los ataúdes estaba la clave. Ya le aclararía el motivo de la sonrisa al cónsul. Ahora tenía que estar con su hija. A la par que el ataúd salía de casa, ella subía las escaleras de casa para tranquilizar a la niña.

Arde la ciudad

40

Era el día de san Juan. Lo sé porque Otilia dijo que iba a misa y rezaría por su difunto padre, que se llamaba Juan. Las campanas repicaban y ella quería irse para el otro lado.

—Venga, señorita Jenny —insistió—. Si viviera su mamacita, nos iríamos las tres.

Puede que Otilia tuviera razón, pero yo escribía en mi diario. La tarde de ese 1914 era aciaga. Había un suspenso en el aire, una guerra en Europa, una guerra al otro lado de la frontera. Yo había dejado a la Cruz Blanca. Tenía mis razones. Yo era una gringa, una del otro lado, y desde que los *marines* llegaron a Veracruz, me volví blanco de algunas burlas. Pero ésas no eran las verdaderas razones.

Teresa y Sonsoles se encargaban de fastidiarme en aquel hospital de Chihuahua. Creo que a Teresa le gustaba también el federal, porque nada más entraba con la comida para él, le quería hacer plática y a mí me decía mentiras.

—Te habla tu tía.

La tercera vez me di cuenta de que era una treta, que eran celos o maneras de tener un rato a solas con él, y no me fui. Por eso, cuando la invasión a Veracruz, que después supe que fue un pretexto absurdo, porque los *marines* alegaban que se habían sentido agraviados cuando las fuerzas mexicanas no habían saludado a la bandera americana en Tampico, Teresa aprovechó y entró despotricando con aquella bandeja de la cena. Era morena y caderona, y le gustaba llevar el mandil un poco suelto para lucir el pecho bamboleante. No tenía nada que hacer yo a su lado. Esmirriada, huevo de pípila, la sangre irlandesa había disuelto mi leve herencia mexicana. Pero los irlandeses tenían lo suyo, una pasión. Papá me lo decía un tanto avergonzado cuando hablaba de mi abuela Margaret. Teresa puso la bandeja en la mesa mientras, victoriosa, anunciaba:

—¿Ya viste, soldado? Aquí los paisanos de la descolorida ya pusieron pie en Veracruz.

Yo me sonrojé. Enterarme de esa manera y frente a Ramiro me pareció un agravio. Sentí deseos de disculparme. Pero Ramiro salió al quite:

—Ella puso un pie aquí antes, y por las mejores razones.

Teresa, con las manos en las caderas, lo miró con un gesto iracundo:

—Ya veo cuáles son las mejores razones.

En ese momento sentí ira contra los míos, porque les vendían armas a los mexicanos en El Paso, en Laredo, en Eagle Pass y luego venían a pisarlos, y encima eso me delataba frente a la envidiosa de Teresa. Estaban con Dios o con el diablo. Ramiro me miró, subrayando lo que Teresa adivinaba. Se hizo un silencio de lápida. Tomé la cuchara y le acerqué un poco de guisado a la boca. No me quedaba más que afianzar mi territorio.

Teresa, sin decir más, salió desairada.

Pero esa noche se encargó de entrar al cuarto que compartíamos Aracelito y yo, pues María de Jesús ya se había ido hacia Tamaulipas, y sin respetar nuestra intimidad le dio una patada a la puerta, que cedió, y se me tiró encima dispuesta a pegarme:

—Ni creas, pinche gringa, que de ésta sales bien.

Aracelito saltó de la cama y, mientras trataba de quitármela de encima, de un codazo la venció y a mí me zarandeó de los hombros.

—Y no te deshago la cara insípida nada más por piedad.

Qué piedad ni qué nada. Salió del cuarto sin siquiera detenerse a ver que Aracelito seguía doblada. Debió de haberla asustado que Lily era mi tía y que era muy amiga de Leonor. Ella era hija de una familia acaudalada de Sonora y la habían mandado para que hiciera algo útil, o se habían deshecho de ella. Porque allá, en Sonora, también se había instalado una Cruz Blanca, como nos presumió Leonor mostrando las fotos del vagón de tren equipado como hospital por su amiga María Bringas. Le ayudé a Aracelito a incorporarse y recuperar el aire. La recosté. Lloraba de coraje.

—¿Qué hiciste? —me preguntó con la voz apagada.

—Darle de comer a Ramiro. Atender a los heridos.

—¿Nada más atenderlo?

Mi silencio pudoroso le dio la respuesta.

—Pues ya te cargó la chingada. Es del bando enemigo.

—¿Y qué tú no te enamoraste de un federal? —la encaré, rabiosa.

—Un federal que dejó de ser federal. No un prisionero por tráfico de armas.

No pude dormir. Cuando escuché que Araceli lo hacía, salí del cuarto y recurrí a la tía Lily para que me explicara qué estaba pasando, qué hacía yo allí, qué hacía ella con Leonor en una guerra de mexicanos si ahora, de golpe y porrazo, nos habíamos vuelto los enemigos.

La desperté, como cuando niña tenía miedo y entraba al cuarto donde mi padre dormía, me dejaba treparme a su lado y los dos nos quedábamos dormidos. Necesitaba palabras que la tía Lily sabía.

—Muchacha —se sorprendió cuando me vio en camisón frente a su puerta—. ¿Te sientes mal?

—No lo sé.

Me hizo pasar y me senté en la cama vacía de al lado. El tío George aún no la alcanzaba, pues su madre estaba grave. Por ello me había atrevido a perturbar a la tía. Se echó un chal sobre los hombros y me dio una capa para que no me enfriara.

—Te enteraste de la invasión, supongo.

Asentí.

—Parece que es para que Huerta dimita. No están contentos con él. Dicen que ha matado a muchos americanos en la frontera. Gente que desde hacía tiempo comerciaba en México.

—¿Y nosotras, tía?

—Nosotras estamos con Carranza. ¿Tú crees que algo nos va a pasar si el Primer Jefe conoce nuestra labor? Él ha avalado a la Cruz Blanca Constitucionalista.

—Pero somos americanas, tía. Somos intrusas.

La tía Lily se puso de pie, molesta:

—¿Quién te metió esa idea? Somos parte de una idea, de un movimiento, de lo que nos parece justo. Curamos heridos. ¿Alguien puede reprobar eso?

Me iba tranquilizando. La tía Lily siempre parecía tan segura, como si la piel y el pensamiento fueran un mismo tejido. Ya entendía por qué algunos generales se quedaban anclados en sus ojos azules y se querían sentar a su lado en las cenas especiales. Despedía una fuerza oceánica. ¿Habría sido así mi madre? La recuerdo más dulce y quebradiza, más lista para la fiesta. La tía Lily era infatigable. Cuando vio que sus palabras me serenaban y comenzaban a pesarme los párpados, propuso que me quedara esa noche en su cuarto, que durmiera en la cama del tío. Debía haberle avisado a Aracelito, pero el sueño me venció y ni siquiera lo pensé. Antes de apagar la luz, tía Lily me dijo:

—Aquí no somos americanas o mexicanas, somos constitucionalistas.

Y aunque sonaba muy bien, lo lamenté, porque eso me hacía enemiga de Ramiro.

★

Era 24 de junio de aquel 1914 y yo debí haber advertido a Otilia que Pablo González acababa de menguar las huestes federales en el cercano Guerrero, como había leído en *El Progreso* y que el general Guardiola ya no había recibido refuerzos. No tenía idea de cuál sería el desenlace de aquello. Ni siquiera lo pensé cuando Otilia salió para cruzar el puente e ir a misa del otro lado. Fue cuando vi el cielo teñido de humo café que me alarmé. Salí a la calle, como muchos otros, y tomé la calle Flores hacia el río. No podía creer lo que veía. Las llamas amarillas se extendían, chirriantes, hacia el cielo infernal del verano. Nuevo Laredo ardía. Y Otilia no había vuelto.

Casa vigilada

41

Aracelito caminó por Flores para llegar a la casa de Leonor aquella mañana. Se había ido a descansar a su casa, y con su tía, que se encargaba de ella desde niña, apenas si cruzó algunas palabras en el desayuno. Sabía que le esperaba mucho trabajo, pero también, como el propio Guillermo le insistía, que si no tomaba las cosas con calma era difícil ayudar a los otros. Por eso había aceptado beberse el café endulzado acompañando el machacado y escuchar lo que su tía tenía que decir. Hablaba de los federales presos y de cómo ya todos sabían que Leonor tenía a los rebeldes heridos en su casa. Se comentaba en el tranvía, en el mercado, y cuando dijo que ella tenía miedo de que fuera peligroso para su sobrina, Aracelito la consoló.

—¿Usted cree que Guillermo va a permitir que me pase algo?

La tía no quiso diluirle la ilusión de protección, pero ella, que había perdido a su marido en la cosecha de cebolla, cuando el veneno de la mordedura de víbora fue más veloz que el traslado al servicio médico, sabía que no había garantías para la vida. Allí estaban dos solas: una viuda y una huérfana. Le sirvió más frijoles bayos y aunque Araceli protestó, ella insistió.

—Estás muy delgada, chamaca, así no le vas a gustar al capitán.

Araceli se lo había presentado los días pasados, muy orgullosa de que Guillermo dejara a los federales y fuera ahora del bando rebelde.

—Está con nosotros, tía. No va a dejar que les pase nada a los heridos ni a nadie de la Cruz Blanca.

El muchacho le había caído bien, pero siempre le parecía sospechoso que alguien así nomás se pasara para el otro lado; ella, por más que vivía en Laredo que era americano, se sentía del otro lado del río, y eso que era nieta de texanos.

Aracelito sintió el peso del almuerzo en sus zancadas lentas. Leonor le tenía tanta confianza que no podía llegarle tarde; desde que

Guillermo se había unido a pasar a los heridos jurándole amor y prometiéndole matrimonio, ella flotaba. Sentía que todo eso no le podía estar pasando. Querían haberse ido de día de campo, pasear un rato y hacer sus planes, pero el momento no era oportuno. Y Guillermo se había ido a Matamoros donde rehacían fuerzas para volver a atacar Nuevo Laredo.

Un soldado americano le salió al paso y le preguntó a dónde iba. Aracelito lo miró sorprendida. No era el único, en la esquina siguiente de la cuadra de la casa de Leonor, hasta donde alcanzaba a ver, había otro grupo de soldados.

—Voy al trabajo —se defendió.

—¿Y qué clase de trabajo es ése?

Aracelito sintió el tono burlón del soldado; sabía capotear a los que se le insinuaban pero no le había tocado un uniformado de ojo azul.

—Es un trabajo que usted no podría hacer —reviró en el inglés que dominaba.

El soldado se sintió incómodo. Aracelito le enseñó la banda que traía en el brazo.

—Soy enfermera, ¿no ve?

El soldado se suavizó. Le habían dicho que había que cuidar esa casa convertida en hospital, pues los heridos eran presos de guerra. Había que devolverlos al gobierno mexicano. Pero no les habían dicho que impidieran la labor humanitaria. Y menos que atajaran el ímpetu de una enfermera bonita.

—Seguro que de verla se curan los enfermos —se atrevió.

Cuando Aracelito iba a protestar, observó la juventud del soldado. Sonrió y siguió de largo. A los pocos pasos, escuchó que la llamaban. Era Eustasio Montoya que había sido interceptado por el mismo soldado. Pensó que tendría que usar sus encantos, aunque Jovita Idar se molestara si la viera, tan defensora de que las mujeres no eran cosas.

—Eustasio —lo llamó, y luego, dirigiéndose al soldado—: también es de la Cruz Blanca.

El soldado no cedió, quería ver la banda con la cruz blanca o un maletín de doctor.

—Es fotógrafo —explicó Araceli que ya estaba de nuevo junto al soldado.

Eustasio le mostró la caja donde llevaba la cámara. La tuvo que abrir y luego de rascarse la cabeza propuso:

—Sólo si me trae una foto de la señorita.

Eustasio prometió que lo haría y Aracelito le brindó su mejor sonrisa; algo le decía que no sería la primera vez que tendría que pasar por allí, porque conociendo a Leonor no permitiría que sus pacientes fuesen devueltos a México como presos.

Cuando por fin llegaron juntos a la entrada de la casa de Leonor se encontraron con la procesión. Cuatro ataúdes eran cargados por muchachos de la funeraria y por algunos de los miembros de la Cruz Blanca. Había más muertos. Aracelito se persignó y entró a la casa. Eustasio quiso preguntar qué había pasado, pero Aurelia ya iba a sus brazos, desconsolada; el muchacho que ella había atendido ayer, aquél al que le había cantado había muerto. No quería desprenderse del ataúd. Leonor salió al encuentro de Eustasio y le pidió que fuera él y no su prima al entierro.

—Te necesito aquí, Aurelia —le dijo, vehemente, y luego susurró algo al oído de Eustasio.

Aurelia no debía ver lo que sucedería calle abajo.

Después de franquear el paso de los soldados y de llegar al camposanto, en la penumbra y muy cerca de la capilla, los ataúdes fueron abiertos y de cada uno de ellos salió un hombre vivo que echó a caminar hacia el río. La ceremonia para los muertos con quien habían compartido ese trayecto continuó. Eustasio debía, como ordenó Leonor, encargarse de que los ataúdes fueran devueltos a la casa, pues habría muchos muertos que sacar.

Los ciegos

42

Necesitaba aire. Decidí caminar a la biblioteca. Por fortuna, en Laredo se podía caminar. En Saint Paul estaba obligada al auto; sobre todo cuando Richard compró la casa de Rocky Fields, con jardín y gazebo, con cocina y antecomedor, además del comedor formal, con garaje para dos autos, con clósets que eran verdaderas habitaciones. Cuando fuimos a conocerla, me la presumió con un orgullo que lo hacía muy atractivo. La familia Balm, los socios de Richard, los amigos de la universidad de Richard, la ex novia de Richard, el ministro presbiteriano, el suegro de Richard, o sea su padre, todos estaban educados para tener una casa y un auto, cuando menos. Y no cualquier casa. Entre más cuartos y más ajardinada, mejor. A mí no me había dado tiempo de pensar en la importancia de tener. Mi vida se había deslizado sin cortapisas económicas. De casa de papá a la casa rentada, que pagaba Richard, en un barrio céntrico de Saint Paul, a la nueva residencia. A la residencia despoblada. Y sólo cuando me visitaban Veronique y papá sentía que algo mío, además de mi persona, poseía la casa, la llenaba; entonces estaba contenta. Cuando supe que Lily había estado grave con sarampión y también el pequeño Bob, pensé en escribirle, invitándola a quedarse con nosotros unos días, el tiempo que quisiera. Pero no me atreví. No después de cómo había salido de la Cruz Blanca. Nos habíamos visto fugazmente en Laredo, precisamente en la biblioteca, cuando consultaba mapas del territorio al que iría a vivir y Lily hurgaba unos libros. Le había tocado la espalda y Lily había volteado alarmada. Un grito apagado quebró el silencio obligado y un ¡shush! impositivo nos reprendió.

—Jenny.

Tía Lily había regresado a finales del 15, casi un año atrás, pero no había ido a casa nuestra. Ella y yo sabíamos la razón; papá, en cambio, estaba muy ofendido, pensando que la Revolución había trastornado a quien ya de por sí estaba muy desquiciada en sus conductas. Creía que el triunfo de Carranza había dado a los Long una soberbia innecesaria. Yo no le había contado más. A él le dio tal alivio verme de vuelta en casa, que no preguntó las razones. El día que volví, cenamos los tres en el comedor, bajo el abanico que cortaba el aire caliente y silencioso del comedor, y alabamos el *roast beef* de Veronique y los *petit pois* que lo acompañaban, como si yo no trajera postales de guerra, como si yo no llevara el polvo del desierto, el rumor de la locomotora, la sangre de los heridos, la mirada desolada de las familias a las que avisábamos de la baja. Como si yo no cargara la ausencia de Ramiro.

Cuando vi a la tía Lily en la biblioteca, con las huellas del sol ensañado en su rostro, se me vino el bullicio de las mujeres que corríamos en los pasillos de los hospitales de Chihuahua, Torreón y Saltillo porque venían heridos y muertos, y las botas de los vivos que los acompañaban, y las voces de los hombres que disimulaban apremios y fatigas, y las de los que bebían por la noche en las calles, en las terrazas, y que nos llamaban por lo bajo porque estaban solos, sin dama, y aunque advertidos de que no se metieran con las enfermeras, con las chicas de Leonor Villegas, algunos lo intentaban.

Iba a decir algo mientras la tía Lily me miraba, sosteniendo el libro que había tomado de un estante, pero no pude. La abracé y ella sólo me susurró al oído:

—Ve a ver a Leonor.

La biblioteca, a la vera del parque y muy cerca de mi antigua escuela convertida en hotel, se había modernizado. También la ampliaron y me sorprendí del apartado para materiales reservados donde, con temperatura especial, se conservaban documentos, mapas, cartas. De pronto deseaba entrar allí, pero el encargado, un hombre delgado de pelo oscuro con algunos manchones de canas, con un suéter hasta el cuello porque el frío de la biblioteca lo obligaba, me preguntó para qué, qué quería consultar.

—No sé —le respondí—. Periódicos.

—Aquí no es. Tenemos álbumes de escuelas, reportes de la policía, memorias de los alcaldes, directorios telefónicos.

—Eso —le pedí, emocionada—, quiero ver el directorio de 1914.

Y no se me ocurrió más que decirle que quería localizar a la familia Montoya, al fotógrafo Eustasio Montoya, que entonces vivía por acá.

Pero Joe García, como se presentó, sabía bien de esta ciudad y me dijo:

—¿El fotógrafo de Carranza?

Me puse nerviosa, porque pensé que me iba a encontrar en falta y le di un giro a mi pregunta:

—A su prima Aurelia, Aurelia Montoya.

Me acercó el directorio y luego añadió:

—En los periódicos podrá ver más. Me parece que cantaba y que acabó en tragedia. ¿Es pariente suya?

Lo miré a los ojos y se disculpó:

—Lo siento, no es de mi incumbencia. Pero me interesa el pasado de esta ciudad.

—Escribo un artículo para un periódico de Mineápolis —lo satisfice.

—Espere, que le busco alguna foto —me dijo, entusiasmado.

Mientras Joe García, con el suéter de cuello alto, se sumió en las cajas donde rastreaba alguna foto de Aurelia Montoya, me escabullí a donde estaban los periódicos. Intenté un año, me limité a un mes, pues era mucho lo que estaba allí amontonado. Me acerqué con algunos ejemplares a la mesa de trabajo, donde estaba una pareja. Al principio no le presté atención, enfrascada como estaba buscando en el *Laredo Times* alguna nota que diera cuenta de esos años. La batalla de los primeros días de enero en Nuevo Laredo ocupaba gran espacio. Una bala perdida mató a Manuel Lugo mientras cruzaba la plaza en Laredo. De los heridos contrabandeados que Leonor metió a su casa no aparecía nada. Era un acto clandestino y de alguna manera el periódico debió de callarlo esperando el veredicto del futuro. Sí, Leonor pudo ir a la cárcel, no por auxiliarlos en su domicilio convertido en hospital de sangre, sino por sacarlos uno a uno, o de dos en dos, como si fueran muertos, en esos ataúdes caros y convenientes porque más que tumbas eran vagones. Salvoconductos para que los soldados americanos que vigilaban a Leonor no notaran esa merma continua, persistente. Ese goteo de hombres que volvían al otro lado a seguir dando la batalla. Al fin y al cabo Leonor estaba con Carranza, aunque nuestro presidente Wilson a ratos estuviera con Huerta, a ratos con Carranza, sin estar muy cierto de qué era lo mejor, porque al fin y al cabo esa guerra consumía armas y la venta beneficiaba al país. Pero, ahora lo veía claro, los presidentes de mi país rara vez funcionaban por las ideas que los movían. Generaban dinero para enriquecer al país. Richard Balm me lo decía, incrédulo de que yo hubiera estado entre soldados y rebeldes:

—Qué ganas de complicarte. Si querías guerra, los Estados Unidos se unieron a una en Europa.

—Pero eso fue después, Richard —le repelaba y, por lo bajo, añadía—: Y eso era muy lejos de Laredo.

Estaba embebida en aquellos anuncios de una época que me tocó vivir pero que no podía recordar en sus detalles. El Teatro Ensueño. El nombre me pareció curioso. ¿Qué era el ensueño? Pero los susurros de la pareja en el extremo opuesto de la mesa me distrajeron. Discutían algo. Ella quería pasar una página, pero él no había terminado. Entonces miré aquellas hojas gruesas sin letras que las yemas de los dedos leían y comprendí que eran ciegos. Me atreví a mirarlos. Estaban sentados muy juntos y por un largo rato, pues no me habían perturbado, daban vuelta a la página en un tácito acuerdo. Comprendí que los dedos de uno seguían al otro y que era ella la que iba más rápido.

—Me gusta disfrutar las palabras —se defendía él.

—A mí la historia —alegaba ella.

Pero cuando en sus jaloneos la hoja de aquel libro en braille se rasgó ligeramente, los dos movieron la cabeza como si pudieran averiguar si alguien los había visto al tiempo que callaban. No me atreví siquiera a pasar la hoja del periódico por miedo a incomodarlos. Entonces sonrieron, como si hubieran hecho una travesura y como si el otro pudiera distinguir ese gesto cómplice. Él pasó los dedos por la cara de ella y ella respondió con un mismo gesto de reconocimiento. Él beso su mejilla, ella le susurró algo al oído. Comprendí que se excitaban, pues ella se había sonrojado. Seguramente Joe García me traería la foto de Aurelia Montoya como un trofeo inesperado y yo leería cuántas familias habían cruzado a Laredo, temerosas del ataque por venir o huyendo de la batalla, que duró tres días, pero de pronto había dejado de interesarme. Pensé en la manera en que esos ciegos debían de amarse con las yemas de los dedos. El dulzor de sus miradas debía de ser sustituido por el roce de los dedos. Con toqueteos y caricias debían de producir el lenguaje silencioso de los gestos. Decir te quiero, me gustas, te deseo, te amo, ternezas, lo más difícil para las manos. Quise, por un momento, que Richard y yo hubiésemos sido ciegos en nuestras noches de amor, que su tacañería de palabras se compensara con el halago de sus manos sobre mi piel. Cerré los ojos, cierta de que no me veían, y lo imaginé. Había habido sexo, sin duda, aunque no hijos, manos aplacando la cabeza, entreteniendo la nuca, recorriendo la espalda, jugueteando con las nalgas, palpando los senos. Había habido sexo los fines de semana y los días festivos. Lo mismo ocurría en mi casa de Laredo, pues los domingos solía despertarme la risa de Veronique. Supe después que incurrían en excesos porque papá desayunaba, sonriente y plácido, con aquella francesa excéntrica. Notaba su desconcierto, el sofoco de sus impulsos cuando yo corría a su cama en la mitad de la noche. La oscuridad me daba miedo.

Había sido una noche en que mamá me arropó y me dio un beso, porque saldría con papá a cenar, cuando enfermó en el camino y murió en el hospital a las pocas horas. Le había dado un infarto. Era muy joven para sospechar que padecía del corazón. Desde entonces no podía soportar lo que la noche podía traerme. Richard Balm comprendió que tenía que dejar alguna luz encendida porque el corazón golpeteando me despertaba en medio de la noche, sudando.

Fue Joe el que me sacó del ensueño de tactos y pieles, con su toquido sobre mi hombro. Cuando abrí los ojos, los chicos no estaban. Antes de atender a Joe, miré hacia la entrada para ver cómo se marchaban juntos. Alcancé a ver que él se tomaba del hombro de ella, que iba adelante, con un palo de ciego tanteando el piso. Seguramente ella veía un poco más que él.

—Esa pareja viene a leer lo poco que tenemos en braille —se dio cuenta Joe—. Espero que haya encontrado algo interesante.

Entonces me enseñó la foto de Aurelia recostada sobre un charco de sangre.

—La apuñalaron en El Elefante Negro. La nota dice que su marido la andaba buscando y que, cuando el hombre se dijo pariente de Eustasio Montoya, la vecina del fotógrafo le dijo que tal vez la señorita Aurelia podía darle razón, que cantaba en el *saloon* por las noches. "Se arrepiente de dar señas", dice el encabezado. Mire nada más la saña. Carranza ya era presidente y Aurelia volvió a Laredo con las demás señoritas que acompañaron a Leonor hasta la capital. La propia Ave Negra le dedicó unas líneas. Nuestra periodista laredense, Jovita Idar. A lo mejor encuentra algo de ella en *La Crónica*. Me hubiera gustado haber estado aquí en ese tiempo, pero llegué después, cuando mi padre volvió del Canal de Panamá.

Miré a Joe García porque le gustaban las historias, porque seguro hubiera querido ser escritor, y le sonreí:

185

—Vuelvo otro día —le dije—. ¿Cuándo vienen los ciegos?

—No tienen fecha —respondió, sin entender mi pregunta.

Cuando salí a la luz rasante de la calle, entrecerré los ojos para atajar su insistencia. ¿La habrán notado los ciegos?

Desde ese día duermo sin tener que dejar la luz del pasillo encendida.

Las damas equivocadas

43

Las esperaban con desconfianza. Cuando el tren llegó a la estación de Durango con el cuerpo de la Cruz Blanca abordo, Carmen Icaza, Dolores Sigüenza y Soledad Mier encabezaban al grupo de damas que daba la bienvenida a los encargados de la atención médica. Había que fundar una Cruz Blanca en el lugar, habilitar un hospital de sangre, les habían dicho sus maridos, hermanos o padres. Queriendo y no queriendo, todos estaban con Carranza, y la Revolución avanzaba en el noroeste. El tren venía de Torreón y llevaba retraso. Por eso Carmen estaba malhumorada. En mayo hacía mucho calor. Cómo se les ocurría escoger ese mes, se había atrevido a decir. Soledad, su cuñada; se burló:

—No se escogen los meses para la guerra. Mi papá siempre presume de que Carranza llegó a pie y a caballo desde Cuatro Ciénegas hasta Hermosillo, así que no hay nada de qué quejarse.

—Viejo mentecato —agregó Carmen, que ese día tendría que ayudar a su madre en las preparaciones de la recepción de la Cruz Blanca en lugar de noviar con el licenciado Ignacio Telares—. Pudiendo ir por tren del otro lado hasta Calexico.

Dolores, que había estado callada, metió su cuchara. Su familia era maderera y todos estaban con Carranza.

—No quiere pedirle favores a los gringos.

—A ver si puede aguantarse —añadió Carmen.

Pero ya se oía la locomotora y las mujeres se acercaron a la vía, se acomodaron los sombreros. Tomaron los ramos de flores, cuyos tallos habían dejado inmersos en baldes de agua, e hicieron señas a las niñas y a las jóvenes, de las que se habían hecho acompañar, para que se acercaran. Soledad hizo a un lado la sombrilla cuando el tren por fin se detuvo, intentando saber cuál era el vagón de donde descendería la presidenta de la Cruz Blanca. El tumulto que recibía al Primer

Jefe corrió hacia los primeros vagones y, por fortuna, despejó el área donde ellas cumplirían con el mandato que se les había asignado. Ansiosas, intentaban descubrir quiénes estaban detrás de los vidrios para no equivocarse de puerta. Alguien hizo señas cuando se abrió la puerta de uno de los vagones y bajó una joven. Las damas se acercaron a aquella puerta y saludaron efusivamente a la chica y, luego, a un señor que llevaba sombrero y cargaba una cámara y que tenía prisa por apearse y colocarse en el lugar preciso sobre el andén. Éste les hizo saber que la joven no era la presidenta. Carmen, Dolores y Soledad sintieron el apremio de las circunstancias importantes. Quedarían en una foto que daba cuenta de que en Durango se recibía a este grupo humanitario.

Así lo había dicho el padre de Soledad:

—No es necesario que las mujeres tomen las armas para estar en la batalla.

"Por fortuna", había pensado Soledad, pues ella no era como Dolores, que quería vestirse de soldado y montar a caballo. Sería enfermera, aunque detestara ver sangre y no supiera de raspaduras y heridas.

Les costó trabajo verla, pero supusieron que era ella cuando sintieron el fogonazo de la lámpara del fotógrafo. Entonces se acercaron a aquella dama menuda, con labios y ojos pequeños, que salía sin sombrero a la luz del andén. La seguía una mujer muy blanca y rubia, vestida de azul celeste, con un sombrero de ala pronunciada, visiblemente más alta que la primera, y detrás de ella aparecía otra más, con pelo abundante y oscuro retenido en lo alto de la cabeza, cejas pobladas y pómulos rotundos. Eran la presidenta, la secretaria y la tesorera de la Cruz Blanca Constitucional, como después supieron. Se acercaron y entregaron las flores mientras les daban la bienvenida, se presentaban y argumentaban que esa noche esperaban que les hicieran el honor de asistir a la recepción en casa de los Icaza. Eustasio Montoya, el fotógrafo, les hizo señas para que posaran al pie del vagón, rodeando a las damas de la Cruz Blanca. Carmen, Dolores y Soledad sonrieron sin mucho entusiasmo. Llevaban varias horas en la estación, tenían hambre y, encima, les esperaba trabajo. No estaba fácil zafarse de la encomienda de sus familias: participar en la Revolución.

Si iba a tener que viajar en un tren sofocada de calor, si no tendría tiempo para sus tertulias, si tendría que vestir como fuera y no peinarse sus caireles, que buen tiempo le tomaba, Carmen no estaba dispuesta a participar, pensó aquella mañana inclemente en que las mujeres de la Revolución llegaron a Durango.

Las chicas se encargaron de correr la voz de aquella primera impresión que les habían dado Leonor Villegas, Lily Long y Jovita Idar. Se informaron de quién era cada una y, cuando supieron que el marido de la presidenta vivía en la ciudad de México y que ella había dejado a sus tres hijos en Laredo, además de invertir su fortuna en uniformes, medicinas y viajes; que Lily Long, siendo norteamericana, andaba pisando este suelo donde no tenía vela en el entierro, y que Jovita Idar era una periodista revoltosa, les pareció que estaban algo zafadas. Y mientras preparaban el revoltijo y la crema de queso y las empanadas de biznaga en la cocina de las Icaza, e iban y venían otras señoras y jóvenes de lo más granado de la sociedad duranguense, el desagrado corría. Las malas lenguas llegaron a decir que si una mujer dejaba marido e hijos y no cuidaba su dinero, es que había perdido la cabeza por un hombre.

—¿Será por Venustiano? —preguntaba la madre de Carmen Icaza.

—Ay, mamá, está muy viejo ese barbón.

—A cierta edad las mujeres no vemos los años, sino el talante, el respeto que se hacen merecer.

—¿Y qué me dices de la gringa? —se reía Juanita—. Dicen que también a veces viaja el esposo, que es doctor.

—Han de querer poner un negocio aquí. Esos gringos no dan paso sin guarache —contestaba otra mientras paloteaba la masa de las empanadas.

—Yo, la verdad, no quiero líos con los periódicos y esa mexicana…

—No es mexicana —la interrumpió Carmen—, es texana. De Laredo, *you know?* —se burló.

—¿Y qué es eso de Laredo? Un pueblo de la frontera, y nos vienen a brincar tres señoras ociosas que quieren andar haciendo ruido. Me huele mal —dijo, contundente, Lolis Benavides.

Para la hora de la recepción, en que las dirigentes, con Federico Idar y el infaltable Eustasio Montoya, llegaron con las Icaza, el ánimo de las señoras levantó un muro de hielo que no fue posible quebrar. Algunas de las mujeres dudaron de tanto rumor que se había cocinado en el día, porque vieron el trato afable de Leonor, el gesto adusto de Jovita y la suave franqueza de Lily. Y las vieron arregladas, y no como las habían descrito las tres muchachas. Las tres locas que habían dibujado con saña a lo largo del día desconcertaron a algunas de las mujeres que minutos antes habían pactado que ellas no se encargarían de la Cruz Blanca en Durango. No invertirían su tiempo para engordarle el caldo a otras.

Cuando Leonor planteó el interés de que hubiera un grupo de mujeres que se hiciera responsable de la Cruz Blanca, como ya había sucedido en Chihuahua, donde el propio general Francisco Villa era el presidente honorario, y... Luz Corral de Villa presidenta de la CBC en el estado, o en Nuevo Laredo, donde ellas presidían y Pablo González era el honorario, ellas contestaron esquivas, entre mordida y mordida de las empanadas que coronaron la cena. Eustasio mismo no sacó la cámara en ningún momento porque no recibió la señal de Leonor para que el acuerdo se quedara en la memoria de la historia de ese cuerpo médico.

Jovita, que no se andaba por las ramas, fue la que le dijo a Leonor que era hora de retirarse, pues había trabajo que hacer por la mañana. Leonor hubiera insistido más, pues notaba que algunas, muy firmes en su negativa cuando había expuesto su propósito y hablado con elogios de la necesidad de vengar a Madero y acompañar a Carranza en la construcción de un país democrático y moderno, mostraban interés, al cabo del recuento de la misión en Chihuahua, del apoyo del gobernador Manuel Chao.

—No es que no nos interese la Revolución, señora Magnón, ni nos parezca loable su labor —se atrevió Lolis Benavides—, pero no podemos apoyar el que las mujeres abandonemos a nuestras familias por estar en la lucha.

Un silencio denso enfrió los ímpetus de Leonor. Esa señora había dicho lo que muchas pensaban.

Leonor no iba a quedarse callada, no lo había hecho con su padre, ni con su marido ni con el propio Carranza, así que, por más que las palabras entraron en su conciencia como un picahielo, reviró antes de que se retiraran:

—Espero que sus hijos estén tan orgullosos de sus madres como lo estarán los míos.

El malestar de Leonor no duró mucho, pues esa misma noche tenía en el cuarto de hotel, que compartía con Lily, una nota en la que el Primer Jefe los invitaba a la cena a la que acudiría el gobernador Pastor Roaix. En aquel ágape, Leonor Villegas fue presentada con

190

Rosita, la mujer del geólogo, como supo mientras conversaban sobre minas y el gobernador exponía su sapiencia. Leonor admiró el conocimiento del hombre que dirigía ahora el estado, su sencillez y la pasión de ese corazón mineral al que le había dedicado años. Cuando Rosita aceptó ser la presidenta de la Cruz Blanca Constitucionalista en Durango, comprendió que había ido con el grupo equivocado, que el jefe militar de Durango y el gobernador estaban en discordia. Fue Rosita la que se disculpó por la velada del día anterior. Había llegado a sus oídos la impertinencia de Lolis Benavides y la recepción sorda de aquellas señoras mal aconsejadas:

—Hay otras, Leonor. Y muy respetables. Además, no me quiero quedar atrás de lo que María Bringas ha hecho en Sonora, aunque no pueda equipar un tren como hospital y llevarlo a la misma línea de fuego donde combata mi esposo.

Se alzaron copas, brillaron miradas y Lily Long dejó ese pesar que la había puesto melancólica desde la reunión anterior. Ella tenía un hijo pequeño y, aunque estaba ocupada, los largos trayectos, la soledad en las noches, las mujeres con hijos que veía en las calles la llevaban al pequeño Robert, ahora bajo el cuidado de George. Veladas como éstas compensaban los pesares. Las mujeres de México hacían cosas. Si eran pobres, acompañaban a sus hombres en la batalla o atendían en los hospitales de sangre improvisados en los pueblos; si eran ricas, algunas empeñaban su tiempo y su fortuna en servir a la batalla de los suyos.

Leonor Villegas y el Primer Jefe cruzaron miradas. Trabajaban en equipo como si hubieran acordado pactos previos. Leonor se sintió protegida. Alzó su copa, discreta con Carranza; los lentes azulados no revelaron el matiz de la mirada del hombre. El terreno ganado por Villa en Coahuila, en Tamaulipas por González y en Sonora por Obregón los tenía optimistas. Casi podían olvidar lo que había ocurrido camino a Torreón y antes de partir a Durango. Por eso el vino resbaló por sus gargantas, pero no fluyó inocente y limpio. Había piedras en el camino. Carranza lo sabía. Leonor intentaba no darle importancia. Lo suyo era curar heridos.

Navaja y jabón

44

Lily nos había dicho que nos necesitaba a su lado pues tendríamos que ayudar a caminar a varios de los que estrenaban una pierna de palo. Habían llegado la noche anterior y debíamos recibir instrucciones para transmitirlas y ayudar a colocar aquel aparato adosado al muñón. Supimos de aquello en el desayuno, mientras Leonor nos exaltaba diciendo que daríamos la posibilidad de andar a los incapacitados. Que las piernas de palo y las muletas que enviara su hermano Leopoldo desde Laredo resolverían la vida de muchos de los hombres que ellas atendían. "Hay que ser fuertes para ayudar a los demás." Ésa era la frase favorita de Leonor. Ella misma parecía encarnarla. Me vino como anillo al dedo, pues a la hora en que había que aparecer con Lily en uno de los cuartos del hospital, yo me deslicé al fondo, deseosa de que Ramiro me perdonara y de que estuviera mejor. Llevaba papel y lápiz en la bolsa del mandil. Si alguien protestaba, yo estaba ayudando, yo me hacía fuerte ayudando de esa manera. ¿Quién iba a querer atender a un muñón rosado como los que ya me había tocado limpiar, pensando en lo horrible que era recordar que uno alguna vez tuvo una pierna entera? Y sobre todo sentirse incompleto. Las guerras dejan incompleto. Me quedaba claro. Cuando llegué al final del cuarto, intentando cuidarme de que mi ausencia del otro grupo no fuera advertida, lo vi oscuro.

—Ramiro —llamé.

Pero no hubo respuesta; abrí las contraventanas que protegían de la luz y seguramente del frío invernal y vi que la cama estaba vacía. Mi corazón dio un tumbo. No esperaba eso. Sólo que ya pudiera caminar, sólo que ya se hubiera ido. Deseaba su mejoría, pero no al grado de no depender de mí en absoluto. Oí ruidos y fingí que estiraba la sábana. Era Ramiro, apoyado en un bastón.

—¿Ya puedes caminar? —lo miré asombrada. No era lo mismo ver a un hombre tumbado que de pie. No era tan alto como pensaba. Pero sí esbelto y elegante.

—Me dieron órdenes estrictas de hacerlo. Una enfermera muy voluntariosa.

—Pues le ha hecho mucho bien. Esa enfermera pensó que tal vez usted quiera dictarle una carta de nuevo —añadí, celosa.

Ayudé a Ramiro a meterse en la cama.

—Antes, necesito una navaja para rasurarme. No puedo dejar que me vea así la escribana.

El pudor de hombre sano había vuelto a él. Sonreí y salí a buscar la tarja y una navaja que pudiera servirle. No quería ser vista, así que pedí a uno de los guardias que allí merodeaba si fuera tan amable en conseguir aquel material.

—No puedo permanecer mucho aquí. Estamos aprendiendo a ayudar a caminar a los sin pierna —le dije a Ramiro al volver.

—Yo tampoco, he recibido un telegrama. Es probable que me cambien por otros prisioneros en Zacatecas.

Sentí un vahído. Aquella fantasía de hacerlo escapar a caballo por la puerta trasera, de llevarlo en el vagón vestido de mujer, cualquier cosa se venía abajo.

—¿Y eso qué significa?

—Me llevan a Zacatecas y tal vez quede libre para volver a ser activo en el ejército.

Ya el guardia me acercaba la navaja y la brocha. Usé el aguamanil del cuarto y preparé un poco de espuma. Me senté en una orilla de la cama.

—Si me permite, tiene que estar presentable.

Y embadurné su quijada con aquel betún blanco. Sostuve el espejo que estaba sobre la mesilla para que Ramiro se quitara la barba. Él se miraba con atención y yo veía su piel delicada aparecer tras esa cuchilla que limpiaba la espuma. Su rostro parecía avivarse con aquel acicalamiento. Yo no podía pensar, sólo podía mirarlo.

De pronto, él me miró de reojo:

—La noto triste. Es una buena noticia. Me puedo librar de ser fusilado.

—Claro… Seremos enemigos otra vez.

—Nunca lo hemos sido.

Cuando acabamos aquella faena, y con la suerte de mi lado, pues nadie había venido tras de mí, me animé a tomarle dictado.

—¿Y cuándo será eso?

—En cualquier momento, no estoy seguro.

Arrebatada por la vista de sus labios y la posibilidad de no verlos más, me acerqué para plantarle un beso. Me prendí a él robándole el aliento, extrayendo su corazón entre lengua y labios. Me lo quería llevar. Nos costó trabajo desprendernos. Mi rostro hervía, pero, al fin, él comenzó a dictar:

Madre:

He recibido buenas noticias. Es posible que me intercambien por otros prisioneros rebeldes de manera que pueda reintegrarme a las huestes federales. Te dará alegría que cumpla mi deber como mexicano y como militar. Salvaguardar la paz.

Lo miré incómoda por aquel discurso que invalidaba el descontento de los rebeldes:

—Es un usurpador —señalé refiriéndome a Victoriano Huerta.

—Es una carta para mi madre —me apaciguó sin soltarme la mano.

El mundo a mi alrededor se había difuminado, como si aquello no fuese un hospital, el hombre un federal y yo una chica desobligada de mi trabajo de enfermera ese día. Me parecía que desde le veranda de casa yo escribía aquella carta mientras Otilia nos servía limonada y Ramiro y yo mirábamos pasar a la gente con sus sombrillas, o sombreros. La risa que nos ocupaba era inusitada, muy lejos de muñones y cojeras, noticias de muerte y olor a cloroformo.

Sólo hay una cosa, madre, que me tiene descontento, y es que con ese intercambio perderé la compañía y los cuidados constantes de una chica americana. Sí, dirás, pero ésos son nuestros enemigos. A veces, madre. Esta chica no es mi enemiga. A ella le dicto la carta porque lo hice cuando no podía moverme y ahora que ya podría prefiero que ella, con su letra esmerada le escriba. Si la vieras, tiene los ojos marrón naranja, es difícil de explicar, como brasas en la lumbre. Y la piel es blanca y salpimentada. Las cejas, oscuras, son quizá su más sobresaliente atributo, porque dan color donde hace falta, enmarcan ojos y provocan que uno no pueda desprender la vista.

Yo había dejado de escribir, atenta a la mirada de Ramiro, que se clavaba en la mía.

Sí, madre, eso es lo que lamento. La dejaré de ver cada día, dejaré de entretenerme en sus formas suaves, en sus besos tibios... No te quiero decir más, al menos que tú sugieras una forma en que pueda seguirla mirando. A mí me gustaría alcanzarla en Laredo, donde vive.

Esta vez, Ramiro me jaló hacia sí y fue él quien me besó, dulce, tibio. Sólo para que no lo olvidara.

En la puerta, el guardia bamboleaba los dedos, pues venía por la navaja que había tomado. Nervioso por lo que acababa de ver y sin saber cómo actuar, pidió disculpas...

—¿De qué? —interrumpió la tía Lily, seguida de algunas de las enfermeras que habían llegado hasta allí. El guardia se deslizó con los aditamentos de varón.

—No fuiste al adiestramiento, Jenny.

—Le pedí que escribiera una carta urgente —me defendió Ramiro.

Pero la vista de tía Lily se había posado en nuestras manos entrelazadas. Era demasiado tarde para explicar nada.

Una decisión inconveniente

45

Carranza era alto. Hacía sentir bien a Leonor y a Lily. No por su estatura física nada más, sino por su elocuencia, por saber cuándo hablar, cuándo callar. En su breve estancia en Chihuahua, pasó por el hospital para saludar a la Cruz Blanca Constitucionalista. Eustasio, como siempre, había atendido las indicaciones de Leonor:

—En cuanto puedas, detén un momento al Primer Jefe para tomar la foto con nosotras.

Y, además, había tenido el cuidado de utilizar un vestido blanco de organdí, con un trabajo muy fino de alforzas en los bajos y de colocarse la banda de la Cruz Blanca en el brazo. Igual que Lily, que también se arregló más ese día.

—Hoy viene Carranza. Hoy va a ver cómo trabaja la Cruz Blanca. Leonor va a comunicarle que han elegido a Francisco Villa como presidente honorario de la Cruz Blanca en Chihuahua; su mujer, Luz Corral, desde luego, la presidenta.

Leonor cumplía con lo pactado con Clemente: poner Cruces en cada poblado importante por donde pasara la revuelta. Y que el Primer Jefe lo supiera.

Caminaron por el hospital con Carranza, las dos mujeres a sus lados. Leonor notó cómo la gente miraba, los de la tropa curiosos, las chicas con timidez. Pero Leonor lo trató con la soltura de una prima. Era un igual:

—¿Cómo está Virginia? ¿Y las muchachas?

—Ya las conocerá, Leonor, en Saltillo. Virginia es más bien una mujer tranquila.

Leonor no entendió aquel comentario. No sabía si era una manera de disculpar que no fuera como ella: emprendedora, incapaz de estarse quieta, organizando grupos, consiguiendo dinero, incansable.

Lily le susurró por lo bajo, mientras el Primer Jefe saludaba a otros:

—Además, dicen que es muy fea.

Leonor le dio un jalón a su amiga. Semejante indiscreción era peligrosa.

El grupo que acompañaba a Carranza se sentó a la mesa donde los esperaban unas jarras de agua fresca y un poco de queso de rancho con tortillas. Leonor y Lily también flanquearon al Primer Jefe.

—Estoy muy gratamente impresionado por la labor de ustedes —comentó antes de hincar una mordida al taco de queso que le había preparado su secretario, Juan Barragán.

—Las muchachas son ejemplares —dijo modestamente Leonor.

—Vamos, Leonor, qué harían sin usted y la señora Long.

Las dos aceptaron el cumplido al tiempo que escuchaban la molestia del Primer Jefe:

—¿Ya le dio el cargo honorario a Villa?

—Desde el primer día —dijo Leonor, orgullosa, pero la falta de respuesta de Carranza la alertó de que aquello parecía una medida inconveniente.

—¿No pensó en el gobernador Manuel Chao? —siguió Carranza, disimulando el temple de su mirada bajo las gafas azules.

Leonor, desconcertada, no comprendía por qué había sido un error:

—Todos lo quieren aquí en Chihuahua.

—Eso me temo —dijo Carranza, y rompió aquel hilo tenso añadiendo—: Necesita estar más cerca de mí, Leonor.

—La próxima vez lo consultaré.

Ya Eustasio pedía al grupo que mirara a la cámara para que tomara aquella foto. Pero Leonor tenía el semblante sombrío. No le gustaba fallar, mucho menos que se lo hicieran notar. Y peor aún si era con el líder del Ejército Constitucionalista.

Eustasio sabía que no tenía una foto adecuada, que Leonor no había lucido en ese momento fortuito de compartir la mesa en Chihuahua con el Primer Jefe. Por eso los detuvo de nuevo cuando habían echado a andar rumbo al centro de la ciudad.

Afortunadamente, Carranza había pedido a Leonor, mientras caminaban, que formara Cruces Blancas en Zacatecas, en Durango, en Monterrey. Lo decía cierto de que podía contar con Leonor para ello. Eso la relajó. De manera que, cuando Eustasio les dijo:

—Por favor, señores, mirando a la cámara.

Carranza añadió:

—No se le va una a su fotógrafo, señoras —mirando a Lily y a Leonor para que se colocaran a ambos flancos.

Ya Leonor estaba relajada y sonrió. Y lució la banda, el vestido y la sonrisa. Una foto para presumir, una foto que haría que Carranza comenzara a acariciar la idea de invitar a Eustasio como fotógrafo suyo.

La fogata

46

Habían sido muchos días y muchos muertos y heridos de la batalla de Torreón. Esta vez era una victoria contundente para los rebeldes. Habían sido Villa y Ángeles los héroes. Todos sentíamos una excitación que se nos salía del cuerpo, como si anduviéramos más rápido, como si flotáramos. Leonor nos mandó por delante, pues el Primer Jefe le había pedido que lo acompañara a Durango. Los heridos nuestros eran heridos victoriosos y eso cambiaba todo. Eso decía Aracelito, que estaba eufórica frente a la fogata:

—Los heridos derrotados son grises —afirmó mientras se desabotonaba el cuello de la blusa de rayas.

Volvió a contar cómo había sido duro atender a los rebeldes en casa de Leonor, pero con qué fortuna los habían sacado en los ataúdes. A otros los habían intercambiado por los hombres que, cargando galones de leche, entraban a la casa, convertida en hospital de sangre. Cuatro de los recuperados salían cargando los galones y los de la entrega más tarde volvían a sus actividades en Laredo.

—Cuando llegó un oficial norteamericano porque tenía órdenes de regresar a los prisioneros de guerra, le dijimos muy ufanas que cuáles, que allí no había nadie.

—Son más de cien hombres —insistió.

—Vea con sus ojos, con sus mismísimos ojos azules —nos regodeábamos las enfermeras. Y el oficial se rascaba la cabeza, porque con las habilidades de Leonor y la ayuda del cónsul Melquíades habíamos sacado a los hombres convalecientes y a otros francamente recuperados. Sólo cuatro muertos sirvieron para evacuar a los demás. Una victoria para nosotras, las enfermeras.

Nunca había visto a Aracelito tan animada. Sería que esa noche de luna, con la fogata y la compañía de los muchachos, también cansados de guerra, la hicieron aflojar la lengua, la tensión. Sería la sangría, que refulgía guinda en los vitroleros y que rellenaba nuestras tazas de peltre a cucharonazos.

—Mejor cállate —la interrumpió Aurelia.

Pero Aracelito era imparable y no respetó la historia del muchacho muerto, que no quería recordar Aurelia.

—Hemos visto más muertos que el tuyo —le dijo sin consideración.

Si hubiera estado Eustasio con nosotros, hubiera calmado los ánimos. Sabía cómo calmar a su prima y a Aracelito, que tenía esos desplantes de niña caprichosa de cuando en cuando. Parecía que el amor de Guillermo, en lugar de suavizarla, la hubiera hecho un tanto altanera. Pero no contábamos con que Adela saldría en defensa de Aurelia. Tenía un muerto cercano a Antonio que, apenas le declaró su amor, lo habían matado en la batalla que ganamos.

—Hay de muertos a muertos.

Jovita, que andaba con nosotras como mamá gallina, sólo se atrevió a insinuar:

—Cálmense, muchachas, por respeto a los ausentes.

Pero ya Aracelito respondía a la agresión de Adela, que había pasado junto a la fogata para intimidar a la muchacha. El silencio delató nuestra cobardía. ¿Qué hacía uno si había visto a Adelita desmadejarse cuando le avisaron que Antonio había caído y ella corrió toda descompuesta a verle la camisa ensangrentada, a cerrarle los ojos mientras lo arrastraban al foso que habían cavado? ¿Cómo la llamábamos al orden si la habíamos visto pasearse por las calles como extraviada, sin querer ayudar más en el trabajo y si no estaba Leonor para saber conducir esa pena tan honda, esa locura súbita?

—Como a ti no te han matado al tuyo —arremetió Adela frente a Aracelito, que seguía con la mirada encendida de vino.

—A mí también me lo pueden matar cualquier día —dijo—. Tener un muerto no te hace mejor.

Adela tomó un puño de arena y se lo lanzó a la cara. Aracelito, sobresaltada, se sacudió la arena, tosió y luego se le echó encima. Entre las enfermeras eran las más bonitas, y Adela, aunque en duelo, ya había aceptado alguno que otro cortejo de la tropa. Aracelito siempre marcaba su distancia. Por eso, por prudente que siempre fuera, me sorprendía verla ahora con el pelo revuelto y la cara enrojecida, intentando forzar a Adela para que cayera al piso. Empujones y rasguños. Los muchachos reaccionaron y fueron a separarlas. Me acerqué a Aracelito, que bufaba encendida por la pelea.

La jalé del brazo, mientras otras rodeaban a Adela. No quiso que nos retiráramos del fuego. Me senté a su lado en silencio, sin soltarle la mano. Por primera vez la sentí frágil. Su seguridad envidiable, como si no hubiera mal que la venciera, como si confiara en la parte luminosa de la vida, estaba replegada en la penumbra.

—¿Pasa algo? —le pregunté, acompañando su mirada sobre las llamas.

Detrás del fuego, las voces llegaban como un murmullo indescifrable. Voces de hombres y de mujeres. En esos catorce días de la batalla de Torreón hubo más de dos mil heridos, y casi los mismos muertos de la División del Norte. Muchos más de los federales. El fuego crepitante sahumaba el aire, alejaba el olor a carne podrida, ocultaba por un momento el tapiz de muertos y moribundos recogidos del campo de batalla que podíamos imaginar por el trabajo imparable, por los quejidos de los hombres, por la cantidad de cloroformo, de láudano, de quinina que se administraba. Cuerpos lastimados. Vista lacerada. Y yo intentando escribir algunos apuntes todas las noches en el refugio de mi cuarto, para acabar escribiendo una carta a Ramiro. ¿Acaso todas reventábamos? Ya Leonor nos había prometido que, después de Saltillo, podíamos ir unos días a Laredo.

—Llevo días sin saber nada de Guillermo —contestó Aracelito.

—Las malas noticias viajan rápido —le dije por consolarla.

—¿También en tiempos de guerra?

—Sobre todo en tiempos de guerra —le mentí.

Inesperadamente, la noche se cimbró con un coro de disparos. El murmullo de la tropa y las muchachas cesó. Sabíamos de qué se trataba. Cada tanto había un fusilado. Volvimos al fuego, los ojo suspendidos en el oleaje amarillo. Tuvimos miedo. Ganar o perder. Morir en la batalla era mejor que el paredón. Cerré los ojos. Pensé en los brazos de Ramiro, en la manera en que aquella noche última los estiró para alcanzar mis senos desnudos. Quise abrirme la blusa para que las llamas entibiaran mis pechos como las manos de Ramiro aquel día. Nada de palabras. Sus dedos rozándolos, mi cabeza echada hacia atrás, gozando, los ojos cerrados, las lágrimas humedeciéndolos. La dicha. Entonces Aurelia comenzó a cantar aquélla de *La enredadera,* una canción de amor, de amor posible: "Cada vez que paso y miro se enreda mi alma…" El paredón mudaba por una ventana y un corazón que trepaba como el vegetal. Volví el rostro al fuego. Ramiro no podía morir. Y aunque cada una purgábamos nuestra condena, dejamos entrar el canto.

El abrigo de Ángeles

47

Eustasio Montoya encontró a Leonor Villegas en el comedor del hotel. Hacía unos minutos, el general Felipe Ángeles había revisado las fotos del combate de Torreón y las que le había tomado, eligiendo aquélla para su amiga Leonor.

—La firmó para usted, Leonor —le dijo Eustasio extendiéndole la foto que llevaba.

Leonor Villegas le pidió que se sentara; en poco tiempo, nada más se repusiera Lily, partirían a Saltillo. Felipe Ángeles y Francisco Villa habían seguido a Zacatecas y llegarían a la capital por una ruta distinta. Ella se había despedido de Ángeles aquella mañana, con la sensación de que no sería fácil verlo pronto. Miró los recios bigotes, el rostro afilado, esa mirada misteriosa, y recordó la gentileza con que la trataba.

—Las aguas ya se enturbiaron, Eustasio —le contestó Leonor después de agradecer la foto.

—Pero ya el hospital de sangre está atendiendo a los heridos y ganamos, señora presidenta —le dijo Eustasio, que solía hablarle de usted pero en un tono amistoso.

—No me refiero a las derrotas, que se han convertido en victorias últimamente.

Leonor no podía sacar de su cabeza la cena última, la mirada de Ángeles, la certeza de que algo se tejía en el aire que no era del todo bueno para la revuelta: la unidad constitucionalista estaba en la cuerda floja. Pero, a la vista de quien fuera, el director del Colegio Militar, el artífice de la victoria reciente en Torreón al lado de Villa, ese hombre de principios, no podía entender la desconfianza de Carranza. Tal vez el temor de Carranza era inseguridad. Villa y Ángeles juntos eran dinamita. Y Carranza lo sabía de buena fuente. Había despreciado a Ángeles por su pasado porfirista. Villa resultó más astuto, llamándolo a su lado. Leonor no podría haber presagiado nada de esto hacía dos meses, cuando llegaron a Chihuahua y Francisco Villa fue nombrado presidente honorario de la Cruz Blanca en ese estado. Y aunque no entendía cómo Luz Corral, tan dueña de sí misma, aguantaba los devaneos del general con otras muchachas, se había guardado sus comentarios. Ahora que había vuelto a ver a Felipe, ahora que tenía su foto en las manos y una despedida reciente en la memoria, por un momento pensó que si Ángeles estaba con Villa por algo sería. Empezó a golpear la mesa con los dedos, como si tocara el piano. Eustasio la miró a los ojos. Reconocía en aquel gesto cierto desasosiego de Leonor. De haberle tomado una foto, habría captado una sombra oscura en sus ojos pequeños.

Leonor se había adelantado al Primer Jefe, quien permanecía en Durango, para resolver los trabajos de la Cruz Blanca y acompañarlo en la entrada triunfal a Saltillo, como se lo había hecho saber a Ángeles cuando la recibió en la estación de tren de Torreón. A la vista de la foto, donde su gesto era adusto y apacible, recordó cómo frunció el ceño, incómodo.

—Me alegro de poder vernos —dijo el general—. Espero que usted y su secretaria me acepten la invitación a cenar.

Leonor volvió a contemplar el semblante de aquel hombre enjuto, pómulos pronunciados, bigotes de puntas paradas, quizá el más mesurado y honorable de todos los que había conocido. Constitucionalista y leal, la noche anterior Leonor advirtió la sombra del pesar en su rostro. Villa y Ángeles ganaban terreno; la División del Norte y su Napoleón del Sur alzaban habladurías, pasiones y aplausos. Ya Leonor había padecido el atentado contra el gobernador de Chihuahua la noche en que ella lo encubrió para que saliera del recinto donde cenaban y el asesino se parapetaba entre los meseros que atendían. Había sido avisada. Villa no quería a Manuel Chao. Viejas avenencias. Chao más carrancista que villista. Así comenzaba a pensar el ejército rebelde. Felipe lo sabía. Leonor trataba de no darle importancia. Carranza lo temía. Cuando salieron de Chihuahua rumbo a Durango, el tren se había detenido sin más en medio de la noche; Leonor y Lily, invitadas al coche de Carranza para trasladarse al hotel del poblado próximo. El descontento de Villa empezaba a sembrar la discordia. Los rebeldes parecían escindirse en un tronco moral y un tronco militar. Cerebro y épica. Leonor lo sabía. Si hubiera vivido su padre, lo habría puesto en palabras precisas. Era un observador inteligente, aunque su pasión por Carranza lo hubiera orillado hacia el hombre de las ideas y la claridad.

—Pero se firmó el Plan de Guadalupe —insistió ella cuando Felipe Ángeles le reveló sus dudas, su temor.

Villa era certero. Sin la División del Norte el triunfo no se estaría dando. Pablo González iba más lento, y fallaba, y no era contundente como lo eran Villa y Ángeles. Y todo eso lo sabía Leonor, que ante la foto sintió el arrebato de su corazón. Las virtudes que encarnaba un Felipe Ángeles era lo que más admiraba.

Eustasio se sentó, discreto, y le acercó las fotos de los heridos en el campo, después de la batalla. Los cuerpos encamillados, vendados, llevados al hospital, al auxilio necesario. El día anterior, Leonor Villegas y Lily Long habían visitado el campo del combate recién librado en las afueras de la ciudad, como propuso Felipe Ángeles, quien, con Francisco Cervantes, las esperó con los caballos ensillados a la puerta del hotel. Los cuatro jinetes echaron a andar temprano por la mañana. Y aunque hacía unos días todo era metralla, sangre y relinchos, la tranquilidad de los pastos parecía desmentirlo. Eustasio mostró una imagen del hospital donde Jovita y ella vendaban a uno de los heridos. Ésa era su labor principal, se aferró Leonor a la imagen, y no la que ahora ocupaba su desvelo. Dos meses de trote instalando hospitales, reclutando enfermeras, atendiendo heridos, bebiendo lentamente el triunfo de los carrancistas, con Eulalio Gutiérrez avanzando en San Luis Potosí, Pablo González en Nuevo León, Álvaro Obregón en Querétaro y Villa con Coahuila bajo su mando no le daban el ánimo que entonces necesitaba. La noche anterior no había sido como las otras.

El camarero se acercó con una taza de café para Leonor. Eustasio pidió la suya y preguntó a Leonor si le parecían bien las fotos. Había notado su perplejidad ante las imágenes.

—Perdona, Eustasio, son estupendas. Es mi cabeza, que no me deja.

—¿Pasa algo?

—Lo habrás notado ya. Carranza y Villa sacan chispas entre ellos en mal momento. Y yo con Carranza me puedo sentar a la mesa, pero con un bárbaro como Villa no importa cuántas batallas haya ganado, no quiero compartir el pan. Con Felipe es todo distinto.

Eustasio se sintió dueño de una confesión. Conocía de las discordias, pero estaba claro que Leonor, siempre cerca del Primer Jefe en las cenas, atenta a lo que decían unos y otros y amiga de Felipe Ángeles, sabía mucho más.

Leonor puso azúcar al café y le dio vueltas:

—Hay que esperar a Lily —intentó desviar la conversación—. No amaneció de ánimos.

Leonor no iba a explicar que a Lily le había entrado nostalgia por los suyos, sobre todo porque ella misma, en ese momento, no sentía preocupación por los de su casa. No es que fuera una desalmada, pero estaba allí absolutamente presente, era parte de la revuelta que avanzaba, y la foto de Felipe Ángeles con tan gentil convocatoria lo atestiguaba.

Montar a caballo, escuchando el recuento de los resultados de la batalla al lado de Felipe, le había dado mucho vigor. Sobre el animal se sentía la muchacha del rancho San Francisco cuando montaba con sus hermanos y ayudaba a su padre a localizar al ganado. Ya Joaquín, su padre, le había sentenciado: "No puedes estar quieta". Se lo había advertido también a Adolfo cuando se hicieron novios en aquel barco que volvía de Europa: "Leonorcita no se estará quieta". En ese momento, al galope, quiso decirle a Felipe: "¿Ya ve?, no me estoy quieta". Volteó hacia él y se topó con su mirada segura, intensa. Una punzada eléctrica la hizo apretar los estribos. No pudo decir nada. El caballo se dio al galope. Cuando Felipe Ángeles la alcanzó, elogió sus virtudes como jinete:

—No sólo es buena para organizar hospitales, Leonor.

El general Ángeles extendía el brazo para que Leonor se apeara del caballo. Por un momento, al deslizarse por el lomo tibio del animal, frente al general, sintió que el pedazo de hembra que amordazaba con el trabajo se le escapaba. Tenía la sensación de que con Felipe Ángeles podría ser las Leonores que convivían en ella. Cuando puso los dos pies en tierra, intentó disipar las ensoñaciones que la perjudicarían. Fue difícil hacerlo durante la cena, aquella noche en que, con Cervantes y Lily, pasaron la velada por invitación de Felipe Ángeles, hasta que un hombre del ejército interrumpió para entregar un telegrama al general. Observó un gesto de desconcierto y la manera en que, eludiendo lo que acababa de leer, Ángeles lo colocaba en la bolsa del abrigo y apresuraba la partida. De regreso al hotel, el general y su secretario las acompañaron por la calle, donde Leonor se alarmó cuando un grupo de soldados llamó al general. Las dos mujeres y el joven esperaron bajo uno de los faroles a que el general volviera con ellos. La noche era fresca y agradable, como solía ser después del calor intenso de mayo durante el día. Cervantes preguntó a las mujeres si querían cubrirse con su casaca. Lily aceptó, pero Leonor, apretando la capa que llevaba, miró inquieta hacia Felipe, que al caminar hacia ellas se abotonaba el abrigo.

—El general sí conoce las noches de desierto —dijo Cervantes en tono de broma.

—Una disculpa —dijo, apesadumbrado—. Permítame, Leonor —y se quitó la prenda para ponerla en los hombros de Leonor sin que ella protestara. La halagaba aquel gesto. Echaron a andar, y aunque Felipe intentó recuperar el ánimo, algo lo había alterado. Cuando se despidieron, frente a la habitación que compartían las dos mujeres en el hotel, Leonor intentó devolverle el abrigo—. Ya será mañana —insistió Felipe—, porque nos despediremos, si ustedes me lo permiten, antes de que nosotros partamos.

La una con la casaca de Cervantes y la otra con el abrigo de Ángeles se miraron divertidas cuando se quedaron a solas en el cuarto. Entonces Leonor metió las manos en los bolsillos y se topó con el telegrama. Cuando Lily se desvestía en una esquina, ella aprovechó para leerlo.

—Voy a ver cómo sigue el general Frausto —inventó.

—¿A estas horas? —se asombró Lily, que había estado pendiente de la salud del jefe de justicia militar, que convalecía en el hotel—. Ya había cedido la fiebre esta mañana.

—Más vale quedarse tranquilas. Descansa, ahora vuelvo.

Hizo como que tocaba en la habitación de Frausto, procurador general de justicia militar, a quien conocieron en el comedor del hotel unos días atrás y, viendo su mala salud, habían dado algunas medicinas y atenciones. Se recuperaba, era cierto, y no era bueno molestarlo a esas horas. Siguió pasillo abajo y, como vio la puerta del general Ángeles abierta, se atrevió a empujarla.

—Cervantes se acaba de retirar —dijo Ángeles, protegiendo a Leonor.

Leonor entró y le entregó el abrigo.

—Preferí devolvérselo ahora, me inquieta lo que ocurrió en la cena y luego en la calle —dijo, torturada por el asunto que llevaba en el bolsillo.

Ángeles comprendió.

—Descuide, mantendré la fiesta en paz todo lo que me sea posible.

—Nada sería más conveniente, Felipe, usted lo sabe.

—Tiene mi palabra, Leonor.

—Reconozco que no es cualquier palabra. Lo respeto mucho.

Felipe le señaló la silla:

—¿Quiere sentarse?

Habían estado de pie, en ese intercambio de palabras rápido y esencial. Una fuerza sostenía sus cuerpos, su propósito, su incertidumbre. Aquella breve conversación se erguía rígida. Leonor sabía ahora que se reunirían a espaldas de Carranza y esperaban a Ángeles.

—No le ha dado su lugar a Villa, Leonor —intentó explicar Ángeles.

—Se necesita una cabeza, una sola, respetada por todos.

—Ése es el asunto. Respeto mutuo.

Hablaban de la guerra con cuidado. Sus miradas parecían entender los silencios, aunque adivinaban otros anhelos.

—Debo irme —se sobresaltó Leonor ante el alboroto de su corazón. Ya no sólo la tensión era entre Villa y Carranza.

Felipe Ángeles tomó las manos de Leonor y las subió para besarlas:

—Es usted única.

Si durmió mal fue porque a la mañana siguiente habría de despedirse de Felipe y las horas hasta ese momento fueron farragosas. Lily parecía tener pesadillas y estrujaba su rostro como si algo le doliera. Cuando Felipe tocó en su habitación y Leonor indicó que Lily estaba indispuesta, los dos marcharon en silencio por el pasillo hasta la salida del hotel, rumbo al cuartel provisional. No hablaron, porque no era necesario. A Leonor le bastaba caminar al lado de aquel hombre. Aquella sensación era total y perfecta. No tuvo tiempo de alarmarse de lo que sus sentimientos podrían acarrearle, pues muy cerca del cuartel Felipe Ángeles fue tajante:

—Seguramente no nos volveremos a ver, Leonor, pero quiero darle, a cambio del papel que usted me entregó ayer, éste.

Y, sin más, le dio una hoja doblada y echó a andar hacia la tropa que lo esperaba. Antes de que alguien notara su contrariedad, Leonor viró y caminó hacia el hotel. Al entrar al recibidor se topó con el general Ramón Frausto, visiblemente repuesto. Hubiera preferido la soledad. Apretó el papel en el puño y se acercó para preguntar por su salud. Durante esos días en Torreón habían conversado con frecuencia, pero esta vez pretextó que vería si Lily se sentía mejor. En su mano hervía el papel que aún no leía, pero no pudo dejar de atender las palabras últimas de Frausto:

—No es conveniente que el Primer Jefe sepa que ayer cenó con Ángeles.

Veronique, modista

48

Veronique hizo mi vestido de bodas. Siendo modista cómo iba yo a negarme, si además consiguió cromos con las imágenes de lo que en ese momento era lo más novedoso y sofisticado. En satín y encaje, de talle bajo, con un velo corto que se hundía en el pelo con plumas blancas tornasoladas y una hilera de perlas. Veronique se encargaría de que yo fuera una novia afrancesada y no texana. Quizá por eso le entusiasmó que la boda fuera en Saint Paul, donde vivía la familia Balm; ella y mi padre se sentaban a hacer listas de invitados e idear el menú. Me consultaban poco. Por eso, cuando Veronique llegó con los figurines, ocho meses antes del festejo, no encontró entusiasmo de mi lado:

—El que quieras —le dije—. Escoge tú.

No era fácil ser hija de alguien que no era mi madre. Para ella debió de ser aún más difícil ser madre de quien no era su hija. Pero yo no podía pensar eso entonces. Veronique era una extraña con quien, además, yo compartía el cariño de mi padre. Curioso saber que Leonor Villegas también tuvo una madrastra, Eloísa, que mandó a los tres hermanos Villegas, pues uno había muerto, a estudiar a Estados Unidos y que eso, en principio, no le gustó a Leonor. Se sentía lejos de su padre. Quiso además que vivieran en Laredo y no en Nuevo Laredo, pero luego, cuando murió Eloísa, que sobrevivió a Joaquín Villegas, entre sus herederos estaba Leonor, *mi hija*, como se refería a ella en el testamento. ¿Cómo hacen esas madres sin hijos propios para vivir la maternidad cuando juegan un papel de segunda?

Veronique no se dio por vencida. Me preguntó si quería té y nos sentamos a tomarlo en la cocina. Colocó los figurines sobre la mesa sin darles importancia y luego me dijo que yo podía inventar mi vestido, que ella sabría hacerlo. Que para eso ella era modista, y entonces pronunció la palabra incendiaria:

—¿Cómo no hacer el vestido de mi hija para su boda? Permítemelo.

Me incomodó su comentario:

—Yo soy hija de Beatriz Zavala y por eso me quería casar en Laredo, donde está enterrada mi madre.

Veronique comprendió. Tomamos el té en medio del silencio que sólo se disimulaba con comentarios superfluos sobre los detalles de aquellos vestidos: alforzas, pliegues, tiras bordadas, zapatos, largos de los vestidos, medias de seda. Pero al día siguiente papá me asaltó a preguntas en el desayuno:

—¿No crees un poco imprudente cambiar la boda a Laredo a estas alturas?

Veronique quería actuar como mi mamá, o como mi amiga. Quería, sobre todo, hacerme el vestido que yo luciría. Era su oportunidad.

—Aquí están mis amigos —dije un tanto nerviosa por la sorpresa de esa posibilidad y sabiendo que mi única amiga de la *high school* se había mudado a San Antonio.

—Tus amigos pueden trasladarse al lugar de la boda. Ya lo habíamos hablado. ¿Dónde la haríamos aquí? No tenemos un jardín como el de los Balm.

—¿Quieres café? —lo interrumpí mientras le servía en esa taza beige que acostumbraba. En realidad buscaba una respuesta. Todo había sido tan rápido desde el noviazgo, la decisión de la boda, y yo misma había acogido con entusiasmo irme lejos de Laredo, irme lejos de México, de la revuelta, irme lejos de Lily y de Leonor. De Jenny. Incluso había pensado que hacer la boda lejos permitiría a la tía Lily encontrar una manera cortés de no asistir. Papá no tendría que saber por qué nos habíamos distanciado.

—Vamos a intentar hacer lo que te haga más feliz, hija, pero que no sea un capricho.

—No fue un capricho irme a México —le respondí.

Los dos nos dimos cuenta de que algo más estaba tras mi actitud. Extendió una mano conciliadora. Me iría lejos de nuevo. Pero esta vez papá estaba de acuerdo, y yo también. ¿Qué hace uno después del silencio, de intentar algo y hacer el ridículo, de quedarse con la nada por respuesta? ¿Estaría muerto Ramiro? Tenía que ahogar esa pregunta, y tenía que apartarme del olor a cloroformo, de lo que se necesitaba para ser una heroína con los enfermos, en el periódico.

Tampoco había querido ser una Lily Long ni una Jovita Idar, que cuando vinieron a querer cerrar la imprenta en Laredo se puso al tú por tú con los *rangers*. Reconocía que no tenía madera de guerrera o que en aquellos años de juventud no sabía cómo balancear el dolor amoroso con la vocación.

—Entrevista a Carranza —había insistido Leonor cuando estuvo en Chihuahua. También cuando estuvo en Torreón.

—Habla muy lento —decían.

—Ten paciencia. Es tu oportunidad de ser nuestra John Reed —decía Jovita, que me quería lanzar a un campo que tampoco ella estaba dispuesta a abarcar.

Entrevistar a un dirigente eran palabras mayores, sagacidades que no iban con mis pocos años. Pero lo tuve al alcance, me pasó enfrente, me dio la mano cuando me presentaron. Lily dijo:

—Don Venustiano, ésta es mi sobrina. Para que vea que no todos los del otro lado somos iguales.

Nada más de pensar que me habrían de dejar a solas con el señor Carranza y su secretario Mireles sentía que el mundo se me venía abajo. Prefería ver a Eustasio colocando al Primer Jefe para el retrato, con su botonadura metálica muy lucida, como un alce viejo, las barbas y la ceremonia, la gallardía y la corpulencia. Prefería escribir una nota bajo la foto: "Chihuahua. La Cruz Blanca Constitucionalista, acompañada del Primer Jefe, se toma un descanso". Parsimonia y serenidad. Respuestas lentas, como si las pensara mucho, consciente de esa cámara que lo retrataba. El mismo ángulo —eso me lo advirtió Eustasio—. Quería que quitaran las fotos de Madero con sus guirnaldas en las casas que visitábamos en los ranchos y que lo pusieran a él, que la devoción del pueblo fuera para él. Cómo iba a entrevistar a esa efigie de la cordura, pensé, aunque era afable, bromista y conseguía que las mujeres lo atendieran. Sabía ser galante.

—Tan bonita la sobrina como la tía, con todo respeto —dijo después de la presentación.

Y la tez de la tía Lily y la mía se tiñeron de rojo. Es tan difícil pensar en el orden en que ocurrieron las cosas. Sólo sé que el verano después de la guerra en México fue amainando mi nostalgia y mi rabia por no saber de Ramiro, que até las cartas que había escrito sin saber a dónde mandarlas, y usé la nada del brazo de la Cruz Blanca Constitucionalista para protegerlas y colocarlas en un cajón del armario. El mandil que había usado lo corté en cuadros pequeños que regalé a Otilia para que los usara como paños de limpieza y me dispuse a ver revistas de modas. Empecé a soñar con ser una mujer con una vida quieta y segura. Richard, con sus modos decididos, me había dado la certeza que entonces necesitaba. Para octubre de ese año escribió a papá para que autorizara su visita a nuestra casa. Papá intuía las razones y yo las masticaba, deseosa de que me llevara lo más pronto lejos de ese río que me seguía perturbando: un día Ramiro Sosa podría aparecer. Richard se hospedó en el Internacional, y en un paseo por la plaza, frente a la iglesia de San Agustín, preguntó si sería capaz de dejar todo eso entre lo que había crecido:

—¿Dejarías las huellas de tu madre, tu parte mexicana? ¿Dejarías el río? —puse mi dedo sobre sus labios, silenciándolo—. ¿Dejarías a tu padre?

Intuía por dónde iba… Sólo asentí con la cabeza:

—Depende de las razones.

—Las razones, señorita Jenny Page —dijo, volteándose de golpe para encararme—, son que me gustan sus ojos caramelo y me los quiero comer, y me gusta su manera de conversar, lo callado de su talante y su alegría suave, y sobre todo que quiero bailar con usted en nuestra boda —me reí divertida, pero Richard ya se acercaba más a mí y me tomaba las manos y se ponía solemne—: A las señoritas ojos de caramelo no les puede faltar nada: ni el sol, ni las flores, ni una casa donde resguardarse ni un hombre que mire por ellas. Porque las señoritas ojos de caramelo son hermosas y no voy a permitir que otro venga a quererse chupar sus ojos. Yo quiero ser ése.

—Sí, sí —le dije, divertida.

—Aún no hago la pregunta, señorita Jenny.

—No importa, señor goloso. Lléveme lejos del río, lléveme a bailar junto al lago donde vive. Lléveme.

—¿Entonces acepta casarse conmigo?

Richard era así, decidido. Por eso se propuso ser un alto funcionario de la banca y lo logró, se propuso comprar una casa victoriana en Saint Paul y lo logró, llevar a su Jenny a bailar cada mes después de la cena en el Beaver Club e irse a Europa en barco una vez por año. Todo era mejor que volver a Laredo. Que papá me visitara. Mientras Richard y yo nos abrazábamos, le daba la espalda al río, decidida a inventarme otra vida.

Ahora que recuerdo a papá, me doy cuenta de que abrevé de sus propias contradicciones. Pudo haber pedido un cambio de trabajo para estar más cerca de nosotros, pero nunca se movió de la frontera. Creo que no quería dejar a mamá. Y sospecho que Veronique lo sabía y lo toleraba. Esa manía que él tenía por que yo no fuera mexicana, por que yo no me identificara con los genes de mi madre, no importaba cuán diluidos estuvieran, era una manera suya de protegerse del dolor. También él había sido seducido por México, por mi madre y las maneras efusivas y festivas de su familia. Él era tan reservado que seguramente se sentía intimidado en las reuniones de más de seis. Estaba desarmado para la algarabía colectiva, para socializar problemas, para desnudar su intimidad. Sin mamá se quedó cojo y no pudo con las tías ni con mi abuela ni con el resto de los parientes del otro lado. Prefirió quedarse como el gringo, pero en realidad él tenía sed de mujeres con otras geografías. Si no ¿cómo explicarse que hubiera tomado por segunda esposa a una francesa, como creíamos, excéntrica para un pueblo texano? ¿O que tuviera una hija como yo, que de pronto quiso ser enfermera y periodista de una guerra al otro lado del río? Sí, también mi padre tenía la culpa, aunque yo no lo tuve claro mientras él vivió. No lo entendí. Mis rabietas por la presencia de Veronique ocuparon varios de nuestros momentos, donde él tenía que suavizar a esa niña confundida.

Papá y yo enmudecimos en aquel desayuno de preparativos de boda. Yo buscando una respuesta. No la tenía, no sabía qué quería. Hasta que de nuevo papá apretó mi mano sobre la mesa y me dijo:

—Como sea, será una boda muy linda, una boda de la que tu madre hubiera estado orgullosa.

Y seguimos en silencio, yo sin desprender mi mano del peso de la suya; los dos acompañándonos.

Me casé en Saint Paul y Veronique hizo el vestido, que elegimos juntas con las telas que mandó pedir a Nueva York, aunque en Los Dos Laredos insistía que ellos podrían darnos ese servicio. Veronique aceptó su disposición para que consiguieran los zapatos. Y pidió que nos trajeran tres modelos para probar cuál era el más apropiado, y también la estola de zorro plateado, con la cabeza del animal, que debía colgar a un lado de mi atuendo.

Me puse en sus manos y me sentí confortada por los dos. Quise sumirme en los preparativos de la boda para alejar los llamados de mi pasado entre hospitales y trenes, la mirada de Ramiro sobre mis pechos aquella tarde en que me desabotoné el uniforme y levanté su mano para que los rozara. Miré cada una de las acciones de Veronique mientras trazaba en papel, mientras cortaba, prendía y hacía un vestido falso en tela barata para después lanzarse al definitivo. A su lado hice listas de invitados, de menaje de casa, de menús, de vinos que papá corroboraría. Vi catálogos de invitaciones. Ensayé la caligrafía para rotularlas. Hasta que poco antes de la boda me dijo que sería bueno visitar a mi mamá en el cementerio. Me acompañó a comprar las flores y hasta la puerta del mismo. Preguntó si quería que me esperara, pero preferí volver a pie sola, pensando en cumplir la promesa que había hecho a mi madre ese día: usaría el anillo de bodas que había sido suyo con el mío y le llevaría una foto de mi boda, donde ella podría admirar el vestido que me había hecho Veronique. Le confesé que papá estaba contento con ella, aunque podía asegurar que no se había aliviado de su muerte.

De regreso, las azaleas rosadas de algunos jardines me parecieron más abundantes y alegres.

Oporto

49

Cuando partieron los hombres de Villa, Torreón se quedó muy quieto. Esos días últimos se volvieron aciagos. Lily y Leonor esperaban que llegara Carranza para que la brigada saliera hacia Saltillo. A Lily le había costado reponerse de la añoranza. Por la mañana hacía las rondas en el hospital, supervisaba a las enfermeras y Leonor atendía telegramas y trámites administrativos. Se precisaba una nueva inyección de dinero para que la brigada siguiera los pasos de Carranza, y era preciso escribir al gerente del Milmo Bank. O tal vez debiera ella ir personalmente cuando las chicas volvieran por unos días a Laredo a ver a los suyos. Nada más llegar a Saltillo les daría unos días. También tenía que averiguar sobre aquel desagradable asunto del soldado norteamericano que andaba hablando mal de ella y la quería demandar. ¿Sería por los días del hospital de sangre en casa? ¿Sería alguien que odiaba a los mexicanos ricos de Laredo? "Nada, no se alarme", la había prevenido el abogado John A. Valls y le recomendaba avisar a Leopoldo, su hermano, cuando regresara. También le habían confirmado que la salud de Leonorcita mejoraba. Había tenido fiebres altas, pero ya había pasado lo peor. La niña estaba muy bien atendida por el alcalde. "Mi hermano es un santo", pensaba Leonor esa mañana de carteo, de revisión de cuentas: uniformes para las chicas que se quedaban en las sedes, avituallamiento para las brigadas que se iban complicando con las necesidades de los generales. También había visto con Eustasio el material que daba cuenta de las actividades de la Cruz Blanca en el hospital, en las brigadas de consolación. Y le había pedido que se encargara, ahora que verían a Clemente Idar en Saltillo, de entregárselas para la prensa. ¿Jovita ya conocía las fotografías? Había que dar cuenta de la Cruz Blanca Constitucionalista, que Laredo y los huertistas supieran que un grupo de mujeres empeñaba su dinero, su tiempo, hacía a un lado su responsabilidad de madres, de esposas, de hijas para atender a los heridos de la patria:

—Que sepan de nuestra batalla, Eustasio. Porque la cosa se va a complicar.

No lo tenía muy claro, pero aquella noche en que se disponían a descansar Lily y ella en la habitación que compartían en el hotel, externó su inquietud. Una inquietud aderezada de cansancio. Leonor sabía que era peligroso tomar decisiones en ese estado.

Lily había abierto el armario y sacado una botella de oporto que esperaba en la mesa con dos vasos de cristal verde que había pedido al comedor. Leonor se sentó, atendiendo el llamado de su amiga.

—¿Viajas con esta botella de oporto? —se sorprendió.

—Uno necesita agarrar fuerzas de repente.

Curioso que Leonor no hubiera notado aquella debilidad de su amiga.

—Vamos, Leonor, no me veas así. Un traguito de cuando en cuando no le hace mal a nadie.

Leonor observó la botella, que aún conservaba una buena parte de su volumen. Comprendió que no era una compulsión, sino un gratificante ocasional.

—Tienes razón —dijo, y aceptó que Lily vertiera el líquido granate en el vaso.

—Me gusta su dulzor —dijo Lily—, pero por ello no se pueden beber más de dos vasitos.

Leonor se llevó el vaso a la boca y lo probó. Conocía ese sabor por el viaje que hizo a Europa con sus hermanos, su padre y Eloísa: brandys, amaretos, jereces y oportos, además de los vinos de cada región y de cada país.

—A papá le gustaba —aclaró Leonor, saboreándolo.

George y yo solemos tomar una copa por la noche después de la cena.

—Salud —dijo Leonor—. ¿Cómo no habíamos brindado antes por lo que hemos logrado, Lily?

—Hemos estado muy ocupadas —dijo Lily, cabizbaja.

—Sigues apesadumbrada —se preocupó Leonor—. Ya verás a George en Saltillo.

Lily tardó en contestar. Leonor se desprendió los zapatos de los pies y estiró las puntas sentada frente a la mesita:

—Eso es lo que me preocupa.

—¿De qué hablas, mujer?

—Hemos estado tan entretenidas curando heridos, preparando a las muchachas, yendo a cenas con delicadas personas como Francisco Manzo y Abelardo Rodríguez, oyendo cantar y tocar el piano, escuchando historias fascinantes como las de Espinoza o Ángeles, y no sé si me voy a acostumbrar a un mundo sosegado.

—Esto no se ha acabado —defendió Leonor.

—Pero yo estaba sola.

Leonor se quedó perpleja. Bebió con fruición de su vaso. Había pensado que el decaimiento de Lily era pura nostalgia familiar.

—También nos hemos divertido —dijo Leonor, repasando aquellos días de campo con Carranza y algunos de sus hombres, las cenas en Zacatecas, las conversaciones en el vagón del Primer Jefe con Isidro Fabela y Luis Cabrera.

—Hemos vivido una mentira —dijo Lily.

—Esto es más real que nada, Lily —defendió Leonor sin comprender.

—Quiero decir que la vida no tendrá esta intensidad. Estaremos en nuestras casas, dormiremos y despertaremos con nuestros maridos, que serán nuestra conversación principal, iremos de compras, daremos órdenes, tomaremos el té, una tertulia de poesía y música con señoras, una función de teatro para recaudar fondos para escuelas. Eso será el resto de nuestra vida, Leonor.

Leonor iba a decir que no era tiempo de pensar en eso. A ella no se le había ocurrido pensar en el después. Le parecía absolutamente lejano y desconocido. Faltaba llegar a la ciudad de México, faltaba ganar, porque aunque el camino se estaba sembrando de victorias, no todo estaba dicho. Pero comprendió que la llegada de George cerraba el paréntesis que había abierto cuando salieron de Laredo, que aunque se abocara a la Cruz Blanca, Lily no sería libre de conversar con otros hombres, que los otros hombres actuarían con respeto y seguramente no la invitarían a departir de la misma manera. Y, había que admitirlo, George era un buen médico pero un tanto aburrido. Le faltaba la sazón que muchos de estos mexicanos, cultos o ingeniosos, viajados y muy seguros de sí mismos, tenían.

No supo qué contestarle a su amiga, pues de golpe se contagió de la propia desazón de ella. Había evitado pensar en Ángeles, pero la situación de Lily se lo devolvía. Lo respetaba enormemente, un respeto y una admiración que la hacía titubear. A ella le gustaba

221

que los hombres convocaran esas emociones. Su padre Joaquín lo había hecho, Madero también, Juan Sánchez Azcona, el cónsul Melquíades García, su hermano Leopoldo, Clemente Idar y el propio Carranza. No sabía si Adolfo podía desatar esa sensación de fuerza inagotable, de protección arrolladora. Había que admitir que no le impedía volar y que eso ya era una virtud, aunque a lo mejor hubiera sido bueno que alguien la confrontara. ¿Ya lo pensaste, Leonor? No serás la misma después de la batalla. Los caminos elegidos marcan. No se regresa a la misma piel.

Leonor extendió su vaso hacia el de Lily:

—Por lo que hemos pasado juntas.

Lily chocó el vaso y bebió el resto del oporto. Se había puesto chapeada y menos taciturna:

—¿Y tú, Leonor, no te quiebras?

—No he pensando en el futuro. Más bien en el presente, en que ya se fueron los de la División del Norte, en que seguiremos de frente con Carranza, en que no sé qué pasará con esta guerra. Ya no sé quién tiene el mando.

—Vamos, Leonor, no me refiero a eso. Eso lo pensamos todos. Pero yo sí te noto desangelada.

Repitió aquella palabra largo y despacio: "Des-an-ge-la-da", y luego sonrió, cómplice. Hablaba bien el español hasta jugar con él. Leonor sonrió levemente. Su amiga la conocía. Se acabó el resto del trago y reaccionó:

—A dormir, que mañana empacamos.

La cabellera de Adela

50

¿Cómo pude aguantar aquel mes en Torreón? Las charlas con Eustasio, cuando volvió de acompañar a Leonor y Lily a Zacatecas y Durango, me animaban. Nos enseñaba las fotos y nos permitía estar en otros paisajes y en momentos que no habíamos visto. También nos llevaba lejos del olor a cloroformo. Tenía muchas fotos de Carranza con sus barbas largas y blancas y esos anteojos redondos e impenetrables, con una sonrisa apenas dibujada. Muy quieto. Me parecía como un abuelo. Aunque yo no recordaba a los míos. Eustasio nos decía que tenía que tomar muchas para que don Venustiano escogiera las mejores, que eran las que regalaba. Transcurrida una semana de la despedida, me poseía todo: la nostalgia, el deseo, la dulzura, la rabia, la esperanza, el desasosiego. Quería escaparme de noche y tomar un tren a Zacatecas. No podía declararme defensora de un federal.

Pensaba en la foto que tenía en aquella placa escondida, en un Ramiro imposible de mirar. No podía pedir el favor a Eustasio, mucho menos después de lo ocurrido en el andén de la estación de Chihuahua. Aunque nunca había vuelto a tocar el tema, y yo tampoco di explicación alguna. Pero es cierto que muchos días estuvo frío conmigo, como si lo hubiera traicionado. Qué daría por esa foto. No sabía que Eustasio abrigaba un sentimiento distinto a la amistad. Era mayor que yo y me gustaba su protección. No sé en qué momento él se confundió. Ahora tenía que ser cauta. Mostrarle afecto era peligroso.

Me entretenía escuchar la voz de Aurelia, que cantaba canciones raras, como si las hubieran olvidado en algún rancho y ella las desempolvara; se las había oído a su abuela. Y luego estaba el recuento que hacía Adela de amores y desamores. Parecía increíble que tan joven hubiera desatado tanto alboroto a su alrededor. No conoció a su padre, contaba; su madre le dijo que era muy bello y que, cuando le había hecho a Adela, estuvo días conmocionada de ardor y delirio, y que olvidó preguntar el nombre. Cuando Adela nació, comprendió que el hombre había dejado su apostura en aquella niña.

Pasé noches sin luna, tan negras que sumían mi ánimo en pesares. No comprendía cómo Adela ya había recuperado viveza en la voz, cómo se defendía del dolor contando cosas, el cortejo de Antonio, la muerte de Antonio, su semblante aún tibio cuando lo fue a despedir. No se iba a quedar sin besar aquellos labios que murmuraron delicias, decía. No las podría repetir de puro sonrojarse. Y yo me escudaba en la negrura para restañar mi único dolor de amor. Aún no era viuda de ese hombre, pero no tenía la menor idea de cómo lo podría ver de nuevo. Ya nos apuraban a partir para Torreón. Pretexté la necesidad de recoger mi uniforme en el hospital:

—Las alcanzo, tía Lily.

Nadie dijo que no porque ya corría calle abajo, mientras las chicas se arremolinaban en la calle para ir a la estación. Y ninguna reaccionó a tiempo más que Teresa, que se quedaría allí de cualquier manera porque no era de la brigada, sino de la Cruz Blanca de Chihuahua, quien corría tras de mí. No presté atención. Nadie me quitaría la posibilidad de despedirme de Ramiro. Supuse que dormiría cuando entré a la habitación minúscula en que había tenido la fortuna de ser colocado, pero no me topé con el semblante apacible ni la respiración de niño olvidado de los males del mundo que a veces lograba el láudano que le administraban. La cama no estaba vacía y revuelta, sino estirada y preparada para un nuevo prisionero herido.

Me quedé muy quieta. No volvería, como los días pasados, caminando por su propio pie. Sentí como si me hubieran arrancado un pedazo. No sólo yo me iba, sino que él seguramente ya había sido trasladado a Zacatecas para el intercambio de prisioneros.

—Buscas esto —desde la puerta me señaló Teresa el delantal que colgaba de la pared.

No le hice caso, me hería profundamente la vulgaridad de su pregunta.

—Quise decirte que lo habían llevado a la estación, pero saliste corriendo como una demente. ¿Así les pasa a las del otro lado?

No le respondí. Pasé junto a su cuerpo basto y volví a correr. Sólo Eustasio esperaba frente a la puerta del hotel. Me tomó de la mano y, sin decir palabra, me condujo hacia la estación. Sentía que las piernas no respondían, que el aire escaseaba; tenía los labios secos, la cabeza nublada. No había podido imaginar peor nuestra despedida, la imposibilidad de decir adiós.

Un auto se detuvo para que nos subiéramos:

—Si no me mandan por ustedes, no llegan. Menos mal que las señoras avisaron al gobernador que está en la estación y me mandó —dijo un hombre que parecía ser el chofer de Manuel Chao.

—Somos afortunados —respondió Eustasio, que no me había soltado la mano a pesar de que ya no caminábamos—. Página, revoloteas mucho —me dijo mientras me apoyaba en su hombro.

Bastó el ajetreo de las locomotoras en la estación de Chihuahua para que se avivara la esperanza de mirar a Ramiro de nuevo; sin miramientos, me desprendí de Eustasio y me apresuré hacia el andén, deseando que su tren no hubiera partido. Aracelito me hizo señas y todas las chicas aplaudieron al verme aparecer. Pero yo no hice más que preguntar a uno de los trabajadores a dónde iba el tren que salía.

—El que va para Zacatecas —dijo, mientras yo me enfilaba siguiendo los vagones que habían empezado a moverse, sin preocuparme que fuera notoria la razón de mi apuro.

Buscaba ansiosa por las ventanas. Entre los hombres que asomaban lancé su nombre:

—Busco a Ramiro Sosa, el prisionero.

Pero el tren tomaba más velocidad y yo apenas podía mantener el paso. Los gritos de las chicas llamándome me alcanzaban. Qué me importaba no irme con la Cruz Blanca, qué me importaba el resto de la vida si no volvía a ver a Ramiro.

Entonces apareció su rostro desconcertado, una mano que pudo asomar por la ventana, la mía que lo rozó sin dejar de correr:

—Te quiero —murmuró al fin.

—Búscame en Laredo —dije, mientras mis piernas se vencían muy cerca del final del andén; doblé el torso cuando el tren desaparecía engullido por el paisaje que se encumbraba y lo borraba.

Aracelito ya me alcanzaba, ayudándome a incorporar de nuevo:

—Muchacha, ¿estás loca?

Todos habían visto mi carrera y todos habían confirmado las razones. Tía Lily me miró asombrada por mi descaro. Mi rostro enrojecido y sudoroso no podía desmentir el esfuerzo que había sido la despedida. Pero mi semblante era otro. Sentado en una banca, Eustasio Montoya me miraba confundido. Como un niño al que le ha sido arrancado un juguete precioso, cuando me acerqué, volvió la vista al piso.

—Lo siento —dije, fortalecida por haber visto a Ramiro.

Entonces, como si saliera de un caracol donde había estado rumiando una tristeza que no le conocía, se defendió:

—No veo de qué, Jenny Page, si sólo eres una chica caprichosa. Una veleta.

—Tal vez —bajé la vista, pues el esfuerzo me había dejado desprotegida, a punto del llanto.

—Es un federal —dijo, poniéndose de pie y encaminándose a los vagones donde ya se comenzaba a abordar.

Las palabras de Ramiro en el andén habían sembrado el desasosiego que ya no me dejaba escribir la crónica de "Enfermeras en Torreón" ni "La Cruz Blanca Constitucional tiene sede en Durango" ni "Leonor Villegas viaja a Zacatecas para fundar hospitales de sangre".

—Escribe —insistía Jovita Idar.

—No lo dejes de hacer —me empujaba Federico, su hermano.

Insistían para que el *Laredo Times* diera cuenta de lo que ese grupo de mujeres hacía para la revuelta. Y yo ponía las primeras oraciones pero no acababa, y me lastimaba porque no era capaz de cumplir con el deseo primero de dar cuenta en palabras de lo que ocurría en el terreno revolucionario. En cambio, escribía cartas que no mandaba, que se acumulaban en el fondo de mi maleta, metidas entre un chal rosa que nunca usaba. Cuando escondía las cartas, tocaba el satín verde del vestido de fiesta. Cuando viera a Ramiro lo llevaría puesto. No me importaba si era en medio del llano, a bordo de un tren, en una cama de hospital, en el puente sobre el Río Bravo, en la calle Flores, en el porche de mi casa.

Pero ya cumplíamos el mes en Torreón, y de allí nos íbamos a Saltillo, y yo no recibía noticias de Zacatecas ni podía soñar en recibirlas porque Ramiro no me iba a comprometer. Fue después de una jornada de trabajo en el hospital, después de la batalla de once días, cuando se me ocurrió. Al terminar de bañarme en aquel espacio de la casa que ocupábamos, pensé que Adela era la indicada para ayudarme. Se peinaba frente al espejo y, detrás de ella, yo me secaba. Éramos las dos últimas y entonces se atrevió a decirme que a veces quería morirse:

—¿Tú crees que tiene sentido algo de esta vida? Todo se va. Me veo en el espejo y sé que esta muchacha se hará vieja, que el amor dura dos días, que en la batalla se mueren los hombres, que ayer Carranza era el mero mero y hoy Villa le está comiendo el mandado.

Había supuesto que Adela, siempre el centro de atención, tenía padecimientos sólo en la superficie de aquella piel bien colocada sobre caderas, y hombros y pómulos. En realidad no le conocía los pensamientos. Me enrollé en la toalla y me acerqué para mirarla en el espejo, aún pensando que su dilema era la vanidad.

—Envejecerás bien.

—¿Y yo para qué quiero eso, Jenny Page? ¿Qué gloria hay en envejecer bien? ¿Tú quieres eso?

Si estábamos con la bola, tras de los que peleaban, no era porque quisiéramos envejecer bien.

—Pude haberme quedado en Laredo —le di por respuesta.

—Y yo en mi pueblo —contestó.

—Yo quiero otra cosa… —comencé a soltar mi secreto. Mientras Adela me miraba por el espejo y se miraba a sí misma, comprobé en la firmeza de sus ojos que podía confiar en ella, que era lo suficientemente arrojada para atreverse, porque librar el pellejo no era lo que le interesaba—. Conocí a alguien que quiero salvar —me dio el peine para que yo le alisara el cabello mientras ella se disponía a escucharme. Con las madejas oscuras y húmedas de su pelo vigoroso entre mis manos, comencé a deslizar la confesión—, pero necesito tu ayuda.

Aún tenía mis temores. Adela entrecerró los ojos, aceptando el placer de ser peinada:

—¿Para qué soy buena? —confirmó desde el espejo.

—No voy a hacer algo bueno. Ése es el problema.

Abrió los ojos, alertada:

—¿Estás embarazada?

Por un momento pensé en la delicia de llevar un hijo de Ramiro, de ser como la madre de Adela, una agradecida de las huellas del paso de un hombre elegido.

—No, es más delicado.

Le pediría lo que había estado pensando, que sedujera al telegrafista que nos acompañaba, que intentara tretas de arrumacos, que le deslizara aquella mata de pelo brillante por los brazos, que mostrara el nacimiento de sus senos bajo la transparencia del tul que cubría su escote de vestido de fiesta, que le dijera:

—Necesito mandar un telegrama. Es de vida o muerte. Usted comprende, alguien a quien hay que salvar: un pariente mío que no puede morir. Es preciso que usted ponga: "Ramiro Sosa..." Sobrino mío.

—Cómo no, señorita Adela, nada más faltaba. Que no le pase nada a su sobrino, sobre todo si podemos tener algún encuentro futuro. Sé que está muy dolida por la muerte de Antonio. Yo puedo divertirla, si usted me lo permite. Soy buen bailarín. El paso doble es lo mío, señorita Adela...

—Bailar, claro que sí, claro que lo haremos. En Saltillo habrá gran fiesta. Estarán todos los generales. No me lo quiero perder.

—No se arrepentirá, señorita Adela —y el telegrafista apretando la tecla con el mensaje preciso.

—Una cosita nada más —y Adela restregando su cuerpo contra la espalda del hombre, nervioso, perturbado por aquel portento—. Nada más que no lo firmo yo: "Melquíades García", por favor.

El telegrafista, alarmado:

—¿Es una petición de él? ¿El cónsul de Laredo? —detendrá su mano.

—¿Lo conoce? Es un encanto.

—¿Quién no? Si nos apoya a los constitucionales.

—Pues qué mejor —y Adela, remolona, casi sentándose en sus piernas—: Ese sobrino de él, por azares, anda con los huertistas. Ya ve cómo es esto: no siempre los que luchan pueden decidir de qué lado están. Él se hizo militar con Madero, cuando Ángeles era director del Colegio Militar —el telegrafista se ablanda—. "Melquíades García" —Adela lo ve dudar—: Constitución CB —lanza la clave. El hombre no entiende. Le acerca la boca a la oreja, la besa—: "Melquíades García" —insiste—. Acábelo pronto para que le pueda regalar un beso —y el telegrafista teclea la firma, voltea el rostro y Adela coloca los labios sobre los suyos entreabiertos, atónitos aún—. Que sea nuestro secreto —se levanta Adela, se acomoda el vestido y camina despacio hacia la puerta—. Nos vemos en el baile...

—No más delicado de lo que yo pienso hacer —la respuesta de Adela me toma por sorpresa y me saca de mis cavilaciones. Y vuelve a ella, olvidándose de mí, que aún deslizo el peine por su cabellera mojada—: Me voy a ir con Villa. Allí está lo mero mero.

Llevo el peine a las puntas y se lo entrego:

—Ya está desenredado.

—No le digas a nadie hasta que Leonor disponga. Ella ya aceptó. Yo guardaré tu secreto. Pero ya cuenta.

Titubeo un rato, mirando esos ojos decididos en el espejo.

—La verdad es que sí estoy embarazada, pero si te vas no me podrás ayudar —miento—. Le pediré a otra de las chicas. No lo menciones.

—Amiga... —dice, agradeciendo mi confianza—. ¿Qué vas a hacer?

Se voltea hacia mí y juntamos los pulgares sellando un pacto inútil.

Arcos en el desierto

51

Había sido a bordo del tren, Leonor sentada al lado de Isidro Fabela, cuando la voz empezó a correr con discreción. Nada más entraran al estado de Coahuila, habría una serie de arcos desplegados a lo largo del trayecto para recibir al Primer Jefe; en ese momento todos debían levantarse a darle un abrazo a Carranza. Leonor viajaba amodorrada. Durango, Papasquiaro, Sombrerete y Zacatecas. Todo había sido muy rápido e intenso. Hospedarse con la familia Covarrubias en Papasquiaro, una dicha, pero igual le removía su propio estado: Adolfo en la capital y ella sin saber de él, sus hijos en Laredo. Alguna noticia le llevaría Clemente Idar ahora que se reunieran en Saltillo. Cuando estaba entre hombres, fueran generales, combatientes o heridos, y con las chicas jóvenes que ayudaban con enorme alegría y disposición en los hospitales, no entraban en su ánimo las escenas domésticas. Pero convivir con los rituales de una familia provocaban una añoranza punzante: despertar cada mañana, arropar a los chiquillos al dormir, los momentos en que con Leonor se sentaban a ver figurines de moda o paseaban por Laredo para ir a misa o comer burritos con doña Celia. Esa vida, sin ella, seguía ajustándose a una partitura todos los días: los pequeños serían despertados por la fiel Carmela; cada uno se vestiría y sería ayudado en los detalles finales: las agujetas de zapatos, botines, el peinado con linaza, la trenza de Leonor; luego, en la mesa, el chocolate tibio, el pan dulce, tal vez queso en salsa y salir al colegio de cada cual, acompañados de sus primos. Leopoldo, su querido hermano, supervisando la salida de los pequeños, deseándoles buen día, tal vez atajando las preguntas del pequeño Joaquín: "¿Por qué no está papá?, ¿cuándo vuelve mamá?" Con razón la cuñada no era tan cordial con ella. ¿Qué clase de madre era Leonor, que dejaba a ese trío por atender heridos que no eran familia suya? ¿Qué clase de mujer era esa que quería andar haciendo cosas de hombres, montar a caballo, merodear las batallas, hablar con los más importantes, organizar, participar? ¿Qué no le bastaba con organizar su casa? Una familia era suficiente tarea. Que no le contaran a ella que, además de la suya, de ser esposa de un hombre comprometido con el desarrollo de Laredo, veía por los tres Magnón.

Leonor comenzó a mordisquearse las uñas de la mano derecha. Fabela tocó su hombro y la rescató de la nube de culpa que la había ensombrecido. Fuera de la ventana se erguían esos arcos de vara tapizados de papel de colores; ondeaban como necesario recibimiento del jefe. La revuelta volvía a sus orígenes. De Parras, Coahuila, Madero; de Cuatro Ciénegas, Coahuila, Carranza. Las sombras se disiparon, lentamente caldeadas por ese sol de desierto, por ese fulgor de tenistete; era curioso cómo, al inicio del recorrido en Ciudad Juárez, con las tropas y entre heridos, a Leonor no la había invadido la incertidumbre. Sabía qué decisión tomaba, reconocía que dolía separarse de los suyos, pero había que hacerlo. No abrigaba la menor duda. Sería la inquietud reciente que se les había trepado a todos en el cuerpo y en el ánimo. La Revolución en ese mes de junio ya no era la misma que en abril. Torreón había recibido a Carranza con menos ceremonia y fiesta. Villa había ganado sus corazones con el triunfo arrollador de esos once días definitivos que marcaron la escisión y acercaron la posibilidad del triunfo. Pareciera que todos andaban pensando: "¿Para qué queremos a Carranza si con Villa nos sobra?" Leonor se acercó a Venustiano y abrazó su corpulencia. Alto, fornido y de postura muy erguida, se veía imponente. Sintió las largas barbas del jefe rozarle la frente y, mientras ella farfullaba: "Estamos triunfando", en un rincón de su atribulada jornada resonaban las voces de los chiquillos que les salieran en el camino en Papasquiaro: "Barbas de Chivo. Barbas de Chivo". Ya se sabía que Villa así lo mentaba.

—No se nos puede quebrar —se atrevió a encajar aquellas palabras en el pecho de Carranza.

Por fortuna, el jefe no la había escuchado. Ya se desprendía del cuerpo menudo de Leonor, agradeciendo sus gestiones como presidenta de la Cruz Blanca Constitucionalista, y abrazaba a Espinoza Mireles, aquel joven militar, su secretario inseparable, que había logrado en tertulias y reuniones pasadas recoger la admiración de Leonor y de Lily con aquella manera elocuente y gustosa de hablar en público, de defender la democracia ansiada. La mujer de Abraham

González, el pagador del Estado Mayor, era una excelente cantante y pianista. Leonor misma se había atrevido a recitar algunos versos de López Velarde en Zacatecas, y entre baile y bomba con que los sentidos se embotaban arrullados de música, apenas se enteraba de lo que ya era voz en cuello. De vuelta a su asiento, mientras el cortejo de abrazos continuaba, Leonor se sumió en la parte más amable de su trabajo, en aquellas tertulias que hacían olvidar que alguien había osado llamar a Carranza, a ese líder sensato y cauto, Barbas de Chivo. Podía fingir que Francisco Villa tocando su guitarra y cantando era un pobre diablo, un trovador solitario y no el Centauro en el que se estaba convirtiendo. Cerró los puños y golpeó la ventanilla, pero ya Fabela volvía y descubrió su gesto:

—¿Pasa algo, doña Leonor?

Sobresaltada, intentó un remiendo para su pesar:

—No sé si hice bien en mandar a Adelita con la División del Norte.

—Leonor, todos estamos haciendo lo que creemos mejor. Claro que hizo bien.

En Torreón tuvo que tomar aquella decisión. Alguien tenía que ir al frente de la Cruz Blanca ambulante, alguien tenía que organizar la llegada a los hospitales de sangre que ya habían sido pactados con las mujeres de la región. Y Adela era de Chihuahua. Le correspondía el territorio de la División del Norte. La verdad sea dicha, también había notado la bruma de los celos en Aracelito, su actitud insolente y hasta desganada cuando Leonor había dado hospedaje en su propia habitación a esa muchacha codiciada por los hombres de la tropa. Y cómo iba a negarle a Adela la petición de irse con Felipe Ángeles y Francisco Villa si el rebelde Antonio, si su pretendiente había muerto en Torreón. No era la única de las muchachas que quería irse con la División del Norte. El mes en Torreón había ganado las simpatías por aquel ejército triunfante. Habían ganado batallas como la de San Pedro de las Colonias, la de Juárez; habían conseguido la toma de Torreón de a poco y con la artillería certera que dirigía Felipe Ángeles. El triunfo es un panal, y todas ellas, hasta la propia Aracelito, habían revoloteado como abejas. Vámonos con Pancho Villa. Pero Leonor las sacó de su ensoñación. Sus familias vivían en Laredo y Nuevo Laredo, o Matamoros y Victoria. ¿Qué iban a hacer tan lejos de ellos? Nada más llegaran a Saltillo, se les concedería una licencia. Que agarraran fuerzas para seguir, porque la meta era la ciudad de

México. ¿Con quién te vas, con melón o con sandía? Leonor no hizo la pregunta en aquel momento, pues hubieran partido con melón, el general tosco y fiero, el inclemente. ¿Y ella no se hubiera querido ir con Ángeles? Tal vez sólo Jenny Page y Aurelia Montoya, la una por el deseo de aprender el oficio de la escritura y su temor a que Villa arremetiera contra los gringos, aunque Carranza no era precisamente amigo de ellos, la otra por seguir al hermano fotógrafo, no lo dudarían ni un minuto. No les dio esa posibilidad. Fue la noche después de cenar con Ángeles, cuando su sueño alborotado no le permitía el sosiego, cuando Adela entró a su habitación.

—Si tiene que mandar con la División del Norte, que sea a mí.

Leonor había mirado a esa joven arrojada. Se identificaba con su firmeza:

—Ya sabes que Villa no se anda con tientos: fusila a los que atrapa.

—Obedece órdenes de Carranza —arguyó Adela.

—Si se encuentra extranjeros, los pasa por las armas.

—Es amigo del general Pershing —defendió Adela. Se había informado bien de quién era Villa en esos días de Torreón.

—Te calentaron las orejas, ¿verdad?

—Me gusta la acción, Leonor, y usted sabe que donde están esos dos, pasan cosas.

De haber estado Leonor en el pellejo de Adela, también lo habría dudado, pero no por Villa. Quién sabe, con más juventud encima y con menos responsabilidad, por qué hubiera optado.

Le dio la bendición, costumbre que le venía de su madre Valeriana y que en casa propagó la abuela.

—Haz bien tu trabajo.

El tren entró a la estación de Saltillo. La mirada de Leonor se cruzó con la de Lily, sentada al otro lado del vagón. Habían renovado el pacto y se sonrieron apenas. Los andenes hervían de civiles que aguardaban la llegada de Carranza. Los ánimos ya habían sido lentamente azuzados por los jefes de división, que le llevaban la delantera y ya esperaban para el gran desfile: Pablo González, José Agustín Castro, Jesús Carranza, Álvaro Obregón y Francisco Villa. Leonor miró emocionada por la ventana. Subida en aquel tren, no cabía duda, ella era parte principal de la revuelta. Y los rebeldes iba ganando la partida.

El año en que murió Charlie Parker

52

Este año en que he vuelto a Laredo, empujada por la muerte de Richard hace unos años, otras muertes me persiguen: Marylin Monroe y Charlie Parker, también Otilia Cienfuegos. Al mes de llegar a Laredo, Otilia, atendida por su nieta, que desde hacía algunos años había tomado su lugar como ama de llaves de la familia Page, ya no se incorporó para comer la cena que le llevaron al cuarto. Hilaria me buscó:

—Señora Jenny, venga por favor.

La voz alarmada presagió lo que encontraría en el cuarto penumbroso de quien fue mi nana. Su cuerpo empequeñecido en el sillón de flores que Veronique mudó a ese cuarto cuando lo desechó. Enjuta y dulce contra el tapiz de claveles rojos, el pelo entrecano recogido pulcramente, la boca ribeteada de arrugas, liberada de la tensión de sostener los dientes, de masticar con dificultad. Hilaria me tomó fuerte de la mano y, aunque era yo quien debía consolar a la nieta, me quebré como una cría. Me arrodillé en el piso y me recosté sobre su regazo. Otilia, mi Otilia. Su nieta me acariciaba la cabeza. La jalé para que se arrodillara conmigo y compartiera el regazo de quien había cuidado de las dos. A mí por obligación, a Hilaria por naturaleza. En mi infancia todo estuvo atado a la mujer morena que me tenía en sus rodillas mientras descabezábamos maíz. Nunca entendí por qué había llegado desde el sur a esa frontera de río. Otilia era de Chilapa, en Guerrero, y para el cumpleaños de mi mamá se las agenciaba para que le mandaran un costal de maíz cacahuacintle con el que preparaba un extraordinario pozole. Mamá esperaba en el comedor a su familia mexicana, a mi abuela y a unos tíos que no veía más que en esa ocasión, a Lily desde que llegó a vivir a Laredo y se casó con George; las hijas de Otilia venían del otro lado, donde habían sido criadas por su abuela, como era costumbre, y la ayudaban en la cocina. Mucho trabajo, mucha gente y una redoba que conseguía papá para que mamá estuviera contenta. Tomé una de las manos secas de Otilia y la acaricié. Cuántas veces me encerré con ella en la cocina después de que llegó Veronique. Quería que hablara por mí, que dijera que me sentía mal para que no tuviera que cenar con papá y Veronique en el comedor; prefería la tibieza de la cocina, el único territorio donde no era del todo claro que mamá ya había muerto. Y luego, cuando me fui acostumbrando a la presencia de Veronique, a que volviéramos a ser tres en la mesa, a que papá estuviera más sereno, más alegre, aunque siguiera hablando poco, Otilia era mi pedacito mexicano. Muerta la abuela, varios años después de mamá, los ritos que nos unían a la familia Zavala se adelgazaron hasta volverse invisibles. Mientras apretaba la mano de Otilia sabía que con ella se iba lo último que me ataba a mi madre, la única persona ya con quien podía compartir lo que había sido esa casa antes. Y cómo fue cambiando y cómo se fue despoblando: primero conmigo, que me fui casada, luego con la muerte de papá y, por último, con Veronique, dos viejas acompañándose sin hablarse. Porque Otilia fue implacable: nunca le habló a Veronique. Obedeció, la atendió, pero no le dirigió la palabra.

Cuando volví a la casa vacía para encontrar a una Otilia artrítica y vieja en la habitación que siempre tuvo, no levantó los ojos del tejido a gancho que seguía haciendo a tientas y a pesar del dolor de los dedos:

—Ya era hora, niña —la llené de besos—. ¿Se tenía que morir la señora para que volvieras? Antes no le gané yo.

No quise explicarle que Richard se había muerto. Preferí que pensara que era por el puro gusto de estar con ella de nuevo que volvía a Laredo, y no expulsada por la viudez:

—Vengo a quedarme.

Todas las tardes, después de que Hilaria me servía la comida, yo miraba a la calle desde el pedazo de la ventana del comedor que no habían cubierto las glicinas, como si, aunque todo había cambiado, de pronto pudiera encontrarme con algún rostro de aquellos años. Pero el único rostro posible era el de Otilia en su habitación. Allí me tomaba el té. A veces sólo estábamos calladas, a veces nos contábamos cosas, cualquier cosa. Un recuerdo, o ella me hablaba de Chilapa como si yo hubiera crecido allá. Su nieta nos dejaba solas. Éramos dos señoras cuyas conversaciones poco le interesaban.

—Te encargo a esta niña —me pidió Otilia en una ocasión—. No nos vaya a salir tan testaruda como tú y se vaya de revoltosa.

—Ya no hay Revolución, nana.

—¿Y me vas a contar, chamaca?

Guardamos silencio. Habíamos contemplado las llamas cuando Nuevo Laredo ardía. Vimos el fuego con miedo, pues aunque habíamos oído que el general Pablo González había vencido a los federales en el vecino Guerrero y que ya éstos iban de salida, no sabíamos bien a bien quién había provocado esas llamas. Después supimos que fueron los federales agraviados. De la casa de Leonor Villegas en Nuevo Laredo no quedó nada.

—Me ayudaste cuando te lo pedí.

—Yo sólo hice lo que era necesario.

Y Otilia se guardó los pensamientos. Ninguna de las dos teníamos ganas de sufrir de nuevo, ella con mi dolor, yo con el mío, tan desolado, tan difícil de colocar en algún lado. Observé cómo sus manos detenían el meneo del ganchillo.

—¿Otra carpeta?

—Una más para cuando te cases, chamaca.

Fue el primer atisbo de que la cabeza de Otilia ya no marchaba.

—A ver si te apuras, criatura, o la mantelería nos va a echar fuera. Mira nada más —señaló el armario que tenía frente a sí, un mueble que reconocí de mi recámara de joven.

Me dirigí al mueble de encino, di vuelta a la llave de metal y las dos puertas se abatieron, empujadas por el atiborrado interior, donde colgaron mis vestidos, capas, abrigos, y se apilaban sábanas, manteles, servilletas, carpetas, delicadas cubiertas para muebles, como pude apreciar cuando jalé una de ellas y la torre se vino abajo, expulsada. Carpetas a gancho, manteles ribeteados, fundas con remate tejido. Otilia llevaba la vida entera tejiendo para mi boda. Y si su nieta sabía de esta insensatez, había tenido el cuidado de ocultarlo.

—Ese muchacho, de veras, qué malagradecido. ¿Cuándo viene por ti?

Con la funda de lino en mis brazos, donde resaltaban las iniciales J y R, comprendí. Esa R no era la de Richard. El tiempo se había detenido en el abrasamiento de la ciudad al otro lado del río, cuando me vio llegar y encerrarme en mi cuarto porque nadie me daba razones del federal, porque de nada había servido el telegrama que pedí que mandara. Aquel falso telegrama que llegó a Chihuahua cuando la Cruz Blanca ya estaba en Saltillo: aquel que pedía que se liberara al sargento Ramiro Sosa Canales, pues tenía que cumplir una misión en la frontera de Nuevo Laredo, y que era firmado por el cónsul Melquíades García. Ni Adela ni Aurelia ni Aracelito podían ser mis cómplices en aquellos días tormentosos en que a toda costa quería volver con Ramiro. Cualquier indiscreción ponía en peligro al propio Ramiro, sobre todo cuando aquella enfermera me celaba y me llamaba "gringa traicionera, ya nos viniste a invadir". No podía hacerlo yo, tenía que ser Otilia, pues además era comadre de uno de los telegrafistas, el del turno vespertino. Lo conquistó con esos panes de elote que sólo ella hacía por esas tierras. Lo fue ablandando hasta que conseguió que le hiciera ese favorcito.

—Es cuestión de vida o muerte —había explicado.

—Ya se ve —dijo Severiano, que enseguida supo que Melquíades García no podía haber hecho ese encargo a Otilia y que, de enterarse, lo pondría en dudosa posición.

De vida y muerte de quienes lo mandamos. Otilia, con todo, lo mandó. Severiano sabía. Severiano, Otilia y yo. Y ahora yo allí, en el regazo de la nana, desconsolada, pensaba en que la única manera de sobrevivir a la mentira de la que había sido cómplice era encontrando una razón: que estaba en juego el amor y la felicidad de su Jenny. Aquel día acomodé los bordados, palpando cada una de las telas, mareada entre la humedad retenida, entre las efes y las erres que se repetían al infinito. Me senté junto a Otilia, fingiendo que lo descubierto era una sorpresa anunciada:

—Ya ves cómo son los hombres, nana.

—No hay que perder la esperanza —dijo y se dio furiosa al tejido que ahora crecía irregular y atropellado.

Otilia no había ido a Saint Paul, donde fue la boda. Así como nunca le dirigió la palabra a Veronique, tampoco le habló a Richard. Ocultó que entendía el inglés y levantó una barrera de lenguaje. Se construyó otra historia que pudo habitar.

★

Aquella tarde de agosto el calor era insoportable. Decidí ir a la habitación de Otilia, pues la nieta estudiaba en la *high school* a esas horas. Tomé esa llave que horadaba el tiempo, volví a contemplar el enjambre de telas blancas de todo género, metí la manos entre sus dobleces, disfruté su sedosidad, sus protuberancias de hilo, su sentencia de nombres fusionados. Esta vez no cayeron. Parecía que Hilaria se había encargado de ordenarlas después del entierro. Entonces jalé una, y luego otra y otra más. Como alas agonizantes, llovieron sobre la cama, y allí, entre el montonerío, me dejé caer. Alcancé a ver que, al fondo del armario vacío, Nuevo Laredo ardía en llamas.

Desayuno con Pablo González

53

Pablo González, con el camisón de noche levantado, orinaba en la bacinica que había encontrado debajo de la cama. Primero creyó que tanteando daría con ella, pero estaba en casa ajena y tuvo que ponerse los anteojos para localizarla. Por un momento pensó en el apuro de tener que salir al pasillo para buscar dónde desfogar el cuerpo. Pero doña Virginia no podía pasar por alto ese detalle en casa del Primer Jefe. Aunque ahumados sus quevedos, con el quinqué en mano localizó el recipiente. Suspiró aliviado. Recuperó el aplomo con el que se sentó a la mesa la víspera para cenar en casa de su anfitrión con los invitados. Él, siendo uno de los principales, aunque le pesara a Lucio, que desde la toma de Matamoros actuaba con soberbia, como un dueño y señor del territorio. Hacía sus berrinchitos. No fue a ayudar en la batalla de Nuevo Laredo como lo pidió Carranza, y la derrota indicó la falta que hizo. Pero Carranza le tenía más aprecio que justicia. Aunque se conocían desde jóvenes, Lucio Blanco no era pariente de Venustiano como él, que era su primo en tercer grado. Tal vez el parentesco le ganaba favores del Primer Jefe frente a Villa. El ejército de Villa había ganado Saltillo para los constitucionalistas, pero el que recibió la ciudad y los honores fue él. Ya debía de haberse dado cuenta ese salvaje de Chihuahua que la sangre importaba. Que apellidarse Arango no era lo mismo que González Garza, que hasta pariente resultaba de Madero por el lado de Jerónimo Treviño. Aunque alguno se atreviera a decirle que era capataz de molino, él había resultado ganador casándose con la hija del dueño. Metió la bacinica debajo de la cama, esperando despejarla al amanecer, y tirado sobre el colchón contempló el cielo raso de su habitación. Le había costado trabajo dormir en la casa del Primer Jefe, del ex gobernador de Coahuila, el senador alguna vez leal a Díaz, luego a Madero, con Madero hasta la muerte. A que

Venustiano así había metido a toda la cuadra coahuilense, a su hermano, los amigos de infancia: a Lucio Blanco, a Antonio Villarreal. Qué se creía Francisco Villa hablándole al tiro y recriminándole no haber combatido para la toma de Saltillo, las brigadas Blanco y Dávila Sánchez nada más mirando porque los villistas ya habían hecho todo y, además, no impidieron el paso de los federales a La Laguna. Pero de nada le valió al gordito tanta alharaca. Y sacar trapitos ni demostrar que era mejor guerrero. En la mesa él se había sentado al lado de Julia Carranza, la lengua encacahuatada la había comido él con el cónsul de Laredo y con la presidenta de la Cruz Blanca Constitucionalista, que de tan calladita hasta la broma le hizo Venustiano de que a ver si el platillo le soltaba la lengua. Le pareció muy pequeña la señora para la manera en que había movido médicos y enfermeras desde Laredo por todo el norte, Torreón, Durango, Chihuahua, Zacatecas. Pero ni Leonor Villegas abrió la boca más que para dirigirse a las hijas del empresario Flores de Laredo y a su padrino, el señor Floyd, ni él rompió el cerco silencioso. No era su costumbre. Si le preguntaban de las batallas hablaría; si le pedían su opinión en temas de estrategia, ideas y finanzas, la daría. Por lo demás, era reservado: no hablaba de Carlota Miller, su mujer, ni del molino que heredó de su suegro, ni del arribismo del Ejército del Noroeste. Era cuidadoso para soltarse de la lengua, y en Saltillo había que serlo más. Por eso estuvo callado más que de costumbre. Amable con la señora Virginia, tan poco agraciada —no entendía por qué Venustiano, con ese porte enorme y esa personalidad recia y serena, no se había agenciado una mujer de mejor ver—. Él era afortunado con su Carlota, con la rubia Carlota a quien había conocido desde los quince años, cuando llegó al molino del Carmen a trabajar. Esa noche de triunfo disfrutó no darle el gusto a los Panchos, Villa y Coss, tan bailadores con las mujeres de los pueblos, tan festivos allí en la plaza de Saltillo, tan engreídos y tan queridos por la plebe y las damas, con su fama tan por delante de ellos, ganando plazas con los dragones y la artillería de Ángeles. Ángeles, uno de los privilegios de Villa. Ya quisiera él un estratega tan efectivo como Felipe. No es que él no se hubiera esmerado en Monterrey y en Nuevo Laredo, pero aún no cosechaba fama en el campo de batalla. Cabrón de Lucio, que nada más llegó a Matamoros hizo suya la ciudad y allí se arranó. Repartiendo tierras para que lo quisieran, para vivir como rey, con el favor de los desfavorecidos, como capitán de su isla, y a ellos que los aplastase Guajardo en Nuevo Laredo. El tema le producía irritación. Se quitó los anteojos, atribuyendo a los arillos de los ahumados la comezón en la nariz, y se pasó la mano por el cuerpo. Una involuntaria erección lo sorprendía. Vencer al otro, sobre todo al que lo humillaba en público, como lo había hecho Pancho Villa, lo encendía. Lo volvía voluptuoso. Las ganas de hembra lo exaltaban. Hacía tiempo que no estaba con Carlota. Había buscado los favores de alguna dama en Matamoros mismo, en Chihuahua, y ahora los necesitaba. Pensó en las mujeres que habían estado a la mesa, pero ni las hijas de Carranza ni las Flores ni la señora Villegas exaltaban su deseo. Pensó en Ana Francisca, la hija de la criada en la casa de Chihuahua. Jovencita de ancas grandes que lo satisfacía, solapada por la madre que quería estar a bien con el general. Cómo le preparaba la tina caliente y lo bañaba. Y cómo se reía, dientes de leche, cuando descubría el reclamo de su miembro bajo el agua. Una potranca para un general, una mujer de pueblo para obedecer los caprichos del señor. Un animal gozoso y gozable. Su mano ya se agitaba en su miembro y las nalgas abiertas de Ana Francisca opacaban la imagen de Villa solicitado por las damas que querían ser desfloradas, agasajadas por las maneras de un verdadero hombre, de un caudillo recio, de un triunfador. Él, Pablo González, con las caderas morenas de Ana Francisca ofreciendo los manjares de su oscuro agujero, se deshacía en el jugo blanco que lustraba la piel de la muchacha, y que esa noche pegosteaba su mano febril y cansada.

Un gallo cantó. Por los visillos de la ventana entraba la luz incipiente de la mañana mientras Pablo salía de esa duermevela del placer y el desahogo. Vació la jarra del aguamanil sobre las huellas resecas en sus manos, se refrescó la cara y aplacó el cabello. Ya vestido, bajó al comedor. Le gustaba tomar un café a primera hora del día. Con la parsimonia apacible de un triunfador, entró en el comedor, que creía vacío. La figura menuda de Leonor Villegas mirando por la ventana lo sorprendió:

—Buenos días, don Pablo —dijo Leonor, saliendo de sus cavilaciones.

—Si así de temprano se levanta, no me sorprende que lleve a cabo los trabajos de la Cruz Blanca con eficiencia.

—Ni a mí que usted ya ande fraguando la siguiente plaza que le quitará a los federales.

Leonor le explicó que andaba inquieta, pues toda su gente se había quedado en la residencia que de última hora les asignaron y a ella le gustaba hospedarse con ellos y ver que todo funcionara bien.

—Les debo mucho a esas muchachas y a los doctores.

—Usted también tiene su gente —observó Pablo ante la seriedad de Leonor.

Leonor le sonrió y a Pablo le pareció que en aquella sonrisa había un desdén, una especie de duda de quién era el general que le había mandado telegramas, que bien a bien era su jefe después de Carranza, pero que no era el varón de Cuatro Ciénegas sino el molinero. Pablo comprendía que la oscuridad de sus lentes desconcertaba a las mujeres. Se los quitó para dar confianza a aquella mujer con la que más valía contar. Conocía a pocas de su estirpe. En algo le recordaba al propio Carranza. Se proponían algo y lo lograban. Él, en realidad, era como una de sus enfermeras. Creía en el líder y lo seguía. O tal vez más, como la secretaria de la señora Villegas, esa señora americana que estaba bajo las órdenes de la presidenta pero que tenía su propio fuero. Ayer habían dicho que, de no estar el doctor Long en la ciudad, a quien no había visto en largo tiempo, ella estaría cenando con Carranza. Pablo lo lamentó. Le gustaban las mujeres blancas.

—Salúdeme también a la señora Long, por favor. Hubiera querido conocerla.

—Ya lo hará, general, no hemos acabado nuestro trabajo.

Ya la criada entraba con los jarros de café y una canasta de pan dulce.

—Primero la señora presidenta —señaló Pablo a la mucama.

—Después de usted, presidente honorario de la Cruz Blanca —reviró Leonor.

Pablo no supo si había estima, reverencia o sorna en aquella deferencia.

★

Sentí el atrevimiento de la pluma metida en el pellejo de Pablo González y la mirada de Leonor, quien me había instado a escribir esta historia, depositando sus papeles y su confianza en mí, recriminando esa desmesura. Yo no había estado en ésa, sino en la casa donde a la mañana siguiente llegó Leonor, aliviada, dijo, de poder vernos. Entonces nos contó que conoció al general Pablo González y que era un hombre callado y solemne y que mandaba sus respetos para todos. Alguna se atrevió a preguntarle si era el más guapo.

—No —dijo Leonor—. Nadie como Felipe Ángeles.

Nada más escuché a Leonor expresarse así del general Ángeles, vino a mí la emoción solitaria y secreta, el deseo de decir a mi vez: "Nadie como Ramiro Sosa".

La carta faltante

54

Eustasio querido:

Me es preciso escribir esta carta porque no tengo el valor de decirte que tu Página, ahora que nos vayamos de descanso a Laredo, no volverá más con la Cruz Blanca Constitucionalista. Mi decisión fue tomando forma en el mes agónico compartido en Torreón. Y digo agónico no porque no haya habido una camaradería entrañable o porque haya faltado el alimento, la alegría robada al trabajo para reírnos junto al fuego, montando los caballos, cortando milpa para que nos la asaran. Lo digo por mí, porque conforme fueron avanzando los días, aunque logré mandar un telegrama al hospital de Zacatecas, no obtuve respuesta alguna, ninguna noticia del prisionero intercambiado —si es que así había sucedido porque no lo podía saber—. La falta de Ramiro me quitaba las ganas de seguir en la brega, del escribir mismo. No me gustó esa Jenny desbrujulada. No digo que cada minuto de ese mes fuera sufrimiento. En muchas ocasiones tú me centraste, me escuchaste, lograste que me olvidara de él, porque me hacías ver los caminos que habías andado, lo que estaba detrás de cada rostro. El intenso registro de los acontecimientos. Parecías haber olvidado que me despedí con dolor de otro hombre y volviste a tratarme con dulzura. Y disfruté tu amistad, Eustasio. Tus consejos. La manera en que me arreabas para que acompañara con palabras tus fotos: "Escribe algo sobre el general Pablo González... Es muy serio. Asusta", te decía. "¿Y qué tal Jesús Carranza?" Bonachón, fiestero. "O Antonio Villarreal." Todo un señor. "Llegará lejos", me dijiste. Nos divertíamos. Debes saber que una noche en que charlábamos alrededor del fuego me diste la coartada perfecta para mandar el telegrama que deseaba. Preguntaste si mi padre ya sabía de mí. Le había dicho dónde estaba en un telegrama, pero no le había escrito una sola línea más.

"¿No crees que ya es justo que le cuentes algo a tu padre?" En ese momento pensé en mi desazón por no saber nada de Ramiro y me pareció terrible lo que podría estar padeciendo mi padre. Y de la desazón por el silencio pasé al recuerdo de cuando me llevaba al banco, sobre todo los primeros días sin mamá, y me sentaba en una silla en su mismo escritorio y me trataba como la secretaria. "Señorita, escriba." ¿Recuerdas que te dije que ahora entendía por qué, cuando Leonor me decía: "Jenny, escribe", me quedaba como estatua, como si fuera una orden terminante? Sí, Eustasio, tenías razón, yo era un pedazo de mi padre. Debió de haberle sangrado el corazón con mi crueldad. Él sólo era un hombre torpemente decidiendo el destino de su única hija, lo que creía que era bueno para mí. A la mañana siguiente fui con Melesio y mandé dos telegramas. Uno para Ramiro Sosa, discreto: "Saber de tu salud", al hospital de Zacatecas, supuse. Otro a mi padre: "Estoy bien, te quiero, papá". Fue tan sencillo. Ambos me aligeraron al principio. Después no saber nada de Ramiro me enloqueció. Podía estar muerto. Te hubiera querido compartir aquellas dudas, Eustasio, mi ira por que no fuera el Guillermo de Araceli, decidido a unirse a nosotros, a reconocer que estaba del lado inconveniente. No supe mucho de ti más allá de tu fascinación por atrapar con la cámara, por seguir en el camino. Ya me habías dicho que tú seguirías con Leonor hasta el final, porque era una mujer ambiciosa. Y que yo era una niña quejándome de su protagonismo. Que los líderes siempre tenían un lado que no gustaba tanto, pero que afortunadamente lo mostraban menos. Y yo, Página, me había fijado en ese lado. Foto por aquí, cena por allá, discurso acá, desayuno con damas del lugar más allá… Y periódico: "Jenny, Jovita, escriban". ¿Qué dice Clemente? Me gustó aprender de tu forma de ver. Debí haberte escrito esta carta entonces, Eustasio, dejarla entre las gelatinas de tu cámara, que la leyeras y supieras que Jenny Page te respetaba y te tomó cariño. Que te agradece que en ese mes tortuoso, después de la escena que presenciaste en el andén de Chihuahua, no hubieras mencionado a esa Jenny descompuesta de amor. Que hubieras puesto todo tu empeño y esperanza en que aquello se fuera al olvido, como suele pasar. Y no que un día amanecieras en Saltillo, con la confirmación de que Jenny no volvería más. Que la chica a la que diste tus fotos, confiando en su diligencia reporteril, era prácticamente un espejismo, un charco de agua en los días de polvo alborotado de la Revolución. Que se había evaporado. Fue artera la forma. No merecías eso, Eustasio. Tarde, muy tarde, cuarenta años después, te escribo estas líneas de disculpa, a manera de disculpa.

Tu Página

Rosas rojas

55

Leonor Villegas tomó las rosas de descarado rojo que le entregaba Ignacio Magaloni. El yucateco tenía fama de buen poeta y prometió decir versos más tarde, en la velada en que ella y algunos de los miembros destacados de la Cruz Blanca eran esperados. Al Primer Jefe no se le había olvidado que ese 12 de junio Leonor celebraba su cumpleaños y se disculpaba con flores. No asistiría a la comida que ella había organizado en la hermosa casa que ocupaba en Monterrey, con los miembros de la Cruz Blanca y doctores de Laredo que habían ayudado cuando su casa fue un hospital improvisado. Era tiempo de reconocer a todos su solidaridad y apoyo y confirmarles que había sido para bien. Que aquello que empezó en su casa era ahora una misión nacional. Leonor lo lamentó no como un acceso de sentimentalismo, pues sus treinta y ocho años le permitían entender mejor las acciones de los hombres. Eso pensaba al menos. Se disculpaba, insistió Magaloni, pero Carranza los esperaba en su palco en el teatro. Esperaba que ella comprendiera. El horno no estaba para bollos en esos momentos. Se esperaban noticias de la División del Norte desde Zacatecas. Se apuntalaba el avance hacia la ciudad de México, que ya presidía Pablo González rumbo a San Luis Potosí. Pero hoy era día de celebrar y Leonor no iba a permitir que el nudo de la revuelta se llevara las palmas esa noche. Era su noche. Ella también hubiera querido noticias desde Zacatecas. Felipe Ángeles no podía estar enterado de que dos asuntos merecían sus felicitaciones: que la Cruz Blanca Constitucionalista hubiera sido elevada el 8 de junio a Cruz Blanca Nacional y que hoy fuera su cumpleaños. Leonor entregó las rosas a la mucama de aquella casa gentilmente cedida por el señor Isaac Garza González para hospedarla esos días. Habría de colocarlas en el comedor para que presidieran el festejo con Clemente Idar y su mujer, con Manuel González Vigil, sus queridos amigos periodistas. Hacía unos días habían llegado a Saltillo y, para el nombramiento de Leonor como presidenta de la Cruz Blanca Nacional, Clemente Idar ya traía las credenciales para todos los miembros en este nuevo rango y las bandas que llevarían en el antebrazo.

—¿Pero usted vendrá a comer con nosotros, licenciado Magaloni?

No podría. Tenía que preparar todo el teatro esa noche, organizando discursos, piezas musicales, recitaciones en honor del Primer Jefe. Él mismo llevaba un poema para la ocasión. Lo debía disculpar. La felicitaba enormemente, dijo, curioso por los rumores que corrían sobre esta mujer pequeña y de carácter monumental, sobre la manera en que invertía su herencia en los asuntos de asistencia médica, sobre la rubia que la acompañaba, sobre las mujeres, bonitas unas, trabajadoras y fieles todas, que la acompañaban con absoluta convicción de que participaban de un cambio. De haber sido hombre, Leonor sería general en poco tiempo, le había dicho alguna vez Magaloni, que no aspiraba a esos liderazgos. Lo suyo era la forma, el protocolo, que no era el fuerte de los rancheros del norte.

Leonor lo acompañó a la puerta e indicó que con ella irían los Idar, González Vigil y, desde luego, los Long. Se detuvo frente a la mesa bellamente atildada y ahora insolente con el color fuego de las rosas. Se acercó a olerlas. Era una suerte que se hubiera arreglado con suficiente tiempo y que Magaloni la encontrara ya ataviada. Los zapatos de tacón, más altos que lo usual, le permitieron inclinarse sobre la mesa para atrapar el aroma de las flores. Las flores la llevaban siempre a su madre, que las confeccionaba de tela para los altares de la Virgen en Nuevo Laredo. Ella guardaba una, que era un recordatorio de las manos de su madre. Tanto tiempo había pasado de ello, que no tenía memoria ya de su voz ni de su mirada. Pensó en sus hijos, que le habían telefoneado esa mañana felicitándola, entre preguntas de "¿Cuándo vienes, mami?" "Pronto", había mentido, porque desde la conversación con el Primer Jefe ya no habría tregua hasta entrar a la capital. Leonor sabía que, en aquella mesa, el destino de la Cruz Blanca cambiaría. A partir de ese día se formarían nuevas brigadas con misiones distintas.

Miró el reloj de pared. Aún disponía de media hora en soledad. Se sentó en el sofá del salón, tan quieta y silenciosa como rara vez se lo permitía la actividad reciente. Adolfo le había enviado un telegrama. ¿Y por qué no se presentaba así de súbito, tomaba el tren desde México y decía: "Leonor, te felicito, estoy orgulloso de ti"?

¿Lo estaría? ¿Le molestaba acaso que ella hubiera emprendido esta tarea del lado de Carranza? ¿Continuaría en amores con la misma mujer o con otra? La verdad es que no había confirmado nada ni pensaba hacerlo. No quería que se le volviera un desconocido, pero la verdad era que cada día que pasaba Leonor en el camino, sentía que Adolfo se distanciaba de su intensa cotidianidad. Envidió a Clemente Idar cuando llegó a Saltillo con su mujer. Aquel desayuno de cabrito y salsa brava le había permitido observar las maneras cordiales de la pareja. Sabía que no eran tiempos para preocuparse de ello, pero no negaba que hubiera querido a su lado a un hombre con prestancia y mucha firmeza. Pensó en las esposas de los generales: Carlota Miller, la mujer de González; Virginia Salinas, de Carranza; Luz Corral, de Villa. Supo que Ángeles estaba casado con una Clarita, a la que alguna vez mentó. Ella entonces había hablado de Adolfo. Los dos cónyuges estaban en la ciudad de México. Luego habían hecho una pausa que parecía significar algo, sutil como un parpadeo: sus soledades se entendían. Por eso aquel día no le bastaban las flores ni las credenciales de su nuevo nombramiento, el ágape de cumpleaños, la certeza de que la ciudad de México estaba a la vuelta de la esquina, los elogios del Primer Jefe. Hubiera querido que, desde Zacatecas, Ángeles se acordara de ella. Si no, ¿para qué aquel papel con su letra apresurada? Qué inconsciente estaba siendo si el hombre preparaba una batalla que, ya había dicho el Primer Jefe, era decisiva para los constitucionalistas y para la unidad de los mismos. No cabía duda de que acercarse a los cuarenta fragilizaba. La batalla que vendría exigía toda su concentración. La razón se le decía. Por eso odiaba su parte sentimental. Miró el reloj de nuevo: que ya llegaran los invitados, que la distrajeran para el resto de la velada de esa necedad inesperada. Repasó su vestimenta, el vestido coral con el encaje gris, las medias del mismo encaje, el anillo de perla de su madre, los pendientes haciendo juego, el pelo bien recogido con la peineta que había sido de su bisabuela santanderina.

Apenas cuatro días atrás, Clemente y ella habían acudido a la oficina de Carranza. No se podía aplazar el nombramiento, aunque Leonor prefería que coincidiera con su onomástico. Cuestión de rituales. Pero Venustiano pensó que era mejor hacerlo ya. Había intereses por todos lados.

—Habladurías, Leonor, ¿usted comprende? Por eso me alegro de la presencia del señor Idar en este acto: dos mujeres como Lily Long y usted causan desconfianza a los demás. Creen que reciben favores por ser tan agradables —Leonor se sonrojó, incómoda—. Y vaya que es parte del encanto —dijo, desenfadado, el Primer Jefe, mientras tamborileaba los dedos sobre el escritorio, ansioso—, pero su eficacia y su valor son superiores. Por eso el nombramiento y el depósito de mi confianza.

Leonor repasaba el momento porque había tardado en entender que, más que lisonjear sus prestancias femeninas, era una manera de que Clemente Idar, periodista al fin, diera cuenta de ello en sus escritos. Carranza lo había calado de prisa y comprendido que detrás de la Cruz Blanca estaba este hombre ilustrado y con colmillo político. Permitiría un juego de los que a Carranza le gustaban. Bien se decía que sus batallas no eran las del campo, sino las de la estrategia política.

—Una vez ganada la guerra, con usted al frente de nuestro gobierno, queremos hacer una convención de todas las Cruces Blancas del norte y las que sembremos todavía en el camino —dijo Leonor a destiempo.

—Ya habrá tiempo para planearlo —intervino Clemente, que había notado el nerviosismo del jefe, que volvía al reloj y miraba el teléfono, como si anticipara alguna noticia.

—Gracias por sus buenos deseos —dijo Carranza a manera de despedida, pero aún no regresaba Breceda con el documento que avalaba a Leonor en su nuevo cargo y que el jefe debía firmar.

Se hizo un silencio como antes de que se abra el telón en el teatro. El secretario del gobierno de Coahuila irrumpió, y Carranza meneó la cabeza subrayando su incomodidad por la tardanza. Alfredo Breceda colocó los documentos sobre el escritorio y, cuando Carranza se disponía a firmar aquella carta con el nombramiento, le entregó el telegrama que acababa de llegar. El Primer Jefe, sin disculparse, lo abrió de inmediato. Estaba entre su gente de confianza y no había tiempo para correr cortesías. Después de pasar los ojos por las líneas, volvió a ellos. Leonor estaba expectante:

—Villa y Ángeles están dispuestos a la unidad. Mis hombres esperan los resultados de la batalla.

Después de haber leído el telegrama en el abrigo de Ángeles, había dudado de que pudiera haber arreglo. Sintió alivio. Asombrada de cómo unas palabras podían acortar distancia, pensó en el brazo del general cuando se tomó de él, caminando en Torreón rumbo a su hotel.

—Ganar la plaza nos coloca a un paso del triunfo.

—Ángeles es un gran militar —dijo, orgullosa, Leonor.

—Su estrategia artillera es muy valiosa —dijo Carranza con sobriedad.

—Y la intuición de Villa —añadió Idar, quien admiraba a ese hombre insólito.

—Tal vez —tuvo que admitir Carranza, que ya inclinaba la cabeza para inscribir su nombre y su apellido en aquella carta que tanto ilusionaba a Leonor. La recibió jubilosa con aquel apretón de manos del Primer Jefe. Un júbilo acrecentado por la expectación de la próxima batalla en Zacatecas. Qué bien haber estado allí en el momento en que llegaron las noticias de Ángeles. Las casualidades la exaltaban.

Hoy celebraba aquel nombramiento con los suyos, pensó Leonor, alisando la falda satinada. Llamaron a la puerta y Leonor se puso de pie. Era su cumpleaños e iba a pasarlo bien.

El pájaro y la jaula

56

Al llegar a Saltillo, Leonor nos dio permiso unos días a todas las chicas para visitar a nuestras familias, novios, y a tomar aire para lo que seguía.

—Falta lo más fuerte —había insistido—. Huerta está en la capital.

Tal vez en sus palabras estaba la incómoda sensación de que los jaloneos entre Villa y Carranza podían llevar las cosas por otro lado y no hacia el enemigo común. Aceptamos el respiro gustosas. Yo tenía idea de cómo resolver lo que no había podido encargar a Adela.

La tía Lily y Leonor fueron a la estación a despedirnos. Teníamos sólo una semana, que quedara claro. Aracelito llevaba las cartas de Leonor a su hermano e hijos. Pregunté a la tía Lily si tenía algo para su familia, pero me respondió, esquiva, que George estaba por alcanzarla.

—Reposen, coman bien, estén con sus padres. Jenny, escribe —ordenó Leonor—. ¿Llevas las fotos de Eustasio?

Me dio un vuelco el corazón. De una manera fortuita y sin planear, podría tener la foto de Ramiro conmigo. Me puse nerviosa.

—No me dio nada.

Leonor recorría con la mirada expectante el andén. ¿Dónde estaba el fotógrafo? El tren pitaba. Las chicas ya habían subido y asomaban por las ventanas, jubilosas de irse a casa, cada una fraguando cómo emplearía aquellos siete días. Yo esperaba como una estatua al lado de la tía Lily y su mirada impasible.

—Tiene que llegar —aseguró Leonor.

En ese momento lo vimos correr hacia nosotras.

—Lo siento, lo siento —dijo, resoplando y acomodándose el sombrero.

Se limpiaba el sudor de la frente con un pañuelo que extraía del bolsillo del pantalón, cerca del saco de vaqueta con las fotos.

—Se las lleva Jenny —dijo Leonor—. Ella no va a descansar.

Eustasio entonces me miró con desconfianza. Titubeó al darme el paquete.

—¿Qué esperas? —farfulló Leonor, que escuchaba el "todos a bordo"—. Ve con Jovita, que ella seleccione cuáles son para *La Crónica*, cuáles para *El Progreso* y cuáles te da a ti para el *Laredo Times*.

Cuando Eustasio extendió las manos con la bolsa y yo la recibí, tardó en desprenderse. Tanta renuencia me hacía sospechar que él había revelado las fotos. Todas. Y que sabía que yo había disparado su cámara. Y que ese disparo no era mi mejor acción. Pensé que me miraba así porque con aquella foto lo incriminaba o lo obligaba a delatarme o confirmaba mi devoción. ¿Qué tan grave era una foto que una muchacha tomaba al enemigo? Podía ser por muchas razones. Alegaría cualquier cosa. Era mi única manera de tener a Ramiro por ahora.

—Eustasio, de verdad te cuesta desprenderte de ellas —se asombró Leonor—. Está bien que sean muy buenas. Por algo Carranza quiere que te quedes con él.

Aquel comentario distrajo a Eustasio, que por fin soltó el paquete y yo dije un apresurado adiós. No había tiempo para abrazos ni besos.

—Señorita —dijo el portero.

Apreté el bulto contra mi pecho, miré a Eustasio por un segundo, apenas para que él asentara con su mirada que me había desconocido, que ya no era la Página con la que se reía en el camino de ida a El Paso. Que esta Página escribía una historia que no lo incluía, que incluso a sus espaldas se había atrevido a disparar su cámara, lo más querido para él. Pero, sin duda, lo que había dicho Leonor le había importado más. Ya desde la ventanilla del tren los vi conversando animadamente, aunque tía Lily seguía allí en una extraña actitud. Tampoco me había mandado recado alguno para mi padre; de alguna manera había abandonado mi tutela. Leonor la había tomado para sí no como hija, sino como mentora. Entonces no lo supe apreciar. Cuando el tren se sacudió, Eustasio me miró por última vez y, con gentileza, se quitó el sombrero. Sin soltar el paquete que llevaba aferrado, incliné la cabeza, un gesto que indicaba cuánto lo apreciaba a pesar de que él se sintiera traicionado. Con los primeros zarandeos de la máquina me sentí como un pájaro que ha escapado por la puerta abierta de la jaula. Por el cuerpo me andaba una alegría caliente, que me subía desde los pies. Quería hurgar entre las fotos cuanto antes y, aunque nadie lo suponía, no tenía intención de volver.

Títeres con cabeza

57

Los pregones lo anunciaban. Las hojas volantes lo repetían aquel día de san Juan. Los embajadores de Carranza, esperando los resultados desde el vagón de tren, lo confirmaron. Zacatecas era ahora de los rebeldes. No me podía unir al coro que evocaba la manera en que Felipe Ángeles había apostado sus cañones en los cerros que rodeaban la ciudad de Zacatecas. Por más que el reflector, como un gran ojo, intentara descubrirlos allí, en La Bufa y El Grillo, Sierpe, Loreto y el cerro de La Tierra Negra, ellos iban colocando, tenaces, la artillería que acompañaría a los jinetes descendiendo en cascada hacia las calles. Y luego que acordaron que el 23 de junio comenzaría la batalla, Ángeles movió los cañones más cerca de la posición enemiga, para confusión de todos. Pensé en Ramiro Sosa, a lo mejor preso todavía, y en los rumores que llegaban a su celda: "Viene la gorda. Ya llegaron Villa y Ángeles". Y ese silencio que precede al estallido. De nada sirvió el reflector extirpado a un faro desde Veracruz. No hubo presagio de la magnitud y la precisión de la avanzada. Dieron las diez de la mañana y el primer cañonazo anunció el comienzo: disparos que ganaban terreno para cuando la infantería llegara al remate. Veintidós mil hombres hormigueando entre la cantera, rebeldes con fusil al hombro, granada en mano, buscando el centro de la ciudad. Arrasando con el federal que les saliera al paso. Ángeles, desde el cerro, disfrutaba la música de los disparos, cuarenta cañones que humeaban el cielo azul, la sincronía de los hombres que simultáneamente avanzaban desde todas las direcciones. No veía la sangre, no escuchaba los lamentos. Era la coreografía de la guerra la que se desplegaba ante sus ojos como un espectáculo perfecto. Por más que la ciudad aún no hubiera anunciado su rendición, no había manera de que salieran de ésa. Cinco mil federales muertos, tres mil constitucionalistas, los cadáveres tapizando las calles porque Villa siempre daba la lección: arrasar, que quedara claro que la División del Norte no se andaba con tibiezas. Los cohetes en la calle repitiendo los estallidos y la pólvora, y yo oyendo estrofas, versos, sin poder celebrar el triunfo con las enfermeras, con Jovita, Lily y Leonor, porque no sabía si Ramiro Sosa era un muerto más entre los cinco mil. Y Leonor exaltando esa estrategia de un hombre preparado, y el perdón que dio luego a los presos. La batalla había terminado aquel 23 y no había por qué llevarse un botín de hombres.

—Así es Ángeles —se vanagloriaba Leonor—. Si por Villa fuera, no queda títere con cabeza.

Y yo temía que Ramiro fuera títere, que su cabeza rodara por las calles ensangrentadas, incrédulo aún de su triste destino, murmurando "Jenny Page". Deliraba. Lily me tomó de la mano y me llevó a la sombra.

—Demasiado festejo muchacha. ¿O también quieres ser mártir de corrido?

"Ramiro Sosa escuchó las balas, en su celda imaginó la batalla, que alguien le abriera la puerta, una mujer lo esperaba…"

Ya mi cabeza escribía el corrido del muerto, ya la tía Lily me ponía el termómetro, alguien me daba agua, me colocaban en una cama, el mundo se volvía lechoso: "Que alguien le abriera la puerta, una mujer lo esperaba".

Las manos de Carranza

58

Casi tres semanas habían transcurrido desde que llegaron a Monterrey. Leonor recorría a solas la lujosa casa de don Isaac Garza González, provisionalmente residencia de la Cruz Blanca. Era afortunado de que por un momento la casa estuviera en paz. Recorrió el pasillo que la llevaba al comedor y se sentó por un momento en la cabecera. Necesitaba aplacar sus ánimos del bullicio reciente y del que le esperaba en unos días. Debería haberse ido, como las chicas, unos días a Nuevo Laredo, pero el trabajo que tenía que encarar como presidenta de la Cruz Blanca Nacional no le daba el sosiego para tomarse esos días. Eran las cinco de la tarde, hacía calor y algunos dormían la siesta o aguardaban en sus habitaciones, escribiendo cartas, haciendo notas para el periódico, como lo acostumbraban Rodolfo Villalba y Clemente Idar, leyendo o mascullando lo que habría de suceder a partir de los días siguientes en que se apresuraran los preparativos para avanzar hacia la ciudad. Era una larga mesa aquella que le permitió ofrecer la cena de recepción al Primer Jefe. Había hablado con su hermano. Necesitaba transferir unos fondos para sufragar aquel gasto. Leopoldo le había advertido que su dinero mermaba, que él no estaba dispuesto a notificar al banco ni quería ser responsable de que ella no tuviera una hacienda que respaldara su futuro.

—¿Crees que no tengo marido? —se había defendido Leonor.

Del otro lado del teléfono de la residencia, el silencio de su hermano la había incomodado. Adolfo estaba tan lejos, y el dinero con que él contaba era producto de su trabajo, no de una herencia, y en tiempos de guerra todo trabajo peligraba. Pero ella confiaba que su amistad con Carranza aseguraría el porvenir de los Magnón.

Leonor se rascó la mano. A veces le picaba la cicatriz de aquella quemadura que compartía con Carranza. Alguna vez, cuando la conoció y sus manos quedaron muy cerca, pudo ver la oruga de piel en el dorso de la mano del Primer Jefe. Había sido de niña, cuando ocurrió aquella quemadura con un leño. Tenía muy clara la imagen de aquellas manazas pálidas que correspondían a la estatura de don Venustiano, pero, se rascó con más ahínco la cicatriz, no recordaba claramente las de su marido. Eran delgadas, ¿pero cómo se sentían sobre las suyas? Seguramente retenían la suavidad que su oficio les concedía, el papeleo aduanal. Perdida en ese calor nebuloso, atajada del comedor por las contraventanas que la resguardaban en la penumbra, miró sus manos, palpó su aspereza, producto de los meses recientes, trabajando de hospital en hospital, ayudando con esteras a mover heridos; ajadas las palmas por el alcohol, el cloroformo, las aguas jabonosas con que aseaban a los heridos. Estaba cansada de esos días detenidos en Monterrey. Ansiaba ya el trote de los caminos. ¿Habría sido condenada ya a estar en medio de la acción? ¿Qué haría con el resto de su vida cuando esto terminara? Comprendía a Lily después de esa conversación con oporto. No se lo había dicho a sí misma, pero padecía el mismo temor. Que esto se acabara.

Mucha vida social en aquella ciudad. Primero la gran cena con que concluyó el recibimiento del Primer Jefe en la ciudad. Antonio Villarreal, ahora gobernador de la plaza, era querido y respetado. Había logrado los tumultos que el fervor revolucionario había cosechado con el triunfo de Villa, el apego que tenían al general Ángeles y ahora el mando del carismático Villarreal. Leonor había pedido que la ayudara trayendo al Primer Jefe a su casa para coronar su arribo en Monterrey con la recepción de la Cruz Blanca Nacional. No era cualquier cosa. Estarían trescientas personas, entre ellas el general Pablo González y Luis Caballero. No se negaría el gobernador cuando sus hermanas María y Eva habían colaborado con la Cruz Blanca. Menos cuando sabía en qué estima tenía Carranza a Leonor. Lo acordaron y la cena fue un éxito. Leonor había invertido su dinero en ello, pero había logrado que Villarreal fletara un vagón desde Nuevo Laredo con los médicos, sus esposas, las chicas enfermeras y todos los que habían colaborado en la Cruz Blanca para agradecerles su trabajo, su apoyo, y que todos atestiguaran y respaldaran el nuevo cargo de Leonor. Se quitó los zapatos de raso que aprisionaban sus pies y los estiró sobre la silla forrada de brocado. Esperaba que nadie la viera descomponiendo el arreglo del lugar. Estaba segura de que, si salieran de sus habitaciones, el general Frausto o la propia

Lily Long no la buscarían allí. En aquella cena, después de que Lily Long tomó su lugar, acompañada del brazo del general Luis Caballero y ella del de Pablo González, atendió las palabras del jefe de la División del Noreste. Requería su apoyo para el avance a San Luis Potosí. El corazón de Leonor retumbó. Quería estar donde hubiera que atender a los heridos del campo de batalla. Después de esos días en Monterrey, armada la Cruz Blanca en esa ciudad a cargo de la viuda Angelina Meyers, de las visitas a los hospitales donde llevaron obsequios, puros, observaron las condiciones sanitarias, leyeron a los heridos o redactaron sus cartas y las pusieron en el correo, era necesario salir al camino de nuevo. Cuando se lo hizo saber a Carranza, días después, estuvo de acuerdo. Lily Long se iría a Tampico con su marido; George, a atender a los heridos de una plaza difícil, pero que comenzaba a ser de los constitucionalistas, y ella avanzaría con Pablo González a San Luis Potosí, donde el gobernador Eulalio Gutiérrez los esperaba.

Fue durante la cena, pequeña e íntima, que hicieron en casa, cuando pactaron la víspera de la salida de Carranza a Tampico. Ya entonces el Primer Jefe saboreaba el triunfo de Villa y Ángeles en Zacatecas y la unidad de los constitucionalistas renovaba la confianza en su estatura de líder moral. Sí, claro, que Leonor se fuera a San Luis Potosí. Tendría que entrar a la ciudad de México a la par que el contingente constitucionalista, enfatizó. La brigada estaba formada por Jovita Idar como periodista, María Villarreal como jefa de hospitales, asistida por Magdalena Pérez; el fiel Felipe Aguirre seguiría como orador, igual que Federico Idar como jefe de propaganda, labor que se le daba con buenos resultados desde que salieron de Nuevo Laredo, y Eustasio Montoya daría cuenta de aquello con la lente.

—Me interesa el muchacho —había dicho Carranza después de las palabras de Clemente Idar ante Isidro Fabela y el propio Villarreal. Clemente ponderaba a la Cruz Blanca y su invaluable papel en la gesta.

En aquella tertulia, Carranza se veía relajado y no actuaba como dirigente escuchando discursos solemnes, cantos, poemas y piezas de piano que habían distinguido la magna recepción días atrás. Pasaron a la salita a fumar y a tomar el café, como Leonor indicó, y allí dejaron salir otros temas que tenían que ver con aficiones como la caza, que extrañaba el Primer Jefe, la lectura sosegada que requería Isidro

263

Fabela, el magisterio que había abandonado Villarreal. Venustiano, sin su mujer e hijas, parecía un hombre más joven, notó Leonor, curiosa. Como si su papel de patriarca de la familia le confiriera demasiados años, no así estar en la gesta. Y cincuenta no eran muchos, pensó Leonor. En aquella cena de amigos flotaba la incertidumbre del futuro, la posibilidad de la muerte; la traición era un enemigo agazapado y no había que celebrar victoria alguna hasta llegar a la capital. Leonor reparó de nuevo en las manazas del Primer Jefe. Se sorprendió pensando en enredar la suya con la de él. Sabía que, colaborando juntos, podrían hacer mucho más de lo logrado. El Primer Jefe alababa su capacidad de organización y disciplina. ¿Sería su educación con las ursulinas? ¿Sería el rigor de vivir del campo con un padre que sabía controlar propiedades, cosechas, peones? La manzana al final del viaje era la ciudad de México, allí donde conoció a Madero y donde estaba Adolfo Magnón. Estiró la mano inadvertidamente cuando Carranza quitó la suya de la mesa para encender la pipa. Un escalofrío le recorrió el cuerpo. De haber tenido tal atrevimiento, los allí presentes hubieran pensado que toda su labor era un favor por otras razones. Qué torpeza. ¿No había sido así con su antecesora, Elena Armendáriz? Vasconcelos, como amante, se colgó las medallitas de su labor en la Cruz Blanca Mexicana en tiempos de Madero. No, sus méritos eran propios. Pero ¿por qué no compartirlos? Y con un hombre de esa estatura, sonrió, pensando en lo acertado de la comparación. Retuvo la mano atrevida junto con la otra sobre la mesa, como si una mitad suya se gobernara por otras pasiones. Sabía someterlas. Había estado con las monjas. Por un segundo le pareció que Venustiano la miraba tras sus gafas de una manera más amable. Podría haber sido su mujer. Alguien abrió la puerta del comedor y la luz del vestíbulo sacudió a Leonor. Era la mucama, que venía a colocar las bandejas de plata recién pulida en la estantería.

—Lo siento, señora, no sabía que estaba aquí.

La sacó de sus cavilaciones, de ese collar de veladas y ágapes en que se había convertido la vida en Monterrey.

—No hay cuidado. Ya es hora de que me arregle para la merienda con la señora Meyers.

El tiempo se había aquietado demasiado en Monterrey. Ya quería partir a San Luis. Añoraba el traqueteo del tren y el polvo que levantaban los caballos en estampida. Y entrar con Carranza a la ciudad de México era la paga que esperaba para ese año de trashumancia.

A casa

59

Cuando llegamos a la estación de Laredo, salimos jubilosas del vagón. Las unas empujando a las otras. El calor de julio se ensañaba con ese enjambre de risas, de muchachas que buscábamos el equipaje, que recomponíamos nuestro arreglo después de desabotonarnos el cuello de la blusa bajo el intenso calor del traslado. Puse un pie en el estribo y de inmediato tuve la sensación de que el tiempo transcurrido entre mi partida y mi llegada se esfumaba. Aquel hangar me era familiar, sobre todo por los trenes que habíamos tomado algunos veranos para visitar a la familia de papá. El norte estaba tan lejos. No se parecía al sur texano. Venir de México no era del todo un cambio brusco, aunque nos recibía una estación ordenada, sin soldados ni rebeldes, ni mujeres enrebozadas. El morral de fotos de Eustasio, que llevaba apretado al costado, era una prueba de que había estado casi tres meses fuera. Algunas chicas ya corrían con sus maletines rumbo al tranvía.

—Anda, Jenny, vente con nosotras —me dijo Araceli al verme allí en el andén, aturdida, mientras el chico del equipaje repartía los últimos bultos.

Aurelia se unió al coro:

—Si no te apresuras, alguien te va a ganar la historia.

Tenía que llegar a escribir. En el trayecto había dicho que esas fotos eran para mi escrito, que ya las verían en el periódico. Aurelia había aprovechado para presumir, aunque no tenía necesidad, habiéndose ganado el entusiasmo de todos con su voz.

—Son de mi primo. Ése sí es jefe con la cámara.

Nadie pudo contradecirla. Eustasio tenía un carácter ligero, paciencia y delicadeza. No podía ser de otra manera con la cámara. Contrastaba con el desenfado y la brusquedad de muchos de los hombres de la revuelta.

Un mozo me entregó el maletín de piel que destacaba entre los otros. Era de mi padre, muy masculino y elegante con su boquilla de bronce. Tal vez por eso el maletero había tardado en entregarlo, dudando de que fuera de alguna de nosotras.

—Es de banquero —dijo Aurelia, que no se separaba de mí.

—Es de mi padre —le contesté.

Aurelia comprendió que no me iría en el tranvía cuando Veronique, bajo un parasol amarillo, con su blusa de lino y aquella falda de piqué impecable, se acercó a saludarme.

Las presenté y ofrecí a Aurelia llevarla a su casa, pues Veronique venía en el auto con el chofer del banco. Se quedó de pie en la banqueta, mirando cómo el hombre tomaba mi maleta y la acomodaba en aquel Ford, uno de los pocos que circulaban en el pueblo. Su extrañamiento me desconcertó.

—Me hubiera quedado con Eustasio, Jenny. Yo no tengo qué hacer aquí —entonces no comprendí su miedo, su deseo de seguir en el camino, olvidada de un pasado que tarde o temprano la encontraría. Y luego, con rabia, adherida al piso hirviente, me increpó—: Es claro que tú no tenías qué hacer allá.

Veronique cortó la tensión con su acento afrancesado y sus maneras exageradas:

—Señorita, ¿viene con nosotros?

Pero Aurelia se quedó de pie, con un gesto contrito tan lejano a la manera en que la piel relucía elástica y joven cuando su boca tomaba las palabras y las acomodaba en melodías. Se veía mayor, el pelo oscuro enredado, la nariz más ancha y el cuello marcado con líneas negras de tierra y sudor. Debe de haber sido esa imagen dura y su agresión gratuita la que me encajó la canción que fui escuchando en la cabeza mientras recorríamos la calle de Matamoros para llegar a casa: "Me acuesto pensando en ti... y en el sueño estás conmigo". Era tal vez un himno para no desprenderme de lo que calle a calle se volvía pasado.

Mi padre no había ido por mí, pero estaba en casa esperando para almorzar. Sentado en el porche leía el diario, como todos los días a esa hora, cuando volvía del banco para comer y regresar al trabajo. Dijo:

—Hola, Jenny —como si yo volviera de la *high school,* como si no hubiera estado meses fuera (y en la guerra en México), como si no me hubiera escapado, como si él no hubiera intentado que me devolviera.

Quiso retomar la lectura del periódico, pero notó que yo no me había movido. Con el maletín al lado y el cansancio del traqueteo y el calor abrumándome, no creía que estuviera en la veranda de esa hermosa casa tan ajena a las coces de los caballos, al defecadero improvisado que armábamos en algunos pueblos, al olor a podrido de algunos heridos a punto de perder brazos o piernas, a la extensión de mezquites empolvados donde el aire no pasaba, al tronido de los rifles, a la tristeza de algunos soldados o al rostro de Ramiro encamado, joven y condenado. Papá se puso de pie, confundido, tal vez porque esa parálisis mía parecía un reclamo, y entonces caminó hacia mí y me abrazó.

—Mi Jenny.

El cuerpo todo se me volvió de agua y me eché a su cuello y lloré. Almorzamos aquella ensalada de pollo y las manzanas al horno de Otilia; conversamos del trabajo de papá en el banco, de cómo las cosas estaban turbias desde que Estados Unidos había invadido México y que algunos mexicanos habían sacado su dinero; otros habían ingresado más, deseosos de que por fin México se volviera uno con el vecino del norte, como parecían demostrarlo los barcos en Veracruz, las tropas diseminadas en el pueblo.

—Quieren que se vaya Huerta —les aclaré—. Como todos.

—No querían eso al principio —dijo Veronique, que aprovechaba cualquier conversación para sacar su animadversión francesa por Estados Unidos, "ese país rústico", como le decía. Nos tildaba de salvajes nuevos ricos. Aunque adoraba a papá, su salvaje nuevo rico, que le prodigaba toda clase de mimos, no había abandonado el tono de sus comentarios.

Ya papá se irritaba con la conversación, que inevitablemente llevaría a mis días en la brega. Para cortar el tema político, soltó lo que necesitaba saber:

—Lily mandó un telegrama diciendo que dentro de una semana deben alcanzarlas en Monterrey.

Comprendí que Lily había estado teniendo a papá al corriente más allá de lo que yo imaginaba. Recordé nuestra conversación y al muchacho del aria. Debí haberle adelantado algo, aunque defraudaba su confianza.

El silencio se afincó y casi se podía escuchar el almíbar escurriendo de las cucharas cuando tomábamos los trozos de ese postre tan Otilia. Hubiera querido contarles algo de lo ocurrido en Ciudad

Juárez, en Chihuahua, en Torreón, en Saltillo, en el camino, antes de llegar al epílogo que me pedía papá con su afirmación. Respiré pensando si era prudente adelantar mi decisión. No contaría las verdaderas razones, desde luego. Diría una verdad parcial, o una mentira a medias:

—No voy a volver.

Ni Veronique ni papá se asombraron. Fingieron que era una decisión normal, derivada de una experiencia traumática, de un mundo que no me correspondía. Ni siquiera levantaron las miradas de sus platos ni se atrevieron a verse el uno al otro, complacidos. Veronique sabía que eso tranquilizaba a papá, papá sabía que su tranquilidad funcionaba para Veronique y ambos suponían que no debían ser demasiado enfáticos en su alegría, no fuera yo a querer llevarles la contraria.

—Entonces hay que aclararle a Otilia que lave la ropa con calma —reparó Veronique.

—Escribiré en el periódico de los Idar —adelanté.

Entonces papá se puso de pie, disculpándose, y me alarmé pensando que volvíamos a lo mismo. Que no estaba de acuerdo. Pero regresó enseguida, con la pipa y una carpeta que me acercó:

—Seguramente no los has visto.

Ordenados por fechas estaban cada uno de los textos que había mandado al *Laredo News*. El primero desde Chihuahua, la foto de las chicas, Lily, Leonor y Jovita al centro, con la bandera.

—¿No había mucho que contar en las últimas semanas? —preguntó Veronique—. Tu padre se volvía loco buscando en qué esquina del impreso estaba su Jenny.

—Muchos heridos que atender —mentí, conmovida.

—Muy bien escritos, Jenny —aprobó papá y añadió, bromista—: funcionó el entrenamiento cuando me acompañabas al banco.

Me pareció curioso que nos acordáramos de lo mismo: aquel escritorio de caoba oscuro, la lámpara de pantalla de vidrio verde lechoso y las hojas de papel membretado donde yo extendía mi caligrafía mientras él simulaba que era muy seria la carta para aceptar la inversión de los cebolleros de la zona. Tanto que, después de corregirla y hacérmela repetir, él plantaba su firma. Y luego decía, jugando:

—¡Qué bueno que usted no se pinta los labios! No me gustan las secretarias exageradas.

En uno de esos días difíciles en que yo no quería ir a la escuela ni él creía conveniente que me quedara en casa notando la falta de mamá, repetimos el juego de la carta, sólo que, mientras él se separaba del escritorio para atender algo, yo extraje del bolsito que llevaba el bilé de mamá y me pinté los labios de rojo. Cuando regresó, me miró asustado. Estuvo a punto de reprimirme, pero debió de haber apelado a su intuición, o escuchó a mamá desde la tumba, porque sólo dijo:

—Se ve muy guapa, señorita, pero espero que sea la última vez que use un color tan subido para venir a la oficina. Me gustan las secretarias discretas.

—¿Te acuerdas del bilé? —solté a bocajarro.

Después de un rato, papá sonrió.

—Sí, señorita secretaria.

Veronique intervino, molesta por quedarse fuera de nuestra conversación, pero ninguno de los dos hizo nada por revelar la antigua complicidad de antes de sus tiempos.

Aproveché aquella fortaleza que me daba haber vuelto, que mi trabajo fuera reconocido, y pedí permiso para retirarme. Argumenté que tenía que seleccionar material para entregarlo.

Cuando entré a la casa, Otilia me atajó en las escaleras para abrazarme y decirme que me habían extrañado. Me arrojé a sus brazos, segura de su protección. Alabé aquellas manzanas exaltadas con un poco de pimienta. Había sido una equivocación cuando las espolvoreó creyendo que era canela. Ahora combinaba ambas especias con mucha fortuna.

—Cómo no te iba a recibir con tu postre favorito, mi niña. Además, mira qué flaca estás.

Esta vez no actué como la niña que Otilia siempre me hacía sentir. No había tiempo que perder. Mañana mismo debía ir Otilia al telégrafo, cuando fuera al mercado por la compra. Me puse seria y, por lo bajo, le susurré:

—Tienes que hacerme un favor.

Le entregaría a Otilia el texto para que lo diera al telegrafista. Aunque ella no supiera leer, le diría lo que estaba allí escrito para que defendiera cada una de las palabras, especialmente la del firmante: "Melquíades García". Y tenía que hacer que el hombre, al otro lado, no dudara ni objetara. Al fin el cónsul era habitual en la casa de los Page y Veronique enseñaba francés a los hijos. ¿Por qué no iba a pedirle aquel encargo a la sirvienta de los Page mientras él tomaba el café en la veranda? Sí, era un asunto delicado, pero Otilia era de confianza. Tantos años con los Page, desde que vivía la señora Beatriz, desde que nació Jenny.

Me tiré en la cama. En la reconfortante penumbra de la recámara, el silencio me pareció extraño. No había voces de las chicas. Nadie hablaba de batallas ni del enemigo, ni del cloroformo ni de las vendas, ni se repetía "lo siento mucho" en el consuelo a los deudos: el ruido se había quedado del otro lado. El ruido y Ramiro. Abrí el saco de baqueta con las fotos de Eustasio Montoya y hurgué, ansiosa por aquella que me concernía. Día de campo de Leonor y Lily con Carranza y alguien más entre las rocas del paisaje, botines, las copas en las piedras, el plato sobre el regazo de falda oscura. Sonrisas. El otro lado de la guerra, la amistad con los generales. Luis Caballero de pie, formidable con sus bigotes y su mirada pícara. La foto estropeada, pues había circulado en el tren, cuando todas exigieron que enseñara el material, cuando todas gritaron y me asediaron y abracé el saco y Aurelia me protegió porque aquel botín visual era de su primo. Entonces pactamos. Querían la foto del general más guapo, del que no conocían pero que habían oído mentar pues era de Tamaulipas, como ellas o como la familia de ellas. Con una revisada somera, lo encontré porque la tía Lily me había enseñado una foto del general con el que ella se iría cuando se dividieran en Monterrey, como ya lo había hablado con Leonor. Con eso apacigüé el ansia de las muchachas. Hice la foto a un lado y seguí hurgando. Por allá todas las muchachas, con su banda en el brazo, sus delantales, y Lily y Leonor en medio. Otra en plena curación en el hospital. Jovita Idar y Leonor conversando. La comisión del consuelo junto a una pareja de ancianos ensombrecidos por la pérdida. Aurelia cantando. Adelita con Leonor. Carranza de pie. Carranza en una silla. Carranza con Leonor y Lily en un patio. El tren detenido, la banda al frente y ellas entreveradas con los rebeldes. Leonor al centro, sentada en el estribo del tren. Rebusqué ansiosa, sin detenerme; tenía que estar la que había tomado de Ramiro, no importaba si borrosa o imprecisa. Quería su rostro. Revolví aquel tiradero en blanco y negro sobre la cama, pero no encontré la que buscaba. De un manazo las tiré al suelo y me desplomé sobre el colchón. Al diablo con esa guerra y con esas personas. Sólo quería volver a ver a Ramiro.

Comer en Venado

60

Jovita Idar y Leonor Villegas avanzaron hacia el campamento improvisado; venían de San Luis Potosí, de hablar con Mimí Eschauzier, quien, siendo esposa del reconocido doctor y con buena disposición, había aceptado presidir la Cruz Blanca del estado. Aunque era verano, la noche en el desierto siempre era fresca. Había satisfacción en la zancada de ambas mujeres. La luz amarilla de varias fogatas salpicadas alegraba e iluminaba los muros semiderruidos de la antigua hacienda de Venado. Conforme se acercaban bajo la noche estrellada, distinguían los uniformes de los hombres que se cobijaban junto al fuego y aceptaban las tortillas y la carne seca que las soldaderas les preparaban. Leonor y Jovita se acercaron al fuego que una mujer atizaba y quien ofreció el guiso que recalentaba para su compañero y otros. ¿Cómo habrían de alimentar a los heridos que habían resguardado en esa vieja hacienda si no fuera por las soldaderas? Leonor las miró con admiración y pensó en que era necesario que Eustasio retratara aquella cotidianidad detrás de las batallas. Las dos mujeres se sentaron en el tronco arrimado a la hoguera. Extendieron la tortilla humeante para que la mujer la colmara de aquel guiso de carne deshebrada.

—¿Quieren frijoles? —preguntó, meneando la olla donde hervían negros y tentadores.

Sin esperar respuesta, sirvió a cada una en los platos de peltre que cargaba por ligeros.

—¿Su marido está entre la tropa? —preguntó Jovita, que no podía evitar su curiosidad periodística.

—En Charcas nos levantaron. Cuando el tren se detuvo. Queremos llegar a la capital.

Sólo unos días atrás habían estacionado el tren en ese poblado para localizar el espacio donde podrían atender heridos. El general

González había pedido a Jovita y a Leonor, al general Murguía y al doctor Blum que se encargaran de ello. En Charcas consiguieron caballos, al tiempo que la tropa se diseminaba buscando qué comer, refuerzos, entusiasmar hombres dispuestos a sumarse a lo que parecía una plaza tomada. Sobre el animal, y bajo el sol abrasador de la tarde, Leonor recuperaba los placeres de sus trotes de adolescencia, se anclaba al campo que recorría con su padre, con su hermano. Pensó en que sus hijos se perdían del placer de conocer el paisaje a lomo de animal. Recordó el gusto con el que lo había hecho con el general Felipe Ángeles en Torreón. Por un segundo lo imaginó a caballo, acercándose también a la ciudad de México con Villa. ¿Por qué había dicho que no se volverían a ver? Seguramente no imaginaba que ella no desistiría hasta entrar a la capital. Ella era gente de Carranza, qué caray, y si Carranza presidía el país no pensaba alejarse. ¿Cómo sería esa entrada? El caballo bajo sus piernas le permitía fantasear que así debía ser, a trote por la avenida Reforma, como lo había hecho Madero. La sangre le revoloteaba presagiando el triunfo. Jovita gritó y Leonor miró atrás. El caballo parecía andar sin mando. Pero ya el general Murguía se le aparejaba para controlar al animal. Se había olvidado de su compañera. Los alcanzó, el pelo adherido a la frente por el sudor, la felicidad contrastando con la cara pálida de Jovita, atemorizada. Había olvidado que lo suyo era lidiar con las prensas y los tipos, con la palabra y la insistencia para subrayar injusticias, defender el español y la identidad de ser un mexicano en piso americano. Mientras que Jovita era una mexicanoamericana, ella era mexicana. Vivía en Laredo por el comercio de la familia, pero era una mexicana de hueso colorado. Qué diferencia con sus hijos. Antes de salir de Monterrey había hablado con cada uno. Sus voces le quebraron el temple, pero el campo, el trote, la hacienda abandonada que divisaban a lo lejos le barría todo empañamiento del ánimo.

—¿Qué haces allá, Leonor? —había dicho su hermano Leopoldo—. México tomado por Wilson y tú tomándolo a tu manera. ¿Qué les vas a contar a tus hijos? ¿Que eres enemigo de este país? ¿Del país donde viven?

¿Qué cosas le hacía pensar su hermano? Por más generoso que fuera ocupándose de sus criaturas, no acababa de entender que ella no era laredense.

—Esta guerra no es contra tu país —le dijo, incisiva—. Es contra Huerta y tu país no sabe de qué lado ponerse.

—Y no será el de Villa ni el de Carranza.

—Pues no hay otro lado —se defendió Leonor entonces.

Ahora estaba segura: Huerta había dejado la presidencia, salía del país y había que llegar a ocuparla, a llenar ese vacío antes de que el Congreso desconociera que era Carranza con todos sus generales, Villa en el norte, Obregón en el noroeste, Zapata en el sur, quienes habían fracturado el poder.

Trotar a caballo infundía un ritmo a los pensamientos. Leonor estaba ya a la vera del zaguán al que quedaba una de las puertas, y la realidad la sacó de sus pensamientos. Jovita venía acompañada del general Murguía a un paso suave. El doctor Blum detrás de ellos.

—Es usted una amazona —había dicho el doctor.

Y Jovita añadió con sorna:

—Y una mala amiga, que me abandona a mi suerte. Si no fuera por el general, andaría yo despatarrada entre las biznagas.

—Tendrás de qué escribir —bromeó Leonor.

Mientras mordía aquella tortilla rellena y daba un cucharazo a los frijoles, pensó en la importancia de que Jovita escribiera.

—Las soldaderas, Jovita, es todo un tema. Que no te acapare el trabajo de secretaria de la Cruz Blanca.

—Será a la vuelta —contestó, absorta en ese sabor que compensaba las fatigas del día.

Leonor terminó su cena en silencio. Miraba el rostro moreno de la mujer, concentrada en que el fuego no se apagara y en que los frijoles no se pegaran al fondo del cazo. ¿La vuelta? Odiaba esa palabra. Ella no pensaba volver. Mandaría por sus hijos. Al fin Adolfo estaba en la ciudad de México. Se instalarían allí. Carranza le diría qué hacer con la Cruz Blanca en este nuevo orden. No tenía duda de que, como presidenta de la Cruz Blanca Nacional, a ella le correspondía seguir dirigiendo la agrupación. ¿Sin guerra tendría sentido la agrupación?

Ya se acercaba un grupo de hombres. Por la sonrisa de la mujer, el suyo venía allí.

—Buenas noches —musitaron, y se acuclillaron cerca del fuego, frente a ellas.

Aracelito también apareció, enfundada en la capa de lana. Las había visto iluminadas por la fogata.

—Vente a comer, muchacha —la animó Jovita.

—Después de llevar algo a los heridos. Estamos colectando de fogata en fogata.

El hombre que parecía ser el de la soldadera extendió su plato. Otros siguieron su ejemplo. Leonor y Jovita se pusieron de pie para ayudar con los platos, que la soldadera atiborró con generosidad. Se había descarrilado un tren y había heridos. La vía se estaba reparando mientras los hombres se recuperaban. Leonor sintió vanos sus pensamientos recientes. Aliviar a los heridos era lo urgente. Lo demás eran sueños, vislumbres. Siguió a Aracelito y a Jovita, sorteando hogueras, hasta penetrar al recinto improvisado como hospital. Tenían el privilegio de ayudar. Que no se le olvidara.

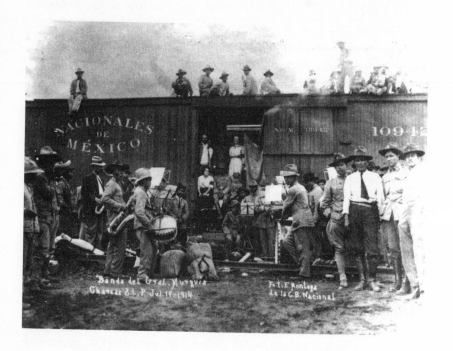

El telegrama

61

—La buscan, niña —dijo Otilia desde la puerta de mi habitación.

Robusta, morena, de pelo oscuro y rizado que revelaba algún antepasado negro, parecía alterada.

—Yo sólo hice lo que me dijo —se defendió mientras me incorporaba del escritorio donde había estado escribiendo en mi diario.

La verdad era que, desde que le había hecho el encargo y tenía conciencia de que el telegrama salvador estaba en camino a Chihuahua, había sentido un alivio, como si aquel dolor y deseo hubieran encontrado cauce. Imaginaba yo un sentimiento similar al de un general que confía en su estrategia. Pero la voz temerosa de mi nana desbarrancaba la placidez que me había ocupado esos días de vuelta en casa. En mi cuaderno había hecho el recuento de mis días con Ramiro: a falta de fotografía, lo había descrito en papel, sus ojos azabache, los labios justos, la barbilla moldeada, la frente amplia, las manos grandes y decididas cuando me tocaron con ternura. Había estado con él de la única forma que me era posible en esos días: en el papel. El telegrama debía lograr lo que me había propuesto, que Ramiro Sosa, integrante del Colegio Militar, dondequiera que estuviese, atendiera las órdenes del cónsul, supuesto tío suyo, que lo esperaba en Laredo para una misión diplomática militar; un hombre de Huerta, pero de su confianza, convenía para esa negociación con los americanos, molestos por algunas muertes de comerciantes estadounidenses en la frontera, había aclarado el firmante, Melquíades García. El mismo que había mandado por mí y me esperaba en el consulado.

Mientras cepillaba el pelo y tomaba el sombrero del perchero en la habitación, Otilia seguía defendiéndose:

—Diga que fui yo, niña Jenny, el telegrafista lo puede corroborar.

Todavía confiaba en que el deseo del cónsul obedeciera a otras razones y no al telegrama que había mandado en su nombre.

—Seguro se trata de la Cruz Blanca. Querrá enviarme algo para Leonor o Lily —conforté a Otilia, que miraba hacia el pasillo por si asomaba Veronique o alguien que pudiera decirle a mi padre que su hija estaba metida en un lío y que ella era la alcahueta. Sabía que Melquíades García era muy amigo de Leonor, simpatizante de Carranza, atento a la Cruz Blanca Nacional, y debía de saber que las enfermeras estábamos de asueto por unos días en Laredo.

En el *hall* me esperaba el secretario del cónsul, que me saludó, cortés, y me escoltó hasta el consulado a unas cuadras de casa. Otilia me apretó el brazo cuando eché a andar con el joven.

—Me la devuelve sana y salva —dijo, con el miedo que sólo yo le podía reconocer en la voz.

—Hace bien en traer su sombrero. El sol a esta hora es inclemente —dijo el joven.

Las tres de la tarde. En el verano laredense era hora de siesta y casi nadie transitaba por las calles en ese momento. La hora y la prisa me alarmaron.

—¿Se publicó algo sobre la Cruz Blanca hoy en *El Progreso*? —pregunté, fingiendo inocencia.

Pero el joven no parecía estar al tanto o cumplía con su trabajo de manera extraordinaria, pues sólo respondió:

—No he tenido oportunidad de revisarlo. Pero tengo entendido que usted escribió algunas cosas para el *Laredo Times* sobre la labor de la Cruz Blanca.

Me ruboricé. De alguna manera, escribir sobre la Cruz Blanca y luego traicionar a la causa amando a un federal eran reprobables.

—Muy al principio —respondí—. Luego estábamos muy ocupadas.

—Ya veo —dijo y subimos por los escalones del consulado.

—Después de usted —me dio el paso.

El corazón se había acelerado no sólo con el calor, que me tenía la cara encendida, sino con el temor. No podía ordenar los pensamientos. ¿Me meterían a la cárcel?

El cónsul estaba de espaldas a la puerta, mirando por la ventana hacia el jardín. Sin siquiera volverse a mirarme, dijo:

—Qué robustas se ponen las azaleas en el verano, ¿verdad, señorita Jenny? —y luego, girando hacia mí e indicándome que me sentara en el sillón de piel de la pequeña salita en su oficina—: Lo debe apreciar más ahora, que vuelve de los campos en guerra de México.

Hasta entonces no había prestado demasiada atención a las flores de la ciudad, pero me uní a su comentario, que aliviaba la tensión:

—Sí, los colores son hermosos.

La foto de Madero estaba detrás de su escritorio.

—Me alegro mucho de que haya colaborado con la Cruz Blanca.

Su comentario me relajaba. Ya me parecía exagerado mi temor.

—Un placer trabajar con Leonor Villegas —añadí.

—Sigue el ejemplo de su tía Lily. ¿Un poco de limonada? —preguntó, mientras vertía la jarra en los dos vasos de la charola en la mesita—. Hay que beber mucho líquido para aguantar este calor.

—Gracias.

—Sé que la señora Long se ha ido a Tampico con Luis Caballero.

—Así es.

—Usted podría haber sido como ella, una mujer norteamericana comprometida con México, con la justicia —apreté el vaso. Ya no me sentía tan cómoda. Sonreí falsamente—. Es usted muy joven para haber tomado la decisión de unirse a la revuelta… Eso pensaba yo. Y me alegraba que lo hubiera hecho, conociendo a su padre —trencé mis dedos en la cinta del sombrero que yacía en mi regazo; sabía que el cónsul preparaba el golpe—. Tal vez sea muy joven para saber qué implica la palabra difamación o fraude.

Me miró inquisitivamente, se puso de pie y tomó el telegrama que estaba en su escritorio. Lo blandió frente a sí y leyó en voz alta: "Urge presencia en Laredo de mi sobrino Ramiro Sosa. Negociaciones con el gobierno de Estados Unidos. Melquíades García, cónsul de México en Laredo".

—¿Se da cuenta de la gravedad?

Intenté fingir por un rato, pues no había nada allí que me incriminara:

—No le entiendo, señor cónsul.

—Yo tampoco, Jenny Page, que una muchachita comprometida con los constitucionalistas ponga en juego mi nombre por liberar a un federal. Doble prejuicio: uno moral, otro ético.

—¿Por qué piensa que yo…?

—Porque tuve la fortuna de que me fuera devuelto este telegrama cuando el tal Ramiro Sosa no fue encontrado en Zacatecas.

Mi desconcierto fue mayor. No sólo había sido atrapada en el agravio, sino que no tenía sentido alguno. El telegrama había llegado a destiempo.

277

—¿Cómo que ya no estaba? —contesté a punto del llanto.

Me miró satisfecho por mi confesión. La angustia superaba todo deseo de protección.

—¿Por qué ya no estaba? ¿Se escapó?

—Las preguntas las hago yo —dijo, alterado por mi reacción—. ¿Por qué se atreve a dar una orden en nombre mío, una orden que me compromete? La puedo acusar, señorita Jenny Page.

Yo no lo escuchaba. ¿Estaría ya en la capital? ¿Habría huido porque no funcionó el intercambio de prisioneros? ¿Yacía muerto en algún lugar, la herida del vientre abierta, desangrándose solo en el camino, pudriéndose entre los arbustos?

—Tal vez murió.

—¿Y por qué no imagina que se reintegró con los federales y está matando constitucionalistas? Los mismos que la llevaron a usted, confiados de su posición. Quiere proteger a un enemigo usándome a mí.

No sabía qué contestar, entre la vergüenza y el despropósito estaba abatida.

—Usted sí es una enemiga, Jennifer Page —ya no me importaba su recriminación, pues de pronto pensé que el cónsul tenía razón y Ramiro podría estar vivo y a salvo. El problema era que no sabría que yo lo esperaba en Laredo—. No la voy a consignar; tuvo suerte de que en un sobre a mi nombre el telegrama llegara de vuelta al consulado con la nota de una enfermera. Parece ser que había atendido al federal en cuestión. De Zacatecas telegrafiaron al hospital de Chihuahua.

"Teresa", pensé, la enfermera gorda, la que me celaba, la que lo deseaba:

—Fue ella.

—¿Perdón? —preguntó el cónsul.

—Entiendo que tome cualquier acción contra mí. Sólo preferiría que mi padre no se entere —le dije al cónsul de corazón.

Y mientras él se sentaba en su escritorio y redactaba algo en un papel, yo bebí sorbos de esa limonada. Pensé en las azaleas coloridas y ajenas que me rodeaban y me pareció que había pasado mucho tiempo desde esa guerra en México. Sentí que esa historia dejaba de ser mía y se depositaba en el pasado.

—Le voy a pedir que firme este papel después de leerlo.

Sin otra salida posible, firmé aquella carta donde aceptaba ser yo quien mandó el telegrama que inculpaba al cónsul y al telegrafista. Melquíades García la dobló, la metió en un sobre que cerró y, mientras la guardaba en la caja fuerte, al lado de su escritorio, me informó:

—Es una solución para los dos. Sólo se usará en caso obligado. Conviene que pase el verano en otro lado —me vio a los ojos—. Y olvídese del federal. Pudo volverse carrancista. Muchos lo han hecho. También por una mujer. Y de ser así ya lo sabríamos.

Al día siguiente tranquilicé a Otilia y le dije a papá cuánto me gustaría pasar el verano con mis primos en Saint Paul.

En aquellas vacaciones de 1914 cumplí dieciocho años y conocí a Richard Balm, mi futuro esposo.

Heridos a bordo

62

Leonor y Jovita tocaron en la puerta del edificio de la Cruz Roja. Tardaron en abrir, y el grupo que esperaba frente a ese portón de la ciudad de Querétaro se impacientaba. Les habían dicho en el hospital que había más heridos. Fue uno de los propios rebeldes, mientras era atendido por una de las muchachas.

—Señora Leonor, dice uno de los hombres que hay varios encerrados en la Cruz Roja, que aquí no están todos —informó Teresa.

Querétaro no había recibido a la Cruz Blanca con el talante esperado, a pesar de que los habían hospedado en una lujosa casa. Ya desde San Luis habían notado que no los atendían de la misma manera que en Saltillo y en Monterrey. Como si no les parecieran tan necesarios los servicios de ese grupo sanitario. Las puertas no se abrían a su paso en San Luis, por más que el gobernador Eulalio Gutiérrez les brindara su apoyo. A las chicas les habían lanzado piedritas cuando escoltaban a un herido en camilla rumbo al hospital. Las monjas que caminaban por las calles del centro desviaban la vista, afuera de catedral se les miraba con recelo. Los rebeldes eran anticlericales y la Cruz Blanca, que era parte del Ejército Constitucionalista, se ganaba la animadversión de muchos. Ni siquiera la señora Mimí, como presidenta de la Cruz Blanca en el estado, logró que los conventos ayudaran con el envío de alimentos. Querétaro parecía ser ahora mucho más reacio a la ayuda de la Cruz Blanca, al triunfo mismo de los constitucionalistas. Ya se lo habían advertido a Leonor. Clemente Idar le hizo saber que la experiencia en el centro sería distinta; que mientras Carranza, Villa y Obregón eran considerados triunfadores en los estados del norte, el centro miraba con recelo una revuelta que no sentía tan de cerca; la miraba desde sus iglesias y conventos, tan arraigados y celosos de sus bienes y sus fueros.

El cuidador finalmente atendió a los golpes de la aldaba. Dijo que el edificio estaba vacío, pero la comitiva quería entrar a toda costa. El hombre insistía en que tenía órdenes de no dejar pasar a nadie.

—Tenemos entendido que hay heridos.

—No señora, la Cruz Roja los tiene a todos en el hospital.

Pero Jovita ya caminaba hacia dentro. El resto la seguía y el hombre protestaba. Amenazó con llamar al ejército, mientras María Villarreal gritaba por aquel pasillo oscuro si había alguien allí. Leonor respondía al hombre que el ejército ahora eran los constitucionales, sobre todo después del triunfo de Federico Montes.

—Está usted muy mal informado.

De pronto escucharon voces sofocadas. Venían de la puerta, al fondo. Corrieron las damas, seguidas de Felipe Aguirre y Eustasio Montoya. Claramente los llamaban:

—Aquí estamos.

Felipe y Eustasio quitaron la tranca que sellaba aquel recinto. El cuidador cedió, vencido por la evidencia, y se defendió ante la vista de aquella cincuentena de heridos que miró, agradecida, al grupo que les salía al encuentro.

—No sabía yo nada. Me dijeron que estaba vacío.

—Llevamos tres días sin comer —protestó uno con los ojos hundidos en el rostro ajado.

—Hay que llevarlos al hospital de inmediato.

Ya Jovita se había perdido por otro de los pasillos del recinto colonial y volvía con una bolsa de cacahuates que encontró, para empezar a aliviar el hambre de aquellos hombres. El olor era insoportable, y mientras Felipe abría ventanales y María se acercaba a los heridos intentando planear la manera de sacarlos de allí, Leonor sentía un mareo que el tufo y la indignación atizaban. No podía creer que la Cruz Roja fuera capaz de dejar morir a los enemigos. Pensó que Clemente tendría que ser informado de esto, que debía escribir sobre la irregularidad de un servicio de socorro, sobre su parcialidad y su indecencia. María salió de la casa a buscar ayuda entre las enfermeras que estaban en el hospital y la residencia que en esa ciudad les servía como dormitorio. Jovita había encontrado los tazones de peltre con los que repartía agua del aljibe del patio a la tropa abandonada. Las moscas zumbaban entre los cuerpos con uniformes sucios o hechos jirones. Unas frazadas en el piso habían permitido el sueño de algunos. Leonor se apoyó contra la pared. La luz del sol que entraba por las ventanas altas en aquel mes de agosto apenas y calentaba. Mandó llamar al general Elizondo. Tenía que saber de esto. Hubiera querido que Pablo González y el propio Carranza lo atestiguaran, pero ya avanzaban hacia Tlalnepantla. El Primer Jefe le había repetido en San Luis, cuando visitó el hospital que atendía a los heridos de la última batalla, que esperarían a la Cruz Blanca para entrar triunfantes a la ciudad de México.

—Usted no puede faltar, Leonor.

Leonor miró aquel enjambre de hombres que necesitaba sus atenciones y lo sintió como una afrenta, como un acto inmisericorde para con ella misma y su gente. Tendrían que atenderlos antes que pensar en llegar al día siguiente a Tlalnepantla. Debía abandonar la idea de entrar con Carranza a la ciudad.

Las enfermeras llegaron con camillas, cloroformo, alcohol, vendas, esparadrapos para limpiar, tablas. No podían evitar la mueca de asco que el hedor del lugar les producía, mezcla de orines y excremento.

Un joven con el brazo herido, muy cerca de donde Leonor respiraba con esfuerzo mientras las chicas se acercaban buscando instrucciones, se disculpó:

—Siento mucho el espectáculo.

Aracelito fue quien lo escuchó:

—Qué afortunado que los encontramos.

Miró a Leonor, que parecía estar en otro lado. La conocía bien y no esperó instrucciones. Fue ella quien dispuso a los grupos de chicas para que el doctor Blum discerniera la gravedad y la velocidad con que uno y otro debían ser llevados al hospital.

Aracelito regresó a donde Leonor seguía impávida, con la mirada en esa luz del estío que entraba rasante en el salón hediondo.

—¿Está bien, Leonor?

La falta de respuesta alertó a Aracelito, que hizo señas a una joven para que la ayudara a sacar a Leonor de allí; la llevaron al pasillo y la recostaron sobre un petate, que trajo otra enfermera. Mientras la joven sostenía a Leonor de lado, Aracelito desabotonaba el vestido y aflojaba el corsé. Pidió aguardiente para que Leonor lo oliera y luego la obligó a darle unos sorbos. Los demás intentaban acercarse, pero Aracelito les hacía señas de que se alejaran de aquel rincón en penumbra. A Leonor Villegas no le gustaría que la vieran descompuesta.

—Ya nos amolamos, Araceli —dijo cuando recuperó la voz.

—¿Qué dices, Leonor? Si el Primer Jefe ya está en Tlalnepantla, si Huerta ya firmó la renuncia y salió del país, si estamos a punto de entrar triunfantes a la capital —le respondió Araceli.

—A eso me refiero.

Escucharon voces y pasos que venían del fondo del pasillo. Era el general Elizondo y su gente.

—Arréglame el vestido.

—No debe levantarse.

—Cómo no. Soy la presidenta de la Cruz Blanca Nacional.

Lo dijo con tal contundencia que Aracelito no tuvo más remedio que retomar las cintas del corsé y atarlas con menos fuerza, abotonarle el vestido, arreglarle el pelo y ayudarla a ponerse de pie. El aguardiente le había devuelto el color a las mejillas de Leonor.

Caminó por el pasillo, escoltada por las dos muchachas. Aracelito la llevaba del brazo, no muy cierta de que pudiera tenerse de pie.

—General Elizondo, ¿cómo ve este encierro deliberado de los heridos?

El general parecía haber sido interrumpido de la siesta, pues el pelo estaba desacomodado y tenía un gesto de molestia.

—Qué bueno que están ustedes, señora, para atenderlos. Mis hombres ayudarán a transportarlos al hospital.

—¿Y no le parece que hay que hacer algo por esta conducta inmoral?

—Señora de Magnón, ¿usted cree que son tiempos de hacer algo por conducta inmoral?

Leonor no sabía cómo controlar su ira. Y reventó:

—¿No cree que es injusto que nos quedemos aquí, sin poder entrar a la capital, como merecemos por haber estado en la contienda?

—Tampoco son tiempos de pensar en injusticias. Usted decida qué es lo que tiene que hacer.

Ya la gente del general empezaba a subir a los heridos que lo necesitaban a las camillas, y los que podían caminar eran ayudados entre una o más chicas a avanzar por el pasillo.

Leonor caminaba junto al general, observando la evacuación del lugar. Sabía que María y Jovita vigilarían que los transportaran en autos o ambulancia al hospital. Era un hecho que Leonor y su equipo se quedarían a cumplir con su deber: aliviar a los heridos. Ya lo habían hecho en San Luis Potosí, quedándose unos días más que el general González, que junto a Carranza había salido hacia Querétaro para festejar el triunfo de Montes. Había sido muy rápido su paso por Querétaro, pues cuando llegó la brigada de la Cruz Blanca ya habían dejado la ciudad. Parecía que la excitación de la entrada a la capital los tenía tomados. Si no, ¿cómo explicar que nadie supiera del paradero de esta cincuentena de hombres, que nadie se preguntara dónde estaban? En la misma residencia que la Cruz Blanca se hospedaban varios generales que esperaban unirse al contingente de Tlalnepantla. La coronela María de Jesús González había llegado con la gente del general Murrieta para saludarla y compartir alojamiento en aquel palacio. La gloria palpitaba como un diamante en el valle de México, y todos iban por ella. Leonor sospechó esa luz iridiscente mientras salían del recinto, que había quedado vacío, y entonces tuvo una idea.

No se quedaría varada por falta de suministro de carbón para entrar a la ciudad, como había llegado a sus oídos que parecía ocurrir con el ejército de Villa. Tampoco se negaría a hacerlo como Zapata y los suyos. No, ella estaba obligada a obedecer la voluntad de Carranza, y la voluntad del tan mal llamado Barbas de Chivo era que entrara con él. Para Leonor estaba claro que, por él, por Madero, por sus hijos relegados en aras de un propósito, se merecía la entrada triunfal.

—General, yo podría cumplir mi deber y llegar a la capital si usted me habilitara dos vagones de tren como hospital.

Cuando salieron a la calle, el hombre que les había franqueado la entrada cerró el portón por dentro, incierto de quiénes eran los vencedores en esa guerra. Apenas cabían en los escasos vehículos y algunos hombres, ayudados por otros, caminaban hacia el hospital, a sólo unas calles.

El general se acercó al chofer de uno de los vehículos.

—Indique a todos que se dirijan a la estación.

Y luego a Leonor:

—Que su gente se encargue de transportar lo que necesite del hospital. El tren parte mañana en la madrugada.

—General, tendremos el gusto de cumplir nuestro deber —sonrió Leonor.

Noticias del pasado

63

Hacía dos años que vivía en Saint Paul y papá y Veronique dijeron que me visitarían para *Thanksgiving*. Y que llevaban una sorpresa. Por un momento pensé que se harían acompañar de Otilia, que me la traían de regalo para que recordara los sabores olvidados de chiles toreados y frijoles puercos. Pero no se iban a desprender de su ama de llaves y menos la iban a desprender de su río, de la posibilidad de ir y venir de México a Estados Unidos como Juan por su casa. *Thanksgiving* era quizá el festejo más importante del país. No lo noté en Laredo, donde se diluía entre la Virgen de Guadalupe en diciembre, el Día de Muertos en noviembre, la Batalla de Puebla en mayo, el cumpleaños de Washington en febrero y la Independencia mexicana en septiembre. Papá trató de que la fecha se respetara y que Otilia o mamá o Veronique hicieran el pavo con su salsa de arándanos y el puré de camote. Papá invitaba a gente del banco, como Richard lo hacía para el *open house* del día siguiente. En la cena de Acción de Gracias sólo estaba la familia. Esa noche nos reuniríamos a la mesa mis suegros, los primos Kent —con quienes había yo pasado el verano en que conocí a Richard— y, por primera vez, mi familia. "Hace mucho frío", les advertí por telegrama. No estaba segura de que recordaran el viento gélido que provenía del lago Michigan a finales de noviembre; por más chimeneas que encendíamos en el salón y el comedor, y aun en las recámaras, era difícil atajarlo. Y conocía a Veronique, a quien le importaba más lucir sus vestidos que cubrirse del aire. Yo también soy mujer de río, me había dicho cuando en alguna carta yo compartí mi nostalgia por el Río Grande. Supuse que era el río Sena, y comprendía que extrañara algo más que el río.

—¿Crees que me traigan un perro? —le pregunté a Richard la mañana del día en que nos preparábamos para ir a la estación por ellos.

—No creo que lo traigan desde Laredo —dijo Richard, siempre práctico.

—Pero dijeron que traían una sorpresa. ¿Será Otilia? —continué como una chiquilla ansiosa.

—No aguantaría el frío tu nana —defendió Richard el puesto de Bessie, la negra que había sido su nana.

—Pues no veo qué me pueden traer de casa si no es un poco de machaca, agua del río, o fotos...

Enmudecí después de aquella suposición. ¿Habrían encontrado la foto que yo no localicé en el bulto de Eustasio? ¿Cómo iban a suponer el significado de la foto? Atajé de inmediato el alud de emociones que había dejado en la veranda de mi casa en Laredo; demasiado terreno, personas, tareas interpuestas para que una recién casada desempolvara los acontecimientos de aquellos meses de 1914.

—Paciencia, mujer, paciencia —se rió Richard mientras pedía a la cocinera otro montón de *hot cakes* y se disculpaba conmigo—. El frío da hambre.

Era un hombre que le hincaba el diente a la comida durante los fines de semana. Era como si aquella contención de banquero con sombrero y bien trajeado, de hombre que hace sus sentadillas y abdominales todas las mañanas, que juega golf los fines de semana, se destrampara de cuando en cuando con desmanes en la comida, con atrevimientos en la alcoba o dejando de usar la rasuradora. Algunas veces no salíamos el sábado del cuarto. Estábamos en la cama todo el día, nos subían la charola de comida y, a cierta hora, Richard pedía a Bessie que se fuera de descanso. Eran días dichosos: sexo, comida, sueño, algo de lectura, música del fonógrafo que cada viernes el mozo colocaba en nuestra habitación, sabiendo que vendría el rito sabatino y que los señores gustaban de bailar y se entretenían "quién sabe en qué" todo el día en aquella habitación que daba al trozo de jardín donde se enredaban las glicinas en primavera.

Desde la ventana contemplé el gazebo, que lucía su reciente mano de pintura amarillo pálido. El jardín ardía en ocres: los castaños y los robles, imponentes. Pensé que les gustaría mucho mirarlo. Nuestro jardín en Laredo era más pequeño y nunca lucía el otoño de estas latitudes frías. Si las azaleas eran nuestra presunción en casa, aquí el otoño preparaba el ánimo para el rigor invernal. Papá y Veronique no conocían la casa. Habían venido a la boda a Saint Paul y se hospedaron en el mismo hotel donde nosotros, pues esperábamos que se terminaran algunos detalles en la casa que estrenaríamos. Una casa de dos pisos y cinco recámaras. Queríamos una familia grande, pues los dos éramos hijos únicos.

En la estación nos cercioramos de la hora de llegada del tren. Tomamos un aperitivo en el restaurante mientras hacíamos tiempo, pero, faltando diez minutos, yo ya no podía permanecer más tiempo a resguardo. Aunque me hiriera aquel viento que corría por las vías, quería ir al andén. Richard comprendió y pagó deprisa. Cuando salimos ya el tren entraba en la estación. El retumbar de la locomotora me tomó por sorpresa. La vibración entró por los pies y me llegó a la cabeza. De pronto miraba ese revoloteo de trenes grises, improvisados, de ventanas llenas de polvo, de muchachas con los pañuelos atados a la cabeza, de camillas y galope. La vibración se metió bajo la ropa ceñida de lana que protegía mi desnudez. Cerré los ojos, defendiendo las imágenes aletargadas, los trenes de México y el ímpetu de Jenny Página y el soldado de Jenny Página, y la eficiencia cantarina de Leonor Villegas y el arrebato de Adela y las canciones de Eulalia y el flamazo de magnesio de las fotos de Eustasio. Tuve la impresión de que algún día se acomodarían para que yo pudiera deletrear aquellos meses. Escuché el chirrido de los frenos y abrí los ojos cuando Richard me llamó:

—Jenny, ¿estás bien?

Me sorprendieron mis manos enguantadas en cabretilla castaña y el saco con ribetes de popotillo mostaza en los puños. Me pensé desnuda por un momento en esa estación. Pero ya las puertas que se abrían en cada vagón aterrizaron mi corazón. ¿De cuál bajarían papá y Veronique? Richard se estiraba sobre las otras cabezas, pues su altura le permitía escrutar una y otra puerta de los coches dormitorio. Divisó a su suegro y tomó mi mano para conducirme al carro donde papá daba la mano a Veronique para que bajara por la escalerilla.

—Papá —grité y me apresuré.

Volteó, sonriente, y sin decir nada extendió su mano para que bajara una mujer algo más alta que Veronique. El sombrero atajó el rostro de quien los acompañaba. Hasta que estuve al pie de la escalinata no descubrí los ojos azules de la tía Lily. Enmudecí, mientras papá anunciaba:

—Mira quién vino con nosotros. Richard, es una querida pariente, Lily Long.

Fue a la primera que abracé. El pasado llegaba a mí sin que hiciera mayor esfuerzo:

—Tía Lily, qué gusto.

—Hace una guerra que no nos vemos, criatura. ¿Quién iba a decir qué mujer te has vuelto?

Richard me miró, conociendo cuánto evitaba hablar del tema ante su curiosidad, pero yo no hice más que abrazar a Veronique, que protegía el plumaje de su cabeza, y a mi padre, en cuyo hombro estuve a punto de llorar, emocionada. Me parecía un gesto extraño que trajeran a tía Lily, sobre todo después del desacuerdo de que yo fuera a la revuelta en México, y más que tía Lily viniera después de que su sobrina había tenido quereres con un soldado enemigo, como supuse que sabría ya. Resultaba incómodo estar en Laredo, a donde Leonor había vuelto y dirigía el hospital Belisario Domínguez en Nuevo Laredo, pues la guerra no había terminado. Yo me fui para siempre de Laredo el día después de que mataron al general Maclovio Herrera, cuando una bala "traicionera" lo alcanzó en la ciudad, poco antes del ataque que se preparaba a Monterrey. Así lo dijeron los periódicos, que luego corrigieron "traicionera" por "equivocada" y dejaron temerosos a los mexicanos de quién estaba del lado de quién. Había dejado de preguntarme por el paradero de Ramiro Sosa. No era difícil suponer que, de estar vivo, yo no le había interesado. "Todo era más claro cuando se luchaba por derrocar a Huerta", pensé ante la muerte de Maclovio Herrera. Me mudaba a otra ciudad, me sacudía la Revolución, el estigma de caprichosa, la oportunidad del periodismo. Huía queriendo convencerme de que mi verdadera vida era la de antes de la revuelta y la de ahora, y que aquello de en medio, los meses en México, no eran míos. Era más fácil pensarlo así. Iría a vivir a una ciudad que tenía gemela: Saint Paul y Minnesota. Bastaban unas calles para pasar de una a otra. En Laredo también eran unas calles y un puente para estar en Nuevo Laredo. Ése era el pasado que quería dejar atrás y que hoy llegaba de visita a casa.

—Tendrás mucho que contarme —dijo tía Lily.

—Tú más, tía —la eludí, aunque quería saber qué había pasado con todos.

¿Y después qué?

64

Mientras el tren disminuía la velocidad al entrar a la ciudad de México, Leonor no podía negar que una doble emoción la embargaba. Volvía a la ciudad que había gozado por una década, cuando aún vivía su padre y ella estrenaba matrimonio, y volvía como parte del ejército triunfador. Se miró en la ventana del tren, intentando que el reflejo le devolviera su imagen. Reinsertó las horquillas que acomodaban su pelo revuelto durante el descanso en el sillón. Aunque con tropiezos, había logrado coincidir con la entrada de Carranza. Si no era desfilando junto a él y sus generales, lo hacía el mismo día en que el tumulto lo esperaba jubiloso. Hubiera querido que al bajar del tren la banda que a veces los recibía en los poblados del norte también tocara para la Cruz Blanca, pero en la estación había que disponer del traslado de los heridos, misión que confirió a Federico Idar. Ella debía supervisar la entrada misma al hospital que los atendería, sobre todo después de la desagradable experiencia con la Cruz Roja en Querétaro, pero no quería llegar tarde al pastel. Había pensado "pastel", mientras andaba de prisa por el andén, con Lily y Jovita a su lado, Elvira más atrás, Eustasio retratando aquel momento. Había pensado "pastel" y lo había dicho en voz alta.

—Tenemos que llegar al pastel.

Jovita la miró, intrigada.

—Ya se lo habrán comido.

Leonor fingió reír, porque debió decir "festejo", pero ella andaba pensando con las palabras que usaba su padre cuando criticaba a los gobernantes: "Ya se repartieron el pastel". Era verdad, ella quería seguir convidada al banquete. Hundió los tacones de los botines en las baldosas del andén, como atajando esos pensamientos que se le adelantaban, malsanos. No quería que la fiesta terminara. "¿Y después qué?", se preguntó. Salieron al frente de la estación, donde algunos autos que mandó Antonio Villarreal ya esperaban para llevarlas al centro de la ciudad. La emocionó la vista del ajetreo, del bullicio callejero, que casi había olvidado a la distancia. Era un día especial, pero ya mientras vivió en México comprobó que la ciudad nunca paraba y ella se sentía una con ese ritmo frenético.

—Por favor, señora Magnón —extendió la mano un caballero para ayudarla a subir al auto. Lily se acomodó junto a ella. Leonor sonrió ante el gesto de sorpresa de la texana.

—Nunca había visto una ciudad grande.

—No sólo es grande —contestó Leonor y se hundió en el asiento mullido para perseguir los sueños del después. Perdonaría a su marido cualquier desliz. Lo había hecho ya, pues ni siquiera sabía la verdad de las habladurías ajenas. Instalarían una casa como Dios mandaba y los niños crecerían en la ciudad. Todos estarían juntos. Se traería a la nana y a la cocinera. Y Carranza, estaba segura, no la habría de olvidar. Sintió pudor por aquel reclamo. Sería una de muchos que esperaban su tajada en el nuevo orden. Lo admitía: quería estar en el reparto del pastel. Carranza bien conocía su lealtad y su capacidad de organización y trabajo, su entrega. ¿Acaso no había dejado familia y tranquilidad esos dos años? No se bajaría del tren. Antes de que arrancara el auto, María de Jesús tocó en la ventanilla, insistente. Leonor le preguntó alarmada qué ocurría. Si la coronela estaba alterada, sin duda había razones. Le susurró algo al oído a Leonor mientras subía al auto. Una vez más se retrasaba la ansiada celebración. Leonor comprendió el imperativo y ordenó al chofer:

—Antes de ir al hotel, necesitamos hacer una visita.

Heredar la voz

65

En la veranda, en medio de la brisa de la tarde, cuando Richard aún no había llegado para la cena y tenía esas horas para mí, por más que me esforzaba en desvanecerlo todo, me acordaba del ruido del tren, de Eustasio tomando fotos.

Con Richard tan lejos del Río Bravo había optado por que viviera sólo una parte mía. Incluso dejé de practicar el español. Me ha costado leer tus cartas en español, Leonor. Me asombran tus logros, tu perseverancia, tu arrojo y que aun muerta quieras seguir haciendo ruido. Más que por mi silencio y mi manera de juzgarte a mis diecinueve años, te pido una disculpa por no haberme apersonado en aquella oficina de Veteranos donde trabajaste. No sabía nada hasta ahora que me dejas los documentos. ¿Tú detrás de un escritorio? Como no fuera para escribir tus memorias, no sé cómo podías estar haciendo trámites en el Departamento de Estadística. Te debí haber buscado.

—Por favor, la presidenta de la Cruz Blanca Constitucionalista. ¿Ah, no lo sabe? Esa señora que está allí frente a la máquina, la del pelo cano, es Leonor Villegas, *la Rebelde*. Fue mi jefa y la de muchas mujeres que auxiliamos a los heridos de la Revolución, a los heridos de Carranza o de Pablo González, de Jesús Dávila o de Francisco Villa. Tenía fortuna: el rancho San Francisco y las tierras de su padre Joaquín en Tamaulipas; la casa de los almacenes Villegas en Quentin y Flores en Laredo, y la casa victoriana, con su veranda y sus ventanas salientes, sus torreones en Salinas y Victoria, también en Laredo, la casa de Nuevo Laredo y lo que le heredó su madrastra Eloísa. Invirtió su herencia en la Cruz Blanca. Convenció a otros de que cooperaran y, para ello, puso su parte.

Ella, que amaba la ciudad de México pero que no pudo estar aquel día de temblor, ese 7 de junio de 1911, cuando Madero entró triunfante, porque a la muerte de su padre se quedó en Nuevo Laredo, ahora volvía mendigando trabajo remunerado, reconocimiento como veterana de la Revolución, interés por sus memorias. Debí haber salido de mi letargo y en esos años de paz, la guerra recién terminada, buscarte, saber de ti. Después de todo, Richard y yo no tuvimos hijos cuya muerte lamentar en la Segunda Guerra Mundial. Y yo, Leonor, sin causa, sin bravura para coger la pluma y escribir, porque no tenía de qué escribir entonces, había atajado mi secreto con el silencio. Lamento, Leonor, tu destino último de empleada sin gloria, de memoriosa sin escuchas. ¿Por qué, si cuestioné tus buenas acciones y te juzgué egoísta, ahora me eliges a mí? ¿Acaso es mi deber hacer el recuento de aquellos días, ahora que me has heredado la voz? ¿Por qué yo, Leonor?

Del hotel Cosmos al hotel Jardín

66

El auto llegaba frente a las puertas del hotel Cosmos. Puso un pie en San Juan de Letrán y entró por el portón de aquel hotel que tanto le gustaba. De súbito se sintió como cuando viajó con su padre y toda su familia por Europa. Había traspasado muchos portones, lujosos hoteles en París, en Roma, en Berlín. Pero el portón del Coliseo era mucho más prometedor, era el pasaje para una nueva vida. Una vida en la ciudad de México. Al primero que vio al llegar al hotel, fatigada y jubilosa, fue a Lucio Blanco, con sus primas Trini y Eva. El general se ponía de pie y ella, sonriente, se le acercaba para compartir el gozo.

Sonrió y besó su mano cortés. Le gustaba jugar con aquellas maneras corteses.

—Hemos llegado, Lucio.

Saludó a los Porter, sus amigos, dueños del hotel Cosmos. Y mientras Lily prefería acomodarse en su habitación, ella se acercó a los sillones del *lobby*. Luego de abrazar a Trini y a Eva, que llevaban varios meses en la capital encargadas de las comunicaciones telegráficas, pidió que notificaran al Primer Jefe que la Cruz Blanca Nacional ya estaba en la ciudad, que había traído sesenta heridos para que fueran atendidos en los hospitales de la ciudad. Después se hundió en los sillones de piel y dejó que la fatiga contenida la alcanzara. Los Porter habían descorchado una botella de champán para el festejo espontáneo y le entregaron la nota que el general Antonio Villarreal había dejado para ella. Le avisaba que su esposo y él se hospedaban en el hotel Jardín. La leyó un tanto ajena, como si esa Leonor —esposa de Adolfo Magnón— a la que se dirigía el gobernador fuera otra. Aceptó la copa que le acercaba Lucio. Aquel 20 de agosto quería celebrar con los suyos, sobre todo ahora que habían atajado un último peligro del que no podía contar a nadie.

—Yo fui quien evitó la entrada del general Zapata —presumía Trini—. Simplemente dejé de enviar los comunicados.

Allí se enteró Leonor de que no todas las divisiones habían entrado a la ciudad ese día. Habían sido coahuilenses, neoleoneses, sonorenses y tampiqueños quienes habían puesto pie en la ciudad de México como triunfadores del Ejército Constitucionalista. Chihuahua, con Villa y Ángeles, y Morelos y Guerrero, con Zapata, habían sido relegados.

—Faltaba menos, hermanita —dijo Lucio, orgulloso—. ¿Quién diría que te ibas a portar tan mal? Tenemos estatura.

Leonor, sin haber entendido muy bien por qué los generales no estaban en la ciudad, bromeó de sí misma:

—"Tenemos" es mucha gente.

—La estatura se lleva adentro —piropeó Lucio Blanco, dueño de sus encantos—. ¿Y su amiga Lily no va a celebrar con nosotros? ¿Acaso ha visto malos tratos?

—No sé cómo la hayas tratado en Tampico —lo molestó Leonor.

—Sus ojos azules iluminaban la noche del puerto.

—O la de su esposo —añadió Leonor.

Parecía que la euforia de haber llegado al final del camino la hiciera suave. De pronto la incomodó aquella conversación y no alzó su copa para brindar con los demás. ¿O sea que Felipe Ángeles no estaba en la ciudad?

—¿También equivocaste el telegrama a Villa? —preguntó a Trini.

—Sin carbón no pueden andar los trenes —se rió Eva.

No porque estimara a Zapata o a Villa, que no se habían portado bien con el Primer Jefe, pero Villa y Ángeles habían decidido el triunfo con la batalla de Zacatecas. Y todos habían contribuido a que Huerta ya no estuviera. Y, pensó, cauta, mientras daba el último trago a su copa, porque los iba a necesitar de su lado. El pastel tenía que alcanzar para muchos.

—Debo confesarles que hay una cosa que lamento —dijo, acomodándose en el sillón—. Que el general Felipe Ángeles no esté aquí.

Lucio Blanco se puso serio:

—Haré como que usted no dijo eso —y luego de franco, frente a su hermana—: ¿Y dónde va a ser la fiesta hoy?

Leonor, desconcertada, comprendió. Las facciones ya habían pintado su raya.

—Para mí que no hay fiesta —respondió Trini—. Tenemos órdenes de despedirnos de Carranza mañana. Borrón y cuenta nueva. Ésa es la cara que quiere dar en la capital.

Esto le pareció inadmisible.

—¿Qué quieres decir?

—Que debemos renunciar.

Leonor aceptó que el señor Porter llenara su copa de nuevo. Lo acercó a sus labios, más como parapeto que como licor. Quería acomodar las emociones.

Siguiendo las indicaciones de María de Jesús, habían ido a avisar al domicilio, que tenía anotado la coronela María de Jesús, que desalentaran al Primer Jefe de que se presentara allí. María de Jesús había escuchado una conversación en el tren. Se fraguaba una traición y dos de los involucrados conocían el lugar. Leonor no acababa de digerir la satisfacción que le daba haber entrado justo ese día a la capital, como parte del Ejército Constitucionalista, cuando ya le preparaban un cuatrito a Carranza en aquella casa. Le era confuso todo: aquella conversación sorprendida, esa casa donde ocurriría el asalto, la presencia de su esposo que la esperaba en el hotel Jardín y la actitud tajante de Lucio respecto a Ángeles. Extendió el brazo de nuevo para el rellenado de su copa. Habían entrado a la vecindad que María de Jesús señalaba. Parecía que Carranza la visitara a menudo; si no cómo era que allí lo pensaran sorprender. Federico Idar y Felipe Aguirre las acompañaban. Era una casa modesta, al fondo de la vecindad. Subieron las escaleras y entraron en aquel recinto donde la foto de Venustiano Carranza lucía sobre una mesa, aderezada de flores, como el altar de un santo. Leonor se sorprendió por la viveza que las flamas de las velas infundían a su mirada, por esa calidez serena que irradiaba enmarcada por el señorío de su barba cana. Pasaron entre unos niños y llegaron a donde dos señoras las miraban asustadas. María de Jesús las tranquilizó:

—Estamos con ustedes. Que no aparezca el Primer Jefe por aquí. Lo buscan. Avísenle.

La mirada de la mujer más joven reveló a Leonor que ella no era la única que reverenciaba a Carranza. Sintió una extraña rivalidad. Sobre todo cuando alcanzó a distinguir en el gesto del niño mayor un parecido innegable con el Primer Jefe. También comprendió que esas mujeres sí podían encontrar la manera de que allí no apareciera Venustiano Carranza. Parecían hermanas que se acompañaban en un momento especial. Su visita les había echado a perder la fiesta.

—¿Y tú cómo sabías dónde encontrar a esta mujer? —preguntó Leonor a María de Jesús cuando, alineadas, caminaron calle abajo.

—Se escuchan muchas cosas en la guerra, Leonor, sobre todo si uno va de hombre.

Leonor apretó el brazo de la muchacha, que se había desembarazado de su uniforme ese día, como si ya no importara guardar el secreto de su identidad, y lucía unos aretes en aquel rostro de cabello rubio y corto. Era como si no fueran necesarias las palabras ni las explicaciones. Pero Leonor tenía muchas preguntas que debía disimular.

—Es una mujer del pueblo —afirmó en voz alta.

A María de Jesús el conocimiento de aquella intimidad de Carranza parecía gustarle.

—Es Ernestina Hernández y el chiquillo mayor es Venustiano.

Leonor sintió el corazón tomado por las pinzas de colgar la ropa. Su idealismo comenzaba a sufrir descalabros. En realidad, desde Querétaro se sentía una mujer abandonada en la batalla. No encontró palabras para dar cobijo a la sensación de cuerda floja, pero alcanzó a espetar con torpeza:

—Pobre doña Virginia.

Con la mirada de Lucio enfrentándola, confirmó que el desbarrancamiento había comenzado. Hay nombres que no deben pronunciarse y ella había invocado al enemigo. Para colmo, Carranza quería que se despidieran sus más leales en lugar de premiar los esfuerzos de cada uno conservándolos a su lado. Haciéndolos su gente de confianza. ¿No eran todos ellos sus fieles seguidores?

—¿Y usted qué opina de la despedida a la que nos orilla el Primer Jefe? —se atrevió a preguntar Leonor, por primera vez externando su duda con el indebido, el más leal de todos.

—Él sabe lo que hace y pide —contestó Lucio, tajante.

A Leonor le quedó clarísimo que así era. Mandaría su renuncia y la de cada uno de los directivos de la Cruz Blanca Constitucionalista al día siguiente con Eustasio. Pediría que las entregara a Carranza, después de que hubieran partido hacia Nuevo Laredo.

Unas horas más tarde quiso que el auto en que se acercaba al hotel Jardín anduviera más deprisa. Le urgía pedirle al general Villarreal acceso para ella y su gente al tren y su discreción. También le urgía encontrar los brazos de su marido. No importaba que en esos años se hubiera vuelto un desconocido.

Sobremesa

67

Bessie lograba maravillas en la cocina. Sobre todo si se trataba de guisar pavo relleno de castañas con puré de camote y arándanos. Pero lo mejor eran sus pays de calabaza. La tía Lily estaba emocionada con aquella cena en el comedor de nuestra casa. La sorprendió el barrio de Summit Hill donde estaba nuestra casa. Con sus torres, sus ventanas abombadas, su porche y el jardín posterior era espectacular. Pero espectaculares eran todas, cada una de las que lentamente, mientras Richard conducía el auto de regreso de la estación a la casa, les mostrábamos a la familia. Papá y Veronique habían disfrutado nuestra boda en el Saint Paul's College Club y habían visto la riqueza de esa ciudad a la orilla del Misisipi, a la vera de los molinos y de las industrias que daban trabajo a muchos y prosperidad a la ciudad y a sus ciudadanos arraigados en ella por más de un siglo. De esa situación geográfica derivaba la fortuna de los Balm, dueños de barcos cargueros.

—Tía Lily —le dije al acabar de cenar—, si fuera verano o el otoño temprano te llevaría al gazebo para que nos sentáramos entre flores a tomar el digestivo.

La tía Lily lo miró por la ventana iluminado y solitario.

—Fue un capricho de Jenny —explicó Richard—. Podría decir que escogió la casa por ese espacio al que remozamos. Le gusta leer allí cuando hace buen tiempo.

Me ruboricé ante el desparpajo con que Richard explicaba mi vida cotidiana.

—No hago mucho más que eso —me disculpé.

—Y asistir e invitar a reuniones con los inversionistas en el banco, con algunos de mis socios. No es poca cosa —dijo, tomándome la mano.

—Si no fuera por Bessie estaría perdida.

Papá y Richard se alejaron a la sala para fumarse un puro mientras bebían coñac. Veronique dijo que necesitaba descansar, pues le dolía la cabeza. Advirtió antes que esperaba mañana un paseo por los almacenes de la ciudad.

—Serán mucho mejor que los de Laredo —sonrió.

Tía Lily y yo nos quedamos solas en la mesa. Bessie ya se había retirado, así que, cuando me dispuse a recoger las tazas y los platos de postre, Lily insistió en ayudarme.

—Perdona, tía Lily, no debí apresurarme.

—Te voy a ayudar, querida.

En la cocina tía Lily se sentó a la mesa mientras yo lavaba esos últimos trastes. Regresaba de haber servido dos copas en el comedor.

—¿Quieres coñac? —preguntó mientras colocaba las dos copas en la mesa—. Qué bonito lugar, nada parecido a nuestro Laredo. No debes echarlo de menos.

Me sequé las manos y me acomodé a la mesa, en la intimidad de la cocina.

—No he pensado mucho en Laredo, todavía no.

—Haces bien. Salud, Jenny, por tu nueva vida.

—Salud, tía Lily, por tu valentía.

—Venir acá no es ningún acto audaz.

—Haber estado en la revuelta en México sí lo es.

No podía evitar pensar en los días compartidos en Chihuahua, en Torreón, en el tren, a la vista de esos ojos azules y de esa blusa de lana beige rematada de orlas azul celeste. Tía Lily siempre usaba colores claros, no importaba la estación.

—Tú no volviste a Monterrey. Tardé tiempo en enterarme —me increpó.

—No podía. Había fallado.

—¿A tu padre? Pero si habíamos librado la parte más difícil. Confiaba en nosotras.

—A todos, tía Lily. Hice algo indebido. Debes de estar enterada.

La gravedad con que le di esa respuesta la puso en alerta, pero supuso que eran niñerías y prosiguió, animada por el coñac y, tal vez, por hacer un recuento con quien no hubiera estado todo el tiempo a su lado.

—No creo que hayas matado a nadie, Jenny Page. Eso sí, dijiste que ibas a escribir y cuando regresé a Laredo, después de esa larga estancia en Tampico, supe que no escribiste para *El Progreso* ni para el

Laredo Times. Ésa sí fue una falta contigo misma, querida. Pero cada quien encuentra su camino, y aún eres muy joven.

Dio un trago largo y, de pronto, elevó la copa pidiendo que la acompañara.

—No hemos brindado por George ni por tu primo Bob.

—¿Cómo están, tía? —intenté desviar la conversación.

—Bien, querida, uno trabajando en San Antonio, donde vivimos desde que volvimos. Un parto lo entretuvo estos días. No podía fallarle a la hija de los Singer. Y Bob estudia medicina en Austin. Estamos condenados al cloroformo.

Cerré los ojos y percibí ese olor que asediaba quirófanos y pasillos. Pensé en Ramiro, que tardó días en dejar de oler al anestésico para liberar su aroma tenue y pertinaz. El de su piel, un poco ácido y un tanto leñoso.

—¿Y Leonor, cómo está?

—Está en Nueva York, intentando ayudar en la Primera Guerra Mundial. No se puede estar quieta. Por fin con su esposo y con los hijos en colegios, allá. A Leonorcita la metió con las ursulinas, donde ella estudió.

De alguna manera no podía empatar a esa Leonor de la que ahora me contaba la tía, con la que, acalorada, iba con los comités de consolación, o inspeccionaba el estado de cada enfermo para distribuir trabajo, o se arreglaba para cenar con algún general o con el secretario particular de Carranza, o con el propio Carranza. Una Leonor que se levantaba temprano y se acostaba tarde: infatigable.

—Fue ella quien me dijo que no regresaste a Monterrey como el resto de las chicas, que ya no fuiste con la quinta brigada hasta la ciudad de México. Que ni Araceli, ni Aurelia, ni Jovita, ni María entendieron que desaparecieras como aire. Se trataron de explicar tu actitud porque no eras mexicana. Y tenías miedo tal vez. Y Jovita dijo que no te volvió a ver después de que le llevaste las fotos de Eustasio, que esperaba un texto.

Le di un trago al coñac, avergonzada.

—Me enamoré de un hombre.

—Ya veo —rió tía Lily, recorriendo la cocina con sus ojos azul mar—. Richard bien lo vale.

—No hablo de él. Me refiero al hombre equivocado —tía Lily se quedó callada—. No supe cómo resolverlo. Y lo resolví mal. Jugué a traición.

—Pudiste haberme dicho algo.

—¿Y comprometerte con los federales? De cualquier manera lo debiste suponer cuando me viste correr en el andén de Chihuahua.

Lily se puso seria. Comprendió que eran causas de fuerza mayor las que me habían alejado y decidió no indagar más. Siguió el recuento, pero su tono cambió. Dejó esa manera correcta de hablar, esa ostentación por el bienestar actual, y permitió que se destilara la nostalgia por aquellos días.

—Después de entrar a la ciudad de México con la Cruz Blanca, me quedé en Tampico con la gente de Luis Caballero, atendiendo el hospital. Y luego George se volvió un doctor de la zona, y luego nos dimos cuenta de que, aunque triunfamos, Carranza ya había huido a Veracruz y la revuelta de nuevo había comenzado. Así que hubo nuevos heridos de la división entre Carranza y Villa. Una pesadilla. Leonor me escribía un tanto desencantada, pues estábamos de nuevo en una batalla en la que se luchaba por el poder. Quería retirarse, pero no podía. Cuando dejó su renuncia a Carranza, éste no se la aceptó. No habían pasado dos días desde su regreso a Laredo, en que intentaba recuperar ese tiempo robado a los niños, cuando el Primer Jefe le mandó las llaves del edificio de Mascarones para que ella lo dirigiera. Y como no aceptó su renuncia y ella no quiso volver a la ciudad de México, que había sido hostil con la Cruz Blanca y donde Carranza no le había dado su lugar a ella ni a otros, el Primer Jefe le pidió que dirigiera el hospital Belisario Domínguez en Nuevo Laredo. A mí me parece que se sentía mal Carranza con el trato que había dado a una mujer que no sólo acompañó a los constitucionalistas hasta la entrada a la ciudad, sino que sembró Cruces Blancas en muchas ciudades, lealtades a Carranza, y que empeñó su tiempo, su dinero y su deber como madre en defender la causa. Por allí se rumora que ésa es la debilidad de Carranza. Por más político que sea, no sabe cómo tratar a quienes están con él. Por lo menos no a tiempo —la tía Lily se detuvo. Parecía exhausta. Yo sentí que habíamos abierto la caja de Pandora. Que ese mundo excitante de disturbios y triunfos se metía a la cocina incinerando la quietud. Tía Lily parecía hablar de Leonor por no hablar de ella—. Ya nada fue como antes. Perdimos el ánimo y luego nos cansamos. La vida es más tranquila ahora.

Desconocí a la muchacha decidida, oyendo ópera con el novio en la buhardilla; a la mujer elegante que volvía efusiva de aquellas tertulias con los altos mandos constitucionalistas. Observé la telaraña de arrugas que comenzaba a cercar sus ojos. Qué aburrido me pareció el espacio limpio y ordenado de ese rincón de la casa. Qué ganas de violentarlo de nuevo.

Papá y Richard se asomaron por la puerta y nos vieron tan con nosotras que dieron las buenas noches sin esperar la respuesta.

—Ya subo —le dije a Richard.

Pero tardé un buen rato, porque quería escuchar lo que había ocurrido después de mi partida. Porque nadie me había dado cuenta de ello y yo me había negado a saber nada, a husmear periódicos, a escuchar noticias. De pronto escuchaba algo de una batalla donde triunfaban Villa o Carranza. Temía saber que, en medio de toda esa lucha que ahora perdía sentido y se multiplicaba en facciones, el único sacrificado inútilmente fuera aquel amor por Ramiro Sosa. Y me daba ira que no se hubiera enterado que me la jugué por él, que había estado dispuesta a ser suya.

Lily no quería dejar de hablar. Había perdido interlocutores.

—A Leonor le tocó la muerte de Maclovio Herrera. El general convalecía en el hospital, tenía fiebres muy altas, y Leonor le fue a avisar que los soldados americanos estaban atrincherados del otro lado del río, apuntando a Nuevo Laredo, previniendo que los disparos llegaran al lado americano. Así había sido en las batallas anteriores y los americanos ya no estaban con Carranza. Por eso George me decía: "¿Qué hacemos aquí, Lily? Vamos a acabar mal". Y mira lo que son las cosas: ahora que Carranza está como presidente y vino la paz y podríamos tener un trabajo en ese México que queríamos, o que querían los mexicanos y nosotros queríamos para ellos, nos devolvimos. Todo acomodado, ya no somos necesarios. La propia Leonor sintió lo mismo —observé los libros de cocina alineados en el estante de la cocina. La tetera de peltre con la que preparábamos el té de media tarde. El tazón con mermelada de cereza. Las palabras de Lily me hacían sentir una visita en aquella casa—: Jovita me enviaba los diarios a Tampico. Me llegaban telegramas. Con Leonor no pude reunirme hasta después de la firma de la Constitución, cuando las aguas se calmaron. Nos juntamos en casa de su hermano, en la misma sala que se había hecho hospital. La idea era que Jovita nos alcanzara para el almuerzo. Teníamos los rostros gastados. Lo pienso porque me impresionó que el semblante de Leonor hubiera perdido los destellos que la hacían bella a pesar de no serlo particularmente. Supuse que ella veía el mismo desgaste en mí, aunque su deseo de triunfo y de reconocimiento de lo que habíamos hecho cada una de nosotros hacía que su desazón fuera mayor. Entonces pregunté por cada una de las chicas que recordaba y ella me fue dando cuentas. Allí supe que no habías vuelto y te habías casado y vivías en Saint Paul. También supe la historia de María de Jesús. ¿La recuerdas, Jenny? ¿La que fue teniente coronel, la rubia vestida de hombre?

Cómo no iba a acordarme de esa piel rojiza, de su desnudez en la cama de Chihuahua, de su atrevimiento y de mi deseo inesperado. Me ruboricé de pensarlo.

—¿Qué le pasó, tía? —pregunté, temiendo lo peor.

Cena con Ángeles

68

Leonor Villegas llevó a sus hijos a Nueva York cuando Adolfo fue asignado a esa ciudad por el gobierno mexicano. Corrían buenos tiempos de nuevo para Venustiano Carranza, que ahora era el presidente de la República. Tres años de zozobra y de sinsentido, de haberse mudado a la ciudad de Veracruz, donde Adolfo trabajaba en el Departamento de Hacienda, y ella, después de dirigir el Belisario Domínguez en Nuevo Laredo, ya no era más que una sombra de lo que fue. Nadie a su cargo, pero la lealtad la mantenía a flote. Conocía la ciudad de Nueva York porque, cuando estudiaba con las ursulinas, su padre y la madrastra Eloísa la visitaban para navidades y la invitaban a cenar a lugares elegantes o a los que estaban abiertos hasta tarde después del teatro. En aquellos años hubiera querido ir a Nuevo Laredo a pasar las fiestas, estar con sus amigos, que Carmen la consintiera con su machacado y sus salsas en molcajete, las tortillas hechas a mano que le duraban muy poco siempre que las recibía por paquetería. Las madres en el convento le permitían esas cenas especiales y ella tenía que acabar convidando a las otras chicas que pedían por curiosas o porque, siendo también del norte de México, entendían qué era enrollar esas tortillas de trigo grasosas, blancas y tersas, cuajadas en salsa, morderlas. Leonor esperaba que aquella mordida durara más que el otoño en la ciudad, pues por esperar la visita de su padre, Joaquín, ya le parecía largo e inclemente. Para la madrastra, Eloísa, era un acontecimiento ir a Nueva York, una ciudad que la cimbraba, pues ella no era mujer de campo. Le gustaban el teatro, el ballet, la vida de noche, la moda que veía en los escaparates y en la gente. Nueva York era su elemento, y que los hijos de Joaquín Villegas estudiaran allá, un pretexto magnífico para pasar un mes en Manhattan. Alquilaban dos *suites* en el hotel Knickerbocker y la familia Villegas: Leopoldo, Lorenzo, Lina y ella, salían y entraban a sus anchas. Las mujeres iban de compras o a los museos; los señores, al beisbol, a los bares o al hipódromo. La cena era en el propio hotel, pues la verdadera celebración era la comida del 25 en el Algonquin, donde don Joaquín reservaba cada año. Eloísa protestaba por la insistencia de su marido en comer en restaurantes españoles; ella prefería lo francés y las ostras, a las que arrastraba a la familia Villegas para que probaran en la estación de tren aquellos bichos viscosos y grises que Leonor abominaba. Lo suyo era la comida de tierra, y el aspecto de aquel marisco le era repulsivo. Si se animó a probarlo fue porque su padre insistió en que era propio de una chica de mundo conocer sabores, no asombrarse con comida que nunca había visto y sentir la confianza de que sabría sobrevivir en cualquier rincón del mundo. A eso le llamaba sobrevivir su padre, tal vez olvidando que había hecho su fortuna en el campo, siendo un inmigrante hijo de campesinos santanderinos, y que ese roce de mundo había sido lento y obligado por su dinero, por Eloísa —porque a la propia Valeriana no le había dado ningún tiempo de disfrutar aquello y no se le habría ocurrido, siendo de Matamoros y de una familia muy tradicional—. Pero Eloísa se comía el mundo en sus afanes de sofisticación, en su deseo de vivir en cualquier lado menos en Laredo. Había logrado que se instalaran en la ciudad americana en vez de la mexicana, pero eso no era suficiente. Leonor lo constató después, cuando, a la muerte de su padre, Eloísa se mudó a aquel hotel neoyorquino y se quedó a vivir allí hasta su muerte.

Ahora que los Magnón vivían allí, Leonor la veía a veces, tomaban el té o salían a pasear para asomarse a los escaparates, que en plena Primera Guerra Mundial mostraban su decaimiento. Le había dicho a la madrastra que quería enlistarse como enfermera voluntaria en el frente.

—¿Pero qué necesidad, criatura? —le había reclamado Eloísa, recordándole el dinero que había invertido en la guerra mexicana.

Ni Eloísa ni Adolfo entendían que su talante ya no podía ser el mismo ahora que no tenía que jalar el carro a todo pulmón. Que lo suyo era sentir el vigor de una idea, la necesidad de un propósito para saber a dónde caminar. Que no le bastaban los recitales de beneficencia, el kínder que había instalado en Laredo y al que volvería en algún momento, criar a sus hijos, que ya estaban en costosos internados en Nueva York. Por eso, cuando supo que Felipe Ángeles estaba en la misma ciudad y su marido propuso que cenaran juntos, Leonor sintió el batir de su corazón. Estaría al lado de alguien que supo lo que era el burbujeo de la sangre en el campo, idear estrategias y ganar batallas, guiar y exigir a los demás y confortar cuando era necesario. Alguien que miró el mismo paisaje, con quien montó a caballo, cuya mesa compartió mientras los trenes iban y venían y ya Villa y Carranza se distanciaban. Sabía que Felipe Ángeles se había quedado con Villa, que supo darle el lugar que merecía. Ése había sido un error de Carranza, pensó Leonor. Atajar a esos dos, temerles por virtuosos, rivalizar por el liderazgo. Juntos, los tres hubieran sido dinamita.

Los Reyes Retana habían informado a Felipe Ángeles que los Magnón estaban allí. Una exportación de henequén hacía tiempo había hecho que Adolfo y los Reyes Retana se conocieran. Y Felipe los había buscado. Leonor agradecía el gesto.

Habían quedado de acuerdo para verse en el hotel Plaza a cenar, y Leonor se probaba uno y otro sombrero con plumajes distintos, sin acertar a decidir cuál elegiría para la noche. Quería ver al general Ángeles, pero verlo con Adolfo le parecía extraño. Después de todo, había sido tan difícil retomar la conversación cotidiana con su marido, que Adolfo aceptara que ella había dejado a los niños más de un año por estar con la Revolución, que entendiera su devoción a Carranza. Su orgullo por ser la presidenta de la Cruz Blanca Nacional como en tiempos de Madero lo hizo Elena Arizmendi con la Cruz Blanca Neutral, que afortunadamente luego se llamó Mexicana. No comprendía a quién se le había ocurrido aquello de neutral. O era un pleonasmo o era una mentira. Todo grupo de socorro debía ser neutral. Adolfo se tardó en entender que, como presidenta de la Cruz Blanca, era miembro del Ejército Constitucionalista. Lo era abiertamente. ¿No le parecía un logro? Era ambiciosa y no le bastaba con su pedazo de participación en la primera contienda. Quería más. Por eso aceptó la plaza en Nuevo Laredo y pudo dolerse de la muerte del general Maclovio Herrera. Pero debería haber aceptado las llaves de Mascarones que Carranza propuso cuando ella dejaba la ciudad de México. Demasiado tarde, había pedido a sus cercanos que renunciaran. ¿Entendía Adolfo que decir no también era una forma de estar con sus hijos, con su hermano, de evitar vivir la fractura de los constitucionalistas? Mentira, la había vivido. Las zanjas ya existían. Blasco Ibáñez, que escribía sobre la situación en México para un periódico norteamericano, ya se lo advertía:

—Es un México de polvorín. Quién sabe cuánto dure la paz.

Le hubiera gustado preguntarle a Carranza o al escritor español si sabía quién era esa mujer que vio el día de la entrada triunfal a la ciudad, pero ya no tuvo agallas. ¿Se lo preguntaría a Ángeles? Al año de la muerte de Virginia Salinas, Carranza tenía otra mujer y otra familia. Era una maestra de Saltillo, alguien que conoció desde antes. ¿Sería la misma que ella vio en la vecindad?

Leonor aventó al *boudoir* los dos sombreros entre los que dudaba, cierta de que eso era lo menos importante para la cita con Ángeles a cenar, de que tenía que encontrarse con él antes. Pretextó un té con su madrastra y salió de casa intempestivamente. Apenas sobraba una hora, pero lo tenía que ver. Cuando llegó al edificio donde vivía el general, el portero la anunció:

—Que el general Ángeles los alcanza en el Plaza, no está listo aún.

—Dígale que vengo a otro asunto —insistió nerviosa al portero, que la vio conjeturando.

Los muertos mandan

69

Hay mucho de indiscreción en andar mirando los papeles que alguien atesora en vida. Al menos eso me pasa a mí con la caja de Leonor Villegas. Con esos dos manuscritos, uno en inglés, otro en español, *La rebelde* y *The Rebel,* y las cartas de las editoriales que los rechazan. Uno más escueto, el otro más acucioso en la información. Con errores históricos tal vez, pero escritos con el rescoldo de la memoria, antes de que el tiempo enfriara el ímpetu y acartonara los hechos. Y luego encontrarse los telegramas, las cartas de Carranza con dos tipos de caligrafía que corresponden claramente a dos manos: en la más legible, redonda y menuda, se aprecia un tono más formal; seguramente las dictaba. La otra, pequeña, inclinada e imprecisa, parece haber sido escrita por su propia mano. Material jugoso para los analistas de la caligrafía. ¿Qué dirían de Carranza? Sereno, firme, elocuente, táctico, rencoroso, atrevido. Entre sus biógrafos nadie lo menciona como apasionado, locuaz. John Reed, que lo entrevistó, dijo que era tenaz, terco, obcecado, trabajador, tozudo, astuto, paciente, estoico. ¿Qué opinaría Ernestina Hernández, que fue su amante y con quien procreó tres hijos? Lucio Blanco lo respetó y le fue fiel hasta el final; seguramente la consistencia del hombre político que era Carranza atenuaba la impulsividad del compañero de banca en Cuatro Ciénegas. Pablo González, siempre protegido y preferido por Carranza, se habrá dolido de tal manera cuando no lo hizo candidato a la presidencia, después de haberlo despejado del enemigo poderoso que era Zapata, que unió fuerzas con Obregón contra él. Villa trató de ponerse bajo su mando, pero Carranza no supo aprovechar esa fuerza que lo rebasó debidamente: le temió y la subestimó. La propia Leonor le fue fiel hasta la muerte, aun después de la desafortunada llegada a la ciudad de México.

Hay muchas fotos dedicadas a Leonor; le muestran respeto, a veces salpicado de cariño, los generales Murrieta, Caballero, González,

Carranza. Pienso en Eustasio y en la foto que nunca apareció. La foto que le tomé a Ramiro Sosa. ¡Qué necesidad de pisar esos terrenos cuarenta años después! ¿Por qué Leonor me habrá sometido a esta prueba? ¿Es un mandato? ¿Le habrá contado Eustasio mis quejas sobre su excesiva noción de memoria, de reconocimiento, de que quedara huella? ¿La necesidad de gloria?

Ya se lo había dicho Blasco Ibáñez a Leonor cuando platicaron en Nueva York y ella mencionó que estaba escribiendo sobre la Cruz Blanca Nacional. *Los muertos mandan,* Leonor. Fue después de la muerte de Carranza, al regreso de Blasco de su visita a México. Leonor había intentado verlo durante ese mes, para que le contara qué le había parecido Venustiano. Ya cuando se vieron, Carranza había sido asesinado en Tlaxcalantongo y Adolfo, su marido, que acompañaba a Carranza en ese viaje, había aparecido.

Los muertos mandan. Si no, no estaría yo, la viuda de Balm, la Jenny Page encanecida, cumpliendo esta tarea. Curioseando sobre lo insondable. Tenía dudas sobre lo que haría cuando terminara el escrito. ¿Me quedaría a vivir en la casa de Laredo mientras buscaba quién publicara aquella historia? ¿Intentaría que lo hicieran película? ¿A alguien le interesaba un grupo de enfermeras y médicos acompañando a los constitucionalistas durante la Revolución? ¿O me pasaría como a Leonor? ¿Tendría un manuscrito sin escuchas? Los despueses me ponían nerviosa. Hacía unos días que habíamos enterrado a Otilia en el panteón católico de Laredo; a petición de ella misma la habíamos puesto muy cerca de mi madre. Después del entierro, Hilaria y yo caminamos de regreso del panteón con algunos de los familiares y amigos, que nos dejaron solas para avanzar sobre Matamoros hasta la casa. El silencio lo rompió Hilaria sorpresivamente:

—Tengo algo que decirle, señora Jenny.

Me quedé esperando las palabras que seguirían a ese preámbulo, sospechando que con la muerte de su tía ella pensaba irse. Lo cual era lógico. Pero Hilaria se quedó callada.

—Te escucho —la animé.

—Verá, es algo que ocurrió hace mucho, cuando usted era joven y yo ni siquiera trabajaba aquí.

Se cruzaron con nosotros los señores White, vecinos de muchísimos años que apreciaban a Otilia y dieron sus condolencias a ambas. Mi corazón había bombeado con más prisa ante las palabras de Hilaria, pero el ímpetu se fue apagando cuando los familiares de Otilia nos dieron alcance para que fuésemos al banquete en casa de la madre de Hilaria. Me disculpé y dije a Hilaria que se fuera tranquila y que no tenía que volver ese día. Que estuviera con los suyos. La chica se alejó con su vestido negro pardo, aliviada de poder compartir la pena por la tía con su propia madre y sus hermanos. Aliviada, de seguro, del tedio que había sido vivir con dos viejas últimamente. También había padecido a Veronique y sus afanes presuntuosos, esa insistencia por que la mesa estuviera puesta impecablemente, sin importar que ella cenara a solas. Se arreglaba para esa cita de todas las noches. Tanta preocupación por las formas. Se había vuelto exagerada al final de su vida. La padecían los panaderos, el carnicero, la florista, la estilista, la modista, el chofer y, claro, Otilia e Hilaria. A mí la edad me había hecho más tolerante a las fragilidades humanas. Comprendí que la soberbia puede ser un escudo. Y que hay que perdonarla. Sobre todo ahora que sabía que Veronique no era parisiense como ella alegaba, sino que había nacido en Nueva Orleans, hija de abuela francesa y de un estibador escocés. El acta de nacimiento necesaria para su defunción había revelado los nombres y los lugares. Era Veronique McGille y no la Veronique Ribaud que nos vendió tomando el apellido de su abuela. Era una chica que había trabajado como costurera y que había sabido sofisticarse hasta fabricarse una identidad y una pertenencia ajenas. Admiré la posibilidad de cargar un secreto toda la vida.

Llegué a casa envejecida, con el peso de los secretos como el que en los minutos anteriores se había llevado Hilaria con los pies sostenidos en tacones negros. Me quité el sombrero y los guantes y, en lugar de guardarlos en el arcón con la colección de los largos y cortos, los de piel y los de piqué, los de seda y los tejidos, con botones, moños, correas o cuentas que Richard me había regalado durante nuestro matrimonio, los arrojé sobre la mesa de la cocina, como dos manos inertes. Pensé en lo bien que se sentían mis manos sin ellos. Enfundadas parecían atadas, porque nada más quitármelos llegué al directorio telefónico como si una fuerza dictara mis pasos. Leonor me daba una oportunidad de desvanecer los secretos, de encontrar respuestas. Busqué Montoya y encontré un Eustasio Montoya. Pensé en llamar, pero me decidí por ir personalmente a la calle Grant 1112. Llamé al sitio de taxis y al salir de casa miré de reojo los guantes lacios sobre la mesa. Por primera vez salí sin ellos.

Toqué en vano la puerta por unos minutos. La vecina se asomó y me dijo que si buscaba a Gregorio Montoya.

—A Eustasio, el fotógrafo —le aclaré.

—¡Uy! Murió hace algunos años... Su sobrino es quien vive aquí. Pero llega después de las seis. Trabaja en la construcción.

Agradecí y miré el reloj. Faltaba tan poco que decidí esperar, sentada en el escalón, a que llegara aquel hombre tosco y sudoroso que se sorprendió de ver a una mujer vestida de luto en la puerta de su casa.

—¿Alguna mala noticia? —fue su saludo.

—La única es que soy Jenny Page y conocí a Eustasio.

Me miró de arriba abajo con desconfianza, pensando en que venía a reclamar algo.

—No me va a decir que tuvo un hijo de él y quiere su herencia... —despotricó mientras abría la puerta de la casa—. Porque lo único que dejó fue un montón de fotos, películas que se están echando a perder y cámaras inservibles.

—Eso es lo que busco. Una foto —dije, muy pegada a él para que no cerrara la puerta y me dejara afuera.

—Mire, no son horas —me encaró, atajando la entrada a su casa.

—Disculpe, señor Montoya, pero yo estuve con él en la Revolución y estoy haciendo un reportaje.

—¿Sabe cuántos han hecho? —siguió, hosco.

—Pero ninguno de la Cruz Blanca —dije una mentira a medias—. Yo fui enfermera.

—Tiene razón —dijo, grosero—. Es una mala noticia su visita porque ni la casa ni yo estamos en condiciones de recibirla. Vivo solo y nadie me ayuda.

Cuando abrió más la puerta para meterse, sentí el desagradable olor a humedad y comida que venía del interior.

—Le propongo algo: yo traigo a alguien que ayude a poner su casa en orden si me permite buscar entre las fotos la que busco. Y si la encuentro, se la compro.

—Está bien —dijo, pensándolo—. El sábado.

—No, tiene que ser mañana.

Me miró asombrado por el tono imperativo. Yo busqué en esa figura corpulenta, en esa boca fina y apretada, algo que me evocara a Eustasio, sin conseguirlo.

—El viernes —concedió.

Me pidió que esperara y volvió con un duplicado de la llave.

—Venga después de las nueve y no quiero ver a nadie a las seis.

Tiene un día, y si encuentra la foto me deja el dinero. Deje el duplicado en este clavo —y luego añadió—: No sé por qué confío en usted. Espero no equivocarme.

Y, sin más, me cerró la puerta en las narices.

Las cejas de Leonor

70

A la hora de la cena, Leonor llevaba el bonete negro con la pluma tornasolada. Le costó trabajo fingir la sorpresa y el gusto de ver a Felipe Ángeles, con su esbelta apostura, cuando minutos antes había hablado con él. Se sentó con la vista gacha mientras su esposo y él se saludaban e intercambiaban corteses halagos y el agrado por coincidir en aquella ciudad.

Leonor sabía ahora que Felipe no pasaba por una circunstancia amable, que, de regresar a México, Carranza lo sabía enemigo y su vida peligraba; que su grado militar y sus capacidades estratégicas y de mando en esa ciudad no le servían de nada, pues para sobrevivir traducía.

—No sabía que tuviera esas aptitudes también —había exclamado Leonor, pretendiendo subirle el ánimo a un general que en lugar de cañones manejaba pluma y tinta. Había intentado subirse el ánimo a ella misma.

Discreto y gentil, cuando se sentaron en el sillón de su departamento, preguntó a Leonor cómo había terminado su labor al frente de la Cruz Blanca. Leonor pensó en contarle su sensación cuando, después de dejar la estación de Nuevo Laredo, había cruzado el puente y llegado a la puerta de su casa en Victoria y Salinas, a donde se había mudado su hermano. Sintió deseos de arropar su propia derrota con la del general: ella también estaba fuera de batalla. ¿La comprendía? Quiso desviar la conversación hacia aquella historia que le contó María de Jesús González cuando tardó tantos días en aparecer después de que el general Maclovio Herrera la mandó a Monterrey.

—Por allí dicen que usted le perdonó la vida a una mujer. ¿Sabía que había sido parte de la Cruz Blanca?

María de Jesús había llegado a Nuevo Laredo muy débil, desesperada de no haber cumplido con el mandato a tiempo: tenía que llevar información sobre la localización de las trincheras en Monterrey. Eso había sido cuando Carranza y Villa se enfrentaban. Pero la seguían, y por más que allí sí iba vestida de mujer para cumplir esa misión y de que se protegiera mandando los planos con un mensajero, de regreso a la plaza se la llevaron al baile. Literalmente, había pensado Leonor, mientras María de Jesús, con su palidez rojiza, contaba jadeante el mal rato que por poco le costó la vida. El soldado la había llevado al tugurio. La maltrataba porque ya sospechaba de ella y le daba empujones al caminar. Pero no había nada que permitiera acusarla de enemiga, hasta que de uno de esos empellones donde: "Anda, dinos qué le quieres decir al Barbas. ¿Para quién trabajas? Te hemos visto merodear donde no te corresponde", se tropezó y del zapato salió el nombramiento que había tenido la precaución de, por más que ahora resultara imprudente, guardar bajo el pie. "Conque teniente coronel", dijo el individuo que se la llevó como prisionera, dispuesto a fusilarla. En esos días ella había podido dar la información que necesitaban los carrancistas. Recordó las palabras de la brava: "Me eché el tequila a pico cuando me concedieron mi última voluntad y allí les dije que eran unos cobardes por matar a una mujer, que además había peleado con Villa cuando todos eran uno". Y como que se taimaron y llegó la voz a Ángeles.

—¿Por qué le perdonó la vida? —le preguntó Leonor al general.

—Porque había sido valiente. Y porque no tenía la culpa de que los que éramos amigos fuésemos enemigos y se había jugado el pellejo. La dejé como prisionera.

—No fue la única mujer que se prestó al espionaje, general; Juana Mancha, de Tampico, se adelantó en Querétaro para dar información a Montes de la posición de los federales.

—Y ustedes también se jugaron el pellejo, Leonor, lo sé muy bien. Aunque desde la ayuda humanitaria corrían peligro.

—Era bueno correr peligro, general —dijo Leonor con añoranza.

—¿Usted cree? ¿Y qué fue de la pelirroja?

—Pues escapó allá en Torreón, que tantos recuerdos nos trae —Leonor no pudo evitar exaltar la última vez que se habían visto—. Tenía razón en despedirse en Torreón. Quién iba a saber cuándo nos veríamos de nuevo.

—Han pasado cuatro años —contestó, abrumado por el tiempo.

Leonor tomó su bolsa y extrajo un papel pequeño con muchos dobleces.

—Sin embargo, general, aún recuerdo la emoción con que leí esto en mi habitación. Y Leonor pronunció aquellas palabras nunca compartidas con nadie en voz alta:

Sobre unos ojos negros, reflexivos y soñadores, y bajo el creciente de una frente pensadora, como encuadrada por una regia cabellera negra, ensortijada, vi dos alitas de seda, dos alitas negras encantadoramente arqueadas, que volaban en el país de los ensueños, que volaban muy alto, por arriba de una boquita deliciosa. Y no parece sino que esas alitas broten ahora y batirán eternamente dentro de mi corazón.

Se puso de pie y, antes de despedirse, recalcó:

—Me alegro de haberlo visto para decirle qué entrañables fueron sus palabras y cuánto lo admiro.

Felipe adelantó la mano y repasó aquellas cejas arqueadas con delicadeza y dulzura. Leonor sintió sus ojos humedecerse. No querría haberse ido nunca.

Adolfo insistía al mesero que sirviera el resto de la botella de champán en la copa del general.

—Qué lástima que no nos haya podido acompañar su esposa.

Ángeles explicó con elegancia que ella estaba hoy de visita con unas amistades con quienes ya tenía compromiso. Leonor sintió afortunada la coincidencia que les había permitido hablar a solas. Sus miradas se cruzaron en un aleteo fugaz.

—Tiene que volver a su país, general.

Pareciera que Adolfo presintiera la rivalidad y lo condenara con sus palabras a la muerte.

El deshielo

71

El cumpleaños de Richard era en abril, en tiempos de deshielo y río crecido. Cumpliría cincuenta y siete años y yo me había propuesto hacerle una comida con sus amigos, pero no del menú de Bessie, sino del recetario de Otilia, de lo que había llevado de Chilapa a la frontera. Le daría un pozole verde y aquel pollo con chorizo y chile que se adornaba con plátano. Iba a venir su hija, la madre de Hilaria, con el maíz descabezado para cocinarlo conmigo. Todo un viaje en tren desde Laredo para que yo aprendiera, porque nunca me había afanado en ello. Y estaba cansada de que los amigos de Richard pensaran que la comida mexicana era un chile con carne que era un remedo de una carne en su jugo tapatía o de una boloñesa con picante. Como el cumpleaños caía en domingo, habíamos mudado nuestra sesión de encierro al viernes después del *lunch*. Richard no volvería al trabajo. No podíamos pensar en el sábado porque ése era día de golf. Me había acostumbrado al ritual de fin de semana. Tenía algo de sagrado. Pero este viernes era de travesura. Yo tendría que hablar al trabajo y decir que Richard estaba indispuesto. Pudo haber dicho que esa tarde se la tomaba, estaba en su derecho, pero nos gustaba sentir que transgredíamos, que éramos adolescentes robándonos tiempo para nosotros, escondiéndonos. Con Bessie y el mozo fue perfecto el pretexto, porque los necesitaríamos el domingo. Que descansaran antes. De alguna manera los domingos también tenían esa picardía. Porque era después de misa, antes del *lunch*, cuando llegábamos a casa, desvistiéndonos por la escalera, la gran casa victoriana toda para nosotros. Richard haciéndome el amor en un escalón, porque era emocionante pensar que en algún momento Bessie podía volver porque olvidó algo, o el mozo decir: "Llegué temprano por si me necesitan". Jugábamos con esas posibilidades y con el empeño de Richard, que había empezado diciendo en los primeros años que teníamos que intentar un hijo en cada rincón de la casa: éste será chef o gordo, cuando era en la cocina; éste adorará las camisas blancas, decía en la lavandería; éste será golfista como su padre, decía en el jardín; ésta será *vedette,* decía yo en el vestidor; éste, embajador, decía Richard en la sala; ésta, profesora, decía yo en la biblioteca; éste, científico, decía en el invernadero; ésta, borracha, nos reíamos cerca de la cava. Después de cinco años dejamos el tema de los oficios de la descendencia, pero seguimos gozando nuestros cuerpos y nuestra casa. La poseíamos mientras nos poseíamos. Era como si la usáramos de verdad y no nos restringiéramos a las habitaciones que usualmente ocupábamos. Se volvió una forma de sobrevivir a la falta de descendencia. Dejamos de mencionar el tema y nos hicimos a la idea de nuestra complicidad íntima, de que por lo menos nos habíamos salvado de que otros robaran la atención de uno y otro. Nos teníamos. Yo leía, aunque no escribía más. Yo atendía la casa y a mi persona. Y procuraba el bienestar de Richard. Me hacía feliz su simple manera de estar bien. Nacer rico le daba seguridad, pero eran su temperamento y sus maneras respetuosas las que lo hacían especial. Ese viernes, antes del festejo, dijo que no debía entrar a la habitación hasta que él dijera, que por favor me arreglara como a él le gustaba. Que tenía un capricho, y que se lo iba a dar. ¿Si no cuando? ¿Cuando no tuviera dientes y estuviera en silla de ruedas? Cuando entré en la habitación con el *strapless* esmeralda y los guantes largos haciendo juego, Richard me miró halagado. Había cerrado las cortinas y sonaba *Bye Bye Blackbird* en el fonógrafo, y él me esperaba descalzo, la bata de seda azul sobre el cuerpo desnudo.

—Permítame, señora —dijo, tomando mi brazo. Lo estiré y él deslizó aquel guante que era obsequio suyo, como si me retirara una media y descubriera mi pierna. Me chupó los dedos con delicadeza y luego me volteó para desabotonar el vestido y deslizarlo hasta mis pantorrillas. Observó los interiores negros y aquel liguero que sostenía las medias de seda. Hice un gesto para quitarme los zapatos, pero no me lo permitió—: Yo soy el que tengo que trabajar, *madame.*

Entonces tomó una copa de la mesita que reposaba al lado de una gran tina de caoba, en la que yo no había reparado, embelesada como estaba con sus maneras de desvestirme y arroparme con la música, y la hundió en el agua. La sacó rebosante de un líquido acaramelado.

—He procurado que esté fresca —dijo e hizo lo mismo con la otra copa.

Brindamos y prosiguió con su lento desvestirme. Luego tomó mi mano y me pidió que pusiera un pie dentro de la tina.

—Siempre he querido bañar a una mujer en champán.

A tragos de la copa, llena una y otra vez de la botella que se enfriaba a un lado, entre los recorridos de su boca sobre mi cuerpo, ahora lamiendo, ahora bebiendo del fermento en el que me bañaba, ahora deseoso de que le contara cuál era la sensación del burbujeo en mi cuerpo, en mi sexo lleno, repleto de champán francesa, convidándome con sus dedos pellizcos del caviar que reposaba en un bol transparente sobre la mesa, me embriagó de placeres. Me hizo sentirme una mujer deseada, como si mi piel fuera la de las uvas en verano; mientras me hacía el amor sobre las sábanas de nuestra cama, confesó que quería estar en mi sexo achampañado, poseer mi cuerpo abandonado al capricho. Que ése era su mejor regalo de cumpleaños.

★

La hija de Otilia tuvo que tirar aquel perol de pozole que era imposible guardar sin que se echara a perder. De todos modos quién se lo iba a comer. No fue necesario cancelar a los comensales pues los que no se enteraron durante la jornada del golf aquel sábado, lo hicieron por la noche, en el velorio. En el hoyo nueve, Richard había muerto de un ataque al corazón. Era su mejor parte, imaginativa y protectora, y yo era la Jenny de Richard, esa que ahora forma parte de otra Jenny en gran angular, con el pasado incluido, con sus meses de Revolución cincelados para tener el cuadro completo. El que Richard nunca tuvo porque no quiso enterarse con detalle de que la mujer que había escogido de acompañante había tenido una vida entre heridos y guerreros, y un paisaje agreste que él no alcanzaba a comprender, porque de algún modo lo amenazaba, él viviendo una vida tan mullida, sin entender cómo alguien querría complicarse la existencia como yo. Si se había salvado de ir a la Segunda Guerra Mundial fue por aquel defecto en el ojo derecho, un estrabismo tenue que quizá tiñó sus maneras para con la gente, un tanto niñas, un tanto irreverentes. Su madre siempre había festejado sus gracejadas con exageración frente a sus hermanos, una manera de balancear ese ojo ladeado, perceptible sobre todo cuando Richard se concentraba en alzar el palo de golf o en resolver una suma o un proyecto difícil de finanzas. Cuando lo trajeron a casa, Richard aún tenía los ojos abiertos. Curiosamente, su estrabismo era notorio. Los cerré con ternura. Entonces me eché a llorar.

Las puertas

72

Leonor Villegas caminaba deprisa por la calle hacia la casa. Venía de revisar las instalaciones del teatro donde darían un recital sus pequeños del kínder. Y traía un telegrama en las manos. Había tratado de volcarse en su trabajo educativo. Sentía que su vida tenía un aplomo distinto. Aunque ella y Adolfo viviesen apartados, la vida se había sosegado. Eso pensaba, eso hubiera querido. No eran buenas noticias las que la conducían a toda velocidad. Adolfo le había escrito que, desde que Carranza convocó a elecciones, para el futuro presidente las cosas otra vez se habían alebrestado. Que no tenía a nadie contento el que hubiera escogido como candidato a Ignacio Bonillas. ¿Se acordaba ella del embajador de México en Estados Unidos? Que ni a Obregón ni a González les satisfacía que un don nadie frente a ellos, un civil que no se la había jugado en la guerra, un señorito que venía del extranjero, que nadie conocía ni tenía el aprecio que ellos, fuera a gobernar el país. Flor de Té, apodaban al candidato. ¡Qué le pasaba al Barbas! ¿Qué le había pasado por la mente? Acaso le habían hecho un trabajito. Los dejaba colgados de la brocha. A ellos, que habían estado a su lado siempre, mientras que Villa jalaba por el suyo. A ellos, que le habían quitado a Zapata de encima. Ahora sí que el país se quedaba como el perro de las dos tortas, sin Chana ni Juana, sino este señorcito, que no gozaba del aplauso popular sino del capricho de Carranza. Si creía que ya no habría militares en el gobierno se equivocaba. "Nadie sabe para quién trabaja", era su queja. Adolfo le había preguntado a Leonor si el descontento de los generales no era como el que la había ocupado a ella cuando Carranza pidió a su gente que renunciara después de haber entrado a la capital. Ella se había indignado por la comparación, porque cuando Adolfo le informó que salían de la ciudad hacia Veracruz, que la vida de Carranza peligraba, sabía que, por más sentimiento que aquello le hubiera provocado, no

323

tenía las dimensiones de la amenaza que ahora caía sobre el presidente. Adolfo lo acompañaría en su salida por tren. Leonor se había sentido orgullosa de su marido en aquella carta. Magnón se había vuelto un carrancista, un defensor del gobierno constitucionalista, y eso Leonor lo sentía como un logro personal que la halagaba. Pero si ahora caminaba con prisa, queriendo dirigir sus pasos al río o a la plaza, en vez de a su casa, era porque el chico del telégrafo le había alcanzado el telegrama en el propio teatro. Algo así sólo podía ser urgente. En su propia casa habían dicho dónde estaba ella. Tal vez se tardara. Era mejor que le llegara la noticia cuanto antes, pues el muchacho había dicho que era urgente. Muy urgente. Lo abrió con ansias en las butacas gastadas del teatro Ensueño, mientras el cuidador se alejaba hacia la cabina para apagar las luces.

Carranza asesinado, su esposo desaparecido.

Había sido el 21 de mayo de 1920.

Cuando llegó a la puerta de casa para llamar a su hermano, a sus hijos, a quien pudiera ayudar a encontrar a su marido, se apoyó en ella antes de entrar y miró hacia la calle. Por un momento evocó el día en que regresó a Laredo después del triunfo y ella prefirió caminar hasta su casa que subirse en el auto con el chofer que le había mandado su hermano. El grupo se fue disgregando conforme una y otra tomaban para sus casas. Volvían después de aquella larga epopeya. Meses para derrocar a Huerta y tomar la ciudad y el mando. También se había apoyado en la puerta para mirar y respirar. Tenía que dejar una vida afuera y encarar la que la esperaba adentro. Ahora se daba cuenta de que tal vez había orillado a su marido, encargado de aduanas, hombre de escritorio, agencias, autorizaciones, impuestos, transacciones comerciales, a ser un héroe, un hombre de batalla, como los que a ella le gustaban, como quería ser ella misma. Muerto Felipe Ángeles, muerto Carranza, y tal vez Adolfo, por la efusividad beligerante de Leonor. ¿Qué le quedaba?

Respiró y abrió la puerta: una ardilla cruzó por el vestíbulo. Habría que cerrar los mosquiteros en época de calor.

El secreto de Otilia

73

"Hilaria no volverá más", pensé. Ya era jueves en la noche y desde el entierro, tres días atrás, no había vuelto. Busqué distraerme con los papeles, pensando que el ritual del entierro toma unos días, pero ahora sabía que debía buscar a alguien que me ayudara a limpiar y a ordenar en casa del señor Montoya mientras yo revisaba las fotografías. Había estado excitada toda la semana. Una extraña batalla entre la urgencia y la paciencia. Pero la hora del *lunch,* sin la presencia de Hilaria, me obligaba a aceptar que debía buscar ayuda para la tarea de mañana. Tocaré en casa de los White. Tal vez conozcan a alguien. Acomodé cartas, telegramas, notas de gastos que tenía desparramadas en el escritorio, y estaba por bajar las escaleras cuando escuché la puerta. Hilaria había vuelto. Subía los escalones, desencajada. Estaba apenada: que la perdonara, por favor; que no la dejaban regresarse sus familiares, que sin Otilia para qué volvía.

—Tal vez tengan razón —le dije un tanto dolida por su ausencia.

—¿Ya no me quiere en su casa? —preguntó, mirando desde el recibidor; mi silencio la desconcertó. Nunca he sabido cómo actuar cuando en realidad me alivia algo que me molestaba. Y dijo—: Por lo menos tiene que escuchar lo que le voy a contar, señora Jenny.

Reculé e Hilaria me ofreció té. Asentí con un gesto de la cabeza y le indiqué que bajaría a la cocina. Era como si tuviera que volver al sitio donde Otilia y yo platicábamos.

Puso el té en la mesa, acercó el azucarero y se sentó a mi lado.

—Creo que tú también debes tomarte uno.

Entonces soltó la historia que la perseguía:

—Mi tía no me dejaba contarle, que ya para qué, que eso era el pasado, que nada más le traería problemas. Luego, cuando usted llegó y el señor Richard había muerto, pensó que tal vez era el momento. Luego que ya era demasiado tarde, que no tenía caso. Luego ni lo volvió a mencionar. Pero a mí sí me lo contó. Y yo no puedo quedármelo, porque es suyo, porque le pertenece a su vida, a su historia, y no a la mía —todavía estaban los guantes negros sobre la mesa, abandonados desde el día del entierro. Los habíamos hecho a un lado para tomar el té, pero yo tomé uno y empecé a retorcerlo, nerviosa—. Usted se acababa de ir para la boda. Mi tía dijo que no tenía ni una semana de casada cuando llegó un joven a la casa. Que el joven, que era mexicano, había venido dos días antes, en domingo, pues lo pensó más propicio para encontrarla, pero lo recibió su padre y dijo que usted no vivía ya allí, que se había marchado. Como no le creyó al señor, que se veía molesto, esperó en el hotel Ross a ver si la veía y se acercaba a horas en que ya hubiera partido su papá, hasta que vio a Otilia una mañana entrando a la casa con el mandado. Entonces se presentó y preguntó por usted. Le contó que había estado esperando ver a alguien más que a su papá. Mi tía sintió un calambre recorrerle la espalda. Decía que el muchacho, que era moreno, con brillantes ojos oscuros y cara muy fina, se ofreció a ayudarle con las bolsas. Otilia nada más verlo supo que era el muchacho del telegrama. Yo no entendía qué era eso del telegrama, pero mi tía seguía. Le dijo que usted no estaba, que se había casado y ya no vivía en Laredo. El muchacho bajó la cara, contrariado:

"La busqué entre las enfermeras de la Cruz Blanca cuando llegaron a la ciudad de México. No me dieron señas de ella, que no la recordaban decían unas, que tal vez estaba en Tampico con su tía, o que su papá había ido por ella. Que no sabían nada de la gringa.

"—Otilia dejó los bultos en el piso y, a horcajadas, lo siguió increpando:

"—¿Y usted se cruzó de brazos?

"—Yo era federal y habíamos perdido. Ya podía dejar mi uniforme y el honor, ya podía dejar de preocuparme por lastimar a mi madre. Ya podía ir tras Jenny.

"—¿Se esperó a perder la guerra?

"—El muchacho bajó la cabeza:

"—Ahora sé que perdí más que la guerra.

"—Mi abuela sintió compasión —siguió Hilaria—, pero no podía dar más referencias. El tiempo del joven había pasado. Pensó por un momento, así lo contaba, que de vivir su madre habría hecho lo mismo.

"—Guarde los recuerdos que tenga de ella y siga su vida, joven.

"—He tratado de ver al fotógrafo que iba con las enfermeras. Dicen que es de Laredo. Él debe de tener una foto de Jenny, una imagen para mi alivio.

"—Yo no sé nada, joven —dijo Otilia, nerviosa. No quería que se quebrara su corazón ahora que usted se había ido y ella y la señora Veronique seguían con ese silencio que la amargaba.

"Allí, en la puerta trasera, antes de meterse a la casa lo encaró:

—Hubiera atendido el telegrama que la niña le mandó. Ella lo esperaba."

Tiré el guante negro contra la pared y mi pecho regurgitó el sollozo atrapado en una Jenny Page que había mudado de piel.

Sin Carranza

74

Leonor respiró profundo. No podía creer que Venustiano hubiese sido asesinado en aquella cabaña mientras dormía, que hubiese sido el capitán Amador Herrero, acatando las órdenes del obregonista Manuel Peláez, quien se ocupara del asalto en plena madrugada, cuando nada se veía; que le hubieran jugado chueco a él también, como ocurrió con Ángeles, con Zapata, con el propio Jesús Carranza, cinco años atrás. Una muerte la llevaba a otra muerte, a aquel sabor a hiel que le reveló a un Primer Jefe inflexible. Jesús Carranza, su hijo Abelardo, el sobrino Ernesto Peraldi y Leonardo Vidaurri de Laredo fueron hechos rehenes por el general Santibáñez en Oaxaca, cuando el tren volvía hacia la capital. Juanita Mancha, de la Cruz Blanca, se lo había contado. Había sido horrible. El tren detenido cerca de San Jerónimo, los hombres entrando y eligiendo a los que usarían para pedir dinero. Carranza se movilizó para atacar y rescatar, después de recibir el telegrama. No negociaría, por lo menos no bajo esa presión. Santibáñez sabía cuánto quería a su hermano, cuánto significaba ese hermano de temple cálido, buen militar, pianista y animador de las reuniones en Laredo, leal más allá de la hermandad de sangre. Su Chucho, su Chucho sacrificado en la sierra Mixe porque Carranza haría lo posible por liberarlo, pero sin ceder a las demandas de los enemigos. No se lo iba a perdonar la viuda. Un marido y un hijo asesinados en Xambao, abandonados a los carroñeros y las hienas mientras venían por ellos, enterrados de cabeza, JC inscrito en el zapato del hermano. Y él, Venustiano, vivito y coleando, dando ejemplo de intransigencia. Él persiguiendo la gloria. ¿Cómo iba a entender la viuda de su hermano que era una nación la que estaba de por medio? ¿Cómo podían comprender la tortura del viejo, que había tenido sus minutos de tragedia, como cuando a Agamenón le pidieron que sacrificara a su hija Ifigenia por la paz helénica? No hubo más remedio: el bien común estuvo por encima. Y ella, Leonor, que quería bien a Jesús Carranza al frente de los rebeldes en Nuevo Laredo, sintió la astilla de su muerte atravesarla también. Y comprendió a Carranza y lo siguió admirando, aún más por su deseo de mostrar que no era frágil como Madero, que sus decisiones iban con su corpulencia. Pero ahora el muerto era el propio Carranza. Corría el rumor de que él mismo se disparó con su pistola una vez herido y antes de saberse derrotado. Jamás resistiría la indignidad de ser perdedor. ¿Lo hubieran fusilado como él mandó fusilar a Ángeles? Tanta descomposición le producía mareo a Leonor. El ondeo ingenuo de la primera bandera de la Cruz Blanca se había marchitado. Los seres humanos eran complejas bestias sedientas de poder.

Leonor leyó el telegrama de Adolfo en la oficina de su hermano. Había llegado a un poblado y, cuando estuviera en la ciudad, tomaría el tren para reunirse con ella y con sus hijos en Laredo. Desde que le dieron la noticia de ambas desgracias: Carranza muerto, y Adolfo, que iba en el tren con él, perdido, la apacibilidad de Leonor se alteró. La boca se le secaba con frecuencia y una urticaria menuda le rodeaba el cuello.

—Las sales —pidió a la chica.

Necesitaba ponerse compresas en aquel cuello ardoroso. Adolfo estaba vivo, bendito fuera Dios, porque nunca se perdonaría haberlo mandado al paredón por haber sido ella la instigadora, la que creía en Carranza y quería de su marido un hombre figurando en los aconteceres de ese país, más allá de su empleo como experto de aduanas. Fue cuando Carranza movió su gobierno al puerto de Veracruz, orillado por la Convención de Aguascalientes, que Leonor le pidió, por la confianza que le tenía, que convocara a su marido a ser parte de su gobierno. Leonor quería a un Adolfo comprometido con los constitucionalistas y una manera de volver a estar en la brega. Carranza lo puso en el Departamento de Hacienda, bajo las órdenes de Rafael Nieto. A pesar de que Leonor no había aceptado las llaves de Mascarones en el momento de la entrada a la ciudad de México, cuando Carranza estuvo en dificultades quiso estar de nuevo con él. Pelear, ayudar. Venustiano respondió como ella esperaba y la familia Magnón Villegas se trasladó al puerto y luego, nuevamente, un año a la capital. En 1916 Leonor consiguió fugazmente lo que quería, un lugar para su marido, una vida participativa para ella. No podía con la quietud de Laredo.

La chica colocó el agua con polvo de soya diluido en la mesilla, junto al sofá donde Leonor reposaba. Mojó las compresas de manta de cielo y las escurrió bien. Le acercó una para que Leonor la colocara en el borde del cuello, donde desde el 23 de mayo, cuando recibió la noticia, no podía tolerar la levedad de la cadena de oro con la Virgen de Guadalupe que siempre llevaba.

—¿Quiere algo más la señora?

Leonor pidió que cerrara las contraventanas. Quería penumbra y fresco, olvidarse del mundo. Era un alivio que Adolfo hubiese llamado. Se le escuchaba la voz tomada. Frágil. Nunca lo había oído así. Llevaba días caminando. La salud minada. Se repondría antes de tomar el tren. Estaba aturdido. "¿Leonor, qué hicimos?", había preguntado, desencantado. "Estar con quien nos parecía el líder más sensato para el México que queríamos", hubiera querido seguir, pero no era momento de restregarle a Adolfo las ideas que, siendo suyas, había bordado lentamente y con intensidad en la conciencia de su marido. Su temple no era el de un guerrero. Era del tipo que respalda callado y que, cuando lo hace, es por convicción y por entero. Ahora lo comprendía. Esa amenaza de viudez que sintió cuando no supo su paradero a la muerte de Carranza la había hecho valorar las características de un hombre que, si bien no estaría con la Cruz Blanca a la sombra de ella —¿y ella para qué lo hubiera querido allí?—, había sido respetuoso con sus pasiones y no se había quejado de que peligrara su vida entre disparos y descarrilamientos. Leonor los vio, allá en San Luis; aquel reguero de heridos porque las vías habían sido truncadas y el tren había salido peligrosamente de su curso. No era lo mismo ver a los heridos que eran trasladados al hospital que ver los cuerpos con tajos recientes, los ojos de terror o de incomprensión de los lastimados o fijos de los muertos. Así debió de quedar Venustiano, acribillado, desfigurado, muchas balas para que no hubiera posibilidad de que siguiera conduciendo destinos a su manera. O la bala que él mismo intentó que lo matara pero que antes agujeró sus dedos en la oscuridad incierta. Vaya manera de acabar con el viejo. Alfredo lo respetaba. Llegó a apreciarlo, aunque se mantenía a distancia. No era arrojado como ella, que decía lo que pensaba y así había conseguido tantas cosas. Como la casi muerte de su marido. Diez años gozosos con Adolfo en la capital, cinco separados durante la contienda. Ella, que había vuelto a Nuevo Laredo a atender a su padre moribundo, ahora atendería a su marido, que volvía a ella porque, muerto Carranza, ¿dónde quedaban ellos? Había visitado a Aracelito esos días para encontrarla hermosa y triste en su prolongado luto. Comprendía la viudez de la chica más claramente que nunca. Se tendrían la una a la otra para refugiarse, para hablar del coronel Guillermo Martínez Celis, muerto a traición cuando trabajaba para el general Pablo González.

¿Quién lo había mandado matar? No era difícil adivinar. Quienes lo quisieron se sintieron defraudados, como ella cuando la hizo renunciar después de la entrada triunfal a la ciudad. Le faltó sagacidad política al viejo lobo de mar. Otra vez pensó en la nación primero, en que no le convenía seguir teniendo militares al frente. Pero no era el momento de adelantarse y traer a Flor de Té como candidato. Ahora el sacrificado había sido él y su marido, Adolfo. Ya no tenía fuerzas para vengar al Primer Jefe, ya no tenía a Ángeles para que la cobijara con su aplomo moral. Le quedaba su marido, el fiel compañero de su vida. Lo cuidaría y buscaría en su memoria los días intensos de aquella cruzada de los constitucionalistas. Escribiría sus memorias. Eso era lo que ahora podía hacer. Ésa era su batalla. Dar testimonio de la grandeza de los hombres con los que compartió la revuelta y no condenar al olvido a las mujeres valerosas que la secundaron. Ahora estaba más segura que nunca de que los muertos mandaban.

Para Jenny Page

75

La muerte de Otilia había permitido un resquicio de verdad. Devolvería las llaves a Gregorio Montoya y me disculparía por incumplir el trato. Las tomaría gruñendo y mascullando que eso le pasaba por confiar en las mujeres. Me pondría a escribir. Quería acabar aquel mandato cuanto antes. Creí que ya no tenía necesidad de preguntar nada. Pero me quedé pensando en la foto que habría deseado tener Ramiro, y en la que yo tampoco tenía. Quizá la ausencia de una imagen había ayudado al olvido. Y no pude resistir reconocer a esa Jenny, la que había reventado en un gruñido animal, en la salvaje revelación de que alguien había estado esperando verme como yo a él.

Abrí la puerta lentamente. Contemplé las azaleas que florecían orondas en aquel verano, aunque en unos meses no habría indicios de sus colores. El destino era tan frágil. Sólo una semana de diferencia podría haber cambiado mi circunstancia. No me iba a quedar allí detenida. El mandato me había llamado al pasado. Estiré las manos para alcanzar los guantes que reposaban en la mesa del comedor, pero no los tomé. Pedí a Hilaria que me acompañara, armada de trapos y jergas y cubeta, y en taxi llegamos a casa del señor Montoya.

En cuanto entramos, abrimos ventanas para ventilar aquel desorden. Hilaria se concentraría en la limpieza, yo en la búsqueda. No era evidente que allí estaban las cosas de Eustasio. Hubo que asomarse en cada habitación hasta encontrar la que rebosaba de cajas. En una mesa había grupos de fotografías de papel curvo apiladas. Apoyada en la pared, bajo la ventana, una foto de Eustasio con Carranza, enmarcada. Alguien había retratado al retratista. Me acerqué al gesto afable de Eustasio y entré en la foto. El mandil, las voces, las chicas quietas, el resplandor del magnesio, el traqueteo, el paisaje de huizaches, ahora de encinares y pinos. Leonor, Lily y Jovita. María de Jesús sin trenzas, Aurelia, Aracelito, Federico. El plato de peltre con frijoles y carne chilosa. Ramiro en el vagón y yo en el andén, los ojos azabache de Ramiro, los labios de Ramiro. Mis senos en sus manos. Fue preciso mirarme de nuevo para comprender que llevaba un vestido de falda amplia a la rodilla, un reloj de pulsera y un anillo de casada y que era 1955. Me apoyé en la mesa. Era urgente encontrar la foto de Ramiro. Pedí a Hilaria un vaso de agua. El polvo sofocaba. Sobre la mesa, bajo un gran clavo de acero de las vías que hacía de pisapapeles, estaba la copia de una carta. Reconocí la firma de Eustasio. No pude evitar leerla. La carta, fechada en 1944 y dirigida al presidente Manuel Ávila Camacho, proponía que se le compraran los cuarenta y cinco mil pies de negativos de movimientos de las Fuerzas Revolucionarias. Mencionaba la batalla de Villadama y la entrevista Carranza-Ferguson, en 1915. Hablaba de su avanzada edad y su situación económica precaria. "Conservar tales acontecimientos serviría para formar una verdadera historia de nuestra gran Revolución mexicana", remataba. ¿Lo habría logrado? Esperaba que así fuera. Pero bastó asomarse bajo el escritorio para descubrir una caja llena de rollos. Sospeché que allí estaban esas escenas y que Eustasio había muerto en el olvido. Algo semejante a lo ocurrido con Leonor. Ambos desoídos. Pero ella con una familia que podía responder en lo económico.

A mi espalda había algo cubierto por una sábana. Bajo ella, como un animal disecado, estaba la cámara de Eustasio. La acaricié como si rozara un pedazo mío, una parte que volvía a reconocer. La piel de Jenny a los dieciocho años. Cuando entró Hilaria con el vaso de agua, me encontró petrificada ante aquel aparato. Él, Eustasio, con Carranza, yo y quién sabe cuántas más fotos, éramos vestigios de una épica. Todo aquello una radiografía personal.

Preguntó si estaba bien. Le dije que sí, que descuidara. Alcé uno de esos rollos contra la luz por si identificaba algo. En mi tiempo, Eustasio aún no filmaba. Me pareció ver a unos hombres atravesando un campo. Allí no encontraría lo que buscaba. Abrí cajones del escritorio llenos de papeles y lápices, abrí cajas con fotos que en una somera revisión pertenecían a los años de Carranza en la ciudad de México, en San Juan de Ulúa. Aquello parecía interminable. Fue Hilaria la que de pronto vino a mí. Me llevó a una de las recámaras, donde había una cama estrecha y un buró. Parecía una recámara que nadie usara hacía mucho. Un despertador en la mesilla, la foto de una mujer con unos niños. Por la vestimenta de época podría ser la madre de Eustasio. Limpiando una repisa, donde había algunos libros, como me mostró —*Muerte de Carranza*, de Ignacio Urquizo; *La tormenta*, de José Vasconcelos—, y una lata de metal vacía, había encontrado ese sobre cerrado.

—Tiene su nombre, señora. Aquí dice Jenny Page.

Efectivamente, rotulado con precisión, estaba mi nombre. Si acaso, imaginaba el encuentro fortuito de la imagen que buscaba, o las de la tercera brigada de la Cruz Blanca que no estaban entre los enseres de Leonor, pero no que hubiera un paquete esperándome.

Me senté en la cama, mientras pedía a Hilaria que terminara, porque el dueño volvería y no nos quería más tiempo allí. Mientras la oía refunfuñar que aquello era un cochinero, rasgué el sobre, expectante.

Una nota a mano precedía a las fotos:

Jenny querida:

Esta carta es sólo para ti. Ojalá te encuentre. De no ser así, nadie más entenderá estas imágenes donde quedó mi Página. Por allí me dijeron que te casaste y que por eso te fuiste de Laredo. Apenas había pasado un año de que volviste a tu casa y nos dejaste. O me dejaste, mejor dicho, criatura, porque me había encariñado contigo. Y tú lo sabes, como yo sé las razones de tu huida, porque atestigüé los desfiguros de tu corazón. Ojalá hayas llenado páginas registrando lo que ocurría, como entonces te lo proponías hacer. Yo he podido ser el fotógrafo que quise. Vuelvo a la capital con Carranza. No sé cuándo te vea. Intentaré que este paquete llegue a ti, aunque, si la prudencia me asiste, a lo mejor habrá un modo de que tú llegues a él. De no ser así, nos habrás olvidado y ya no tendrá importancia.

Con mi amor,
Eustasio

Apacigüé mi corazón, que quería salir de aquel vestido azul marino, del blanco de la cruz que nos distinguía entonces como enfermeras, y miré las fotos de grupo allá, en Chihuahua, donde sí aparecía yo. Mi cara sonriente, como si estuviera de campamento. Apenas comenzábamos. Algunas fotos con Leonor y Lily, otra con Jovita detrás de la máquina de escribir. Yo mirando por la ventana del tren. Y al fondo del paquete, envuelta en un papel de cera, que llevaba escrito: "No eres mala fotógrafa", estaba la foto que tomé a

Ramiro Sosa. Contuve un grito de emoción. Un tanto fuera de foco las manos y el cuerpo tumbado del federal convaleciente; en cambio el rostro, con los ojos oscuros, la boca suave y el mentón partido, estaba tan vivo como entonces. Me incliné sobre aquel papel en grises, vencida por los años de haber soñado esa foto clandestina hasta olvidarla. Y lloré. Lloré sin pudor alguno sobre el reguero de fotos en aquella mesa protegida por cristal. Yo, en cambio, no tenía parapeto alguno.

—Vámonos —le dije a Hilaria con el paquete entre las manos.

La casa del sobrino de Eustasio era ahora un lugar habitable.

Cuando llegamos a casa, hice el gesto acostumbrado para despojar mis manos de los guantes que no llevaba. Ni los llevaría más, respiré. Di a Hilaria la tarde libre. Una vez sola, extraje la foto de nuevo y la contemplé sobre la mesa. Una voz parecía desprenderse de la imagen. La tibieza de su piel se me metió por los ojos. Deseé sus manos y sus labios como en aquellos años. Entonces miré el teléfono y marqué al servicio de larga distancia. Me sorprendió que en unos minutos me dieran el teléfono de Ramiro Sosa. Así, de pie y sin pensarlo, pedí que me comunicaran con aquel número en la ciudad de México.

—De parte de quién —preguntó la operadora, mientras yo pensaba que podía no ser el único con ese nombre.

Dudé por un momento.

—Jenny Page —dije y esperé.

Una espera que pareció de años.

Entonces escuché su voz:

—Jenny, ¿eres tú?

La voz concordaba con la imagen del joven de la foto. Por un momento sentí que el tiempo podía correr de nuevo. Que Ramiro podía visitarme en Laredo. Que había otra oportunidad.

Retuve el aliento.

Ninguna palabra era adecuada para la emoción.

La voz siguió repitiendo mi nombre.

Colgué el auricular.

Ramiro Sosa estaba vivo y no me había olvidado.

★

Me preparé un poco de limonada y me senté en el porche, en el mismo sillón de mimbre de la infancia, restaurado. Con cada sorbo la tarde caía y refrescaba. Sentí una enorme ligereza.

Entonces ocurrió algo inusitado. Alberto Narro, con su traje oscuro, impecable, pasó por la acera. Volteó hacia la casa de los Page y me descubrió. Se quitó el sombrero en señal de saludo, sin importar que yo descubriera la calva que ahora le coronaba la cabeza.

Agité la mano con alegría y le hice señas para que se acercara. Lo invité a que pasara a sentarse conmigo en la veranda. Éramos sobrevivientes de un pasado que se me había vuelto cercano en los meses recientes. Recordé cómo se entusiasmaba por mi deseo de ser periodista y sentí dulzura por sus torpes maneras de quererme en aquellos años. Quise contarle que había terminado el encargo de Leonor Villegas de Magnón, que había reunido las piezas, las mías también. Tuve ganas de platicarle incluso que me había enamorado de un federal, y que él seguía vivo como nosotros, y que había concluido la memoria de la Cruz Blanca Nacional. Tal vez él quisiera leerla.

Bibliografía

Aparecida de Souza Lopes, María, "Del taller a la fábrica: los trabajadores chihuahuenses en la primera mitad del siglo XX", en Aurelio de los Reyes (coord.), *Historia de la vida cotidiana en México. Siglo XX: campo y ciudad*, t. V, vol. 1, México, Fondo de Cultura Económica/El Colegio de México, 2006.

Barrón, Luis, *Carranza. El último reformista porfiriano*, México, Tusquets, 2009.

Blasco Ibáñez, Vicente, *El militarismo mejicano: estudios publicados en los principales diarios de los Estados Unidos*, México, Instituto Nacional de Estudios Históricos de la Revolución Mexicana, 2003. [edición facsimilar, Valencia, Prometeo, 1920.]

Cano, Gabriela, *Se llamaba Elena Arizmendi*, México, Tusquets, 2010.

———, "Se llamaba Elena Arizmendi", *Revista Universidad de México*, núm. 622, abril de 2003, pp. 17-29.

Garciadiego Dantán, Javier (coord.), *Así fue la Revolución mexicana*, 8 vols., vol. 1, México, Comisión Nacional para las Celebraciones del 175 Aniversario de la Independencia Nacional y 75 Aniversario de la Revolución Mexicana-Consejo Nacional de Fomento Educativo, 1985.

Garza González, Fernando, *Reconstrucción de la historia del antiguo Nuevo Laredo,* Nuevo Laredo, Universidad Autónoma de Tamaulipas, 1992.

González de la Garza, Rodolfo, *Los dos Laredos*, 2 tomos, Nuevo Laredo, Tamaulipas, Academia Mexicana de Genealogía y Heráldica, 1989.

Herrera Pérez, Octavio, *Breve historia de Tamaulipas,* México, Fondo de Cultura Económica/El Colegio de México, 1999.

Kanellos, Nicolás, y Helvetia Martell, *Hispanic Periodicals in the United States. Origins to 1960. A Brief History and Comprehensive Biblio-*

graphy, Houston, Texas, Arte Público Press (Recovering the U. S. Hispanic Literary Heritage), 2000.

Krauze, Enrique, *Venustiano Carranza: puente entre siglos,* México, Fondo de Cultura Económica (Biografía del Poder, 5), 1987.

Lindheim, Bessie, *Leonor Villegas Magnón and the Mexican Revolution,* Stanley Green (ed.), Laredo, Texas, A&M International University-Border Studies (The Story of Laredo, 16), 1991.

Lomas, Clara, "Discurso transfronterizo. La articulación del género en la frontera en los primeros años del siglo xx", *Dimensión Antropológica,* vol. 25, México, INAH, mayo-agosto de 2002, pp. 91-116.

Moral González, Fernando del, *El rescate de un camarógrafo: las imágenes perdidas de Eustasio Montoya,* México, Arqueología Cinematográfica/Archivo General de la Nación, 1994.

———, "El rescate de un camarógrafo: las imágenes perdidas de Eustasio Montoya", en Renato Rosaldo, *Lecture Series Monograph,* vol. 10, Tucson, Mexican American Studies & Research Center-Universidad de Arizona, 1992.

Una mirada al pasado. Álbum de imágenes históricas de Nuevo Laredo, Nuevo Laredo, Ayuntamiento de Nuevo Laredo, 2007.

Las mujeres en la Revolución mexicana, 1884-1920, México, Instituto de Investigaciones Legislativas de la Cámara de Diputados-LV Legislatura/INEHRM, 1993.

Rocha Islas, Martha Eva, "Leonor Villegas de Magnón. La organización de la Cruz Blanca Nacional, 1914", *Dimensión Antropológica,* vol. 25, México, INAH, mayo-agosto de 2002, pp. 59-89.

Salmerón Sanginés, Pedro, *Los carrancistas: la historia nunca contada del victorioso Ejército del Noreste,* México, Planeta, 2010.

Schaffler, Federico, *Nuevo Laredo: testimonios de memoria. Tradiciones, costumbres y medios masivos (1900-1950),* 2ª ed., México, Ikonographix, 2007.

Ulloa, Berta, "La lucha armada (1911-1920)", en *Historia general de México,* t. 2, 3ª ed., México, Centro de Estudios Históricos-El Colegio de México, 1981, pp. 1073-1182.

Villegas de Magnón, Leonor, "Leonor Villegas de Magnón Papers", archivo personal, cuatro rollos, programa Recovering the U. S. Hispanic Literary Heritage, Universidad de Houston, Texas.

———, *La rebelde,* Clara Lomas (ed. e introd.), Martha Rocha (colab. y epílogo) y Antonio Saborit (trad. de la introd. inglés-español),

México-Houston, Arte Público Press/INAH-Conaculta (Recovering the U.S. Hispanic Literary Heritage), 2004.

———, *The Rebel*, Clara Lomas (ed. e introd.), Houston, Arte Público Press (Recovering the U. S. Hispanic Literary Heritage), 1994.

Zavala, Eleazar, *Mi pueblo durante la Revolución*, 3 vols., México, Dirección General de Culturas Populares/INAH, 1985.

Cronología

Año	Leonor Villegas de Magnón/Cruz Blanca Constitucionalista	Año	Revolución/ Carrancismo
		1859	Nace Venustiano Carranza en Cuatro Ciénegas, Coahuila.
12 de junio de 1876	Nace Leonor Villegas Rubio en Nuevo Laredo, Tamaulipas. Hija de Joaquín Villegas y Valenciana Rubio.		
Ca. 1878	Accidente en el cual se le quema la mano izquierda, al igual que a Carranza. Los dos estaban en Cuatro Ciénegas, Coahuila. Nace su hermano Lorenzo en Cuatro Ciénegas, Coahuila.		
Ca. 1880	Nace su hermana Lina en San Antonio, Texas. Muere su madre, Valenciana Rubio de Villegas. Se queda en San Antonio, con su hermano Leopoldo, a vivir con los vecinos.		

Año	Leonor Villegas de Magnón/Cruz Blanca Constitucionalista	Año	Revolución/ Carrancismo
Ca. diciembre de 1881	Su padre se vuelve a casar con Eloísa, estadounidense y protestante, en San Antonio, Texas.		
1882 a 1885	Permanece internada en el convento ursulino en San Antonio.		
1885 a 1889	Realiza estudios en la Academia de Santa Cruz, en Austin, Texas.		
1889 a1895	Se gradúa con honores como educadora del Colegio del Monte de Santa Úrsula de Bedford Park, en Nueva York.	1893	Rebelión de los hermanos Carranza Garza contra la reelección del gobernador de Coahuila José María Garza Galán.
Ca. 1895 a 1900	Viaja a Europa con su familia: Versalles, en París, Francia; Italia y España, donde visita a su familia paterna en Renedo, Santander, en la aldea de Carandía.		
		1906	Se da a conocer el Programa del Partido Liberal Mexicano. Rebelión magonista de Ricardo y Enrique Flores Magón.
1907	Viaja con su padre, su madrastra e hijos al balneario de Tehuacán, donde conoce a Everardo Arenas, con quien comparte ideas revolucionarias. Conoce y convive con Bernardo Reyes y su familia, cuando éste es ministro de Guerra de Porfirio Díaz.		

Año	Leonor Villegas de Magnón/Cruz Blanca Constitucionalista	Año	Revolución/ Carrancismo
		Septiembre a noviembre de 1908	Venustiano Carranza ocupa el gobierno de Coahuila como sustituto de Miguel Cárdenas. Durante este año y el siguiente, permanece cercano al grupo de Bernado Reyes.
1909	Se une a los maderistas y a la campaña antirreeleccionista. Acude a las reuniones en el café Colón, frente su casa, donde conoce a don Pancho (Francisco I. Madero) y a Felipe Ángeles, director del Colegio Militar.	1909	Comienza a circular el libro *La sucesión presidencial en 1910* de Madero. Carranza es candidato al gobierno de Coahuila. El 4 de enero, Juan Sánchez Azcona lanza una circular para fundar el Partido Democrático en apoyo a Bernardo Reyes como candidato a la vicepresidencia.
		11 de julio de 1909	Madero visita Monterrey donde da un fuerte discurso contra Bernardo Reyes frente a 3 mil personas.
1910	Leonor y su esposo acuden por separado al discurso de Madero.	15 al 17 de abril de 1910	Convención Antirreleeleccionista en la ciudad de México, con Madero como líder. Se funda el Partido Nacional Antirreeleccionista. Manifestación y discurso de Madero desde el balcón de su casa en Reforma.
		5 de junio de 1910	Madero llega a Saltillo desde San Luis Potosí, donde realiza un mitin con cerca de mil personas. De ahí se dirige a Monterrey, donde es reaprehendido, acusado

Año	Leonor Villegas de Magnón/Cruz Blanca Constitucionalista	Año	Revolución/ Carrancismo
			de incitar a la violencia en San Luis. En la prisión de Monterrrey recibe la visita de Carranza para unirse formalmente al antirreeleccionismo; luego es remitido a la prisión de San Luis Potosí.
		21 de junio de 1910	Se realiza la primera vuelta de elecciones presidenciales.
		10 de julio de 1910	Se realiza la segunda vuelta de elecciones presidenciales. Los antirreeleccionistas piden la anulación de la elección, pero el Congreso de la Unión les niega esa posibilidad. Madero escapa de San Luis a Estados Unidos.
Agosto de 1910	Viaja con sus tres hijos: Leonor, Joaquín y Adolfo, a Laredo para ver a su padre enfermo, que muere el día 20 de ese mes.		
		Septiembre de 1910	Celebración del Centenario de la Independencia de México, con fastuosas fiestas e iluminación en las calles, así como la visita de misiones diplomáticas de treinta y seis países.
		5 octubre de 1910	Madero se refugia en San Antonio, Texas, junto con Roque Estrada, Federico González Garza, Juan Sánchez Azcona y Enrique

Año	Leonor Villegas de Magnón/Cruz Blanca Constitucionalista	Año	Revolución/ Carrancismo
			Bordes Mangel. Redactan el Plan de San Luis, en el que llaman a la rebelión contra el gobierno para el día 20 de noviembre.
		21 o 22 de enero de 1911	Pablo González se levanta en armas en Molino del Carmen. Recorre pueblos ubicados entre Monclova y Cuatro Ciénegas para reunir gente.
1911	Se une a la Junta Revolucionaria de Laredo, Texas. Abre uno de los primeros *kindergartens* bilingües de la zona. Funda la organización sociocultural Unión, Progreso y Caridad, junto con Jovita Idar y cien mujeres más de las reuniones en la imprenta de los Idar y el periódico *La Crónica*.	1911	Se crea el periódico *El Progreso* en la imprenta de la familia Idar, con la financiación de Leopoldo Villegas, Melquiades García y Emeterio Flores. Jovita Idar crea la Liga Feminista.
		14 de febrero de 1911	Madero regresa a México y se pone al frente del Ejército Libertador.
		7 de marzo de 1911	El presidente de Estados Unidos William H. Taft envía veinte mil soldados a la frontera con México y a varios barcos de guerra frente al puerto de Veracruz.
		29 de marzo de 1911	Madero instala su cuartel general en Bustillos, Chihuahua.
		15 de mayo de 1911	Matanza de chinos y destrucción de sus comercios en Torreón.

Año	Leonor Villegas de Magnón/Cruz Blanca Constitucionalista	Año	Revolución/ Carrancismo
		21 de mayo de 1911	Se firman los acuerdos o convenio de Ciudad Juárez, con los que se da por terminada la revolución maderista. Renuncia Porfirio Díaz, sale al exilio y se nombra como presidente "de transición" a Francisco León de la Barra, que había sido miembro del gabinete del dictador.
		27 de mayo de 1911	Carranza es designado gobernador provisional de Coahuila en lugar de Jesús de Valle. Lo primero que hace es organizar a los "cuerpos rurales" y a "los irregulares".
		7 de junio de 1911	Entrada triunfal de Madero a la capital.
		6 de noviembre de 1911	Madero asume la presidencia de México y José María Pino Suárez, la vicepresidencia.
		21 de noviembre de 1911	Carranza toma posesión del cargo de gobernador constitucional de Coahuila.
		3 de marzo de 1912	Pascual Orozco Vázquez se rebela contra Madero al unirse al grupo de rebeldes de Ciudad Juárez, al que había sido enviado a combatir.
		18 de febrero de 1913	Madero y Pino Suárez son detenidos por el general Aureliano Blanquet. Entre los presos también se

Año	Leonor Villegas de Magnón/Cruz Blanca Constitucionalista	Año	Revolución/ Carrancismo
			encuentra el general Felipe Ángeles. Nuevamente, Henry Lane Wilson logra que el presidente Taft mande cuatro barcos de guerra a puertos mexicanos.
		19 de febrero de 1913	Carranza publica un decreto emitido en el congreso local de Coahuila, en el que desconoce a Huerta como presidente.
22 de febrero de 1913	Hace un recorrido de veintiséis horas por la frontera para dar el reporte del estado de rebeldía e inconformidad por el asesinato de Madero. Pasa por Brownsville, Laredo, Eagle Pass, El Paso y Mexicali. Participa en la manifestación en las calles de Laredo, donde ondea una bandera mexicana.	22 de febrero de 1913	Asesinato de Francisco I. Madero y del vicepresidente Pino Suárez durante la Decena Trágica. El crimen es ordenado por Huerta y Blanquet.
		25 de febrero de 1913	Carranza regresa a Saltillo, donde lo esperaban telegramas de los gobernadores de Tamaulipas y Sonora, así como del cónsul de Estados Unidos, los cuales lo presionan para que acepte el gobierno de Huerta.
		28 de febrero de 1913	Carranza entrega al cónsul estadounidense una carta dirigida a Henry Lane Wilson para "negociar" que no haya Revolución.

Año	Leonor Villegas de Magnón/Cruz Blanca Constitucionalista	Año	Revolución/ Carrancismo
			La carta lleva sus condiciones para no iniciar la revuelta, a fin de hacer tiempo mientras recauda dinero y fuerzas militares.
		3 de marzo de 1913	Carranza obtiene un préstamo de trescientos mil pesos del Banco Nacional de México (sucursal Saltillo), del Banco de Coahuila, del Banco de Nuevo León (sucursal Saltillo) y de la Casa de Guillermo Purcell y Cía. Cada uno otorgó setenta y cinco mil pesos.
		4 de marzo de 1913	Woodrow Wilson asume la presidencia de Estados Unidos.
		5 de marzo de 1913	Carranza declara la guerra al gobierno de Huerta y al ejército federal. Establece el cuartel general en la hacienda Anhelo, junto al ferrocarril Saltillo-Piedras Negras, pero dos días después es abatido por el general federal Fernando Trucy Aubert.
17 de marzo de 1913	Durante la batalla de Nuevo Laredo se inicia espontáneamente la actividad de la primera brigada de la que sería la Cruz Blanca Constitucionalista. La brigada recoge heridos y ayuda a huir a otros heridos y sobrevivientes. Las integrantes de	17 de marzo de 1913	Jesús Carranza ataca Nuevo Laredo.

Año	*Leonor Villegas de Magnón/Cruz Blanca Constitucionalista*	Año	*Revolución/ Carrancismo*
	esta primera brigada eran: Leonor Villegas (presidenta), Jovita Idar, Elvira Idar, María Alegría, Araceli García, Rosa Chávez, Antonia S. de la Garza, Nieves Garza Góngora (vicepresidenta) y Refugio Garza Góngora.		
	Conoce a María de Jesús González, maestra de Monterrey, espía y militar que intercepta un telegrama de los federales contra Jesús Carranza. Se afilia a la Cruz Blanca Constitucionalista.		
	Se afilian a la CBC las hermanas y profesoras Blackaller, en Monterrey; la profesora Rosaura Flores de Prado, en Saltillo; Evita y Trinidad Flores Blanco (esta última jefa de telégrafos en tiempo de Madero), en Monclova.		
		20 a 23 de marzo de 1913	Ataque a Saltillo por los constitucionalistas. Participa Lucio Blanco a la cabeza de los Libres del Norte. Luego de esa pelea perdida, reclama mayor autonomía para operar su ejército.
		26 de marzo de 1913	Los constitucionalistas firman el Plan de Guadalupe, nombran Primer Jefe del Ejército Constitucionalista a Venustiano Carranza y lo reconocen como líder

Año	Leonor Villegas de Magnón/Cruz Blanca Constitucionalista	Año	Revolución/ Carrancismo
			político del movimiento. Carranza tiene una discusión con Lucio Blanco, Múgica y Baroni por el deseo de estos jefes de incluir en el Plan de Guadalupe las demandas sociales y la reforma agraria.
		18 de abril de 1913	Representantes de los gobiernos locales de Sonora (Roberto V. Pesqueira y Adolfo de la Huerta), Chihuahua (Samuel Navarro) y Coahuila (Alfredo Breceda) ratifican el Plan de Guadalupe y firman el Acta de Monclova.
		5 de mayo de 1913	Luis Caballlero se pronuncia en Santander Jiménez, Tamaulipas, en contra de Huerta, desconociéndolo y uniéndose al constitucionalismo.
		3 de junio de 1913	Lucio Blanco ataca Matamoros, apoyado por las fuerzas de Luis Caballero. Al día siguiente los federales cruzan la frontera y se entregan. Tras este triunfo, el día 5 recibe su ascenso y lo celebra con grandes borracheras y orgías.
		12 de julio a 12 de septiembre de 1913	Carranza decide cambiar su cuartel general de Coahuila a Sonora. Realiza un viaje de

Año	Leonor Villegas de Magnón/Cruz Blanca Constitucionalista	Año	Revolución/ Carrancismo
			Cuatro Ciénegas a Torreón, entre el 22 y el 31 de julio, donde pelea junto a los rebeldes de La Laguna. Luego pasa a Durango, a Chihuahua y llega hasta Sinaloa.
		18 de agosto de 1913	Adolfo de la Huerta consigue que el Congreso local reconozca a Carranza como único representante de la federación, con lo que también logra el acceso a recursos que manejaba el estado: correos, aduanas, telégrafos, impuesto del timbre.
1913	Leonor pide a la señora Guadalupe Bringas de Carturegli y a su esposo que atiendan a heridos de Guaymas y Cananea, y la nombra presidenta de la CBC en Sonora. Leonor envía a María de Jesús González a Ciudad Juárez para avisar a Carranza, el Primer Jefe, de las actividades de la CBC y para que la nombren teniente coronel de caballería. A Trini y a Evita las envía a la ciudad de México.	Finales de julio a septiembre de 1913	Pablo González se mantiene peleando en las poblaciones que rodean a Monclova.
		30 de agosto de 1913	Reunión y ceremonia en Matamoros, Tamaulipas, en la que Lucio Blanco entrega títulos de propiedad a doce campesinos tras la repartición de la

Año	Leonor Villegas de Magnón/Cruz Blanca Constitucionalista	Año	Revolución/ Carrancismo
			hacienda de Los Borregos. Participan con discursos el propio Lucio Blanco, Francisco J. Múgica y Ramón Puente. También los acompaña Juan Barragán.
		Octubre de 1913	Después de pelear en Coahuila por varios meses, Pablo González recibe, antes de salir de ese estado, el nombramiento como general de brigada al mando del cuerpo del Ejército del Noreste, con jurisdicción en Coahuila, Nuevo León y Tamaulipas.
		23 de octubre de 1913	Pablo González, Antonio Villarreal y Francisco Murguía toman Monterrey. Esa noche los soldados se emborrachan, pues también cae en su poder la Cervecería Cuauhtémoc.
Noviembre de 1913	Registro de una compra de materiales diversos a nombre de Unión, Progreso y Caridad.	15 al 23 de noviembre de 1913	Toma de Ciudad Victoria por las fuerzas de Pablo González, Villarreal y Murguía. El estado de Tamaulipas, excepto Tampico y Nuevo Laredo, queda en manos de los revolucionarios.
		10 de diciembre de 1913	Ataque de Tampico por las fuerzas de Pablo González, Villarreal y Murguía. Tras la derrota, se queda peleando Luis Caballero hasta abril del siguiente año.

Año	Leonor Villegas de Magnón/Cruz Blanca Constitucionalista	Año	Revolución/ Carrancismo
1° y 3 de enero de 1914	Recibe en su casa a los heridos del combate entre los federales y el general Pablo González. Atiende a ciento cincuenta heridos de los tres días de combate.	1° y 2 de enero de 1914	Ataque de la Plaza de Nuevo Laredo por el general Pablo González. Participan las brigadas de los generales Cesáreo Castro y Teodoro Elizondo, además de los coroneles Jesús Dávila Sánchez y Andrés Saucedo. Pierden la batalla y a cerca de seiscientos hombres. Entre los heridos está el coronel Dávila Sánchez.
Ca. febrero-marzo de 1914		31 de enero de 1914	Las fuerzas se Pablo González se dirigen a Monterrey después de la derrota de Nuevo Laredo.
		22 de marzo de 1914	El general Francisco Murguía combate en el puerto del Salado para permitir que los hospitales constitucionalistas de Cuatro Ciénegas sean evacuados a Sierra Mojada y, de ahí, a Chihuahua.
		2 de abril de 1914	Pancho Villa y la División del Norte toman por segunda vez Torreón y San Pedro de las Colonias.
3 de abril de 1914	Recibe un telegrama del general González pidiendo enfermeras. Se forma la tercera brigada, de veinticinco enfermeras, para viajar a Ciudad Juárez y atender en Chihuahua a heridos de la batalla de Torreón. Leonor, Jovita y Lily Long van juntas.		

Año	Leonor Villegas de Magnón/Cruz Blanca Constitucionalista	Año	Revolución/ Carrancismo
7 de abril de 1914	Leonor recibe la visita de María de Jesús González, nombrada teniente de caballería por Carranza unos meses antes.		
8 de abril de 1914	Conoce en persona al Primer Jefe. Leonor adquiere el nombramiento como presidenta de la CBC y como miembro del Estado Mayor, junto con el doctor José María Rodríguez. Desde Ciudad Juárez, pide a la segunda brigada de Nuevo Laredo que atienda a heridos de la toma de la plaza por el general Pablo González. Adoptan el lema "Vida, honradez y pureza".		
7 de abril de 1914	Muere Nicasio Idar.	9 de abril de 1914	Decreto de Pablo González que fija la jornada laboral de ocho horas, el salario mínimo de un peso, la obligación de los patrones de pagar 50% del salario del trabajador en caso de enfermedad y la obligación de los hacendados de pagar 50% del salario a los peones por invalidez o ancianidad. Este decreto tiene validez en la zona dominada por el Ejército del Noreste.
		20 de abril de 1914	Toma de Monterrey, resguardada por el general federal Wilfrido Massieu.
		21 de abril a 30 de junio de 1914	Conferencias de Niagara Falls entre México y Estados Unidos, con la

Año	Leonor Villegas de Magnón/Cruz Blanca Constitucionalista	Año	Revolución/ Carrancismo
			mediación de Brasil, Argentina y Chile. Se busca resolver el problema entre las facciones que pelean en México y la renuncia de Huerta, es decir, la intervención del gobierno norteamericano en asuntos mexicanos.
		22 de abril de 1914	Por la mañana se inicia el combate, pero al mediodía aparece un oficial federal con bandera blanca para negociar el fin de los ataques ante la ocupación del puerto de Veracruz por los norteamericanos. Pablo González intenta negociar la rendición de los federales
		23 y 24 de abril de 1914	Los constitucionalistas toman Monterrey gracias a su superioridad numérica frente a los federales. Pablo González nombra gobernador del estado a Villarreal y ordena el traslado de oficinas, hospitales y servicios a esa ciudad.
		29 de abril de 1914	Francisco Murguía entra triunfante a Piedras Negras, después de ganar la cuenca carbonífera y la frontera con Coahuila.
Abril de 1914	Parten a Chihuahua, donde se incorpora a la CBC la joven Adelita, en la capital del estado. Inauguran el hospital de la CBC en Chihuahua.		

Año	Leonor Villegas de Magnón/Cruz Blanca Constitucionalista	Año	Revolución/ Carrancismo
	Reciben a trescientos heridos de la batalla de Torreón y trabajan con el doctor Ángel Castellano. Se organiza la CBC en Chihuahua y abre sus oficinas en la calle de Paseo Bolívar 419, con el patrocinio del Primer Jefe. Se nombra presidente honorario a Francisco Villa, así como a Luz Corral de Villa como presidenta de la CBC en ese estado y a Elena Marín de Bauche como presidenta en la ciudad de Chihuahua.		
Mayo de 1914	Parten a Torreón. Paran en el camino ante el peligro provocado por las disputas entre el Primer Jefe y Francisco Villa. Dejan organizada una brigada. Viaje a Durango. La señora Rosita, esposa del gobernador ingeniero Pastor Roaix, se queda como presidenta de la CBC, instalada en la capital del estado. El Primer Jefe le regala su fotografía a Leonor. Viajan a Zacatecas, donde visitan Sombrerete, y Santiago Papasquiaro, en Durango. Leonor se hospeda en la casa de la familia Covarrubias. Las tres hijas de esa familia se unen a la CBC para atender a los heridos de la batalla de Zacatecas y dirigir la CBC de Santiago Papasquiaro.	Mayo de 1914	Pablo González se dirige a Tampico. El 20 de mayo, Francisco Villa, junto con Pancho Coss y Felipe Ángeles, se apodera de Saltillo y poco después de Torreón, con la caballería perfectamente sincronizada, por orden de Carranza.

Año	Leonor Villegas de Magnón/Cruz Blanca Constitucionalista	Año	Revolución/ Carrancismo
		13 de mayo de 1914	Pablo González logra, después de varios días, tomar Tampico gracias a una lluvia torrencial bajo la cual atacan a los federales, que ya no tienen suficientes municiones.
		29 de mayo de 1914	Villa le entrega la capital de Coahuila al general Pablo González, al que le reclama que no haya impedido el paso de federales a La Laguna en las batallas de marzo y abril y que no haya ayudado en forma efectiva en la toma de Saltillo.
Mayo a junio de 1914	Leonor regresa a Torreón y es recibida por el general Felipe Ángeles. Allí salva y cura al procurador general de Justicia Militar Ramón Frausto, quien se hace su amigo. El Primer Jefe regresa a Durango.		
7 de junio de 1914	Viaja a Saltillo, donde se reencuentra con el Primer Jefe, que es recibido por Francisco Villa, Álvaro Obregón, Pablo González, Jesús Carranza y José Agustín Castro. Conoce al general Pablo González en la cena de bienvenida al Primer Jefe. Los miembros de la CBC reciben sus credenciales de dicha institución, traídas desde Nuevo Laredo por Clemente Idar.		

Año	Leonor Villegas de Magnón/Cruz Blanca Constitucionalista	Año	Revolución/ Carrancismo
8 de junio de 1914	Leonor recibe su nombramiento como jefa de la CBC en Saltillo. Compra nuevos uniformes y otorga pases a sus enfermeras para visitar a sus familiares en Laredo. Se organiza la cuarta brigada sanitaria, dirigida por Lily Long, para acompañar al general Caballero en Tampico, que parte en julio de 1914.		
12 de junio de 1914	La CBC es elevada a Cruz Blanca Nacional. Cumpleaños de Leonor.	10 al 14 de junio de 1914	Intercambio telegráfico entre Villa y Carranza, que marca el rompimiento de los villistas con el Primer Jefe, desconociéndolo, a causa del intento de Carranza de fragmentar la División del Norte para ayudar en la toma de Zacatecas, pero con la intención de debilitar a Villa. Carranza ordena a Pablo González permanecer en Saltillo y Monterrey con el grueso del ejército como prevención. Carranza estuvo entre Saltillo y Monterrey en esos días.
13 de junio de 1914	Parten a Monterrey. Leonor se hospeda en casa de Isaac Garza González. Instituciones benéficas presididas por Angelina G. viuda de Meyers se fusionan con la Cruz Blanca Nacional. Se forma la nueva brigada ambulante que acompañaría al Primer Jefe. Leonor pide permiso y se le concede viajar a San Luis Potosí para auxiliar a la gente de Pablo González, acompañada de Jovita Idar como secretaria, María Villarreal como jefa de hospitales, Magdalena Pérez como asistente, Felipe Aguirre como secretario y Federico Idar como orador y jefe de propaganda. Carranza parte a Tampico. María de Jesús González va a		

Año	Leonor Villegas de Magnón/Cruz Blanca Constitucionalista	Año	Revolución/ Carrancismo
	Monterrey con el general Marciano Murrieta. Al parecer Leonor se queda en Monterrey hasta julio. Después parte a San Luis donde se encontrará con Carranza nuevamente.		
13 o 14 de junio de 1914	En la recepción en Monterrey se divide la Cruz Blanca Nacional. Lily Long se va a Tampico, Leonor sigue a la ciudad de México vía San Luis Potosí; Querétaro.		
		24 de junio de 1914	Los federales incendian Nuevo Laredo.
		29 de junio de 1914	Carranza nombra generales de división a Pablo González y a Álvaro Obregón, pero no a Pancho Villa.
		4 y 8 de julio de 1914	Los constitucionalistas firman un pacto en Torreón, a fin de subsanar los problemas entre Carranza y los villistas.
Julio de 1914	La CBN llega a San Luis Potosí, les asignan hospital y Leonor nombra a Mimí Eschauzier presidenta.		
		19 y 20 de julio de 1914	Jesús Carranza y Pablo González llegan, uno seguido del otro, a San Luis Potosí. Pablo González tiene su cuartel general en Venado.

Año	Leonor Villegas de Magnón/Cruz Blanca Constitucionalista	Año	Revolución/ Carrancismo
27 de julio de 1914	Parten a Querétaro, donde auxilian en la Cruz Roja, que se muestra antagonista.	27 al 29 de julio de 1914	Parte la mayoría del Ejército del Noreste hacia Querétaro, con Francisco Murguía a la vanguardia, el cual nombra gobernador a Federico Montes.
13 de agosto de 1914	Leonor recibe un telegrama para continuar hacia Tlalnepantla con las fuerzas constitucionalistas.	13 de agosto de 1914	El general de la División del Noroeste, Álvaro Obregón, el general de brigada Lucio Blanco y representantes del gobierno federal huertista firman los Tratados de Teoloyucan sobre el guardafango de un automóvil. En ellos se acuerda la entrega de la capital y el gobierno a los triunfadores, así como la disolución y el desarme del ejército federal.
		20 de agosto de 1914	Los constitucionalistas desfilan por las calles de la capital, encabezados por Carranza.
Agosto a octubre de 1914	Se descubre una conspiración contra Carranza en el camino a la ciudad de México. Llevan a los heridos a la Cruz Roja de la calle Francisco I. Madero, donde se encuentran algunas enfermeras de la CBN: Aracelito, Adelita, Trini y Evita Flores Blanco. Llegan a la ciudad de México y se hospedan en el hotel Cosmos. Leonor renuncia a la CBN y le regresa al Primer Jefe, en	18 de agosto a 8 de septiembre de 1914	Pablo González lleva a cabo el desarme de los federales y la expansión del constitucionalismo y de su ejército por Puebla, Tlaxcala, Mérida y Veracruz, como indicaban los Acuerdos de Teoloyucan.

Año	Leonor Villegas de Magnón/Cruz Blanca Constitucionalista	Año	Revolución/Carrancismo
	una cajita, los estatutos, nombramientos y brazales antes de partir. La propia Leonor nombra presidenta provisional de la CBN a Luz Pimentel González. El esposo de Leonor, Adolfo Magnón, se dirige a Veracruz con la agencia J. Ángel Lagrada, encargada de abastecer al Ejército Constitucionalista con víveres y mercancía. Leonor regresa a Laredo. Carranza no acepta la renuncia de Leonor y le da las llaves del colegio de Mascarones para establecer la CBN.		
		10 de octubre de 1914	Convención de Aguascalientes. Se nombra presidente a Eulalio Gutiérrez; se acuerda cesar a Carranza de la presidencia y jefatura del Ejército Constitucionalista y a Villa del mando de la División del Norte. Se nombra una comisión para avisarles a ambos la conclusión de sus respectivos mandos.
		2 a 10 de noviembre de 1914	Villa concentra su ejército en Aguascalientes para dirigirlos hacia Querétaro. El día 8 Eulalio Gutiérrez lo nombra jefe de Operaciones para combatir a Carranza, que ha permanecido en la ciudad de México hasta los primeros días de noviembre.

Año	Leonor Villegas de Magnón/Cruz Blanca Constitucionalista	Año	Revolución/ Carrancismo
Octubre a diciembre de 1914	Carranza le otorga a Leonor la dirección del Hospital Belisario Domínguez de Nuevo Laredo, donde se reorganiza la CBN. Leonor ayuda a escapar a un preso político herido que se había unido a las fuerzas zapatistas. Luego viaja a San Juan de Ulúa, Veracruz, para reunirse con Carranza. Se reúne con su esposo e hijos, y juntos regresan a la capital, cuando él es nombrado presidente de la Comisión Incautadora de Bancos en Veracruz.	26 de noviembre de 1914	Venustiano Carranza traslada su gobierno a Veracruz, rechaza la notificación de la Convención respecto a su cese y llama a su ejército a combatirla. Logra reunir a Obregón, Antonio I. Villarreal, Lucio Blanco, Pablo González y Eduado Hay.
1915	Leonor entrega los documentos de gastos y el archivo del hospital a Carranza en San Juan de Ulúa, Veracruz.	11 de enero de 1915	Fusilan a Jesús Carranza junto a su hijo Abelardo y su sobrino Ignacio.
17 de marzo de 1916	Se escribe un reporte de siete páginas con la descripción de todo el trabajo de la CBN desde su creación hasta 1915.		
¿1916 a 1920?	Leonor viaja a Nueva York para internar a sus hijos en el colegio militar y a su hija en el mismo convento donde estudió ella. Se inscribe como voluntaria en la Cruz Roja durante la Primera Guerra Mundial.		

Año	Leonor Villegas de Magnón/Cruz Blanca Constitucionalista	Año	Revolución/ Carrancismo
1920	Viaja a Laredo, donde se entera de la retirada de Carranza a Veracruz.		
17 de abril de 1920	Recibe la última carta de Venustiano Carranza, donde le comenta sobre el levantamiento en su contra.	Abril de 1920	Visita del escritor español Vicente Blasco Ibáñez. Autores españoles señalan que su viaje a México fue del 21 de marzo al 2 de mayo.
		2 de mayo de 1920	Partida del escritor Vicente Blasco Ibáñez hacia Nueva York.
		6 de mayo de 1920	Carranza huye de la capital de México a Veracruz debido al levantamiento de Obregón en su contra.
14 de mayo de 1920	Su esposo escapa del tiroteo contra el tren donde viaja con Carranza hacia Veracruz. Camina hasta la ciudad de México, enferma y muere dos años después.	14 de mayo de 1920	Atacan el tren en que viaja Carranza quien huye a la sierra a caballo.
		21 de mayo de 1920	Asesinan a Carranza en Tlaxcalantongo, Puebla, por órdenes de Rodolfo Herrero, cuando se dirigía a Veracruz y se encontraba durmiendo en una cabaña con sus soldados.
Julio de 1920	Escribe la introducción de su libro sobre México en París.		
1921	Regresa a la casa de su padre y abre un nuevo kindergarten. Organiza una velada para recordar		

Año	Leonor Villegas de Magnón/Cruz Blanca Constitucionalista	Año	Revolución/ Carrancismo
	el primer aniversario luctuoso de Carranza. Enferma y permanece internada por un año en San Antonio.		
¿1934–1940?	Recibe el reconocimiento de la Defensa Nacional durante el gobierno de Cárdenas. Es aceptada en la Asociación de Veteranos. Viaja a la ciudad de México para pedir trabajo en el Bloque de Veteranos de la Economía Nacional del Departamento de Estadística. En las Juntas de Veteranos se encuentra a Adela Velarde, a María de Jesús González y a Trini Flores. Como miembro de la Asociación de Veteranos participa en el traslado de los restos de Carranza del panteón de Dolores al Monumento a la Revolución.		
17 de abril de 1955	Muere Leonor Villegas de Magnón en la ciudad de México.		

Agradecimientos

Fue una tarde frente al Río Bravo, desde la cafetería del Museo de Arte Moderno, en la grata compañía de Héctor Romero Lecanda y Rosa Contreras, cuando Joaquín Muñoz me contó que allí, en Nuevo Laredo, hubo una mujer que sacaba a los heridos carrancistas por el río y los llevaba a su casa en Laredo —convertida en hospital de sangre— para atenderlos y que luego se unió a Carranza como enfermera. A esa conversación debo la semilla de esta historia. Joaquín Muñoz —quien me prestó algunos libros sobre Nuevo Laredo muy útiles— después me contactó con Joe Moreno, encargado de la biblioteca en Laredo, quien se volvió un cómplice atento al facilitarme materiales como un mapa de Laredo en 1910, un directorio telefónico, noticias, citas, censos, y al atender algunas dudas durante la escritura de la novela. Él, a su vez, indagaba sobre una mujer en Laredo a cuya vera se realizaban tertulias musicales y literarias a principios del siglo XX.

Héctor Romero Lecanda, entonces director de Cultura municipal, me invitó en varias ocasiones a Estación Palabra, lo que me permitió conocer el área de Nuevo Laredo y Laredo; más tarde me puso en contacto con Fernando del Moral, investigador de la Universidad Tecnológica de Monterrey, quien había rescatado material fílmico, hecho un documental —*Las imágenes perdidas de Eustasio Montoya*— y escrito un trabajo sobre Eustasio Montoya, fotógrafo de la Cruz Blanca Constitucionalista. Fernando del Moral, amablemente, me facilitó una copia del ensayo. Federico Schaffler consiguió un ejemplar de *La rebelde,* autobiografía de Leonor Villegas de Magnón, para mi lectura, y me facilitó su trabajo de documentación gráfica sobre Nuevo Laredo. Ramón Garza Barrios, quien fue alcalde de Nuevo Laredo, se entusiasmó con la idea de que yo escribiera sobre una neolaredense y colocó una escultura de ella en la calzada de Los Héroes con la placa que la da a conocer entre sus paisanos. El historiador Antonio Saborit, traductor al español del trabajo de investigación de Clara Lomas, que antecedió a la publicación de *La rebelde* por la Universidad de Houston, me puso en contacto con Carolina Villarroel, directora de investigación del Proyecto de Recuperación de la Literatura Hispana en Estados Unidos, que dirige Nicolás Kanellos, también de la Universidad de Houston, donde consulté el archivo personal de Leonor Villegas de Magnón donado por su nieta: Leonor Smith. Intenté visitar a Leonor Smith, pero su estado de salud no le permitió recibirme; en cambio, tuvimos una cálida conversación telefónica. Los derechos para publicar algunas fotos del archivo de Leonor Villegas de Magnón y la carta de Carranza fueron cedidos por esa institución. Durante el proceso de escritura, Carolina Villarroel no sólo me dio todas las facilidades para consultar el archivo, sino que envío información e imágenes que me fueron muy útiles. Graciela Cano, generosamente, conversó conmigo antes de la salida de su espléndido estudio sobre Elena Arizmendi, quien presidió la Cruz Blanca Mexicana en tiempos de Madero, y fue la antecesora de Leonor Villegas. Graciela Cano estaba sorprendida de que alguien más quisiera indagar sobre la Cruz Blanca. Los textos de la doctora Martha Eva Rocha Islas fueron ilustradores, así como el ensayo que cierra el volumen de *La rebelde* y la conversación que tuvimos. Leslie Ruth Caballero Alexander dispuso su tiempo y formación para localizar y ordenar materiales útiles para la escritura de la novela, entre ellos el polémico texto de Blasco Ibáñez en su visita a México para evaluar el gobierno de Carranza, a pocos meses de su asesinato. Lourdes Báez permitió que el Centro de Artes San Agustín en Etla, Oaxaca, fuera un paraíso para la conclusión de la novela. Las lecturas y los comentarios de versiones previas de la novela que hicieron Miguel Ángel Lavín, Jorge Prior y Andrés Ramírez fueron fundamentales. Las opiniones de mis hijas Emilia y María, testigos del proceso de escritura, me dieron compañía y claridad. A todos agradezco su tiempo, su dedicación y su amistad para hacer este tejido novelístico posible.

Índice